데뷔 못 하면
죽는 병 걸림

데뷔 못 하면 죽는 병 걸림 6

1판 1쇄 발행 | 2023년 12월 15일

펴낸이 | 권태완 우천제
펴낸곳 | (주)케이더블유북스
편집자 | 한준만, 박병권, 이다혜, 박원호, 이고은

출판등록 | 2015-5-4 제25100-2015-43호
KFN | 제3-24호

주소 | 서울시 구로구 디지털로31길 38-9, 401호
E-mail | paperbook@kwbooks.co.kr

ⓒ백덕수, 2021

ISBN 979-11-404-7760-9 04810
　　　979-11-404-7756-2 (set)

데뷔 못 하면 죽는 병 걸림

6

백덕수

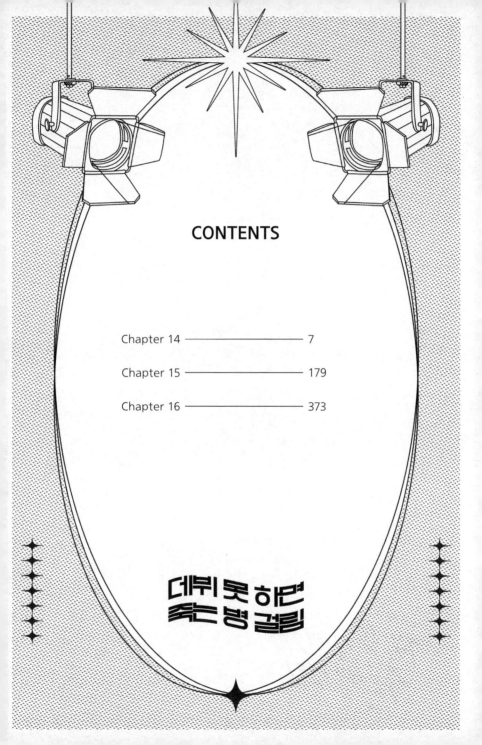

CONTENTS

데뷔 못 하면
죽는 병 결림

CHAPTER
14

CHAPTER
24

"후우."

테스타가 입국한 당일 저녁, 회사 관계자용 로비에 앉아 있던 이 신인 아이돌은 테스타와 만나기를 꽤 오래 기다렸다.

'…오늘 회사 들른다고 했는데.'

테스타의 매니저로도 일했던 자신들의 매니저가 전해준 소식이니 믿을 만한 말이었다. 아이돌은 자신의 두 손을 마주 움켜쥐며, 침착하게 생각했다.

'정신 차리자. 오늘 잘 말해야 해.'

그때, 주차장 쪽 자동문이 열렸다.

"…!"

그 뒤로 등장하는 것은… 모자와 마스크를 쓰고 있는 훤칠한 키의 남자 여럿이었다.

테스타였다.

'왔다…!'

신인 아이돌은 벌떡 일어나서 그쪽으로 달려갔다.

"안녕하십니까, 선배님!"

테스타와 같은 회사의 신인, 〈아주사〉 시즌 4에서 2위로 데뷔한 참가자는 그들에게 꾸벅 고개를 숙였다.

"네? 아아, 네. 안녕하세요."

"아, 반갑습니다."

"예! 정말 죄송하지만, 혹시 실례가 안 된다면 아주 잠깐만이라도 말씀 나눌 수 있을까요…!"

"……."

극도로 정중하고 절박했다. 상사를 대하는 신입사원의 태도가 따로 없었다.

"어……."

약간 당황해서 시선을 주고받는 테스타의 사이에서, 박문대는 살짝 감탄했다.

'오.'

느낌이 왔다.

본부장 썰을 풀 것 같다는 예감이.

일단… 뜬금없이 등장한 〈아주사〉 이번 시즌 2위와 함께 근처 빈 회의실로 이동했다.

"정말 감사합니다!"

"…별말씀을요."

아니, 사실 감사할 상황이 맞기는 하다. 스케줄 중간에 사전 약속도 없이 다짜고짜 시간 좀 빼달라는 말을 들어준 거니까. 그것도 초면인 후배 상대로.

'그나마 개인 광고 미팅이라 내가 시간이 난 거지.'

아니면 어림도 없었다.

─아~ 문대도 같이 있어야 회의가 잘 돌아가는데!

당장 방금도 큰세진이 이런 식으로 빠져나갈 구멍을 만들고 있었다. 덕분에 '음, 그렇다네요. 죄송합니다.' 정도만 던지면 모양새 안 나쁘게 빠져나올 수 있는 이 상황을, 굳이 피하지 않은 이유는 간단했다.

'미리 알아두는 게 편해.'

분명 테스타에게도 영향을 끼칠 제스처를 누가 취한 것 같은데, 회사 사람들 한번 거치고 오면 왜곡될 거란 말이지.

게다가 이건 직접 들어도 발 빼기 쉽다. 어차피 같은 회사라고 해도 경쟁 관계다. 피차 같은 처지에 구체적인 도움을 주지 못해도 도의적 문제는 없다.

'그럼 들어볼까.'

…다만, 인사치레가 끝난 뒤 후배 입에서 나온 내용은 상상 이상이었다.

"저희… 데뷔 타이틀 가제가 〈마법소녀〉였어요…!"

"푸흡!"

방금 소리는 내가 아니라 내 옆에 앉아 있던 김래빈이 낸 소리다. 이쪽도 광고 미팅 상대가 아니라 시간이 났거든.

그리고 나도 뭘 마시고 있었다면 저 소리를 냈을 것이다.

'돌았나?'

저쪽 담당자가 미쳤나? 아니, 혹시 오해가 있을 수도 있다. 나는 가까스로 입을 열었다.

"테스타 데뷔곡, 〈마법소년〉과…."

"예, 예! 들으면 바로 그 곡이 생각나요. 가사도 비슷한 부분이 있고, 장르도 유사해서…."

오해는 아니었군. 후배의 얼굴은 허옇게 질려 있었다.

"이미 컨셉이랑… 의상도 봤는데요, 너무, 너무 비슷하니까……."

"……."

"말씀드려야 할 것 같아서 찾아뵙게 됐습니다…."

그래. 그 부분은 확실히 알겠다.

'이거 다 같이 X 될 것 같아서 찾아온 거였군.'

하기야 이 애도 그 아주사에서 버텼으니, 테스타가 도움을 줄 거라 무작정 믿고 찾아왔을 리가 없다. 같은 소속사의 2년 차이 선배란 다분히 라이벌에 가까운 존재가 아닌가. 그러나 이런 건 터지면 테스타도 골 아플 테니 같이 반대해 줄 것이라 기대하고 올 법했다.

합리적인 발상이긴 했다. 다만 무작정 믿을 순 없다.

'일단 좀 더 캐내볼까.'

소속사가 무슨 생각인진 대충 짐작은 가는데, 구체적으로 어떤 상황인지 좀 더 들어볼 필요는 있겠지.

하지만 내가 뭘 떠볼 것도 없었다. 나보다 먼저 김래빈이 번쩍 한 손을 든 것이다.

"혹시 질문드려도 됩니까?"

"예? 예!"

평소 이놈의 사회성을 고려해서 입을 막을까 짧게 고민했지만, 그만 뒀다. 김래빈은 〈마법소년〉 곡에 직접 손댄 당사자니까.

그리고 예상대로 김래빈은 핵심을 찔렀다.

"곡이 얼마나 유사합니까? 장르적 유사성에 더하여 컨셉에 공통분모가 있는 정도 이상입니까?"

"그… 아!!"

후배가 흥분해서 탁자에 양손을 올렸다.

"아예 따온 게 있어요! 브릿지에 잠깐 들어가는 게!"

"예…?"

"〈마법소년〉에 그 '따라라라~' 하는 멜로디요!"

"…!!"

〈마법소년〉의 가장 상징적인 리프 멜로디, 칼림바로 연주되는 청량한 반주음.

그걸 따와…?

'잠깐, 이건 표절 아닌가.'

원곡자가 저걸 썼다고 해도 저작권 문제다. 내가 알기로, 김래빈이 편곡 과정 중 저 음에 코드를 몇 개 더 찍는 바람에 변형이 일어났었다. 그래서 작곡 저작권자 명단 중에도 분명 김래빈이 있는데…….

"아, 샘플링이군요."

그러나 김래빈이 담담히 고개를 주억거렸다. 후배가 입을 떡 벌렸다.

"새, 샘플링이요…."

"예. 과거부터 대중음악사에서 무단 샘플링이 일어난 경우는 잦긴 합니다만, 그래도 최근에는 지양하는 세태인데……."

"아무튼, 넌 들은 게 없다는 거지."

"예."

"법적으로도 애매한 거고."

"그렇습니다. 정도에 따라 다릅니다만…. 실제로 법적 문제로 인정되지 않은 사례도 다수 존재합니다. 더구나 이번 경우 브릿지에 잠깐 들어갔다고 하시니, 오마주로 해석될 가능성도 있습니다."

즉, 여론에 의한 도의적 문제 선에서만 해결 봐야 할 수도 있다는 뜻이다. 그러고 보니 일단 발매한 뒤 허락받는 경우도 부지기수였던 것 같긴 하다.

나는 혀를 찼다.

'…이거 본부장의 모험 수 맞는 것 같은데.'

어차피 본부장은 테스타를 통해 본인의 비전을 실현하는 건 반쯤 포기한 상태다. 그렇다면 대신 테스타를 저 신인 그룹의 자양분으로 딱 한 판 거하게 써먹을 준비를 했다고 하더라도 이상하진 않았다.

'어그로를 끄는 거지.'

테스타 팬들의 화력을 역으로 써먹는 것이다.

같은 소속사 세계관으로 비벼볼 만한 애매한 선을 건드려서, 테스타 팬들의 분노까지 대중적 흥미로 소화하는 구상을 그렸지 않을까.

'말하자면, 전형적인 노이즈 마케팅이다.'

어차피 대중들은 테스타가 자체적으로 컨셉과 편곡을 맡았다는 것에 자세한 관심은 없다. 그냥 이미지로만 받아들이지, 디테일을 확인하며 그룹이 정확히 어떤 제작 부분에 참여했는지를 추리하는 사람이 있을 리가 없다.

그러니 저 후배 그룹이 곡과 뮤직비디오를 잘 뽑아서 대중에게 인식되면, '테스타 팬들이 과했다'로 여론이 귀결되어 버릴 수도 있다.

이런 식으로.

-같은 소속사끼리 세계관 연결 흔하지 않나? 하여간 유난은... ㅉㅉ
-좋기만 하구만 작곡가랑 회사가 똑같으니까 스타일 겹치기도 하는 거지 설마 테스타 혼자 다 만들었다고 믿나? ㅋㅋㅋ
-하도 난리라 무대 봤다가 입덕함 은하수즈 이제 꽃길만 걷자ㅜㅜ

그리고 〈마법소년〉 곡과 컨셉은 이미 한번 검증된 흥행작이다. 반만 따라가도 반응이 괜찮을 거란 계산도 당연히 깔려 있을 테니, 일단 이 방법을 통해 저 후배 그룹을 확 띄운 후엔 본부장이 그쪽을 주력으로 밀어주는 그림일 것이다.

종합적으로, 소속사만 별 손해 없이 이득 보는 구성이었다.

'어차피 화살은 저 신인 그룹한테 먼저 돌아갈 테니까 자기들이 욕 먹는 부담도 덜하겠어.'

그리고 저기 앉은 후배 안색만 봐도 저 그룹에게 이 상황이 얼마나 부담스러운진 알겠다. 〈아주사〉라는 미친 프로그램을 거치면서, 분명 저 그룹 인원들도 하나같이 평생 먹을 욕은 다 얻어먹었을 것이다.

'그런데 데뷔해서도 욕받이로 견디라니 싫을 만도 하지.'

다만 그래도 '화제성' 하나는 데뷔 후에도 보장이 가능한데, 갈등도 안 하고 그저 거부감만 보인다라.

'음.'

나는 다시 입을 뗐다.

"저기."

"예!"

"혹시 생각해 놓으신 대안 있을까요."

"네?"

"〈마법소녀〉 말고, 다른 후보가 있었는지 궁금해서요."

"…! 예!"

역시.

후배의 안색이 좀 돌아왔다. 그리고 침착한 설명이 이어졌다.

"사실 저희 멤버 중에도 원래 프로듀싱을 공부하던 친구가 있어요. 그 친구 곡이 타이틀 후보로 최종까지 갔는데… 갑자기, 며칠 전에 뒤집혀서요."

이 사태만 놓고 봤을 때는 희소식이긴 하군.

"그 곡 하고 싶으시겠네요."

"…예. 그, 팀장님은 다음 앨범에 쓰면 된다고 하셨지만…… 솔직히, 상황을 다 떠나서 객관적으로도 저는 그 곡이 더 좋다고 생각합니다."

음, 회사 쪽 전략이 괜찮긴 했다. 일단 데뷔로 어그로를 잔뜩 끈 다음에 다음 앨범에서 자체제작으로 터뜨리며 떡상하는 그림을 그렸나 보군.

'거기에 우릴 써먹어서 문제지.'

테스타가 좀 빈정 상해도 뭐, 어쩌겠냐는 생각도 있을 것이다. 재계약이 코앞인 것도 아니고 아직 3년 반이나 남았으니까.

나는 살짝 인상을 찌푸렸고, 후배는 기겁했다.

"물론 〈마법소녀〉은 정말 대단한 명곡인데요…! 지금 저희 데뷔곡이 아류 같은 느낌이라, 그보단 원래 후보곡이 좋다는….."

"그럼요. 충분히 이해합니다."

아무래도 내 표정을 오해한 듯하다. 내가 인상을 푸는 동안, 김래빈이 불쑥 대화를 시작했다.

"혹시 원래 준비하시던 곡은 어떤 곡입니까?"

"아, 약간 뉴트로풍의… 요새 각광 받는 스타일인데요, 듣기 편하고 굉장히 멋있는 곡이라고 저랑 멤버들은 생각했어요!"

"뉴트로면 디스코나 신스웨이브 쪽입니까?"

"음, 아마 신스웨이브였던 것 같습니다!"

"그럼 혹시 사운드 팩은….."

직접 작업하는 건 아니라 작곡 용어에 다 통달했을 리가 없는 후배는 김래빈의 질문에 점점 쭈그러들기 시작했다. 슬슬 끊어줘야겠다.

"죄송합니다. 얘가 워낙 음악 작업에 열정적이라….."

"열정적이신 거 좋죠…! 대단하십니다!"

"아, 감사합니다."

안 되겠다. 도로 신입사원으로 돌아갔군.

나는 딱딱하게 굳어서 아부성 대사를 외칠 것 같은 후배를 딱하게 보다가, 일단 분위기를 환기했다.

"일단, 왜 찾아오신 건지는 확실히 알겠습니다. 걱정되셨겠네요. 아쉽기도 하셨겠고."

"예….."

"그런데 아시겠지만, 저희도 다른 그룹의 프로듀싱에 함부로 관여하긴 힘듭니다. 아직 데뷔한 지 2주년도 안 된 신생 그룹이니까요. 지금

이야기를 들어보니 법적으로 문제 삼기도 힘든 건이고요."

"……그렇죠."

후배의 얼굴이 어두워졌다. 그리고 김래빈도 덩달아 얼굴이 어두워졌다. 임마 넌 그러면 안 되지.

'곡 문제라 이입했군.'

잠시 큰세진이 그리울 뻔했다. 나는 한숨을 참으며 말을 이었다.

"하지만 불편하신 심정은 충분히 알겠습니다. 혹시 회사랑 이 화제로 말씀해 보셨을까요."

"…해보려고 했는데, 들어주시질 않아서요."

역시 데뷔도 안 한 애들이 하는 말이 먹히려면 프레젠테이션 정도는 준비해야 하나.

"그렇군요."

김래빈이 전 소속사가 생각나는지 열심히 고개를 끄덕였다.

"슬픈 일입니다. 누구든 자유로운 발언이 가능해야 할 텐데…."

아이고.

나는 김래빈을 말없이 쳐다보았다.

김래빈은 조용히 굳었다.

좋아. 이제 말을 잘 고르자.

여기서 중요한 건, 우리도 불편할 거란 사실은 군이 언급하지 않는 것이다. 테스타가 직접 나서서 무마시키면 나중에 무슨 말로 왜곡될지 모르니까.

테스타가 아니라 신인들이 자체적으로 반대한 그림이어야 한다.

그러니, 우리 역할은 조언으로 끝낸다.

나는 팔짱을 꼈다.

"혹시 최근에 회사에서 미국 이야기 들어보신 적 없나요."

"미, 미국이요? …아, 본부장님 뵀을 때 그런 말씀을 많이 하시긴 했는데요."

"그렇군요."

미국병 아직 건재한 게 맞군. 나는 고개를 끄덕이며, 가볍게 말했다.

"다음에 직책 높은 분 있을 때마다 이런 대화를 좀 흘려보시는 건 어떨까요."

"예?"

"마법소녀가 너무 전통적이고 흔한 마니아 감성이라 미국 같은 데에선 안 통할 것 같다고."

"…!!"

"요새 미국에서 뉴트로 유행하니, 그 흐름이 지나기 전에 타면 아주 효과적일 것 같다는 사례도 좀 드시고요."

"직접요??"

"아뇨, 멤버들끼리 그런 대화를 잘 들리게 하시는 거죠. A&R팀 직원분이나 회사 사람들이랑도 하시고."

"……."

후배의 표정에서 경악이 사라지더니 대신 침착함이 깃들었다.

"그리고, 적당히 소문 퍼졌을 때 본부장님 만나서 제대로 말씀드려보면 될까요?"

'오.'

상황 판단력 괜찮군. 나는 고개를 작게 끄덕였다.

"확신은 할 수 없지만… 준비를 제대로 해가면 통할 수도 있지 않을까요. 저희도 데뷔 때 비슷하게 했거든요."

"……."

후배는 생각에 잠긴 듯 한동안 대답이 없다가, 곧 담담히 고개를 끄덕였다.

"…네. 감사합니다."

"아뇨. 도움이 됐으면 좋겠습니다."

"예! 귀한 시간 내주셔서 정말 감사합니다. 감사합니다! …엇, 전화! 아, 다음에 뵙겠습니다. 선배님들!"

후배는 빠릿하게 인사하더니, 곧 울리는 진동 소리에 기겁하며 회의실을 뛰쳐나갔다.

'몰래 나왔나 본데.'

뭐, 이제는 저쪽이 알아서 할 일이다. 나는 어깨를 으쓱하며 자리에서 일어났다.

"래빈아, 우리도 가자."

"예."

김래빈은 일어나서 의자를 정리한 다음에야 진지한 얼굴로 질문했다.

"후배분들의 설득이 성공적으로 이루어지실 거라고 보십니까?"

"글쎄. 운과 능력의 문제겠지."

김래빈은 고개를 숙이더니, 약간 우울한 어투로 중얼거렸다.

"잘 진행됐으면 좋겠습니다."

"왜. 후배들이 욕먹을까 봐 안쓰러워?"

"그것도 일부 존재하지만…."

김래빈은 머뭇거리다가 말을 이었다.

"저희 데뷔곡을 멋대로 쓰지 않았으면 좋겠습니다."

"…!!"

"다들 수면 시간도 없이 열심히 만들었는데, 그 소중한 결과물을 타인이 멋대로 남용하지 않았으면 해서… 이기적인 발언으로 들릴 수도 있겠지만, 저희 그룹의 심정이 더 신경 쓰였습니다."

나 참.

"이기적인 거 아니야."

"그, 그렇습니까?"

나는 피식 웃었다.

"어. 나도 그래."

"…!"

"우리 곡을 누가 관심 좀 받겠다고 도용하는데 좋을 리가 있나."

"여, 역시 그렇군요."

그렇다. 심지어 그룹에도 피해가 오게 생겼는데, 이걸 좋다고 넘기면 호구 새끼지 않은가.

"그리고 만약에 저쪽이 성공 못 해도 완전히 회사 마음대로 흘러가진 않게 작업해 둘 생각이니까, 너무 걱정은 말고."

"…예!"

김래빈의 얼굴에서 시무룩한 기색이 가셨다.

"그런데 혹시 어떤 방식으로 하실 예정입니까?"

음, 밑밥이나 깔아두는 거지.

나는 그날, 다른 멤버들보다 먼저 숙소로 돌아가자마자 김래빈과
SNS에 글을 하나 업로드했다.

데뷔 제작기
(파일)
놀이공원 대탕진 화가 방영된 기념으로 초심을 돌이켜 봅니다. 앞으로도 열
심히 하겠습니다...
(캡처)

바로 데뷔 당시 본부장을 설득하기 위해 만들었던 데뷔곡 관련 PPT 초
본과 최종본이다.

참고로 초본에서 최종본까지 파일 저장 목록도 캡처로 첨부했다.
'진짜_최종', '1_(1)' 이런 게 잔뜩 붙어 있는 온갖 버전의 제목이 캡
처에 난무했다.

김래빈은 손바닥을 쳤다.

"알겠습니다! 〈마법소년〉의 편곡과 컨셉, 가사가 모두 테스타의 자
체제작이라는 물증을 강조하며 공개하신 거군요!"

"어… 그렇지."

저렇게 말하니 굉장히 거창해 보이는군. 그냥 선수 치는 수작인데
말이다.

그리고 혹시 모르니 리얼리티 프로그램을 의식해 우연히 올린 것처

럼 포맷도 잡아두긴 했다. 혹시라도 회사가 강행했을 경우, 나중에 '테스타가 후배 여돌 저격했다'는 말이 나오는 것을 막기 위해서.

"형! 여기 PPT 템플릿을 추천해 주시는 팬분도 계십니다!"

"그래."

팬들은 PPT라는 희한한 떡밥에 폭소하면서도 추억에 잠기는 것 같았다.

나는 그 반응을 중계하는 김래빈의 말을 들으며 다른 놈들의 귀가를 기다렸다. 리얼리티를 변명 삼아 SNS를 올리고 나니, 내일 시상식에서도 리얼리티 관련 액션을 좀 취하면 좋을 것 같다는 생각이 들었기 때문이다.

'상의해 볼 만하지.'

그리고… 동명이인 두 놈에게 주의도 줘야 한다.

'괜히 티 내지 말라는 말 정도는 해야 하나.'

방금 기사를 봤다.

내일 시상식에서, VTIC이 드디어 공식 스케줄을 재개한다고 하더라.

골드디스크 시상식은 음원과 음반 부문으로 나뉘어 양일 연속 진행되었다. 그리고 남자 아이돌은 음원보다 음반에서 강세를 보이는 경향상, 후자에 얼굴을 비추는 경우가 더 많았다.

올해는 테스타도 그 경우에 속했다.

〈행차〉가 포함된 앨범이 역대 아이돌 앨범 판매량 7위 이상을 팔아치우며 어마어마한 기록을 냈기 때문이다. 음원 성적도 훌륭했으나 앨범 백만 장의 벽을 깬 것은 그 의미가 남달랐다.

명실상부 남자 아이돌 1군.

비록 그 위에 넘을 수 없는 벽이 있었더라도 말이다.

-그래도 대상은 안 되네 브이틱이 있어서ㅋㅋㅋㅋ 불쌍

-ToneA에서는 그래도 올해 가수상 받지 않았나? 물론 티원 시상식이라 하나 챙겨줄 줄 알았지만ㅎ

-테스타 아직 대상감은 아닌 듯 내년에 브이틱 나락 가고 나면 받을 수 있을지도

　└문제 일으킨 놈 퇴출 한지가 언젠데 아직도 나락 ㅇㅈㄹ 응 희망사항 안 받아 망돌 빠는 새끼야~

　└추하다 티카야

"아, 개자식들!"

VTIC의 팬은 씩씩거리며 스마트폰을 던졌다.

'개빡쳐 진짜… 범죄자 새끼 때문에 이게 무슨 일이야.'

안 그래도 능력 없어서 안 좋아하던 놈인데, 이 지경이 되니 너무 열받아서 미칠 것 같았다.

'죄 없는 우리 애들한테 피해가 다 오잖아….'

일정 올 캔슬에 잠정 공백기. 연말 프로그램도 휴식 명목으로 하나도 나오지 않았다.

선공개만 봐도 컴백에 엄청난 걸 준비한 것 같았는데, 그게 이렇게까지 미뤄져서 이제야 겨우 공개를 앞두고 있다는 게 믿기지 않았다.

'진짜 데뷔 때부터 사고 한 번 안 치고 온 애인데……'

특히 한 사람의 개인 팬 성향이 짙은 이 팬은 자신의 최애를 아련히 떠올렸다.

'재현아…'

바로 리더인 청려였다.

'우리 신재현이… 쉴 때도 유기견 봉사나 하는 앤데 X발 클럽 사태 같은 추잡스러운 짓 엮인 놈 이끄느라 그동안 고생 많았다 진짜……'

차라리 다행이라고 생각하자고, 청려의 팬은 마음을 고쳐먹었다.

'그래. 이 기회에 어차피 하는 것도 없는 무능력자 손절했으니 넷이 서 커리어 하이 찍자.'

퇴출당한 전 멤버에게 무자비한 평을 내린 팬은 SNS에 접속했다. 공백기 동안 다소 조용하던 VTIC 팬들의 계정에 활력이 넘쳤다.

'다 으쌰으쌰하는 분위기네.'

이 기세가 반드시 성적으로 이어져야 했기에, 팬은 이상한 뉘앙스는 없는지 열심히 글을 훑었다.

그리고 빈자리들을 발견하고 입맛을 다셨다.

'갈아탔겠지.'

이야기를 나누던 계정 중 몇몇이 어느새 사라졌다. 곧 활동 시작하면 새 사람들로 채워지겠지만 어쨌든 탈주한 사람들이 있다는 건 어쩔 수 없었다.

"다 걔네한테 갈아탄 거 아냐?"

얼마 전부터 여기저기서 떠들썩한 그 그룹을 떠올리며 팬은 오묘한 기분에 휩싸였다. 청려와 제법 친해 보이는 후배가 있는 그룹.

바로 〈아주사〉 시즌 3 출신 테스타였다.

사실 그녀도 최근 그들의 리얼리티를 보기는 했다. 청려와 친한 박문대에게 조금 관심이 있기도 했고, 워낙 인터넷에서 화제였기 때문이다.

먹방부터 국뽕까지 사람들이 좋아하는 요소는 다 때려 박은 그 영상은 아이돌에 별 관심 없는 일반인과 위튜브 중장년층 시청자까지 확보했다고 한다.

-아ㅋㅋㅋ 아이스크림 올린 호떡? 이건 못 참지
-우리 훤칠한 청년들이 대한민국의 맛난~ 호떡을 홍보하는군요 손도 야무지고 얼굴도 아주 잘났습니다 화이팅^^
-ㅋㅋㅋ박문대 매장에 나오는 노래 따라부를 때 외국인들 표정 봐 하긴 나도 케밥 썰던 먼 나라 요리사가 갑자기 한 곡 기깔나게 뽑으면 저럴 듯
-엄머머 한국인들 다 저렇게 생겼다 오해하면 어쩌나… 나는 몰라 (웃는 이모티콘)

심지어는 기세에 힘입어 T1 계열 쪽 케이블 방송에서 다음 주부터 TV 방영까지 예정되어 있었다.

'우리 애들도 그런 거 시키면 잘할 텐데.'

대기업 방송사 끼고 있어서 좋겠다며, 청려 팬은 투덜거렸지만… 재밌었다는 것 자체는 부정할 수 없었다. 하다못해 그냥 지나가는 장면에서도 캐릭터가 살았다.

가령 2화 후반, 첫날부터 예상치 못한 판매 폭주로 갑작스러운 영업 중단을 맞이하는 장면도 그랬다.

[정말 천국의 맛이네요. 이거, 아이스크림 호떡 하나 더 주문할게요. 부탁해요.]

[배세진 : …오케이.]

호떡에 초콜릿을 신중히 뿌리던 배세진은 갑작스러운 외국인의 습격에 잔뜩 긴장해서 삐걱거리며 주방으로 갔다.

[배세진 : 호떡… 아이스크림 호떡이 하나 더 필요한데.]

[이세진 : 헉. 형, 방금 반죽 다 떨어졌는데요!]

[!!!!]

화면이 흔들리는 충격 효과가 배세진의 클로즈업을 뒤흔들었다.

[배세진 : 그럼… 자, 잠깐.]

[이세진 : 아, 제가 말씀드릴게요! 서비스로 아이스크림이라도 잔뜩 드리죠 뭐~]

[배세진 : …아냐, 내가 할게!]

[빠밤!]

배세진은 비장한 스포츠 응원가를 BGM 삼아 아이스크림을 하나 가득 퍼갔다.

[오~ 고마워요!]
[…크흠, 유 웰컴.]

그리고 결국 손님의 오케이 사인을 받고 뿌듯한 표정을 짓는 것으로 추가 오더 사태는 마무리되었다.
이어진 영업 점검 토의에서도 화면은 유쾌 발랄했다.

[주문 폭주로 영업 중단!]
[※토의 시작※]

두둥!

[레시피 중시파]
[김래빈 : 50개 분량의 반죽을 작업하여 40개만 만들었다는 것은 숙련도의 문제입니다. 영업 종료 후 연습을 통해 50개의 감각을 익히겠습니다…!]

[한국의 인심(?)파]
[이세진 : 어차피 원가가 엄청 센 것도 아닌데 좀 많이 드리자~ 한국의 인심을 보여줘~]

[돈이나 벌자파]
[박문대 : 무슨 말을 하든 반죽하는 손은 멈추지 마라. 일단 팔 게

있어야지.]

멤버들은 자기 의견을 적극적으로 내며 투닥거리면서도 사이가 좋아 보였고, 서로 다른 성격도 하나하나 부각되었다. 특히 작은 실수 하나에도 깜짝 놀라서 얼어붙는 배세진과 고장 난 호떡 기계 김래빈은 귀여운 밈이 되어 돌아다니고 있었다.

확실히 연예인으로서 매력이 느껴지긴 했다는 뜻이다.

'그러니 우리 팬덤에서도 유출이 일어나지….'

하지만 그것도 오늘로 끝이라고, 청려의 팬은 생각했다. 공백기가 끝나고 컴백이 확정된 지금, VTIC은 무시무시한 속도로 또 화제성을 쭉 빨아들일 테니까!

'곡만 잘 뽑으면 하락세는 멀었어!'

오히려 멤버 탈퇴 사건의 영향으로 '얼마나 잘하나 보자', 혹은 '고생했다 응원한다'는 관심이 쏟아지고 있었다.

그리고 데뷔 후 그 오랜 시간 동안, 청려는 한 번도 팬의 기대를 좌초시킨 적이 없었다.

[띵~ 띠리링!]

"아, 시작한다."

'12세 미만 시청자 관람 불가' 권고가 지나가는 순간, 그녀는 각을 잡고 TV로 시선을 돌렸다.

'시상식 컴백 무대 본방사수!'

미리 찍어둔 것인지, 대기석에 자리 잡는 가수들의 면면이 짧게 잡
히며 지나갔다.

그리고 어느 기점을 넘긴 순간.

"헐."

테스타가 화면에 잡혔다.

물론 단순히 테스타가 나왔다고 뜬금없이 청려의 팬이 감탄한 것은
아니었다. 나올 만한 타이밍이었으니까. 다만 화면에 등장한 그들은…
놀이공원에서 산 기념 방석을 찰지게 자신들의 의자에 깔고 있었다.

철썩철썩철썩!

심지어 야무지게 놀이공원 상표까지 가려놨다. 그리고 의자에 착 붙
은 그 방석의 동물 얼굴을 카메라가 굳이 아련히 클로즈업했다.

'저게 뭐야.'

문득 드는 예감에 인터넷 페이지를 열어보자 실시간 시청자들이 'ㅋ
ㅋㅋㅋ'를 도배하며 폭소하는 중이었다. 테스타의 리얼리티를 안 본 사
람들이 보기에도 그냥 뜬금없이 웃긴 장면이던 것이다.

그리고 리얼리티를 시청한 사람들은 백그라운드 지식을 공유하는
재미까지 느끼고 있었다.

-미친 저걸 여기서ㅋㅋㅋㅋㅋㅋㅋㅋ

-뭐임 저거 사연있음?ㅋㅋ

-테스타 리얼리티에 나왔어요

-억ㅋㅋㅋㅋㅋ충동구매 천딸라 그래도 알차게 써먹네

-테스타 아워홀 강추함 호떡 팔며 미국 여행 빚 갚는 한국 청년들을 보세요~

"와……."

청려의 팬은 VTIC이 화면에 잡히길 기다리면서, 약간은 인정하는 수밖에 없었다.

저것들도 난놈은 정말 난놈들이었다.

"나 고양이 방석 쓸 거야."

"차유진 네가 고양이 방석 터뜨린 거잖아! 돌고래로 만족해."

"돌고래 싫어."

차유진은 샵에서부터 김래빈의 방석을 호시탐탐 탐내고 있었다. 저 꼴을 계속 보니 머리가 다 아프군.

나는 내 방석을 들어 올렸다.

"…강아지라도 써라."

"좋아요!"

차유진은 행복하게 강아지 방석을 냉큼 가져간 뒤 돌고래를 두 손으로 공손히 내밀었다. 확실히 이게 못생기긴 했다만, 어차피 엉덩이로 뭉갤 텐데 뭔 상관인가 싶다.

'후.'

나는 방석을 깔고 착석했다. 옆에서 다른 아이돌이 황급히 웃음을 참는 소리가 들렸다.

'많이 웃어라.'

시청자도 웃을 테니 좋은 징조였다.

이렇게 리얼리티 어필도 적당 선에서 괜찮게 한 것 같으니, 이젠 시상식에 집중하는 모습을 보여주자. …자리 배치가 좀 그렇긴 하다만.

'바로 옆이 VTIC이군.'

테스타가 작년보다도 더 떴다 보니 좋은 자리를 받아서 어쩔 수 없는 일이었다. 게다가 신경 쓰이는 건 청려가 아니다.

옆자리의 이놈이다.

'저거 왜 저러냐.'

내 옆의 배세진은 대단히 비장한 표정이었다. 시상식이라 다들 상 때문에 그런다고 오해해 줄 것 같아서 다행이지, 아니면 벌써 온갖 추측이 난무했을 것 같다.

나는 한숨을 참으며, 만일을 위해 입 모양을 가리고 작게 말했다.

"형, 표정."

"아…!"

곧바로 배세진이 평상시의 적당한 표정을 회복했다. 확실히 배우로서의 능력은 출중한 놈이다.

'큰세진은… 뭐, 신경 쓸 것도 없군.'

실실 웃으며 차유진을 놀려먹고 있는 놈은 평소와 다를 게 없었다. 뭐, 당연한 일이었다. 나는 어제 이놈들과 나눈 대화를 떠올렸다.

―크게 신경 안 쓰긴 할 건데, 혹시라도 상황 이상하게 돌아가면 커버

만 부탁하고 싶습니다.

─어, 어떤 식으로??

─음… 그냥, 보기에 문제 생길 것 같은 애매한 분위기면 적당히 말만 돌려주실 수 있을까요.

사실 능력치 분배상 배세진보단 큰세진 놈에게 한 거나 다름없었으나, 예의상 연장자 중심으로 전달한 말이다.

─오케이~

그리고 예상대로, 큰세진은 별다른 군말 없이 이 정도로 리액션을 끝냈다.

그러나 배세진은 이 대화에서 무슨 사명감 같은 걸 가진 모양이었다.

─…그래. 걱정 마!

이렇게 대답하더니, 시상식 오는 내내 무슨 학교에서 얻어맞고 온 동생 놈 등굣길 호위하는 것처럼 기합이 들어가 있다.

'저러다 본인이 사고 치는 거 아닌가.'

괜히 말했나 싶다. 그러나 신경 써주려 애쓰는 것은 기특한 일이긴 했기에, 나는 온건한 방식으로 긴장을 풀어주기로 마음먹었다.

이런 식이다.

"그러고 보니 세진 형 방석에는 리본 달렸던데요."

"맞아. 세진아, 그 기니피그 캐릭터 귀엽더라."

"…뭐, 그렇긴 하지."

"네. 아, 혹시 그때 VOD 리액션 보시고 생각나서 구매하셨던 건가요."

"…!!"

배세진의 얼굴이 시뻘게졌다.

여기서 VOD 리액션이라 함은 이거다. 이번 콘서트 VOD 판매 구성에 포함되어 있는, 첫 번째 콘서트 리허설에 대한 테스타 본인들의 리액션 영상.

'VOD 홍보용으로 풀 예정이라고 했지.'

그리고 배세진은 그걸 리액션할 당시에 기함했었다. 나온 리허설 영상이 청재킷부터 왕리본까지의 의상을 풀장착한 유닛 무대였기 때문이다.

게다가 메이킹 필름 제작진의 질문까지 나왔다.

─리본 정말 잘 어울리시네요!

─…그, 아니요.

화면의 배세진이 이러고 도망가는 것을 보며 차유진이 무자비하게 폭소했었다.

음, 마침 같은 장면을 회상했는지 배세진이 버럭 소리친다.

"아니야! 그냥, 햄스터랑 비슷해서…!"

"오, 햄스터."

"내가 햄스터라는 게 아니라! 패, 팬분들이 그렇게 불러주시니까!"

"기니피그는 큰 햄스터예요?"

"으으윽."

배세진은 멤버들의 악의 없는 감탄에 그대로 침몰했다. 한동안 헤어 나오지 못할 것이다.

'화목해 보였을 테니 일석이조군.'

나는 피식 웃으며 배세진에게서 시선을 돌렸다.

그러다가, 마침 입장하던 옆 테이블 놈들과 눈이 마주쳤다.

"...!"

"아! 문대 씨~!"

지난번, 모 예능에 함께 출연했던 VTIC 두 놈이 눈이 마주치자마자 웃으며 손을 흔들어댔다. 그리고 바로 그 옆에 내 대가리를 오함마로 후려치려 했던 놈이 서 있었다.

VTIC의 청려.

'휴가 이후로 처음인가.'

사실 예상대로 별 감흥은 없다. 그동안 조용했던 걸 보니 이제 쓸데 없는 개짓거리 할 확률도 낮겠고.

'대충 묻어가면 되겠군.'

아니나 다를까, 다른 놈들이 떠드는 소리만 들린다. 떠들썩한 시상 식장을 의식했는지 목소리를 키운 것 같다.

"리얼리티 잘 보고 있어요!"

"감사합니다."

컴백이 연기됐으니 아마 집에서 조용히 지내는 동안 온갖 영상물을 섭렵한 모양이다. 그러나 VTIC 놈은 내 동요 없음을 자기 말이 빈말처럼 들린 탓이라 오해했는지, 굳이 또 말을 잇는다.

"아니, 우리 다 같이 봤는데 진짜 재밌더라고요!"

"맞아, 형도 재밌었죠?"

"…!"

한 놈이 맞장구를 유도하며 청려를 대화로 끌어들였다.

'그냥 가라 좀.'

방금까진 적당한 친목이라고 쳐도 이제 분위기 X 되게 생겼는데 직캠에라도 잡히면 루머 생성기다.

'이 새끼들 진짜 귀찮네.'

탄식하는 순간, 청려와 눈이 마주쳤다.

"……."

놈은 살짝 고갯짓했다.

그게 전부였다.

'오.'

정말 상황에 맞는 적절한 태도라 약간 놀랍군. 머리를 얻어맞고서야 저놈 대가리에도 드디어 상식이 돌아왔나 싶은 순간이었다.

"아~ 선배님들, 정말 감사합니다! 저희도 선배님들 무대 요새 너무 많이 챙겨보잖아요~"

"오~ 좀 쑥스럽네!"

"그러게!"

"그래서 오늘 진짜 경건한 자세로 집중하려고 방석까지 챙겨왔죠!"

"와하하! 그래서 가져온 거였어요?"

"그럼요~ 선배님 파이팅!"

"예, 후배님도 파이팅!"

큰세진이 알아서 대화를 진행시켜 끝냈다. 진짜 소라도 사야 하나.

'밥값 하는군.'

저기 배세진도 VTIC 쪽을 노려보지 않는 것만으로도 밥값은 한다고 쳐주겠다.

그리고 VTIC이 자기 자리로 가는 순간, 큰세진이 곧바로 관객석에선 보이지 않도록 입을 가리고 작게 말했다.

"…어딜 많이 때렸다는 거야? 흔적도 안 보이는데."

"뒷머리. 목."

청려는 검은 목티를 입고 있었다. 아직 흉을 못 지운 게 분명했다. 큰세진은 순간 오묘한 표정을 지었다가, 얼른 기색을 지웠다.

[안녕하십니까, 여러분. 한 해의 시작, 지난해의 활약을 돌아보는….]

그리고 그 순간, 무대에서 MC의 인사말이 나오기 시작했다. 본방송 송출이 시작된 것이다.

'한동안 지루하겠군.'

나는 표 나지 않게 등받이에 체중을 실었다. 리액션 기계를 운영할 시간이었다.

당연한 말이지만, 바쁜 스케줄 중에 가만히 앉아만 있는 타임이 있다는 건 편한 일이었다. 다만 아무것도 하지 않고 무대만 보며 집중하는 기색을 보여야 한다는 건 상당히 불편한 일이기도 했다.

'그래도 아주사 첫 녹화 때보단 낫지.'

최소한 지금 무대 퍼포먼스를 하는 놈들은 다 수상 실적이 있을 예정인 놈들이니 말이다.

와아아아아!

나는 방금 끝난 모 그룹의 무대에 함성에 맞춰 박수를 보냈다.

현대 무용을 적당히 접목한 댄스 퍼포먼스를 추가했던데, 솔직히 중앙에 선 한 명을 제외하곤 썩 재미 볼 정도는 아니었다. 인지도 있는 아이돌 전체를 아주사 등급으로 치환하자면… 골드와 실버 사이 정도인가.

음, 전공자의 고견을 한번 들어보자.

"무대 어때."

"나, 나?"

"응."

"음… 여, 열심히 하셔서 멋진 것 같아. 음, 익스텐션이, 예쁘고."

잘한다는 소리는 못 하는군. 잘 알겠다.

그렇게 적당히 직캠에 무례하게 비치지 않을 정도의 리액션을 유지하며 버틴 결과.

[러뷰어 사랑해요!]

[감사합니다. 여러분 덕분에 올 한 해 정말 행복한 활동이었습니다.]

한 시간 반 만에 본상 수상소감을 말한 직후, 슬슬 우리 무대를 준비할 타임이 왔다.

"이동, 이동."

"오케이."

그리고 이번 무대는 그냥 시상식 시즌의 여러 특별 무대 중 하나로 흘려보낼 것은 아니었다. 성공적인 리얼리티 방영 이후 첫 무대였으니까.

예능으로 받은 대중적 관심을 다시 한번 무대로 끌어와야 아이돌 그룹으로서 호감을 소화할 수 있었다.

'결국 본업을 잘해야 하는 거지.'

그래서 이번엔 힘을 좀 줘봤다.

—마침내 찾아온 날

행차

그르르르— 워!

무대에서 수많은 댄서를 대동하고 두 갈래로 나뉜 안무가 부딪히는 순간, 산수화와 짐승 그림이 그려진 색색의 깃발이 나부꼈다. 그리고 흡사 공처럼 보이는 레이저 효과를 이용한 날렵한 댄스 브레이크.

움직임이 강렬히 깃발 사이를 뚫고 나온다.

화려한 색채와 움직임이 공격적인 편곡과 맞물렸다. 고려와 조선 시대에 무관들이 했다는 전통 놀이인 '기마 격구'를 응용한 퍼포먼스였다.

환호가 인이어를 뚫었다.

우와아아아아악!!!
아악!

콘서트에서 선보인 댄스 브레이크 파트를 더 짧고 간단히 변형한 형태에 추가했는데 반응이 썩 괜찮았다.

지난번에도 생각했던가? 웃기지만, 이젠 무대 위에서 분위기만으로도 대충 구분이 가능했다. 적당히 받아들여 줄 만한 무대였는지, 아니면 정말 볼만한 무대였는지.

이번엔 확실한 후자였다.

"후우."
"바닥 미끄러웠는데 다들 잘했어."
"훌륭했죠~"

큰세진이 그렇게 말하면서도 아쉬운지 슬쩍 위를 쳐다보았다. 계획보다 더 과격한 움직임을 못 보여준 모양이었다.

"그래, 고생했다. 오랜만의 국내 무대였지?"
"그렇죠."
"재밌어요!"

실수 없이 깔끔한 무대에, 카메라 불 들어오는 걸 보니 퍼포먼스도 그럭저럭 리허설대로 잘 잡힌 것 같았다. 다들 제법 뿌듯한 얼굴로 숨을 고르고서 다시 자리로 돌아왔다.

마침 VTIC은 근처에 없었다.

'무대가 다다음쯤이던가.'

이제 생방송도 거의 끝나가는 마당이니 마지막 무대 순서가 준비하러 갔을 법도 했다.

남은 시상도 인기상과 대상뿐이다.

'이 타이밍에 수상하면 백스테이지에서 뛰어나오겠군.'

몇 번 본 적 있는 그림이긴 했다. 그래도 솔직히 자리에서 일어나서 나오는 것보다 임팩트는 떨어진단 말이지. 올해 이 동네 시상식 구성이 다소 어설프다고 생각하며, 나는 화면의 VCR이 끝나기를 기다렸다.

그리고 잠시 후.

[골드디스크 인기상 수상자는… 축하드립니다. 테스타!]

인기상 시상자가 테스타를 호명했다.

"…!!"

"어?? 어어?!"

무대가 끝나고 약간 늘어지게 앉아 있던 놈들이 벌떡 몸을 추켜세웠다.

그럴 만했다. 이건… 솔직히 예상 못 한 상황이다.

얼마 전 '불건전한 경쟁을 부추긴다'며 제재를 받은 후, 인기상 투표 현황은 총투표수만 표기되는 비공개 방식으로 바뀌었다.

'그래도 보통 감이라는 게 있지.'

인기상은 음반 대상 수상자가 함께 수상하는 경우가 잦단 말이다.

스트리밍 서비스가 대세가 된 시대다. 굳이 음반 사주는 사람이 많은 가수? 곡 하나가 아니라 그 가수 자체가 인기 많은 놈이란 뜻이다.

그런데 '전문가 심사'라는 명목의 주최 측 개입 없이, 100% 투표로 받는 이 상을 VTIC이 아니라 테스타가 받았다.

'아무리 VTIC 팬들이 덜 참여했어도 그렇지.'

이번 시상식도 불참이라고 짐작한 VTIC 팬들이 투표에 거의 막판까지 그리 열성적으로 달려들지 않았다는 건 안다. 그걸 고려해도 놀라운 결과다.

'참석 기사 난 뒤에는 분명 후반 러쉬가 있었을 텐데.'

이건 소위 말해… '비벼볼 만한' 상태가 됐다는 뜻 아닌가.

이상한 희열 같은 게 슬쩍 등을 치고 지나갔다.

'침착하자.'

어쨌든, 순식간에 지나간 이 생각과 별개로 몸은 반사적으로 자리에서 일어나 고개를 꾸벅꾸벅 조아리고 있었다. 다른 놈들도 마찬가지였다.

"와⋯⋯."

"우와!"

어리벙벙한 얼굴로 일어서는 놈부터 신나서 뛰쳐나가는 놈까지 다양하다만, 어쨌든 다들 딱히 기대는 안 한 모양새다. 당연했다.

'주최 측에서도 말 없었는데.'

아마 놀라는 컷을 제대로 뽑고 싶었나 보다. 음흉한 놈들.

우리는 클로즈업을 열심히 따는 카메라를 대동한 채 삐걱거리며 무대 위로 올라갔다.

"가, 감사합니다…!"

"감사해요!"

다만 손 흔드는 팬들에게 인사하느라 자연스럽게 대열이 흐트러지는 바람에, 스탭이 내미는 핸드 마이크가 리더가 아닌 엉뚱한 놈에게 가버렸다.

김래빈이다.

"어… 그."

당황했군. 역시 즉석 소감은 이놈에게 너무 부담스러운 과제였나.

'하지만 일단 운을 뗐으니 뭐라도 말해야 한다.'

'감사합니다, 사랑해요'만이라도 해라.

"감사합니다."

그렇지.

하지만 김래빈은 한번 운을 떼니 탄력을 받은 모양이다. 계속 마이크를 잡고 와다다다 긴말을 뱉었다.

"착호갑사 앨범을 준비하며 과연 대중적으로 흥행에 성공할 수 있을지에 대한 잦은 우려가 있었습니다만 결과적으로 많은 분께서 투표해주셔서 상을 받을 수 있었다는 것에 마치 그룹의 선택이 틀리지 않았다는 것을 확인받은 것처럼 느껴집니다."

'제발 문장을 끊자.'

그래도 이 정도라면 장황하긴 해도 합격점이었다.

이대로 잘 마무리되었다면 말이다.

"그리고 개인 곡이라는 모험적 선택… 으어어억, 죄송합니다!"

그러나 김래빈은 결국 앞에서 스탭의 사인을 발견하고서야, 기겁하며 정중히 자신의 마이크를 나에게 상납했다.

"…??"

왜 날 주냐. 옆에 리더가 있는데.

관객석에서 폭소가 나왔다. 김래빈은 얼굴을 가리고 공손히 뒤로 물러났다.

'차라리 다행인가.'

지금 그라운드를 꽉 채운 관객 중 절반 이상이 VTIC 팬인데, 그나마 그쪽 분위기가 좀 풀어졌거든. 2년도 못 채운 햇병아리들이 수상하고 당황하는 꼴을 보니 '이번만 봐준다'는 정신승리가 가능했기 때문인 것 같다.

나는 자연스럽게 다시 마이크를 류청우에게 넘기려 했으나, 류청우가 웃으며 내가 하라는 시늉을 했다. 아마 본상 소감도 본인이 했으니 양보하는 것 같다.

'괜찮은데.'

나는 떨떠름해하면서도 마이크를 들었다.

"래빈이가 참 똑똑해요. 저도 래빈이 말에 다 공감합니다."

다시 터진 작은 웃음소리 뒤, 나는 침착하게 다음 말을 이었다.

"바쁜 일상 속에서도 시간을 내서 저희에게 투표해 주신 모든 분께 감사드립니다. 더 투표할 가치가 있는 앨범으로 돌아오겠습니다."

"감사합니다!"

"리뷰어 사랑해요! 저 완전 좋아요!"

엄지 손을 치켜드는 차유진을 마지막으로 수상 시간이 끝났다.

백스테이지를 거치는 짧은 시간에도 카메라가 있었기 때문에 구체적인 대화는 아직 나눌 수 없었으나, 다들 체감한 것 같았다. 이제 테스타 체급이 1군 수문장이 아니라 너끈히 그 안에 들어갔다는 것을 말이다.

'동기부여 확실하군.'

혹시 내년쯤 되면 순조롭게 VTIC과 라이벌 구도까지 만들 수 있는 건 아닌지, 회사 사람들이 헛꿈을 꿀 수도 있겠다는 생각까지 들었다.

그러나 잠시 뒤.

VTIC의 컴백 무대를 보니, 회사도 짧은 꿈을 접었겠구나 싶다.

아아아아악!!

관객석의 환성이 귀를 찢을 것 같이 컸다. 그럴 만했다.

'더럽게 잘하긴 한다.'

4명으로 인원이 줄었는데도 댄서를 적재적소에 배치해서 빈 곳이 없다. 그리고 곡빨이 끝내준다.

'회사가 일을 잘하면 저게 되는군.'

도저히 수습 안 되는 놈은 빠르게 잘라내고, 나머지는 휴식 기간 내내 기사 하나 안 나게 철저히 케어했다. 심지어 청려 부상도 대외적으로 한 번도 뜬 적 없다. 이번 대처 하나로도 회사의 연륜과 능력, 비전까지 한 번에 느껴졌다.

그 결과. 잘 다듬어진 여론 속에서 저 완벽한 무대 하나로 VTIC은 순조롭게 하락세 위기를 벗어날 게 눈에 보였다.

한마디로, 어떤 소속사와 매우 비교된다.

'음, 퇴사하고 싶다.'

모든 직장인의 꿈을 읊조리고 있자니 곧 VTIC의 긴 무대가 마무리되고 대상이 발표된다.

뭐, 뻔하다.

[대상은… VTIC의 〈Insight〉!]

태도 논란 만들기 싫으면 열심히 일어나서 박수나 치자.

[정말 감사합니다! 저희가… 흐읍, 저희 정말 더 잘할게요.]

저쪽도 마음고생이 심했는지 울음바다. 훌쩍이는 소리가 소감뿐만 아니라 관객석에서까지 들려온다.

'음.'

다만 청려의 얼굴은 깨끗했다.

놈은 다른 놈들을 버릇처럼 몇 번 달래는 시늉을 하고, 맨 마지막으로 마이크를 잡았다. 그리고 여상스러운 어조로 소감을 시작했다.

[잘 모르겠네요.]

미친놈인가?

"……?"

"…??"

오늘의 피날레인 대상 수상소감에서 '잘 모르겠다' 같은 발언이 나오자, 당연하지만 공연장이 싸하게 얼어붙었다. 심지어 감격과 당혹으로 얼결에 나온 투도 아니고, 그냥 부드럽고 의아하다는 어조다.

'저 새끼 진짜 돌아서 개소리하는 건 아니겠지.'

등골이 싸하다. 물론 혹시라도 박문대를 언급하면 VTIC 청려 살인미수 녹음본이 기사로 뜨는 걸 저 새끼도 모르진 않겠다만.

아마도 무대를 보던 사람 대다수가 동공을 사정없이 굴리고 있을 그 어색한 타이밍.

청려가 다시 말을 이었다.

[정말 잘 모르겠습니다. 한때는 이 자리가 너무 간절해서 잠 못 이루며 울고, 견디지 못했던 밤도 있었습니다.]

옆의 멤버들이 그대로 굳어 있는 와중에도, 청려의 느릿한 말은 계속되었다.

[그리고 영원히 오지 않을 것 같던 시간이 흘러서, 결국 여기까지 왔네요.]

청려는 고개를 옆으로 기울였다.

[그때의 절박함이 제게 어떤 깨달음을 주었는지는 여전히 잘 모르겠습니다. 하지만 지금에 와서는 그것보다 남은 감정이 있습니다.]

관객석이 숨을 죽였다. 청려는 웃었다.

[감사합니다. 제가 포기하지 않게 해주셔서.]

소감은 그렇게 마무리되었다.

뒤늦게, 그것이 적당히 훈훈하고 감동적인 마무리가 되었다는 것을
깨달은 사람들로부터 정상적인 박수가 나오기 시작했다.

팬들이야 진작부터 열심히 호응을 보내고 있었다. 아마도 최근 일
어났던 사회면 전 멤버 소동 때문에 저런 소감이 나왔다고 생각하는
듯했다.

아마… 실제로는 다른 경험들에서 나온 소감이겠다만.

"……"

나는 다른 놈들을 따라 조용히 자리에 앉았다.

무대에서는 VTIC 놈들이 눈물을 훔치며 청려의 등을 어설프게 두
들기고 있었다. 평소 안 하던 짓인가 보다.

그래도 대상 앨범 타이틀곡이 울리는 가운데, VTIC은 곡이 끝날 때
까지 무대에 서 있었다. 그리고 카메라 불이 꺼지고 한참 뒤에서야 서
서히 무대에서 내려왔다.

"흠."

방금 저쪽에서 인사를 한 것 같은데, 거리가 멀어서 확신은 못 하겠군.

상관없는 일이긴 하다.

어쨌든, 시상식은 그렇게 환호 속에서 마무리되었다.

"대상 받을래요!"

퇴장해서 차에 타자마자 차유진이 다소 뾰로통하게 중얼거린 말이다. 아무래도 신나게 인기상 들고 내려오자마자 VTIC이 대상을 받아 버리는 바람에 꽂힌 것 같았다.

"왜~ 우리 받았잖아. ToneA에서 올해의 가수상!"

"그거 진짜 아니에요! 우리 방송 주셨어요!"

의외로 날카로운 발언에도 큰세진은 동요가 없었다.

"에이, 그래도 받은 거야~"

"아니에요. 정당정당하게 받아요."

음, 이제 김래빈이 끼어들 때가 됐는데.

"정정당당이겠지."

그럴 줄 알았다.

"같은 말이야."

"아니거든!"

"맞거든!"

사람 없어서 다행일 뿐이다. 나는 어느새 대상은 뒷전이 된 채 말싸움을 시작하는 두 놈을 무시하며 스마트폰을 들었다. 한두 번도 아니고, 안 말려도 알아서 조용해지겠지.

"우, 우리 댓글 보는 거야?"

"겸사겸사."

습관처럼 모니터링을 하려는 생각이었지만, 먼저 정리해야 할 게 있긴 했다.

[새로운 메시지가 있습니다. +34]

문자와 메시지 알림이 무더기로 떠 있더라.

아마 축하 메시지일 것이다. 예상을 깨고 테스타가 인기상을 받았으니 기사가 제법 크게 났을 게 뻔하다.

'급한 건 없지.'

어차피 별 안면도 없는 놈들이 번호 교환한 예의상 보낸 것뿐이다. 나는 심드렁하게 문자와 메시지 알림만 훑었다.

…그리고, 축하 글 사이에서 이질적인 문자 하나를 봤다.

[데려왔어요]

가타부타 다른 설명 없이 그 다섯 글자만 온 문자 내역에는, 웬 꼬질꼬질한 개 사진 한 장이 첨부되어 있었다. 소파 한구석에 처박혀 자는 그놈은 아마도 리트리버 믹스처럼 보였다.

"……."

뭐, 이걸로 됐다 싶다.

나는 메시지를 지우지 않고 넘겼다. 그리고 다시 모니터링을 시작하려던 찰나, 뒤에서 귀청 떨어질 것 같은 부름이 들렸다.

"문대 형! 차유진의 대상 발언이 경솔하며 무모한 치기라고 생각하지 않으십니까!"

"우리 꿈 가져야 해요! 김래빈은 소인배예요!"

소인배 같은 단어도 아냐? 어쨌든, 둘이 싸우다 도로 대상으로 화제가 돌아간 모양이다.

'리더 어디 있냐.'

류청우를 보니, 매니저와 다음 스케줄 대화 중이라 바쁜 것 같다. 별수 없군. 나는 고개를 끄덕이며 입을 열었다.

"대상 받으면 좋지."

"맞아요!"

"그런데 내년에 받겠다고 너무 자주 말하진 않는 게 좋겠다."

"왜요??"

나는 피식 웃었다.

"하도 이야기해서 진짜 받았을 때 감격이 덜하면 안 될 거 아니야, 안 그래?"

"…!"

충격받은 둘의 얼굴 뒤로 큰세진이 낄낄 웃었다.

"이야 문대 패기 봐."

"멋져요."

"새로운 관점의 조언을 주셔서 감사합니다."

별말씀을. 사실 테스타가 이 기세를 유지한다면 정말 일이 년 내로 대상을 탈 가능성은 꽤 됐다.

'VTIC 그놈들도 군대는 가겠지.'

물론 그때까지 내가 박문대로 살고 있을지는 모르는 일이지만. 일단 그럴 거라고 가정은 해보기로 했으니까.

"마, 맞아 문대야. 우리 꼭, 열심히 해서 대상 받자…!"

"그래."

"대상!!"

차유진은 신나서 행차 대신 대상을 넣어서 노래를 흥얼대기 시작했다. 배세진이 이어폰으로 귀를 막고 구석으로 들어간다. 안됐군.

'저거 한동안은 계속 기분 좋을 텐데.'

뭐, 굳이 대상 때문만은 아니다.

"마침내 집에 간 날 대상~"

다음 리얼리티 촬영 행선지가 차유진이 그렇게 노래를 부르던 샌디 에이고의 본인 집이었기 때문이다. 2주 후에 또 호떡 몇백 개 구울 생각을 하니 벌써 설레서 근육통이 오는 것 같군. 예상은 했지만 역시 음식 장사는 중노동이었다.

'뭐, 팔은 다 나았으니까.'

나는 멍 자국이 거의 사라진 내 손목을 들여다보았다.

이제 검진에서도 주의 소견은 나오지 않는다. 그러니까 그때쯤이면… 솔로곡 퍼포먼스도 재개할 수 있을 것 같다.

'좋네.'

서울 앵콜 콘서트가 벌써 기다려진다.

물론, 그전에 1월에 남은 일본 투어는 다 끝내야겠지만.

테스타의 일본 콘서트 투어는 아레나 사이즈로 진행되었다.

흔히 초대형 가수의 상징으로 보는 돔 투어의 바로 직전 사이즈로, 〈아주사〉가 일본에 방영되기 전에 야심만만하게 잡은 크기였다. 참고로 박문대는 남은 표가 덤핑으로 팔리게 생겼다며 씁쓸해했었다.

하지만 막상 〈아주사〉가 방영되고 나자, 아주 적절한 수요 예측이었다는 것이 밝혀졌다.

[테스타, 일본 첫 아레나 투어 4개 도시 8회 공연 전석 매진]

추첨 형식으로 진행된 콘서트 예매는 도시마다 제법 대단한 경쟁률을 보인 것이다. 그리고 그 경쟁률을 뚫고 예매에 성공한 사람들이 실망하지 않을 만한 공연이 계속되었다.

-모두 웃는 얼굴로 오프닝을 했다 멋지고 귀여워라!

-최애의 개인 무대에 비명을 지르는 아이돌 오타쿠가 여기 (웃음)

-앵콜이 나오는 순간, 이 마법 같은 순간도 끝이구나, 그런 감각 때문에 정말 눈물을 참을 수가 없어... 아직도 울고 있다 °·(ﾉД`)·°

-흐르는 땀에도 1mm도 흐트러지지 않아 인간이 아니지요? 역시 지상에 내려온 천사가 분명한 아이

'아니, 그래서 사진은 어딨냐고…!'

쾅. 김래빈의 개인 팬은 주먹으로 키보드를 내려쳤다. 무대마다 직캠한두 개로 공급이 나오면 다행이고, 아예 개인 컷이 전멸 나는 경우도 잦았다.

'구체적인 무대 묘사 후기도 왜 이렇게 없냐고!'

이래서 일본 투어가 싫다며 개인 팬은 울부짖었다. 통제가 너무 심하다 보니 스케줄이 없는 거나 다름없는 무 떡밥이지 않은가.

그래도 테스타는 양반이긴 했다.

사랑하는 러뷰어 저 왔어용

(곰 이모티콘)

오늘의 벌칙 의상입니다ㅋㅋㅋㅋ 그래도 다들 귀엽죠? 알아요! (새침한 이모티콘)

(사진)

투어 중에도 멤버마다 돌아가며 꾸준히 SNS로 오늘의 일정과 공연 후기를 남겼기 때문이다.

'빅버드 이놈은 맨날 자기 잘 나온 것만 골라 올리는 것 같은데.'

김래빈의 개인 팬은 괜히 한번 투덜거리면서도 큰세진이 올린 김래빈과 박문대의 사진을 소중히 저장했다.

"귀여워…."

테스타의 이번 즉석 무대 벌칙 의상은 유치원복이었다. 일본 팬들의 후기에서 한 줄씩 언급된 내용을 긁어모아 보자면, 〈아주사〉 시즌 3 주제곡인 '바로 나'를 동요 편곡했다고 한다.

'X발…!'

지난주 요코하마인가 저코하마인가에서는 무슨 유명 아이돌 리듬게

임 유닛곡까지 해줬다던데, 흐릿한 사진 한 장으로 끝나서 위가 쓰렸
다. 개인 팬은 책상에 머리를 박았다.

탕!

'제발 국내로 돌아와⋯!'

다행히 얼마 전 압도적인 시상식 무대와 귀여운 축하 W라이브 덕에
국내 팬 여론은 아직 괜찮았다.

하지만 VTIC에게 올해 유입을 다 뺏길지도 모른다는 불안감이 은
은했다. 시상식 컴백 무대 이후로 여전히 승승장구하며 1위 기록을 내
는 중이었기 때문이다.

'그 새끼 이빨 잘 털던데.'

청려의 시상식 소감이 엄청난 어그로와 함께 팬들의 코어화를 부추
겼던 것을 떠올린 개인 팬은 눈썹을 꿈틀거렸다. 은근히 긁는 소리 해
대는 몇몇 VTIC 팬들과 한바탕했던 것도 함께 기억난 탓이었다.

-ㅠㅠㅠ우리애들세대교체안되니까후배들한테미안한가봐너무잘해준다...
-잘하는 팀이 계속 이 판을 이끄는 건 어쩔 수 없지 능력 따라가는 거니까!
그래서 우린 앞으로도 정상에서 오래 볼 것 같다 사랑해
　└이상 능력 따라 라이징하는 후배들 겁 먹고 존나 패는 티카의 발언이었
습니다.

당시 마지막 댓글을 사수했음에도 빡침이 가시지 않았던 김래빈의
팬은 씩씩거렸다.

'얘들아, 빨리 국내에 뭐라도 하나 내줘라!'

그때였다.

띠링.

"어?"
스마트폰에 위튜브 알림이 떴다.

[(예고편) 막내 집에서 레모네이드 대신 호떡을 팔겠다 (비장) | 테스타의
아이돌 워킹 홀리데이 시즌 2]

"미친!!"
기다리던 대중성 넘치는 떡밥에, 팬은 블루투스 키보드를 헹가래 쳤다.

일본 아레나 투어를 완전히 끝내고 바로 다음 날 아침.
비행기에서 한잠 푹 자고 일어나니 예상대로 차유진의 동네에 도착
해 있었다. 나름대로 선물도 사 들고 집으로 향했는데, 거기서 몇 가지
예상치 못했던 일이 발생했다.
주로 언어 문제로 말이다.
차유진의 집에서 뛰쳐나온 한 노인분이 팔을 활짝 펼치고 이렇게 외
치셨기 때문이다.
"Bienvenido cariño!!"

그리고 차유진은 이렇게 대답했다.

"Abuela, estoy aquí!"

"……??"

영어가… 아니잖아?

'스페인어?'

당연하지만, 팀 내에서 누구 하나 구사해 본 적 없는 언어다. 예상 못 한 언어의 장벽에 굳은 놈들 사이로 차유진이 달려 나가서 노인과 포옹했다. 아무래도 본인의 할머님인가 보다.

류청우가 황급히 차유진을 잡아챘다.

"유, 유진아? 할머니셔?"

"네! 아, 영어 써요! 내 할머니 영어 잘해요!"

그보다 네가 스페인어를 한다는 것을 언급도 하지 않은 태평함이 놀라운데.

어쨌든 영어로 어설픈 통성명과 환영 인사 및 선물 교환식을 진행하고 나자 본격적으로 리얼리티 촬영 분량에 들어가기 시작했다. 일단, 당연하지만 차유진 가족들에게 호떡 시식을 부탁하는 장면부터다.

"부모님은?"

"지금 일해요!"

그런 연유로, 아직 퇴근 안 하셨다는 다른 분들 대신 할머님 단독 컷이 들어갔다. 그리고 할머님은 한 접시를 깨끗이 비우셨다.

"입맛에 맞으시나 봐."

"다행이다."

호떡 하나 구우려고 주방에 몰려 있던 다 큰 남자 여섯이 수군거리고 있자니, 할머님과 떠들고 온 차유진이 말을 옮겼다.

"맛있긴 한데, 음, 약간 더 달아도 좋겠다고 하시네요! *간식이니까!*"

"그래."

나는 고개를 끄덕였다. 아까 아침 식사를 보니 여기가 대체적으로 한국보다 달게 먹는 것 같긴 했다.

"그럼 달고나도 얹자."

"예?"

"네?"

그리고 잠시 뒤, 달고나 아이스크림 호떡이라는 미친 간식을 팔기로 결론을 내렸다.

샌디에이고에서 호떡 장사 개시 첫날, 오픈 시간도 전에 PD가 히죽 히죽 웃으며 브리핑을 했다.

"여러분, 잊지 마세요! 내일 바로 놀러 가시는 거예요~"

"……."

남은 빚은 1,000달러.

지난 시즌 빚과 매출의 굴레에서 마지막 필사의 제비뽑기까지 처참 하게 패배한 탓에 빚쟁이 상태로 마감했었다. 고로 오늘 천오백 달러 쯤 벌지 않으면 내일 노는 순간 빚 확정이라는 뜻이다.

'이쯤에서 한번 전부 갚아야 그림이 또 재밌을 텐데.'

돈이 계속 쌓여도 긴장감이 떨어져서 문제지만, 계속 빚쟁이인 것도 별로였다. 오르막 내리막이 있는 편이 좋지 않은가.

다만 PD 놈도 너무 몰입한 건지 틈을 안 준다.

"우리 한국인의 양심을 보여줘야겠죠? 달고나 하나 얹었다고 가격 두 배 되고 이런 거 안 됩니다~"

"쳇."

"어어? 쳇 누군가요, 지금?"

어쩔 수 없군.

지금 믿을 만한 건 호객 능력과… 차유진의 기존 인맥인가. 마침 차유진이 양팔을 번쩍 들고 외친다.

"고등학교 친구들이 다 온다는데요? 인당 세 메뉴씩 시키게 만들죠!"

"아니, 괜찮아."

저 정도까지 가면 강매다. 논란 글 올라오느니 그냥 호객이나 열심히 하자.

일자리 배분도 슬슬 새롭게 개편해서 새 재미를 뽑아낼 타이밍이긴 하나, 오늘은 숙련된 솜씨가 필요한 고로 상의 끝에 미루었다. 그래서 오늘의 라인업은 지난번과 유사하다.

외국어 능통자인 차유진과 선아현이 주문을 받고, 류청우와 큰세진이 마무리 플레이팅과 서빙.

다만, 한 사람만 변동이 있다.

"열심히 할게."

배세진이 요리부에 투입된 것이다. 달고나가 추가되며 노동량이 늘어났다… 가 표면적인 이유이나 사실 다른 이유가 크다.

지난 시즌에 배세진이 실수 한 번에 자괴감에 빠지길래 만능 포지션을 빙자한 깍두기로 빼줬더니, 반응이 썩 괜찮더라고.

'귀엽다고 난리였지.'

제작진이 편집으로 워낙 열심히 하는 캐릭터를 살려줘서 '티는 안 나지만 사실 1.5인분 함'이 됐다. 그리고 이번엔 그 이미지를 바탕 삼아 포지션을 배정해서 승진하는 맛을 내주는 것이다.

'기왕이면 외국인과 좀 접점이 많은 그림이면 더 재밌겠는데.'

배세진 본인 위가 녹을 것 같으니 그만뒀다.

"저도 열심히 하겠습니다! 오늘 완벽한 호떡을 만들어 판매합시다!"

"…좋아!"

"예. 화이팅 한번 하고 갈까요."

"그래!"

대충 자막으로 '이때까지만 해도 활력이 넘쳤다' 같은 게 다음 컷에 들어갈 것 같지만, 그래도 그림상 한번 해줬다.

다음은… 오픈 직전에 준비해야 할 토핑이다.

"문대 씨, 지금 무엇을 하시나요~"

"달고나 사전 제작입니다."

큰세진이 핸디 캠 하나를 프라이팬에 들이대기 시작했다. 아마 따로 나오는 레시피 클립 영상에 쓰겠지.

사실 이걸 레시피라고 부르기도 민망하지만 말이다.

"설탕을 충분히 녹인 뒤에, 베이킹소다를 넣고 공기층을 넉넉히 만들어줄 생각입니다."

"오~ 그러면 뭐가 좋아요?"

"식감이 부드러워집니다."

나는 거대한 프라이팬 세 개로 어마어마한 크기의 달고나를 만들었다. 그리고 대기 중이던 배세진에게 하나씩 차례대로 넘겼다.

"저! 저 먹어요!"

"…자."

열심히 달고나를 부수던 배세진이 어색하게 차유진에게 큰 조각을 내밀었다. 무슨 맹수 먹이 주는 꼴 같은데 실제 방영분에서는 훈훈한 한때로 조명될 것 같군.

그리고 그때, 다 부순 달고나 조각들에 신중히 소분 작업을 하던 김래빈이 갑자기 소리를 냈다.

"어어어!"

"왜 그래?"

"다, 다쳤어…?!"

밖에서 테이블 정리하던 선아현까지 뛰어 들어왔다.

"아닙니다! 이걸 한 번만 주목해 주셨으면 합니다!"

그리고 김래빈은 흥분해서 자신이 분리한 달고나들을… 저울에 달기 시작했다.

30g.

오차 없이 딱 떨어지는 정량이다. 설마 이걸 자랑하려고 한 건가.

"그래, 잘 맞네."

"그리고 이것도!"

김래빈이 후다닥 다른 것을 또 저울에 올렸다.

또 30g이다.

"오."

"이것도…!"

김래빈이 계속 다른 달고나 팩을 저울에 올렸다.

30, 30, 30, 31, 30……

"…??"

"헐."

제작진들까지 술렁이기 시작했다. PD가 황급히 물었다.

"래빈 씨, 이거 전부 저울 안 달고 그냥 감으로 넣으신 건가요??"

김래빈이 두 손을 불끈 쥐었다.

"네!!"

맙소사.

"우아아아아!!"

"김래빈 손 뭐야!"

멤버들이 김래빈을 둘러싸고 호들갑을 떨기 시작했다. 아무래도 김래빈은 예체능이 아니라 랩실에 갔어도 좋은 노예… 아니, 대학원생이 되었을 듯하다.

"대박! 대박!"

어느새 스탭까지 가세해서 무슨 월드컵에서 골 넣은 분위기가 됐다.

[고장 난 호떡 기계가]

[갑자기 정상 운영하기 시작했다]

음, 아마 이런 편집이 직후에 들어가지 않을까. …그다음에 따라오는 게 '괴상하게도 운수가 좋더라니'냐 '드림팀 출동'이냐가 문제겠다만.

'오늘 판매 실적으로 결정되겠군.'

나는 미술팀의 요청에 따라 앞치마를 바꿨다.

슬슬 가게를 열 시간이었다.

날씨 좋은 날의 라호야 해변 근처.

근처 만화 가게에서 만화를 사 들고 돌아가던 여성은 좋은 냄새를 맡았다.

'시나몬?'

고소하고 달콤한 향에 고개를 돌리자, 코너 옆 작은 가게가 보였다.

'저기 원래 타코 가게였던 것 같은데.'

가본 적이 없어서 확신은 못 하겠으나, 좋은 냄새에 슬그머니 다리가 움직였다.

딸랑!

"어서오세요~"

"음, 안녕하세요."

가게 안은 이 애매한 시간에도 벌써 손님이 제법 많아 보였다. 직원으로 보이는 사람들은 테이블 사이를 거침없이 누비며 서빙을 하다가, 그녀에게 인사했다. 그리고 그중 한 명이 먼저 다가왔다.

"하나 드셔보시겠어요?"

"아, 음, 좋죠."

쾌활한 목소리의 키 큰 남자가 시식용 접시를 내밀었다. 웃는 얼굴이 시원시원해 보기 좋았다. 그녀는 얼결에 접시 위 조각을 하나 집었다.

"시나몬이 약간 들어간~ 달콤한 간식인데요. 식감이 좋아요. 아이스크림이나⋯."

"테이블 3, 달고나 둘!"

"그래, 알았어! 음, 손님. 드시고 맛있으면 저 불러주세요!"

남자는 활짝 웃으며 뭐라 말을 더 붙이려다가, 주방에서 부르는 소리에 미소만 남기고 뛰어갔다. 주방에서 남자를 호출한 사람도 피부가 깨끗하고 단정한 생김새의 또래 남자였다.

'다 잘생겼네⋯.'

인종을 넘어서 느껴지는 바이브가 있었다. 그녀는 멍하니 입구 근처에 걸쳐 서서 호떡 한 조각을 씹었다.

바삭한 피 안에서 뜨겁고 달콤한 시나몬 시럽이 터졌다.

"⋯!"

'맛있잖아!'

안 그래도 냄새에 끌려 온 것이었는데, 마음이 확고해졌다.

'오늘 간식이 정해진 것 같네.'

그녀는 곧바로 메뉴판이 걸린 카운터로 향했다. 카운터에 기대 있던 남자가 확 몸을 일으켜 알은체했다.

"주문하실 거죠?"

어어어?

낯선 머리 색 아래에 있는 낯익은 생김새에 그녀가 입을 떡 벌렸다.

"어어! 너! 유진!"

"허?"

상대는 의아한 표정이 되었다. 고개를 들자 잘난 이목구비와 송곳니가 더 잘 보였다.

그녀의 기억이 맞았다. 유진이었다!

"음… 우리 만난 적 있던가요? 중학교? 초등학교?"

물론 이 반응도 예상했어야 했다. 워낙 잘나가던 남자애였기 때문에, 범생이었던 자신과의 접점은 숙제를 보여주고 답례로 과자를 좀 받았던 게 전부였으니까.

"아… 해나 해밀턴이야. 너랑 중학교 때 같은 반이었는데."

"아~ 해나! 반가워. 잘 지내?"

우와, 그래도 아는 척은 해준다니 고무적이군!

해나는 실소하며 대답했다.

"더할 나위 없이 잘 지내지. 너는?"

"끝내줘. 아, 주문할 거야?"

"어? 어… 음."

그녀가 머뭇거리는 사이, 새로운 사람들이 가게로 들어왔다.

"너 이 자식 샌디에이고 돌아왔었냐??"

"오~ 잘 왔어!"

'으윽.'

안면 없는 중학교 동창들이었다. 그녀는 불편함에 뒤로 물러났다가… 등 뒤의 누군가와 부딪혔다.

"…! 죄송해요!"

"괜찮답니다."

또 다른 직원이었다. 살짝 고전적인 프랑스 억양이 말투에 묻어나는 이 직원은…… 놀랍게도, 또 잘생겼다.

'…이게 무슨?'

대체 이 작은 가게에서 무슨 일이 벌어지고 있단 말인가. 그녀와 눈이 마주치자, 그 우아한 인상의 직원은 미소를 지으며 물었다.

"…주문하시겠어요?"

"…네! 저기, 혹시 채식 메뉴도 있나요?"

"그럼요. 채식도… 있답니다. 여길, 봐주시겠어요?"

그녀는 친절하고 고상한 말투의 직원에게 캐슈 바닐라 아이스크림이 올라간 채식 호떡을 추천받았다.

그리고 메뉴가 나올 때쯤, 유진이 다시 돌아왔다.

"해나~ 어? 이미 주문했구나!"

그리고 식사를 하며 짧은 대화가 오갔다. 그중에는 기겁할 만한 내용도 있었다.

"케, 케이팝 가수를 한다고?"

"그래!"

상상도 못 한 발언이었다.

이런 말은 좀 그렇지만, 미식축구 하던 잘나가는 남자애가 케이팝을 언급하니 느낌이 이상했다! 케이팝 가수 중 몇몇이 유명한 건 사실이었으나 전반적으로는 서브컬처에 가까운 부류였기 때문이다.

그러나 유진은 태연했다.

"몰랐어? 지금 촬영 중이야! 여긴 다 내 팀원들이고."

"…!!"

그 말에 주변을 둘러보니, 확실히 여기저기 카메라 렌즈가 보였다.

그리고 곳곳에 안내문도 있었다.

[한국 방송국에서 촬영 중입니다. 양해 부탁드립니다.]

음식과 직원을 보느라 미처 눈치채지 못한 것이다.

'오랜만에 쿼터백이던 동창을 만났는데, 케이팝 스타가 돼서 간식을 팔고 있다… 니.'

도저히 현실 같지 않은 상황에, 그녀는 묵묵히 음식이나 씹었다. 그 와중에도 주문한 호떡은 대단히 맛있었다.

'그냥 여기서 계속 팔아도 잘되겠는데.'

게다가 식사 막판에는 웬 음료까지 하나 받았다.

"음, '달고나 두유라떼'라는 음료야! 저 형 말로는, 내 친구에게 주는 서비스라는데?"

"형?"

유진의 고갯짓에 시선을 돌렸다. 주방에서 아까 본 무심한 표정의 남자가 고개를 끄덕였다.

그리고 살짝 웃었다.

'…귀엽잖아!'

하마터면 실실 웃으며 같이 고개를 끄덕여 줄 뻔했으나, 그녀는 간신히 중간에 노선을 바꿨다.

"진짜? 고마워. 친절한 분이네."

"맞아, 좋은 형님이지!"

해나는 유진과 대화하며 무의식중에 새 음료를 마셨다.

'...!'

이것도 제법 맛있었다. 반사적으로 고개를 들어 다시 주방을 보자, 음료를 공짜로 줬다는 남자가 전체적으로 주방을 제어하는 것이 보였다.

'가수인데 이렇게 전문적으로 요리를 한단 말이야?'

어쩌면 원래 이쪽 일이 본업이며, 그리 비중이 크지 않은 밴드 멤버로도 자리를 맞추고 있는 걸지 몰랐다….

'…번호 물어볼까?'

아니, 됐다. 알려줄 리가 있나.

그녀는 괜한 생각을 멈추고, 대신 스마트폰을 들었다.

찰칵.

그리고 가게의 메뉴판을 찍어서 자신의 코믹스 마니아 SNS 계정에 업로드했다.

[우연히 발견한 가게. KPOP 보이밴드가 한다는데 맛은 전문가의 솜씨였어 (턱 괴는 이모티콘)]

별 의미는 없었다. 그냥 기록이었다.

'그래도 음식도 맛있는 건 사실인걸. …직원도 귀엽고.'

결국 그녀는 호떡을 3세트나 포장해 갔다.

주방 안의 남자는 그 일련의 흐름을 즐겁게 목격했다.

'좋아, 매출 순조롭군.'

이대로라면 최고액 경신이 코앞이라며, 주방의 박문대는 내심 만족스러워했다.

　그리고 그날 밤, 해나는 자신이 SNS에 올린 글에 어마어마한 반응
이 붙은 것을 확인했다.
　테스타의 팬들이 울면서 우르르 가게의 위치를 물어본 것이다.

　-제발제발 알려줘 제발 어디야??
　-오 세상에 나 어제 라호야 비치였는데 ;(
　-이 운 좋은 사람 같으니 (차유진이 박문대의 호떡을 바라보는 GIF)

'세상에.'
　그녀는 결국 테스타의 몇 가지 뮤직비디오와 미국 토크쇼 출연분을
통해, 자신의 동창이 상상 이상으로 성공했다는 것을 깨닫게 된다.
　그리고 위튜브를 허우적거리는 며칠 뒤엔 '사인을 받았어야 한다'며
시간을 돌리고 싶어 한다.

　"후우."
　나는 배정받은 침대에 걸터앉았다. 성공적으로 첫날 영업이 끝난
밤이다.

　─오늘의 매출… 1,627달러!

―우와아아악!!

인맥으로 온 손님에게는 원가가 크지 않은 음료를 끼워주며 판매를 부추겼던 게 예상보다도 잘 먹혔다. 차유진의 친구들이 통이 크더라.

'완판이군.'

그리고 차유진의 가족들과 요란한 저녁 식사 이후에 드디어 휴식 시간이 주어졌다만… 차유진과 또 방을 같이 쓰게 되었다. 젠장.

'오늘도 조용하긴 글렀군.'

당장 지금도 차유진은 떠들고 있다.

"형! 우리 유닛 무대 멋진 거 생각해요!"

그래도 저건 유닛 무대가 앵콜 콘서트로 결정된 이후로 오랜만에 듣는 말이다. 하긴, 슬슬 이야기해 볼 때가 되긴 했지.

"뭔데."

차유진이 내 침대를 쳤다.

"정말 여러 번 생각해 봤는데요, 역시 서커스가 최고의 선택이에요!"

그러냐? 나는 스마트폰을 보며 대꾸했다.

"그래."

"오?"

"하자, 서커스."

"우와!"

차유진은 번쩍 양손을 들었다.

그리고 잠시 뒤.

"역시 다이빙이 더 충격적이지 않을까요??"

이럴 줄 알았다.

'준비 과정 잘 잡아야겠군.'

단언컨대, 차유진과의 유닛 무대는 대박 아니면 쪽박이다.

테스타의 리얼리티는 시즌 2에 접어들어서도 화제성을 유지했다.

아니, 도리어 대중성의 측면에서는 오히려 더 나은 성적표를 받았다. TV에 편성된 시즌 1이 괜찮은 시청률을 올리며, 시즌 2는 유튜브 업로드에서 TV 방영까지의 텀이 단 일주일로 확 줄었기 때문이다.

게다가 유튜브 편집과 TV 편집 분량이 약간 차이가 나니 골수팬들은 둘 다 챙겨보게 되었다. 물론 네티즌의 친절하고 빠른 노동력을 이용하는 시청자들이 더 많긴 했지만 말이다.

[아워홀 TV 추가 컷본 (1/3)]

: (영상)

0:43 차고영 할머님 인터뷰

3:58 휘파람 부는 큰세

5:02 박문대 미소 모음

-할머님 픽은 청우구나... 역시 내 남자야
└발 닦고 자라
-ㅁㅁㅁ미친 이세진 휘파람까지 잘 부냐 너 대체 어디까지 가냐
-서비스 주면서 웃어? 박문대 유죄

〈아주사〉 이후 테스타라는 그룹 자체가 대중에게 예능적 측면에서 이 정도로 직접 노출된 적은 처음이었다.

당연히 팬들은 즐겁게 이 영업 타이밍을 즐겼다. 한동안 VTIC이 혼자 싹 쓸어갈 줄 알았는데, 테스타가 이렇게 비활동기에도 치고 나오니 기분이 좋을 수밖에 없었다.

[시즌2 시작한 테스타 아워홀]
[미쿡에서 서빙 내내 핫하다는 말 들은 테스타 멤버]
[손으로 무게 30g 맞추는 아이돌]

시즌 2의 1, 2화가 방영된 첫 주만 해도 인터넷에서는 하루에도 수십 개씩 인기 글이 오르락내리락했다. 다음 주에 이어서 공개된 관광 편인 3, 4화에서도 기세는 죽지 않았다.

[테스타의 마니또 관광!]

이번 관광에서 멤버들은 뽑기를 통해 서로의 마니또가 되었다.

[김래빈 : 청우 형이십니다!]
[류청우 : 아, 문대네요.]
[배세진 : …이세진.]

그리고 자신이 뽑은 멤버가 사전에 고른 '받고 싶은 선물들' 중 하나를 들키지 않고 관광 기념품으로 사야만 했다. 벌칙을 면제받기 위해 기를 쓰며 팔자에도 없는 스파이 노릇을 하는 테스타를 보고 웃자…는 기획이었으나.

[PD : 멤버를 생각하는 깊은 우정! 우정의 힘을 보여주는 관광이 되겠네요!]
[류청우 : 아, 그렇네요!]
[류청우 : 그럼 서로 모른 척하자.]
[제작진 : !!!!]

류청우의 악의 없는 투명한 파훼법으로 완전히 망했다.
멤버들은 일렬로 서서 쇼핑몰에 한 명씩 들어간 후 완전히 포장된 선물상자를 가지고 나왔다.

[PD : 여, 여러분. 누가 마니또인지 안 궁금하세요?]
[이세진 : 네~]
[김래빈 : 어차피 반나절 후면 공개될 정체이니 견딜 만한 것 같습니다!]

PD의 처절한 애원에도 테스타는 미동도 없었다. 게다가 차유진은 PD의 말을 질문으로 잘못 이해하기까지 했다.

[차유진 : 아! 저요!]
[PD : 아, 역시! 유진 씨는 궁금하시죠~?]
[차유진 : 아니에요! 저 알아요! 마니또 스페인어예요! 친구!]
[박문대 : !!]
[문대는 막내의 유식함이 낯설다….]

머리를 부여잡는 PD와 표정 없이 감탄하는 박문대가 개그감 넘치게 교차 편집되었다. 어차피 전 화에서 영업하면서 PD에게 실컷 당하는 웃음 분량을 뽑았기 때문에 가능한, 클리셰를 부수는 전개였다.
게다가 여기서 끝이 아니었다. 방송 후반에는 단순히 즐거움뿐만 아니라 전문성과 훈훈함까지 챙겼다.
실컷 사파리와 쇼핑몰을 탐방하고 온 날 저녁.

[이세진 : 우리 저기서 짠 한번 할까요? 음료수로요!]
[류청우 : 그럴까? 어때?]
[선아현 : 전 좋아요…!]
[배세진 : 음료수만 시키자.]

마치 멤버들이 펍에서 진솔한 대화를 나누며 뻔한 편집점을 만들 것처럼, 이런 대화로 시작한 분량은 한 요소 때문에 속성이 변했다.

[이세진 : 저거 무대에 노래방 기계인가? 아 여기 노래방 컨셉이네!]

테스타가 들어간 곳은 노래방 기계가 있는 가라오케 바였던 것이다.

[류청우 : 그러고 보니 문대가 노래 부르고 싶어 하던 것 같던데.]
[박문대 : 제가요?]
[이세진 : 와~ 박수!!]
[박문대 : (티벳)]

그리고 테스타는 장난을 치다가 얼결에 노래방 기계를 부여잡고 노래를 부르게 된다.

[박문대 : (열창)]
[선량한 선술집에서 프로의 깽판]
[이럴 필요가 있을까 싶을 정도로 잘 부른다······.]

비록 자막은 장난스러웠으나 실력만은 과하게 확실했다. 그리고 이 리얼리티 프로그램에서 처음으로 조명되는 테스타의 본업이기도 했다.

[쏟아지는 함성과 박수]

그것을 전혀 인지도가 없는 외국인들 사이에서 인증받는 것은 시청자에게 묘한 대리만족을 줬다.

게다가 박문대뿐만 아니었다.

[이세진 : 형님~ 한 곡 하시죠?]
[류청우 : 그럴까? 래빈아, 같이 부를래?]
[김래빈 : 최선을 다하겠습니다!]

멤버들은 혼자, 혹은 두셋씩 돌아가며 노래방 기계를 이용했다. 한국 곡은 거의 없었으나 어차피 팝송 몇 곡은 다들 부를 줄 알았기에 상관없었다.

나중에는 분위기에 취해서 모르는 손님과 함께 소싯적 미국 보이밴드 곡을 부르며 춤을 추는 경우까지 나왔다.

[차유진 : You got a vibe~ (님 좀 하신다는 뜻)]
[손님 : I know! (취했다는 뜻)]
[이 멋쟁이 손님은 감동적이라며 술까지 샀습니다]

이렇게 간간이 웃음 코드를 살리면서도 본질적으로는 음악 예능적인 성격까지 충족했기에 볼거리가 더 풍성해졌다.

테스타는 괜히 무리하게 본인들의 곡을 부르거나, 홍보성 멘트를 하지 않고 자연스럽게 시간을 흘렸다. 덕분에 시청자들도 부담스럽지 않게 컨텐츠만을 즐길 수 있었다.

[선아현 : 저, 우리 여기서 더 시키면 빚인 것 같아…!]
[이세진 : 어이쿠.]
[박문대 : 슬슬 일어나죠.]

그리고 끝으로 차유진의 집에 복귀했을 때, 서로 선물을 주는 컷으로 훈훈함의 정점을 찍었다.

[류청우 : 문대가 방석을 유진이한테 양보했잖아. 그래서 골라봤어.]
[선아현 : 내가 준비한 건 손목 받침대야. 아무래도, 래빈이는 컴퓨터를 많이 쓰니까….]

그렇게 의좋은 컷으로 마무리되려는 순간.

[차유진 : 팝콘 맛있어요!]
[배세진 : ????]

카메라는 차유진이 주는 어마어마한 크기의 초대형 팝콘 통을 받고 얼이 빠진 배세진을 비췄다.

[배세진 : 내, 내가 언제 이런 걸…!]

배세진의 항의가 뚝 잘리더니 평화로운 BGM과 함께 자막이 떴다.

[판독 결과]
[배세진 씨의 선물 목록에는]
[간식이 있었습니다.]
[차유진 대승리]

그리고 컷은 결국 뒤뚱거리며 팝콘 통을 옮기는 배세진을 엔딩으로
잡았다. 마지막을 폭소로 장식하니 뒷맛이 좋았다. 이후 맛깔나는 예
고편까지 더해져서 기대감을 살리는 것까지 훌륭한 예능이었다.
그러니 반응이 계속 우호적일 수밖에 없었다.

-진짜 개재밌다
-이거 시리즈로 다른 아이돌들도 쭉 제작해주세요ㅠㅠ
-테스타라서 재밌는 것 같은데 테스타랑 오래 합시다
-요새 진짜 수요일만 기다리면서 산다 제발 오래오래 가요~

물론 타 그룹의 견제성 댓글도 있었지만, 슬슬 정말 예능 자체만을
좋아하는 사람들도 생길 정도의 인기가 눈에 보였다.
당연하지만 팬들은 비명을 지르며 외치기 시작했다.

-제발 이 뽕 가시기 전에 컴백
-물 들어올 때 노 저어야 됨 티원 놈들아
-뭐라도 홍보를 해 새끼들아

이 예능 특수를 그냥 보낼 수 없다는 필사의 외침이었다. 시상식 시즌 때야 확실한 유입 요소인 시상식 무대가 있다는 것을 알았기 때문에 덜했지만, 지금은 다른 스케줄에 대한 기약이 없었기 때문이다.

-투어 추가 같은 거 하면 어쩌냐 국내 괜찮은 줄 알고 더 과감히 해외 돌려버리기 가능성 넘치고요
-미니 데뷔 다음 달이라던데 우리 애들 일정 밀리는 거 아닌가
-아 이 새끼들 감 없는 게 하루 이틀 일이 아니라 불안한데;
-설마 이대로 리얼리티 계속 뇌절하겠다는 건 아니지 제발 단물 다 빼먹지 말고 박수 칠 때 본업 가자

그러나 다행스럽게도 다음 주 리얼리티가 방영되기도 전에 새 소식이 떴다.

[테스타 <Enchanted ME> 서울 앵콜 콘서트 티켓 오픈 안내]

바로 서울 앵콜 콘서트 소식이었다.

-드디어
-미친 너무 좋아
-오랜만에 애들 얼굴 보겠다ㅠㅠ
 └티케팅을 성공하셔야 보러 가지

└오장육부를 팔아서라도 성공할 예정

투어 스케줄 추가에 대해 걱정하던 것이 거짓말처럼 팬들은 서울 콘서트 추가에 기뻐했다.

단순히 직접 볼 수 있기 때문은 아니었다. 본진인 한국에서의 콘서트는 컨텐츠 확장성이 있었다. 일단 입국한다는 뜻이니, 효율성을 고려해 곧바로 재출국보다는 이어서 국내 스케줄을 소화하는 구조로 가는 경우가 많았기 때문이다.

가령 새 앨범 컴백 같은 것 말이다.

-피크닉 이후로 몇 달 안 지난 거 안다 나도 양심이 있지 싱글로 만족할게
-하다못해 행사라도 잡히면 오프 뛸 기회가 더 생기잖아
-문대아 기다려라 누나 적금깨고 온다.. 이번에야말로 팬싸 갈 거야ㅠㅠㅠㅠ

심지어 테스타는 지난 첫 콘서트에서 신곡을 공개한 전적까지 있었다. '혹시 컴백이 멀지 않았나?' 하는 기대감으로 테스타의 팬 커뮤니티 여기저기가 설레발을 치기 시작했다.

-래빈이 방금 아현이가 준 손목 받침대 인증했다 아무래도 작업 중인 걸 어필하는 것 같음

심지어 멤버들이 올리는 모든 SNS를 컴백 힌트라는 창조적 해석까지 할 타이밍.

게다가 얼마 지나지 않아, 정말 소속사에서 활동 예고가 뜨긴 했다.

-어?

다만 테스타가 아니었다.

[미리내(Miry-nay) Debut Intro - 'NO magic in this WORLD']

후배의 데뷔 예고 영상이었다.

-아 ㅅㅂ 소속사 채널 공유 벌써 귀찮네
-그냥 앞으로 서로 그룹 공식 채널에 올리는 게 낫지 않나
-애들은 귀엽다 응원함ㅇㅇ

테스타 팬들은 투덜거리면서 영상을 무시하거나, 호기심에 살짝 클릭해 보기도 했다.
다만 클릭한 이유가 묘한 위화감을 느껴서인 사람들도 있었다.
'magic? …마법?'
'배경색이 보라색……'
그리고 그들은 영상의 첫 장면부터 어딘가 익숙한 미쟝센을 마주하게 된다.

[……]

해가 땅끝에 걸린 가운데, 주홍빛으로 물든 창가에 서 있는 교복 입은 청소년이 뒤를 돌아본다.

어디서 많이 본 그림이었다.

-마법소년이잖아

연상작용이 너무나 또렷했다.

한국 시각 기준 새벽 한 시.

나는 스케줄 이동 중 비행기 시트에 걸터앉아서 한 시간 전 업로드된 영상을 보고 있다. 놀랍게도 항공사에서 와이파이를 제공하더라고.

"음."

화면에서는 교복을 입은 아이돌이 창가에서 아주 익숙한 구도로 잡히다가… 문득 창문으로 뛰어들었다. 그리고 갑자기 어두운 밤 거대한 거미줄 위로 떨어지며, 고치로 변하면서 페이드 아웃.

〈마법소년〉이 연상되는 장면은… 처음 딱 3초가량.

"오."

머리 좀 썼군. 나는 피식 웃으며 영상을 껐다.

사실 이미 건너 건너 들었다. 후배 그룹의 타이틀은 본인들이 작사, 작곡한 이전 후보곡으로 최종 결정되었다는 것을.

그럼 이건 무엇인가?

'어떻게든 한계까지만이라도 벗겨 먹겠다는 거지.'

〈마법소년〉이용해 먹는 걸 미리내의 타이틀 홍보용으로 한탕 땡기는 선이라도 해보고 싶단 것이다. 단편적인 '오마주' 선에서 변명될 수 있는 정도로, 테스타 팬들이 대놓고 공론화해서 화내도 여론 지지를 받기 애매하도록 어그로만 살살 끌어 먹는다.

내 조언을 들은 후배의 설득은 알맹이만 빼먹고, 내가 깔아놓은 덫은 슬쩍 건드리기만 한 것이다.

'…머리 잘 굴렸군.'

그래. 인정하겠다. 누구 생각인지는 모르겠는데 내 예상보다 지능 있는 선에서 회사가 의사 결정을 모은 모양이다.

그리고 생각보다 기분이 나빴다.

'이거 안 되겠네.'

어떻게든 본인 그림대로 조금이라도 공을 세우려는 게 느껴지지 않나.

'총알 맞는 당사자들 놔두고 자기들끼리 의사 결정 하는 게 영 꼴 뵈기 싫은데.'

당장 반년 뒤의 내 거처가 어떻게 될지 몰라서 굳이 안 했던 짓까지 슬슬 당긴다.

'파벌을 찢자.'

회사에 분란을 좀 만들어야겠다.

테스타가 본격적인 앵콜 콘서트 준비를 위해 국내에 돌아온 지 며칠 뒤.

"서울 오랜만이구만!"

테스타의 첫 번째 매니저, 아니, 이제 유일한 매니저는 싱글벙글 웃으며 회사로 향했다.

본래 둘이 처리했던 업무를 혼자 처리하게 되어 불편한 점이 없는 것은 아니나, 그럭저럭 수월했다. 어차피 테스타는 그렇게 까다로운 그룹은 아니었기 때문이다.

'요새 좀 대드는 것 같긴 한데. 그래도 애들이 욕을 많이 먹어서 그런가, 기가 안 세단 말이야.'

게다가 웬만한 일은 새롭게 계약한 투어 인력이 다 배분받아 갔기 때문에 매니저는 도리어 국내에 있을 때보다 편한 시간을 보내고 있었다.

원래는 개개인의 컨디션 체크나 관리가 그의 소관이었으나, 슬금슬금 관성적으로 놓게 되었다. 그마저도 원래 이런 일이 익숙한 운동선수 출신인 리더가 자진해서 챙기고 있었기 때문이다.

─청우야, 뭐 아프거나 하다는 애 없지?

─네. 문대 상체 안마만 따로 일정 빼면 될 것 같습니다.

한마디로, 약간의 직무 태만이었다.

이 업계에서 상식적으로는 말도 안 될 정도의 꿀이었으나, 원래 사람은 앉은 자리에 익숙해지기 마련이다.

'여기서 애들 전성기 동안 잘 버티다가 경력 좀 땡겨서 이직하면 되겠지.'

안 그래도 요새 회사가 새로 런칭하는 여자 아이돌에 신경을 쏟느라 테스타에 쏟는 관심이 덜했다. 통상적으로 남자 아이돌보다 대중성이 좋은 여자 아이돌 쪽이 지금 본부장의 입맛에 맞다는 소문도 돌았다.

'이번에 좀 해먹은 것 같던데?'

매니저는 며칠 전 테스타의 반응을 회상했다.

─형, 팬들이 너무 안 좋아하는데… 회사에서 다른 이야기 없었나요?

─너무 대놓고 마법소년이라 저희 보기에도 좀 그래요~

─어? 에이, 같은 소속사끼리 원래 약간씩 이런 레퍼런스 쓰지 않나? 팬들 금방 잊을 거야! 이런 게 어디 한두 번이야?

이미 회사에서 '혹시 반발하면 적당히 넘겨 달라'는 언질은 받은 상태였다.

회사에 반론을 내는 것보다는 테스타를 어르는 게 쉬운 건 당연했다. 그리고 그건 별로 어려운 일도 아닐 거라는 것을 매니저는 이미 확신했었다.

'예상대로 그렇게 흐지부지됐고~'

뭐, 테스타가 이런다고 망하는 것도 아니고 딱 봐도 계속 잘나갈 놈들 아닌가. 매니저 본인의 커리어엔 문제없다. 그러니 살살 달래면서 쓸데없이 피곤한 일 안 만드는 게 최고였다.

"아, 다 왔다~"

이런저런 생각을 하며 회사에 도착한 방문한 매니저는, 주차장에서 예상치 못한 얼굴을 만났다.

"안녕하십니까!"

"어, 그래~"

둘째 매니저였다. 아니, 이제는 후배 그룹 미리내의 매니저로 배치를 옮기긴 했지만 말이다. 얼빠진 놈이라 생각하면서도 매니저는 잡담을 이었다.

"누구 기다려?"

"아, 미리내가 지금 실장님 만나고 있어서요. 기다리는 중입니다!"

"오~ 그래? 어떤 실장이야? 왜 만난대?"

"어, 다른 팀에 말씀드리면 안 된다는데… 되나요?"

이런 어버버한 부분이 아주 짜증 나는 놈이었다. 자고로 사회생활은 눈치 아닌가!

'오래 못 버티겠지?'

답답했는데 보내 버려서 속이 시원했지만, 그래도 잡일 시킬 놈이 그립긴 했다. 다음 놈은 좀 고분고분하고 빠릿빠릿한 놈으로 왔으면 좋겠다고 생각하며 매니저는 커피로 시간을 때웠다.

그리고 회사에서 형식적인 보고 후 이야기를 들은 뒤, 천천히 테스타의 숙소로 귀가했다.

'스케줄 적당히 브리핑하고 으쌰으쌰 스타일로 파이팅 좀 외치고~'

이 정도가 매니저의 오늘 예상이었다.

그러나, 숙소에 들어가는 순간, 뭔가 이상하다는 것을 깨달았다.

"오, 형 오셨구나~"

"어서 오세요!"

숙소에는 웬 도넛과 음료로 한 상이 차려져 있었다. 그리고 낯선 놈이 식탁에 앉아 스마트폰을 만지작거리고 있었다.

'뭐야??'

"얘들아, 저분 누구….'

"어, 안녕하세요. 새로 온 매니저입니다. 잘 부탁드립니다."

"…??"

앉아 있던 놈은 그제야 느리게 일어나더니, 첫 번째 매니저에게 건성으로 인사하는 것이었다.

'이 자식 뭐야?'

들은 적도 없는 두 번째 매니저라니? 그리고 이 성의 없는 태도는 뭐란 말인가.

첫 매니저는 의심과 짜증을 숨기지 않고 물었다. 혹시 진짜 새 매니저라도 한 소리 해줘야 할 상황 아닌가!

"새 매니저 이야기 들은 적이 없는데 누구냐? 아니, 진짜 매니저 맞아요? 누구세요?"

"정식 근무는 다음 주인데, 오늘 인사라도 하라고 형이 그래서. 오늘 못 들으셨어요?"

"형??"

박문대가 희미한 미소를 지은 채로 끼어들었다.

"매니지먼트 실장님 사촌 동생이시라던데요."

"…!!"

"아, 못 믿으셔서 이러시나."

두 번째 매니저라고 주장하는 남자는 삐딱한 태도로 스마트폰을 들어 내밀었다.

"뭐, 통화라도 하실래요?"

스마트폰 화면에는 익숙한 이름이 '사촌 형'이란 수식어와 함께 떠 있었다. 매니지먼트 실장이 맞았다.

'이게 무슨 상황이야…?!'

첫 번째 매니저는 눈앞이 아득해졌다.

"잘 들어가세요~"

"네, 다음 주에 봐요."

두 번째 매니저가 될 놈은 적당히 인사를 돌려주고 곧 떠났다. 날백 수로 사는 놈을 꽂은 거라더니 일에 별 열정은 없어 보인다만, 상관없 었다. 기대도 안 하니까. 애초에 첫 매니저도 기본만 하는 놈이다.

'중요한 건 매니지먼트 실장의 생각이지.'

그 이름만 있는 놈이 '자기 라인'을 회사에 만들기 시작했다는 제스 처가 중요했다.

'잘 먹혔네.'

나는 어깨를 으쓱하며 현관에서 돌아섰다.

"형, 도넛 하나 더 드시겠습니까?"

마침 김래빈이 식탁에서 도넛 박스를 들었다.

"아니, 배불러. 너 많이 먹어라."

"알겠습니다!"

그래. 많이 먹어라. 어차피 그 도넛을 사 온 놈은 네 덕에 들어온 거
나 다름없다.

나는 입국 첫날의 일정을 회상했다.

그건 앵콜 콘서트에 쓸 새로운 곡을 위한 녹음실 일정이었다. 연습
전에 미리 음원을 맞추는 걸 더 선호하는 팀원들 스타일상 가장 빨리
진행되었다.

당연하지만, A&R팀과 직접 같이 일하는 자리다.

—안녕하세요~
—잘 부탁드립니다.

이제 제법 익숙해진 A&R팀 직원들과 인사한 뒤 유닛별로 녹음을
진행하던 때.

나는 녹음을 기다리던 김래빈에게 말을 붙였다. 녹음 부스 주변 여
기저기에 있는 직원들이 충분히 들을 수 있는 거리에서.

—많이 신경 쓰여?
—예?
—〈마법소년〉이 다른 그룹 티저에서 나온 거 말이야.
—아…….

김래빈은 단번에 얼굴이 어두워졌다.

-회사에서 결정하신 사안이라면 어쩔 수 없지만, 먼저 양해를 구해
주셨다면 좋았겠다고 생각합니다.

-좀 억울하지.

-…예.

툭툭 모는 곳으로 알아서 잘 가준다. 김래빈은 고개를 끄덕이며 시
무룩하게 어깨를 굽혔다.

'훌륭하다.'

나는 지난번, 후배를 만나고 돌아오는 길에 김래빈이 했던 말의 뉘
앙스를 그대로 따와서 다시 한번 운을 뗐다.

-사실 그때 편곡이나 컨셉에 워낙 네 의견이 많이 들어갔잖아. 나
도… 우린 몰라도 네 의견은 물어보셨으면 좋았을 것 같다.

-아, 아뇨! 컨셉 전반은 문대 형이 이미지와 상징물까지 정하셨는데, 오
히려 형과 상의하셨어야 할 것 같습니다…!

-그래? 고맙다. 그래도 네 노력이 더 크지.

여기서 좀 더 감정적으로 틀자.

나는 약간 허탈한 어조로 중얼거렸다.

-…그때, 우리 정말 열심히 하긴 했는데 말이야. 잠도 거의 못 자고.

-예……. 열심히 했는데….

김래빈은 이제 거의 울상이다. 당시를 떠올리니 더 몰입한 모양이었다.

좋아.

나는 일부러 근처의 A&R팀에게 말을 걸었다.

―저, 죄송한데 여기 휴지 있을까요.

―아, 여기…!

역시 듣고 있었는지 직원은 영 안쓰러운 표정이 되어서 얼른 갑 휴지를 찾아 내밀었다. 더 가열 차게 안타까워할 수 있도록, 나는 김래빈의 얼굴에 휴지를 뽑아 내밀었다. 당연히 진짜 우는 건 아니던 김래빈은 솔직하게 대답하려 했고.

―…? 저는 괜찮….

―그냥 써.

나는 직접 놈의 물기 없는 얼굴을 꾹꾹 찍어 주었다. 김래빈은 물음표로 머리가 가득 찬 것 같았으나 효과는 확실했다. 저쪽에서 직원들이 '어쩌면 좋냐'는 식의 시선을 주고받는 게 보였다.

'A&R팀은 김래빈을 은근히 제일 좋아하지.'

말이 잘 통하는 데다가 작곡하는 놈이라 교류가 제일 많으니까. 게다가 성정이 순하니 거의 팀 게스트 막내처럼 생각하는 걸 알고 있다.

그리고 저 팀은 직원 중 많은 수가 테스타가 데뷔 때 생고생하는 걸 보며 함께 갈렸었다. 이번에 그 데뷔곡 컨셉을 마음대로 따와서 쓴 윗선의 결정에 황당해하는 사람도 많았을 것이란 뜻이다.

'하지만 목소리 낼 사람이 없다.'

진짜배기 경력직을 모아두다 보니, 도리어 윗선과 개인적으로 친분이 있거나 인맥이 있는 사람이 없다.

'그러니 다음으로는 인맥이 있는 놈을 부추긴다.'

그래서 연락한 것이 매니지먼트실이다.

일단 가볍게 선물과 함께 메시지를 하나 보냈다.

─안녕하세요. 실장님. 다름이 아니라 최근 투어 중에 테스타가 매니지먼트실에 많은 도움을 받아 감사의 의미로…….

실제로 투어 중에는 매니지먼트실 사람들을 주로 만나게 되니 얼추 명분은 괜찮다. 그쪽 직원 숫자에 맞춰서 적당히 비타민제나 보내면, 당연히 실장한테서 고맙다는 제스처라도 돌아온다.

보통은 전화로.

─아, 비타민 잘 받았어요~ 고마워요. 문대 씨.

─멤버들이 다 같이 상의해서 보낸 건데요 뭘. 매니지먼트실 분들이 케어해 주셔서 이번 투어 내내 덕분에 저희 무사히 스케줄 소화하고 있습니다.

이 타이밍에 떡밥을 던지는 거지. 그리고 이 떡밥은 제법 그럴싸한 현황 파악을 바탕으로 한다.

'매니지먼트실은 일찌감치 현 본부장의 눈 밖에 났다.'

이번 본부장이 바보도 아니고 자신이 이곳에 온 결정적 사유를 모를 리가 없으니까. 매니지먼트실에서 산업 스파이라는 대형 사고가 났던 것 말이다. 본사와 끈이 있으니 매니지먼트 실장 자리 유지에는 문제없겠지만, 영향력은 좀 다른 문제다.

'일선 의사 결정에서 좀 소외당하겠지.'

그래도 산업 스파이 건 이후로 제법 긴장한 채로 일하는 것 같던데, 설설 기려니 모르긴 몰라도 열 받아서 속 좀 탈 것이다. 낙하산으로 들어와서 일할 정도면 평생 무시당한 경험 드물었을 텐데 지금 상황이 더 참기 힘들 수밖에 없다.

그걸 살살 긁어주는 것이다.

―그리고 그 이상한 대리님 건 때도 저희 말 진지하게 들어주셔서…… 감사해요. 다른 회사 분 중에 모른 척하셨던 분도 계셔서, 별일 아닌데 제가 예민한 건가 고민했거든요.

산업 스파이 건을 '실장인 내가 잘 알아차려서 대처가 빨랐던 건데 부당하게 대우받고 있다'고 스스로 왜곡 및 미화할 수 있는 단서를 주자.

―실장님 덕분에 안심하고 지금도 활동 중입니다.

―하하! 별말씀을요!

이거 봐라. 겸양도 없이 날름 먹었다.

여기다가 A&R팀에서 '본부장이 이번에 무리수 뒀네', '테스타 애들한테 너무했다' 같은 여론을 실무진에 퍼뜨려 주면, 실장은 더 확실한 합리화가 가능하다.

'일 못하는 본부장이 자신을 견제한다'는 대단한 착각 말이다.

그 상태가 며칠간 잘 숙성되면 본부장에게 한번 들이받을 동력으로 작용해 줄 걸 알았다. 낙하산이라 일 잘못되면 잘릴 거란 공포도 없으니, 자신감과 충동대로 지르겠지.

그리고 다행히 실장이 제대로 뽕이 찼는지, 당장 오늘 아침에 자기 사촌 동생을 테스타 새 매니저로 꽂았다… 까지 온 것이다.

'개판 나겠군.'

나는 소파에 누워서 차유진이 남은 도넛을 다 해치우는 것을 구경했다.

"그만 먹어! 너 돼지야?"

"나 호랑이야!"

"호랑이는 밀가루를 섭취하지 않는 육식동물인데, 너는 지금 설탕과 밀가루를…."

흠, 평화롭다.

'슬슬 다음 것도 터졌을 텐데.'

당연하지만, 불발로 끝날 수도 있는데 지뢰는 여럿 깔아둬야 하지 않겠는가.

'그 후배가 말 괜찮게 하는 것 같던데.'

나는 다음 폭탄을 맘 편히 기다리기로 했다.

그리고 심어놓은 '폭탄'이 터진 것은 얼마 후, 비하인드 카메라가 붙은 채로 앵콜 콘서트 연습을 하는 도중이었다.

"자, 오른쪽으로~ 발 차고, 다시 옆으로… 형, 조심하세요!"

"……후읍."

발이 꼬일 뻔한 배세진이 심호흡을 하고 다시 안무를 재정비했다. 춤 스탯이 C까지 올라왔는데도 그만큼 더 괴악해진 안무 난이도에 고전 중인 것이다.

'나도 남 말할 때가 아니지만.'

차유진과 유닛 무대를 하려면 스탯을 재정비해야겠다 생각한 찰나.

안무 연습실 문 뒤편에서 작은 소란이 일었다. 언성을 높이는 것 같은 소리였다.

'왔나.'

감이 왔다. 하지만 굳이 아는 척할 필요는 없다.

"뭐지?"

"음?"

일단 당장 카메라부터 눈치껏 촬영이 종료되었다. 무시하기엔 소리가 제법 컸기 때문이다. 안무는 마침 후렴을 지나 마무리되었고, 멤버들은 동작을 마무리하고 당황 반 걱정 반으로 연습실 문을 쳐다보았다.

"누, 누가 말씀 나누시는 걸까요…?"

"…지금 여기 다른 사람은 없을 텐데."

"잠시만."

눈짓을 남긴 류청우가 일어나서 상황을 파악하려던 순간, 한발 먼저 문이 열리더니 안면 없는 놈이 벌컥 연습실 안으로 들어왔다.

"…!"

30대 초중반으로 보이는 사람이었다. 그 뒤로 붉으락푸르락 안색이 처참한 첫 매니저가 황급히 따라 들어왔다.

놈은 첫 매니저를 무시하고 우리에게 꾸벅 고개를 숙이더니, 손에 든 테이크아웃 잔을 돌리기 시작했다.

"아~ 안녕하세요, 우리 테스타 아티스트분들. 어휴, 반갑습니다! 아, 이거 하나 드시면서 연습 화이팅하시라고 가져왔습니다."

"누구세요??"

놈은 냉큼 음료부터 받아든 차유진의 말에 깔끔하게 대답했다.

"아, 저는 이번에 새로 온 매니저입니다."

"예?"

당연하지만, 얼마 전 도넛 들고 온 실장의 사촌 동생과 겹쳤다.

"음, 며칠 전에 뵌 분하고 다른 분이신데요~?"

"그 친구는 이제 여러분 따라다니면서 로드 매니저로 일할 거고, 저는 총괄!"

총괄.

즉, 치프 매니저라는 뜻이다.

지금까지 전담 매니저이던 첫 매니저는 갑자기 굴러들어온 돌을 졸지에 상사로 모시게 되었다는 뜻이기도 하다.

"이렇게 바쁜 스케줄이면 전담이 셋은 붙어야 제대로 돌아갔을 텐데… 아이고, 앞으로는 걱정 마세요. 제가 다 처리할 테니까 불편한 건 바로바로 연락 주시면 됩니다!"

"아니……."

음, 첫 매니저는 아직도 당황한 모양새다. 아무 언질도 못 받았나 보지? 치프 매니저가 된 놈은 그제야 첫 매니저를 보며 유감이라는 듯이 말했다.

"김 매니저, 혼자 하느라 지금까지 고생 많았겠어요. 앞으로는 좀 더 체계적으로 아티스트분들의 니즈를 관리해 봅시다. 부상이나 컨디션 체크도 매일 시간대별로 진행해 보고."

첫 매니저가 그동안 그룹 케어를 제대로 못해서 승진 라인에서 밀려났다고 광고를 하는군.

그래, 저게 매니지먼트 실장이 새롭게 밀게 될 명분이다.

'아티스트 중심 케어!'

만약에 내가 그놈에게 바람 불어넣는 것으로 끝이었다면, 실장과 본부장의 구도는 선배 그룹 대 후배 그룹으로 갔을지도 모른다.

단순히 본부장이 후배 쪽을 미니까 본인은 남은 옵션인 선배-테스타를 골라 버렸을 확률이 높기 때문이다. 그럼 두 그룹이 소모적으로 정치질에 이용당한다는, 쓸데없이 피곤한 상황이 왔을 수도 있다.

하지만 여기에 변수를 하나 더 끼워 넣으면 이야기가 달라진다.

'후배 쪽도 실장에게 바람을 좀 불어넣는 거지.'

그렇다. 입국하자마자 둘째 매니저 통해서 후배 그룹 2위에게 연락해 뒀다.

－죄송합니다, 선배님. 조언해 주셨는데 제가 제대로 못 해서….

－아뇨. 성과를 거두신 거죠. 설득하셨잖아요. 물론 회사가 양보하지 않은 부분이 있어서 심적으로 힘드신 건 안타깝습니다.

－예…. 아, 아니, 어쩔 수 없는 일이고, 저희가 도리어 선배님과 선배님 팬분들께 폐를 끼쳤습니다!

－서로 피해를 본 거죠. 음… 그래도 많이 힘드시면, 매니지먼트실 쪽에 한번 이야기해 보시는 방법도 있긴 한데요.

－매니지먼트실이요??

－그룹 케어는 매니지먼트실 담당이니까요. 차근히 말씀드리면 대변해 주시지 않을까요.

그리고 이렇게 말하는 것이다.

'이미 기획된 건 어쩔 수 없지만, 너무 힘들어서 그러니 앞으로는 되도록 선배 그룹과 엮이지 않고 싶다' 정도는 가능할지도 모른다고.

그럼 이미 한번 내 조언을 써먹어 본 후배는 시도해 볼 것이다.

－…감사합니다! 기회 봐서 해보겠습니다.

야무진 타입 같았으니 잘 챙겨 먹었겠지.

그럼 이제 매니지먼트실 실장에게는 갑자기 섬광 같은 공통 비전이 생기는 것이다.

'본부장이 아티스트의 의지를 묵살하고 있다!'

'자체제작이 가능한 아티스트들에게 무능한 본부장이 숟가락을 얹으려 무리하고 있다!'

아주 본인 마음에 드는 표어였겠다.
이걸 좀 더 공식적인 언어로 순화하면 아까 본 말이 나온다.
'(본부장 말고)아티스트 중심으로 가자!'
물론 실장이 진짜 아티스트의 케어에 대단한 관심이 있을 리는 없다. 그냥 본부장을 이겨 먹기 위해 그런 명분을 잡았다는 게 중요했다.
아마 테스타에게 우호적인 A&R팀이나, 다 나온 컨셉 새로 포장하느라 사정없이 갈리는 중인 제작 마케팅 쪽에서 슬쩍 여기 편승할 테니까.
'그럼 정말 파벌이 되는 거지.'
그리고 제법 효과가 있었나 보다. 당장 '아티스트 케어'의 상징인 매니저 인력이 이렇게 구조적으로 개편된 것을 보니 말이다.
마침 그 상징인 치프 매니저가 첫 매니저를 툭 치며 말을 이어가고 있다.
"우리 매니저 셋이 전담팀 된 기념으로 오늘 간단하게 한잔하는 게 어때요, 이야기도 좀 하고."
"…어, 예예. 그럼요."
첫 매니저는 결국 떫은 표정으로 굴복했다. 물론, 머리가 식으니 지랄해서 좋을 게 없다는 걸 겨우 인지한 모양이다.
'자업자득이지.'
나는 흐뭇하게 그 광경을 바라보았다. 그 뒤로 현재 회사 상황이 눈에 보이는 것 같았으니까.

'서로 견제하고, 아득바득 물어뜯어 줬으면 좋겠는데.'

낙하산 실장이 본부장을 누르고 회사 잡은 뒤 마음대로 해먹을 걱정은 없냐고?

그래, 없다.

'그 새끼 일 못해.'

그냥… 이 엔터 사업에서 자기 업적과 공을 세우고 싶은 윗대가리들이 자기들끼리 싸우느라 기력만 다 소모하게 만들면 된다. 그사이에 그룹이 주도적으로 일을 추진하면서, 실무진들은 자기 일을 열심히 할 수 있도록 말이다.

"그럼 연습 화이팅입니다~ 여러분 금방 또 뵙겠습니다!"

"네!"

"잘 들어가세요!"

치프 매니저는 자기 번호를 뿌리며 '언제든 편하게 연락 달라'는 말을 남기고 떠났다.

그리고 그제야 첫 매니저는 머리를 굴리기 시작했다.

"…얘들아, 저 사람 좀 불편하지 않냐? 갑자기 와서 무슨."

편들어 달라는 뜻이다. 큰세진이 밝게 웃으며 이야기했다.

"에이, 처음 뵙는 분인데 좀 불편한 건 어쩔 수 없죠! 그래도 저희 신경 많이 써주시는 것 같아서 좀 기대가 돼요! 감사하기도 하고."

"쉐이크 맛있어요!"

차유진이 옆에서 음료를 흔들었다.

결국, 첫 매니저는 욕지거리를 삼키는 것 같은 표정으로 연습실을 떴다.

'멍청한 놈.'

나는 혀를 찼다. 애들이 바보도 아니고, 너보다 류청우가 일을 더 많이 하는 건 진작 다 알았을 것이다. 그게 정당한 것인지에 대해서는 미처 생각 못 한 녀석이 있을지도 모르지만 말이다.

"아!"

저기 감탄사를 지르는 김래빈 같은 놈은 아마도 몰랐을….

"이제 알겠습니다!"

"…?!"

절묘한 타이밍에 나온 말에, 나는 생각을 멈췄다.

김래빈은 감탄 어린 표정으로 말을 이었다.

"문대 형이 녹음실에서 하신 말씀 덕에 이런 상황이…."

"잠깐."

스탭 일곱 명이 주변에 있는데 이 이야기를 대놓고 꺼내다니. 아니, 그것보다도….

'이놈이 이 상황을 이해했다고?'

상당히 의심스럽다. 그러나 김래빈은 꿋꿋했다.

"아, 문대가 무슨 말 했어?"

"예! 문대 형께서 그룹이 겪은 고난과 심적 고통을 공개적으로 공유해 주신 덕에 회사에서 좋은 피드백을 주신 것 같습니다!"

"……."

"오오, 그래? 문대가 막~ 힘들다고 했어?"

"예! 제게도 물어봐 주셨습니다. 그렇게 힘든 상황을 확실히 표현해야만 상대의 반응도 변하는 것을 이번 기회로 느꼈습니다."

"이야~"

"……음."

하이고.

그러니까, 이놈은 굉장히 기본적인 구조를 파악했다는 뜻이다.

'테스타가 힘든 티를 확실히 냈다. → 회사에서 그룹 케어에 더 신경 써줬다!'

이 알고리즘 말이다. 택도 없는 이론 수준이었으나, 대인관계 사고방식이 비슷한 수준인 놈들이 먼저 반응하기 시작했다.

내가 많이 힘들어했다는 쪽으로 말이다.

"무, 문대야……."

"…그랬구나."

안 그랬다.

"언제나 가르침 주셔서 감사합니다."

너도 이걸로 뿌듯해할 일이 아니다.

이 와중에 큰세진은 실실 웃으면서 박수를 보냈다.

"그러게요, 와, 문대 덕분에 잘 풀렸네~ 멋지다~"

이 새끼 일부러 이러는 거다. 은근히 열 받네.

…그러나 그다음에는 제법 뼈 있는 말이 이어졌다.

"그래도 너무 무리하진 말자. 문대문대, 우리도 입 있다? 래빈이 말고 우리한테도 공유하자고~"

"…!"

"그래, 문대야."

류청우가 눈을 맞추며 고개를 끄덕였다.

"우린 그룹이잖아. 머리가 일곱인데, 상의해 보면 좋은 방법이 나올 수도 있지."

"……."

전적이 있다 보니, 내가 일부러 말을 흘린 것까지는 눈치 있는 놈들은 다 알아차린 모양이다.

그리고 부정하진 않겠다. 제법 합리적인 발언이었다.

'좀 성급했나.'

나 혼자 처리하는 게 워낙 편하고 빨라서, 이게 그룹 전체에 영향을 끼치는 행동이라는 걸 자꾸 간과한단 말이지.

이놈들도 다 영향을 받으니 분명 상의할 자격이 있었다.

'앞으로는 좀… 이야기한 후에 진행해도 괜찮겠어.'

매일 얼굴 보는 처지에, 그렇게 시간이 지체되는 것도 아니지 않은가. 나는 고개를 끄덕였다.

"예. 그렇네요."

"그래!"

류청우는 농담조로 한마디 덧붙였다.

"서로 보완할 부분이 있으니까 팬분들, 음, 그러니까… '주주님'들이 이렇게 뽑아주시지 않았겠어?"

"저는 머리 좋아요!"

"차유진은 공식적인 지능 측정 결과가 없습니다. 주관적인 의견….”

"김래빈보다 좋아요."

"그래? 그럼 나중에 우리 컨텐츠로 심리 검사도 한번 해볼까? 그 뭐더라, MBTI도 정식으로 해보고."

"좋아요!"

"아주 재밌는 컨텐츠가 될 것 같습니다!"

순식간에 말싸움이 불발로 끝났다.

'괜히 리더가 아니긴 하군.'

나는 새삼스럽게 류청우를 훑었다. 이 그룹 구성원으로서 인식이 굳어질수록, 이놈에 대한 경험적 거부감도 확실히 줄어들었다.

'음, 괜찮은데.'

이젠 슬슬 이전 수준으로 돌아온 것 같다. 나는 내심 인정했다.

옆에서 선아현이 눈을 빛내며 고개를 마구 끄덕였다.

"그, 그럼 앞으로는… 힘들면 꼭, 서로 많이 의논하자…!"

"그래."

연습실 분위기는 화기애애했다.

그리고 하필 이걸 카메라에 못 잡았다며, 소리 죽여 통곡하는 스탭들을 뒤로한 채 곧 연습이 재개되었다.

또 며칠 뒤.

"오."

드디어 공개된 미리내의 타이틀곡 뮤직비디오에서는 〈마법소년〉의 흔적이 완전히 제거되어 있었다.

─가편집까지는 컷 신으로 중간에 짧은 영상이 삽입되어 있었거든요!! 걱정 많이 했는데 정말 선배님 덕분입니다! 감사합니다!

매니저를 통해 거의 세배라도 올릴 것 같은 후배의 일방적인 감사가 도착했다.

'깔끔하군.'

소속사에서 은근히 부추기던, 미리내를 테스타와 굳이 엮는 기사들도 메인에서 자취를 감추었다.

테스타의 팬들도 더 기분 나쁜 떡밥이 없자 '티원이 티원했다'면서 일단은 넘어가 줬다. 앵콜 콘서트 유닛 무대 소식이 터지며 관심이 그쪽으로 쭉 쏠렸기 때문이다.

-미친 차고영 문댕댕 유닛? 케이팝 기강 잡으러 오셨다 못 보면 죽음뿐

이런 반응을 보니, 더 제대로 준비해야겠다는 생각이 드는군.

"와하하!"

나는 옆 침대에서 뒹구는 차유진을 보며, 오랜만에 속으로 불러 봤다.

'상태창.'

단, 우선 확인하는 건 내 것이 아니다. 차유진의 상태창이지.

'유닛 무대 최종 확정 전에 한 번 더 확인해서 대응책을 완성한다.'

안 그래도 괴물 같던 저놈 스탯, 어떻게 변했는지 보자.

차유진 옆에 반투명한 홀로그램이 떴다.

[이름 : 차유진]

가창 : B- (B+)

(랩 : B+)

춤 : S- (S+)

외모 : A (S)

끼 : S (EX)

특성 : 블랙홀(S)

욕할 뻔했다.

'X발 이게 사람 새끼냐.'

그 사이에 춤이 또 늘었는지 S 등급이 두 개가 됐다. 가창도 최근 보컬 파트가 늘더니 결국 B등급에 진입했다.

그리고 화룡점정은… 특성이다.

[특성 : 블랙홀(S)]

-모든 것을 빨아들이는 인력, 사로잡는 충동.

: 무대 몰입도 +180%

A등급이 S가 되면서 150%가 180%가 됐다. 특성도 진화할 줄이야.

'끼가 더 오른 건 저 영향인가.'

식은땀이 다 난다. 저거랑 뭘 해도 X 될 것 같은데.

오랜만에 〈아주사〉 서바이벌 때의 감각이 되살아나는 기분이다….

생존 본능 말이다.

'팬들이 좋아한다고 너무 섣불리 추진했나.'

아니, 침착하자.

이놈이랑 유닛 한번 해서 내 폼이 깨진다고 그룹 탈퇴해야 하는 것도 아니지 않은가. 그냥 좀 쪽팔리고 말 것이다. 내가 큰세진처럼 어떻게든 차유진 눌러보려던 것도 아니고 말이다.

'둘 다 잘했다'로 여론을 밀어보려 안간힘을 쓰는 팬들과 '곰머새끼 나대더니ㅋㅋ' 같은 소리를 하며 비웃는 차유진의 개인 팬들이 벌써 눈에 선하긴 하지만. 그리고 결국 박문대의 무대 잘하는 이미지에 타격이 올 것도….

'그건 못 참지.'

안 되겠다. 혹시라도 그런 사태가 발발하지 않도록 재점검한다.

"유진아."

"네!!"

"유닛 무대에서 쓰고 싶었던 장치 다 말해봐라."

스마트폰 보던 차유진이 벌떡 몸을 튕겨 일어났다. 눈이 번쩍번쩍거리는군.

"물! 폭죽! 조명과 댄서들! 그리고 거대한 움직이는 구조물!"

있는 대로 다 쓰고 싶었다는 소리다.

"어차피 그거 다 쓰는 건 예산상 불가능했다는 건 알지."

"알아요! 그래도 많이 써요! 좋아요!"

"그래."

사실이다.

안무 시안과 무대 장치는 이미 다 컨펌이 난 상태다. 그리고 차유진이 말한 것 중에 제법 많은 요소가 무대에 실제로 쓰인다.

비하인드에서야 내가 속 좋게 차유진의 주장을 수용해 주는 모습일 테지만, 사실 내가 노린 부분이기도 하다. 화려한 주변 장치 덕에 무대 전체로 집중이 퍼지는 그림을 원했거든.

그러나 차유진 스탯을 확인하니 알겠다. 좀 얕은 수였던 것 같다.

'분산 안 될 거야.'

분명 사람들은 차유진에게 집중하게 될 것이다. 무대 장치는 도리어 그걸 도와 버릴 지경이다.

더 강제적으로 그 집중을 뺏어올 방법이 필요하다.

제일 쉬운 건… 역시 내 스탯도 건드는 건데.

'상태창.'

이번엔 내 상태창을 한번 점검해 보자.

[이름 : 박문대 (류건우)]

Level : 18

칭호 : 없음

가창 : S-

춤 : B+

외모 : A-

끼 : A-

특성 : 잠재력 무한, 듣고 보니 맞는 말이군(A), 바쿠스500(B), 잡아채는 귀(A)

!상태이상 : 관객이 아니면 죽음을

남은 포인트 : 2

이제는 내 상태창도 능력치가 상당히 준수하다고 생각했는데, 차유진 걸 보고 난 후에 확인하니 좀 빛이 바래긴 하는군.

'일단 특이점은 없다.'

살펴볼 만한 건… 레벨이 하나 올라간 것. 그리고 자연 증가한 춤 스탯 정도인가. 아마 투어 스케줄에서 계속 즉석 안무를 익히고 소화하다 보니 자연스럽게 한 단계 오른 것 같다.

그럼 평소대로라면 내 행동 방식은 뻔하다.

'춤을 B+에서 A-로 올리는 거지.'

등급을 바꾸는 효율적인 방식에, 차유진의 장기인 춤에 따라붙을 방법이라고 생각하기 쉬우니까.

하지만… 애매하다.

'그렇게 올려도 차유진과 자릿수가 달라.'

차유진의 춤은 S-다. 유닛 무대인 이상, A-로 비벼봐도 간신히 급 맞춰주는 그림으로 끝날 수도 있다. 2포인트를 다 투자해서 A로 맞춰도 마찬가지일 것이다. 애초에 끼와 특성에서 밀리니까.

그리고 이건 어디다 투자해도 마찬가지다.

'…가창을 S+로 만들어 버려?'

눈은 차유진을 봐도 귀는 박문대에게 집중하게 만드는 방법이다. 좀 처절하긴 하군.

일단 보류해 두고, 남은 변수를 살펴보자.

'음.'

나는 그동안의 콘서트와 리얼리티 인지도로 쌓인 팝업들을 불러왔다.

[성공적 공연!]
절대다수에게 감명을 주었습니다!

명성 갱신 알림을 포함해서 이런 팝업들이 몇 개 됐다. 대부분은 적당히 특성 뽑기를 줬는데, 그래서 쌓인 뽑기가 무려 5회다.
그리고 여기서 가까운 시일 내로 써먹을 만한 게 나오는 건 매번 증명돼서 더 의심하기도 민망할 정도다. 이젠 거의 확신한다.
'싹 탕진하자.'
뭐 쓸 만한 것 좀 뱉어봐라.
일단 저등급부터 간다. 나는 '보물'과 '영웅'이 붙은 뽑기를 다 돌렸다. C에서 B등급이 기본으로 나오는 놈들이다.
레버가 돌아가고 슬롯머신이 번쩍인다.
파파팡!

['말랑뽀짝 귀요미(B)' 획득!]
['천사표(C)' 획득!]
['악어의 눈물(A)' 획득!]
['부동심(B)' 획득!]

필요 없고, 됐고, 상황에 안 맞는다.
무대 관련이 하나도 안 나오고 대외활동에 관련된 특성만 쏟아진다.
'무대는 알아서 하라는 건가?'
이번 유닛 무대를 망쳐도 별 타격이 없을 거란 암시인가. 나는 짜게

식은 머리로 팝업창을 훑었다.

그러다가, 문득 상당히 꺼림칙한 예상을 떠올렸다.

'아니면 이제 곧… 때가 오기 때문일 수도.'

당연한 말이지만, 이제 곧 상태이상은 끝이다.

['관객이 아니면 죽음을']

: 정해진 기간 내로 20만 명 이상의 관객과 만나지 못할 시, 사망

달성 인원 : 199,997 / 200,000

단 3명 남았다.

앵콜 콘서트가 끝나면, 아니, 혹시 천재지변으로 못하게 되더라도 상관없었다. 뭐든 관객 셋만 채운 무대 한 번이면 이 상태이상도 끝이다.

'그리고… 그 X 같은 진실 확인이 또 뜰 것 같은데.'

지난 사례들을 생각해 보면 이번에도 누군가가 뒈지는 장면을 보여줘도 이상하지 않았다. …날 동요하게 만들 수 있다는 뜻이다.

그래서 태도 논란을 방어할 수 있도록, 대외활동과 관련된 특성이 뜬다… 라.

'설득력 있어서 더 기분 나쁜 추리군.'

병 주고 약 주는 것도 아니고, 그냥 X발 쓸데없는 걸 보여주지 말라고. 나는 혀를 찼지만, 일단은 합리적으로 행동하기로 했다.

특성을 교체했다는 말이다.

[특성 : 듣고 보니 맞는 말이군(A)이 삭제되었습니다!]

대신 그나마 쓸 만한 '부동심' 특성을 넣었다. 등급은 낮아진 거지만, 다방면 사용이 가능한 특성이니까. ……참고로 A등급이라 순간혹했던 '악어의 눈물'은 가련하게 울어서 공감을 불러일으킬 수 있다는… 그, 수도꼭지 특성의 상위호환이다.

쓰레기란 뜻이다.

'됐다.'

나는 목을 우두둑 꺾었다.

자, 뇌를 비우자.

남은 건 하나. 예사롭지 않은 이름이 붙은 뽑기다.

[전설 특성 뽑기 ☜ Click!]

투어 끝내고 받은 마지막 뽑기다. 양산형 X망겜이든 갓겜이든 일단 전설이 붙어 있는 건 좋은 게 국룰 아닌가. 그렇다면 이 애매한 게임 시스템도 마찬가지겠지.

'최소 A 예상한다.'

제발 나도 무대 강화 특성 좀 추가하자!

홀로그램 슬롯머신의 레버가 당겨지고, 백금색으로 가득 찬 칸이 빠르게 돌아가기 시작했다.

다라라라락-

그럴싸한 특성명들이 수없이 지나가는 가운데.

타닥.

슬롯은 천천히… 멈췄다.

지금까지 한 번도 본 적 없는, 오색 빛으로 빛나는 칸이었다.

파파파파팡!!

[특성 : '탐닉의 시간(S)' 획득!]

'X발.'

S 떴다!

나는 나도 모르게 주먹으로 침대를 갈겼다. 다행히 스마트폰에 도로 빠진 차유진은 알아차리지 못했다.

'미쳤나.'

아무리 내가 이딴 뽑기에 목매지 않아도 그렇지, 이런 고등급이 뜨니 척수까지 짜릿했다.

잠깐, 그래도 진정하자. 어떤 특성인지 확인이 먼저다.

'그래도 어감만 봐서는 무대 특성 같은데.'

나는 특성의 세부 사항을 띄웠다.

[특성: 탐닉의 시간(S)]

-이 위에서 살아 있는 나를 느낀다.

: 무대 몰입도(본인) +180%

'돌았다.'

이름만 바꾼 블랙홀이지 않은가.

"후우."

나는 길게 숨을 내쉬며 침대에 걸터앉았다.

'무대 몰입도 추가 180%…'

이 정도면, 포인트 분배만 효율적으로 잘 맞추고 연습만 조율하는 걸로도 차유진과 겨룰 수 있겠…….

아니, 잠깐만. 다시 보니 뒤에 뭐가 붙어 있다.

무대 몰입도(본인)

'본인'?

그러니까, 전체 관객의 몰입도가 아니라… 무대 하는 본인이 자기 무대에 몰입한다는 뜻이잖아.

"……."

이 개새끼가 진짜.

'내가 내 무대에 자아도취라도 빠지라는 건가.'

이 상태창이 진짜 게임이었으면 벌써 환불 때리고 별 하나짜리 리뷰를 남겼을 만행이다. 상도덕을 어디다 팔아먹었냐.

나는 잠시 상태창을 보며 이를 악물었으나, 곧 머리를 식혔다.

'…부동심과 비교한다.'

침착하게 이해득실을 따지자.

일단, S등급인 이 특성의 효과는 확실할 것이다. 정말 내가 무대에 몰입하게 해주겠지. 그렇다면 평소의 나는 어떤가. 몰입이 부족하나?

'무대가… 재밌긴 하지.'

보람도 있고, 나름대로 무슨 컨셉이든 분위기를 맞춰 민망한 기색을 내비치진 않는다고 생각한다. 즉, 평타는 한다는 뜻이다.

그렇다면 지금보다 더 몰입하면 무엇이 좋은가?

'더 자연스러워 보이겠지.'

공연하는 당사자가 깊게 몰입하면, 보는 사람도 더 몰입하게 만드는 효과도 어느 정도는 기대할 만하다. 그리고 만일의 경우 여러 방해 요소가 난입해도 흐름을 깨지 않고 공연을 더 수월히 끌어갈 수 있겠다.

'그리고… 더 재밌을 수도 있고.'

…이건 고려 사항은 아니니까, 넘기자.

"흠."

어쨌든, 정리하고 보니 '블랙홀' 수준의 사기는 아니더라도 제법 도움이 될 것 같기는 하다.

특히 컨셉이 강한 이 그룹 특성상, 스스로 위화감을 덜 느끼고 공연할 수 있다는 점도 이득이다. 컨셉 소화력에 영향을 줄 것 같으니까. '보는 내가 다 민망하다' 같은 소리도 덜 나올 것 같고 말이다.

'잘하는 것과는 좀 다른 말이긴 하지만, 더없이 뻔뻔하게는 할 수 있겠단 뜻이지.'

거기까지 생각한 순간이었다.

"……!"

불쑥, 극단적인 생각이 떠올랐다.

'하지만… 잘 쓰면 되겠는데.'

어차피 모 아니면 도다.

이미 내가 가진 변수는 다 깠고, 다른 옵션은 없지 않은가.

'일단 해볼까.'

나는 당장 팝업을 조작했다.

[특성 : 부동심(B)이 삭제되었습니다!]

잠깐 스쳐 지나간 '부동심'의 빈자리에 새로 나온 특성, '탐닉의 시간'을 꽂았다.

그리고 남은 포인트를 다 끼에 쏟았다.

끼 : A+

좋아. 이대로 간다.

"차유진."

"네??"

"유닛 무대 더 재밌게 해볼래?"

차유진이 되물음도 없이 바로 대답했다.

"네!"

그래. 그럴 줄 알았다.

그렇게 앵콜 콘서트까지 보름도 채 남지 않은 상황에서 나와 차유진은 유닛 무대 구성을 약간 수정했다. 그리고 둘 다 수정된 방향을 만족해했다.

"괜찮겠어?"

"정말 좋아요!!"

"너희가 그렇다면야…."

류청우가 몇 번 되물었지만, 차유진은 엄지를 치켜들 뿐이었다.

그럴 만했다. 우리는 각자 잘하는 걸 할 예정이거든.

테스타의 서울 앵콜 콘서트 당일.

고척 스카이돔에 입성한 대학원생은 희미한 미소를 짓고 있었다.

'나도 드디어… 첫콘을…!'

앵콜 콘서트가 토요일에 시작되는 덕에 간신히 시간을 맞출 수 있었다. 드디어 스포일러 없이 콘서트를 즐길 시간이었다!

척척박사가 될 것인가, 석사로 취직할 것인가의 기로 앞에 서 있는 대학원생이었지만 오늘의 고민은 하나뿐이었다.

'문대가 잘 보이겠지? 이 자리가 최고 맞지?'

그렇다. 대학원생은 무려 돌출 앞 좌석이라는, 어마어마한 자리에 티케팅을 성공했다. 지난 콘서트에서 〈아주사〉 시즌 4가 차지해 논란이 일어났던 바로 그 구역이었다.

박문대의 사진을 찍는 그녀의 친구는 눈물을 좍좍 흘리며 부러워하면서도 그녀를 축하해 주었다.

[나 방금 입장함 심장 튀어나올 것 같다ㅠㅠㅠ]

대학원생은 몇십 분 전에 온 친구의 메시지에 답장하며, 자신의 자리에 입장해 앉았다.

정말로, 심장이 몸 밖으로 뛰쳐나올 것처럼 뛰었다!

대학원생은 심호흡하며 두근거리는 마음으로 오늘의 콘서트를 상상했다. 앵콜 콘서트는 보통 세트 리스트가 비슷한 데다가 공연장까지 비슷했으니, 견적은 벌써 나왔다.

'돌출 무대에서 적어도 네 곡은 보겠네!'

그녀는 코앞에서 박문대의 무대를 볼 수 있겠다는 기대에, 응원봉을 부여잡고 공연 시작을 기다렸다.

그리고 얼마 후.

"으아아아아!!"

"어어억!!"

몰아치는 공연에 아드레날린이 폭발한 사람들 사이에서, 대학원생도 환호를 내지르고 있었다.

'아 너무 좋아!!'

정중앙의 시야 좋은 곳에서 보는 콘서트는 거의 예술적이기까지 한 경험이었다.

"박문대!! 문대야!!"

방금 끝난 박문대의 솔로 무대가 그 예시였다.

투어 중 사용하던 의자를 제거하고, 다시 맨몸으로 공중에 떠올라가는 퍼포먼스를 보여준 이 무대는 정중앙에서 보자 그 의도가 더 선명히 느껴졌다.

감정의 소용돌이처럼 어지러운 원색 천의 난무. 조명 아래 중앙에서, 떨어지는 천 너머 허공을 부유하는 무상한 연정.

대학원생은 묵묵히 고개를 끄덕이며 주접을 읊조렸다.

'박문대는… 천재다.'

그리고 그 모든 감성이 선명히 다가온 것은 비단 좋은 자리 때문만은 아니었다.

'문대가 너무 잘해.'

지난번보다도 더 서늘한 박력.

같은 공연장이라 분명 음향은 그대로일 텐데, 목소리에서 어딘가 사람을 건드리는 감성이 이상하게도 좀 더 날것처럼 선명히 느껴졌다.

만일 대학원생이 SNS에 접속했다면 중계를 엿보는 사람들의 이런 감상평들을 볼 수 있었을 것이다.

-침대에 누워 있다가 박수침

-야 저음질 주절주절 변명 이제 안 받음ㅋㅋ 박문대는 이렇게 들어도 개잘하네ㅋㅋ

-방금 박문대 음원보다 더 좋은 거 나뿐이야?

-제발 앵콜콘도 딥디 내줘

몰입도가 달라지자, 무대 위에서의 감정선 질이 달라진 것이다. 박문대 본인의 예상보다도 확실한 '탐닉의 시간(S)' 효과였다.

그리고 방금 백스테이지에서 무대 장비를 해제한 박문대 본인도 그것을 느끼고 있었다.

"…후우."

손이 떨렸다.

고통이나 경련 때문이 아니라 여운 때문이었다. 머리끝까지 감정이란 물에 잠기다가 건져 올려진 것 같은 공허함과 개운함이 과했다.

'그래도… 예상보다 좋은 선택이었다.'

본인도 방금 무대가 만족스럽긴 했기 때문이다.

의식하는 단계 없이 바로 진입하는 몰입은 사람을 더 고양 시켰다. 특히 섬뜩할 정도로 처절한 감성의 곡을 혼자 했으니 더했다.

'평소보다 더 강해.'

박문대는 침착함을 되찾기 위해 이온음료를 마시며 뇌를 가다듬었다.

"무, 문대야! 몸 불편한 곳은 없을까…?"

"어, 편해."

"그, 그렇구나. 다행이다…. 그, 그래도 혹시 불편하면 꼭 말해야 돼!"

"그럴게."

"으, 으응! …아! 방금 꽃 그믐, 굉장히 멋있었어…!"

"그래, 고맙다. 너도 멋지더라."

의상을 갈아입은 선아현에게 막간을 이용해 대화를 빙자한 걱정을 듣고 있자니, 슬슬 시간이 다가왔다.

'단체곡 이어지고, 즉석 무대, VCR 좀 길게 가고….'

"7분 남았습니다!"

'앵콜 직전에 유닛.'

콘서트 중에는 생각보다 시간이 훅훅 지나간다고, 박문대는 생각했다. 그러니 더 정신을 차려야 했다.

'제대로 한다.'

마음을 굳힌 박문대는 다시 무대 아래에서 대기하기 위해 복도를 이동했다. 그리고 마지막 류청우의 솔로 무대 후렴구에 맞춰 밖으로 나오며, 다시 무대에 몰입하기 시작했다.

와아아아아!!

사실, 몰입하지 않기도 힘든 환경이었다.

이제 제법 가짓수가 되는 타이틀곡 무대가 지나가고, 귀여운 즉석 무대가 지나가는 동안 관객들은 오랜만의 오프라인 경험에 흠뻑 즐거워하고 있었다.

그러면서도 다들 알았다.

VOD를 통해 복습까지 마친 지난 경험에 비추어볼 때, 이제 콘서트는 완연히 후반부였다. 그러니 대히트한 테스타의 이번 리얼리티 끝에 홍보까지 붙인 '유닛 무대'가 곧 나올 것이란 사실을 말이다.

'세트 리스트 변동 별로 없었지!'

'역시 유닛 무대 좀 공을 들인 것 같은데······.'

특히 지난번 콘서트와 중복된 VCR이 나오는 순간에는, 흥분 속에서도 마치 휴식 시간 마냥 팽팽 머릿속에 계산이 돌아갔다.

그리고 그 기대를 저버리지 않고, 유닛 무대는 적절한 시기에 등장했다.

[Falling- 떨어지는 가을별처럼, 네게 fall, fall, Fallen.]

처음은 선아현과 류청우.

둘은 유명 남성 아이돌 선배인 티홀릭의 데뷔곡을 산뜻하게 소화했다. 별로 경험한 적 없는 그 조합에 관객들은 신선해하며 무대를 관람했다.

'오~ 좋다!'

박문대 팬인 대학원생의 평이었다.

다음은 배세진과 이세진, 그리고 김래빈의 무대.

[널 노려 내 Target, 난 안 놓쳐 my enemy.]

히트맨이라는 강렬한 컨셉의 여성 아이돌 곡을 가져와서 적절히 파트를 분배했다.

'멋진데?'

역시, 박문대를 제외하면 일반인의 감성을 가진 대학원생은 적절히 호평을 내렸다.

두 유닛 무대는 모두 첫번째 콘서트 때보다 훨씬 스케일이 크고 더 대형 공연다워졌다. 덕분에 저절로 등에 힘을 넣었다.

'이제 문대가 남았다는 거지…!'

앞선 두 무대가 훌륭했던 만큼, 과연 피날레를 맡은 박문대와 차유진이 어떤 무대를 준비했을지 기대가 부풀었다.

'SNS에서도 다들 기대했고!'

좀 더 물밑을 들여다보면 손톱을 물어뜯을 기세로 걱정하는 의견도 넉넉했으나, 대학원생은 아직 그 정도로 인터넷과 친하진 않았다. 그래서 그저 기대 100%의 상태로 마지막 유닛 무대를 접하게 되었다.

[…….]

전 무대가 끝나고, 전광판에 짧은 영상이 흐르며 어두워진 무대 위.

땡―

괘종시계의 종소리가 울리며, 갑작스럽게 조명이 돌아왔다.
흑백 무대 위에는 댄서 여덟 명과 함께 각 잡힌 안무 대형을 갖추고 있는 키 큰 남성의 인영이 보였다.
차유진이었다.
'문대는…?'
대학원생의 생각이 문장으로 완성되기도 전에, 음악이 몰아치기 시작했다.
어디서 한 번쯤은 들어본 팝송의 멜로디였다.

빠밤밤밤밤!

―Listen!
No matter how hard

I think about it,

I can not hold it

경쾌하고 날렵한 일렉트릭 스윙 사운드 위로 댄서를 이끌고 차유진이 동작을 시작했다. 그 많은 사람 중 본인 혼자 검은 셔츠에 하네스부터 주얼리 체인까지 전부 빈틈없이 챙겨입은 모습이, 누가 봐도 솔로 가수의 모습이었다.

−Why Why~

are you not a monster?

차유진은 화려했다.

반짝이는 조명과 경쾌한 목소리, 그리고 배경에서 터지는 글리터 효과까지 안무의 일부로 사용하는 모습은 입이 벌어지도록 만들었다.

그는 무대를 신들린 것처럼 즐기고 있었다.

−Umm Umm Umm~

비명 같은 환성이 끊이질 않았다.

그래서 그가 정중앙에서 벗어나 성큼성큼 왼편으로 걸어 나오는 빈틈 즈음에야, 대학원생도 정신을 차렸다.

'아니, 그래서 문대는??'

그러나 차유진은 자비 없이 후렴에 들어갔다. 후크송 형태인 곡 덕에 빠르게 네 번이나 반복되는 아이코닉한 파트였다.

−Monster, monster
you got me so
I grabbed you
bebe, babe

차유진이 댄서들 사이에서 더없이 복잡한 안무 동작을 홀로 가볍고 쫀득하게 살렸다.
시선을 빨아들이는 것만 같았다.

−bebe, babe!

날렵하게 차오르는 동작 후, 차유진이 검지로 입을 그으며 웃었다.
"와……."
박문대의 팬까지 반사적으로 감탄했다.
하지만 그토록 인상적인 첫 번째 후렴의 마무리 순간…… 갑자기 반주가 바뀌었다.

우우웅−!

'어?'
지극히 현대적인 전자악기를 사용하던 세련된 편곡이 먹히듯이 사라졌다. 그리고 대신, 그 자리에 과격한 밴드 오케스트라가 들이닥쳤다.

"…?!"

"…??"

관객석에서 당황하는 소리가 나오기도 전.

무대 중앙에 번뜩이는 찬란한 빛과 함께 배경이 열렸다.

"……!!"

그리고 거대한 푸른 융단 구조물 위 옥좌 같은 황금 의자가 나오기 시작했다. 그 웅장한 의자 위에 비스듬히 앉은 사람은….

니트가 눈에 띄는 교복을 입은, 안경 쓴 박문대였다.

'이게 뭐야??'

박문대는 천연덕스럽게 고뇌하는 얼굴로 노래를 시작했다.

－그래,

생각만 해도

더 이상은 널

견딜 수 없어

한국어로 번안된 팝송의 가사였다.

박문대는 맑고 뚜렷한 목소리로 곡을 끌고 나갔다. 어딘지 평소보다 조금 과장되고, 감정적으로 들리는….

'아니, 잠깐만.'

푹 빠질 뻔했던 대학원생은, 박문대의 이 편곡도 제법 귀에 익다는 것을 깨달았다.

이건 단순히 번안된 게 아니었다.

'…이거 뮤지컬이잖아!'

그렇다. 이 팝송, 'Monster Baby'는 해당 가수의 곡들을 모아 만들어진 모 뮤지컬의 유명 넘버 중 하나이기도 했다.

ㅡ사람

같지도 않아, 넌!

박문대는 단정한 교복 차림으로 방만하게 의자에 앉아 노래를 계속했다. 괴상한 17세기 성에서 조난 당해 맛이 간 현대 학생 역할이 부르는 곡을 소화 중이었기 때문이다.

그리고 거기서 끝이 아니었다.

우, 우우, 우우우~

박문대의 주변에는 요란한 근대 차림의 인영들이 등장하더니, 춤을 추며 코러스를 넣기 시작했다. 누가 봐도 뮤지컬 앙상블이었다. 덕분에 배경을 아는 소수의 사람이든 아니든, 관객들은 대충 짐작할 수 있었다.

뮤지컬 장면을 재현 중이라는 것을.

'헐.'

같은 곡을 정반대의 형태로 다짜고짜 보여주는 무대였으나, 박력이 대단한 탓에 관객들은 당황을 잊고 말려들어 갔다.

-몬스터, 몬스터
날 잡아채고
끌어당겨
그래, 그렇게!

박문대가 거대한 황금 의자 위에서 안무를 하면서도, 구조물 자체는 앙상블의 손에 이리저리 움직이며 가사와 스토리를 맞췄다.

-내내, 그렇게!

색색의 조명과 깃털, 정신이 나갈 것 같은 현란한 시대극 요소가 교차하는 가운데, 박문대의 보컬이 공연장을 쭉 갈랐다. 폭발적이고 극적인 뮤지컬의 맛이었다.
"와아아아!"
일단 관객들은 반사적으로 또 박수를 쳤다. 소름이 쫙 돋는 퀄리티였으니까.
그러나 유닛 무대라고 할 건 없었다.
'거의 그냥… 단독무대 대결?'
'유닛은 아닌뎅.'
이 콘서트 고양감에서 벗어나는 순간 알음알음 이야기가 나올 것이란 예측을 몇몇이 할 찰나.

지이잉!

간주가 떨리더니, 무대 왼편의 꺼진 조명으로부터 흑백의 세련된 정장을 차려입은 인영이 우르르 중앙 무대로 밀고 들어왔다.

"어?"

차유진과 댄서들이었다.

그리고 그들은 의자와 융단 구조물에 올라타 노래를 부르던 박문대와 앙상블들을 오른쪽으로 쭉 밀어버렸다!

"…??"

뮤지컬 세트는 주르륵 넘어지듯이 밀려났다….

그리고.

빠밤밤밤- 빠바밤!

다시 들어온 신디사이저와 브라스에 맞춰서 차유진과 댄서들이 이번에는 막대를 꺼내 들었다. 막대들은 움직임에 따라 연결되고 해체되며, 안무의 강약과 화려함을 더했다.

"우와."

막대에서 야광색이 번뜩이는 순간, 허공에서 수많은 빛이 몰려들어 차유진의 움직임을 보조했다.

야광 드론 퍼포먼스였다.

차유진은 삐딱하게 웃으며 여유롭게 드론을 살아 있는 것처럼 다뤘다.

-bebe, babe!

그렇게 다시 한번 후렴이 거창히 마무리되는 순간.

이번에는 틈도 없이 박문대 쪽에서 순식간에 무대 중앙으로 밀고 들어왔다. 황금 의자에 올라서 팔짱을 낀 박문대는 질 수 없다는 듯 거대한 샹들리에를 떡하니 구조물에 달아놨다.

그리고 선전포고를 하듯이 앙상블과 고음의 화음을 척 넣었다.

-오늘도 생각했지
더는 참아줄 수 없어!

가사가 절묘했다.

샹들리에가 빛을 난사하며 댄서들의 안구를 괴롭혔다.

'미친!'

이제 관객들은 웃기 시작했다.

그러나 어쩔 줄 몰라서 웃는 것이 아니라, 완성된 무대를 즐기는 편안함과 기대가 있었다. 장르를 넘나드는, 다소 메타적인 유머러스함이 뻔뻔하게 무대에서 이루어지고 있었기 때문이다. 당사자인 차유진과 박문대가 워낙 천연덕스러웠기 때문에 무대는 머쓱한 대신 몹시 즐거워졌다.

Drrrrr-!

그렇게 아웅다웅하던 둘은 결국 마지막 후렴구에선 말 없는 기 싸움을 하며 함께 돌출 무대로 뛰어나와 무대를 하기 시작했다.

신디 사운드와 오케스트라가 합쳐지며 곡은 페스티발이나 카니발에 쓰일 만큼 요란하고 웅장해졌다.

–Monster, Monster
bebe, babe!
잡아채고 끌어당겨
그래 그렇게!

원어와 번안 가사가 섞였다. 앙상블 사이를 댄서들이 치고 들어갔다. 차유진이 황금 의자에 올라가서 창법을 바꿔 노래를 부르고 박문대가 드론과 춤을 췄다.

서로의 영역을 거침없이 침범하는 폭주감이 무대를 달궜다.

–Monster, 그렇게!

피잉!

온갖 색의 폭죽이 터지며 화음과 안무가 절정을 찍었다.

무대의 이질적인 두 요소들은 서로의 파괴적 느낌을 더 과격히 살리며 엔딩을 맞이했다.

우하아아아악!!

폭죽과 일렉 반주 소리 너머, 사람들의 비명이 공연의 일부처럼 현장을 뒤흔들었다.

"이야아아아!!"

대학원생도 자기도 모르게 응원봉을 손바닥으로 때리며 박수를 쳤다.

한 시간 후 귀갓길에서, 이 무대가 겨우 4분 20초짜리였다는 것을 깨닫고 경악하게 될 것은 아직 모르고 있었다.

"대박이요! 대박이요!"

"알았다."

차유진은 VCR 내내 같은 말을 반복하며 내 어깨를 흔들었다. 대단히 방금 무대가 마음에 든 모양이다.

이해는 됐다. 나도 좀 놀랐다.

'이게 되네.'

어지간히 낯짝이 두껍지 않고서야 몰입하기 어려운 구성이었는데, 숙연함 한 점 못 느꼈다.

'꽝인 줄 알았는데 그래도 S등급 값은 했나.'

도리어 기분 같아선 VCR이고 나발이고 무대를 쉬지 않고 계속하고 싶은….

"또 해요! 백 번 해요! 대박!"

물론 저 정도는 아니다. 놔라.

"그래. 일단 대형 정리하자."

"네!"

이런 뜬금없는 체력 소모는 안 된다. 오늘 밤에는 정신이 똑바로 박혀 있어야 했다.

이 유닛 무대 도전 말고도 오늘의 이벤트가 남아 있으니까.

'…이제 정말 끝인가.'

콘서트 종료까지 앞으로 약 30분.

상태이상 해제가 정말로 코앞이었다.

앵콜 콘서트 첫날은 예정대로 별문제 없이 성황리에 끝났다.

유닛 무대에 대한 반응도 좋았다.

-제발 음원 좀ㅠㅠㅠㅠㅠㅠ

-이 둘을 같은 팀에서 볼 수 있다는 게 아주사의 유일한 장점이다 이제 폐지해

-박문대 성대 차유진 춤 이 조합 케이팝 명예의 전당에 올려야 하는 것 아닌지 (주접입니다 지나가세요

-차고영 덥앱에서 맨날 문대형 유닛 떠들더니 이유를 알겠네 우리 애 천재네

간혹 다른 유닛 무대랑 비교하려는 어그로도 튀어나왔으나 그다지 통하는 것 같지는 않았다.

내 입으로 말하기도 그렇지만… 아무래도 1, 2위 출신이 유닛인 덕

같다. 조합이 조합이다 보니 다른 유닛 팬들 쪽에서도 괜한 시비 만들고 싶지 않아 하는 것 같았다.

'어디든 쪽수 많은 쪽은 건들기 껄끄럽지.'

애초에 유닛 무대들이 전체적으로 퀄리티가 좋았으니까 '테스타는 어느 조합이든 잘한다' 같은 이야기로 뭉뚱그리더라고. 그래서 그냥 무대 하나하나 알아서 좋아하는 분위기로 팬 커뮤니티는 화목했다.

-오늘 너무 좋다
-진짜 오프닝 VCR 나올 때부터 벅차서 눈물이 줄줄
-테스타 디너쇼까지 가는 거다 약속 (콘서트 단체 사진)

박문대와 차유진의 개인 팬들의 기류도 출범 이후 최고조 수준으로 괜찮으니 그냥 축제나 다름없었다.

이 말뜻은, 관계자 중 긴장한 건 나뿐이라는 뜻이다.

"형!! 내일 나 샹들리에 흔들어요!"

"그래. 잘 자라."

나는 다섯 번쯤 들은 애드리브 제안에 또 오케이 사인을 주고 침실을 나왔다.

"어디 가요??"

"반신욕."

그리고 거실을 지나, 욕실 문을 닫고 들어왔다. 의심 안 사고 혼자 한두 시간 있을 만한 장소가 여기뿐이라 별수 없다.

달칵.

"후."

나는 욕조에 걸터앉았다.

…사실, 콘서트가 끝나는 순간 이미 팝업이 뜨는 걸 봤다. 비하인드 컷 인터뷰 등 간단한 야간 스케줄에 지장을 주지 않기 위해 취침 시간까지 확인을 미뤄둔 것뿐이다.

'물론, 지금 팝업 확인한다고 바로 뭘 할 필요는 없지만.'

아직 기간이 남았으니 좀 더 두고 볼 여지도 충분하다. …그래도 어쨌든, 마지막일 수도 있다는 생각이 드니 나도 더 미뤄두기가 어렵다.

보자.

'상태창, 알림.'

읊조리는 것과 동시에 아까 스치듯 존재만 확인한 팝업이 도로 떴다.

[성공적 만남!]

당신은 관객 '200,000명'과의 만남에 성공했습니다!

!제한시간 : 충족 (성공)

!상태이상 : '관객이 아니면 죽음을' 제거!

: '선택지' 확인 ☞ Click!

우선… 성공은 확실하다.

"하…."

어쩐지 긴장이 쭉 빠지는군.

나는 묘한 탈력감에 관자놀이를 눌렀다. 남은 건 그놈의 망할 진실 확인… 잠깐.

"…‼"

: '선택지' 확인 ☜ Click!

키워드가 진실이 아니다.

'선택지'?

그 단어를 보는 순간, 당연하지만 곧바로 연상되는 내용이 있었다.

'…본래 몸과 '박문대' 몸 중에 고를 수 있는 선택지.'

마지막 상태이상 클리어 보상으로 가장 그럴싸하고 적당한 이야기 아닌가.

"……."

다만 너무 뜬금없이 좋았다. 머리가 식는다.

'이제 와서 제시하긴 늦지 않았나.'

이 괴상한 시스템은 내가 박문대의 몸에 들어온 이후 게임 스타일을 충실히 유지해 왔다. 그런데 이런 당근을 끝까지 제시하지 않다가 깜짝 보상으로 준다는 건 이상했다.

보통 게임이라면, 무조건 시작 지점에서 상태이상 때리기 전에 미끼로 이것부터 던졌을 것이다.

'아니, 게임이 아니어도… 구조나 효율을 생각하면 그게 맞아.'

너 뒈진다고 채찍만 갈기는 것보다 엔딩에 확실한 보상이 있는 편이 희망 고문하기 딱이지 않은가.

'그렇다면 다른 가설은?'

몸을 고르는 게 아니라면 뭐가 그럴싸할지 머리를 굴려봤지만, 특별히 '이거다' 싶은 가설은 떠오르지 않았다.

"……후우."

진짜 반신욕을 해야 하게 생겼다. 머리가 지근거리는군.

짧게 술 생각이 들었으나 무시하고 그냥 욕실에서 나왔다.

내일, 뭐든 내일 고려한다. 일단 마지막 콘서트는 잘 끝내야 했으니 컨디션에 영향 줄 건 머리에서 지우는 게 맞다.

'잠이나 자자.'

그대로 침실로 복귀하려던 찰나, 부엌에서 웬 놈이 손을 흔들었다.

"음? 문대 안 자?"

큰세진이다.

"반신욕."

"아~ 좋지."

놈은 히죽 웃더니 들고 있던 병에서 차가운 보리차를 한 잔 더 따라 내밀었다.

"한 잔? 엄마가 어제 주셨는데."

색 때문인지 묘하게 맥주가 생각났다.

나는 군말 없이 잔을 받아 들었다. 큰세진이 웃는 낯 그대로 말을 이었다.

"아, 맞다. 문대 유닛 무대 대단하던데? 유진이랑도 진짜 잘했더라~ 역시 박문대!"

다만 내용은 뼈가 있다.

'은근히 뉘앙스가 있는데.'

본인의 차유진 유닛 경험을 반추해서 말하나.

나는 당시를 떠올렸다.

─그냥, 무대 자체를 잘 뽑아. 너랑 차유진이랑 누가 더 잘하는지 각 잡고 비교할 마음 자체가 안 들게.

당시 내가 이런 유의 충고를 했던 것 같은데, 그래놓고 나는 차유진 과 정면 승부 스타일의 무대를 해버렸으니 신경 쓰일 법도 했다.

그러나 이건 그냥 모양새의 문제였다.

"…강조할 점을 그나마 맞게 고른 거지."

나는 냉차를 들이켜며, 무덤덤히 중얼거렸다.

"뮤지컬 아니었으면 안 통했어. 노래를 어떻게 부르든."

"……."

결국 네 유닛 무대 때랑 다를 바 없이, 형식을 잘 잡았을 뿐이라는 뜻이었다. 물론 특성빨도 있긴 하지만 그것까지 설명할 순 없지.

대신 이놈에게 말을 마무리할 기회나 주자.

"너 유닛 무대도 좋더라. 그림자 퍼포먼스도 딱 맞아서 멋지고."

"…!"

큰세진의 얼굴에 약간 민망해하는 것 같은 쓴웃음이 스쳐 지나갔 다. 본인도 아마 머리론 알면서 무심코 말해본 심정은 알겠으니, 이 정 도로 할까.

놈은 너스레를 떨며 냉큼 기회를 받았다.

"…하하. 열심히 했지. 실전에서 잘 나와서 좋네~"

"그러게."

배세진이 혼이 탈탈 털리며 연습하던데, 만약 무대가 망했다면 널 죽이려 들었을지도 모른다. 그나마 눈치 없고 일 열심히 하는 김래빈이 사이에 껴서 잘 진행된 것 같다만.

큰세진이 빙긋 웃었다.

"다음에는 문대랑도 같이해 봐야지! 우리 데뷔하고 나선 유닛 한 번도 같이 안 해봤잖아~"

겹치는 포지션이 전무한데 굳이?

아마 이놈도 마무리 덕담 삼아 하는 소리일 것이다. 그러니….

"문대문대, 방금 포지션도 다른데 굳이 할 필요 없다고 생각했지!"

"…!"

"하하, 맞았나 봐~"

"…아니."

이 새끼 어떻게 알았냐.

큰세진은 소리를 죽여 폭소했다가, 곧 표정을 잡고 말했다.

"흠흠, 그래도 기회가 오면 우리 잘할걸?"

"그렇겠지."

"좋아~ 그 자세지!"

큰세진은 보리차를 냉장고에 집어넣었다. 그리고 약간 머뭇거리다가 이어 말했다.

"…너한테는 참 고마운 게 많아. 앞으로도 잘 부탁한다."

"……별말씀을."

"넌 칭찬만 하면 그 소리 하더라!"

큰세진은 웃으며 내 어깨를 툭 쳤다. 웃기고 있군.

이놈도 오랜만에 한국 콘서트라 감성적으로 변한 모양이다.

'…어쨌든, 좀 낫긴 하군.'

이놈이 의도한 건 없지만, 무대 이야기를 하니까 쓸데없는 생각이 안 들어서 편하긴 했다.

"그럼 나 들어간다."

"그래. 내일도 우리 잘하자~"

나는 그대로 취침했다.

변수는 없었다, 아직까진.

그리고 다음 날.

와아아아아!!

"감사합니다!"

앵콜 콘서트가 완전히 종료되었다.

"으악! 옷이 붙어요!"

"일단 애들아, 물건부터 챙기고…."

"다, 단체 사진 찍어야 한다는데…?"

거사가 끝나고 남은 자잘한 일들은 금방 마무리되었다.

뒤풀이도 숙소에서 멤버끼리 간단히 배달 음식이나 먹고 끝났다. 투어 끝나고 한국 들어올 시점에서 한번 거하게 했기 때문이다.

"술 안 돼!"

"…건드리지도 않았는데요."

나는 무알콜 맥주를 할당받았다. 취한 놈에게 술을 뺏기니 상당히 오묘한 기분이었다.

그리고 눈치를 봐서 바람 쐬는 척 베란다로 나왔다.

"…후우. 상태창 알림."

팟. 다시 어제 본 팝업이 돌아왔다.

자, 이제 시간이 됐다.

오늘 이후로 컴백까지 그룹 공식 활동은 거의 없었다. 그래 봤자 한 달 정도의 텀이지만, 그래도 내가 뭘 까보려면 이 사이가 적당하다는 뜻이다. 여유가 있으니까.

그리고 하나 떠오른 게 있다.

분명 이 '선택지' 항목을 클릭하면 각 선택지를 소개하는 팝업이 또 뜰 것 같다는 점이다. 지금까지의 UI를 생각하면 상당히 설득력 있는 가설이지 않나.

'그럼 빨리 알고 고민하는 게 낫다.'

나는 침을 삼킨 뒤, 손을 들어 '선택지'를 눌렀다. 아무 촉감 없이 손가락이 허공을 갈랐다.

그리고 내 예상대로… 그 위로 새 팝업이 떴다.

[선택지]

: '진실' 확인 ☜ Click!

: '코인' 획득 ☜ Click!

※중복 선택 불가

"…!"

몸을 선택할 수 있는 선택지는 역시 아니었다. 그리고 둘 중 하나는… 낯익은 놈이다.

'진실'.

이거야 뭐 지금까지 봐온 그 지랄 맞은 과거 알림일 것이다. 그렇다면 이 선택지의 의미는 결국 밑의 새 옵션에 있었다.

'코인'.

이게 대체 무슨 의미지. 전혀 직관적이지 않은 단어에 저절로 머리가 회전한다.

가장 먼저 떠오르는 건… 화폐.

'무슨 상점이라도 열리나.'

이것도 웹소설에서 많이 본 설정이군. 나 혼자만 상태창 상점.

그럴싸하지만 너무 추상적이었다. 그 외에는 가상화폐 따위의 이미지만 떠올랐다.

"…망할."

끝까지 애매하게 구는군. 나는 선택지창을 노려보았다.

하지만… 사실 정해진 것이나 다름없긴 했다. 나는 고민할 것도 없는 선택지에 바로 손가락을 움직였다.

['코인' 획득!]

합리적인 선택이었다.

'진실은… 너무 리스크가 커.'

뭘 보여줄지 모르니까.

당장 팝업의 묘사만 봐도 '진실'은 확인이고 '코인'은 획득이다. 코인이 무엇이든 소유하는 것이니 꽝이어도 현상 유지 아닌가.

'이게 맞다.'

나는 식은땀을 닦아내며 팝업을 보았다. 이제 이 코인으로 뭘 할지 설명이 나올 것이라는, 상식적인 기대가 있었다.

하지만 뜬 팝업은… 예상과 달리, 이미 익숙한 형태였다.

[돌발!]

상태이상 : '스타가 아니면 죽음을' 발생!

"뭐?"

X 같은 상태이상 알림이 또 뜬 것이다.

'이 개새끼들이 진짜…!'

정신이 아득해진다. X발 마지막은 무슨! 대체 언제까지 이 지랄을 계속해야 한단 말인가.

…하지만 한편에서는, 묘한 기분이 올라왔다.

안도감이었다.

'이것도… 현상 유지라고 볼 수 있지 않나.'

적어도 1년은 지금까지처럼 그냥 살면 되는 것이니까. 당장 내일만 돼도 미친 생각이었다고 하겠지만, 그래도… 유예가 주는 이상한 편안함이 있었다.

계속 이렇게 살 수 있다는.

"아니."

나는 그 느낌에 저항하기 위해 이를 악물며 팝업을 쏘아보았다.

'대체 목적이 뭐냐.'

그때였다. 갑자기… 팝업이 지지직거리기 시작했다.

"…!!"

~~상태이상 : '스타가 아니면 죽음을' 발생!~~

그리고 내용이 줄이 쳐지며 사라졌다.

"뭐야."

끝이 아니었다.

띠링!

상태이상 : '1위가 아니면 죽음을' 발생!

새 팝업이 떴다. 내용은 이전에 한번 보았던 상태이상이다.

"무슨,"

그리고 이것도 끝은 아니었다.

'1위가 아니면 죽음을' 발생!

'대상이 아니면 죽음을' 발생!

'공연이 아니면 죽음을' 발생!

'최고가 아니면 죽음을' 발생!

'데뷔가 아니면 죽음을' 발생!

'X발 뭐야.'

팝업의 상태이상은 끝없이 이름에 줄이 쳐지고 삭제되었다. 그리고 마치 누군가 해킹이라도 한 것처럼 수없이 깜빡이며 새 이름으로 갱신되었다.

그 짓이 얼마나 반복되었을까.

띠리리리링!!

[돌발!]

상태이상 : '관객이 아니면 죽음을' 발생!

겨우 팝업이 갱신을 멈췄다. 바로 직전의 상태이상명과 똑같은 이름을 달고.

다만, 내용 설명이 달랐다.

['관객이 아니면 죽음을']

: 정해진 기간 내로 40만 명 이상의 관객과 만나지 못할 시, '박문대'의 사망

달성 인원 : 0 / 400,000

20만 명이 아니라 40만 명, 인원이 두 배가 됐다.

그리고 설명에 추가된 점이 있다. 사망에 구체적인 인명이 붙었다.

'…그냥 사망이 아니라, 박문대의 사망.'

…이걸 어떻게 받아들여야 하나. 코인 이 지랄부터 지금 이 버그 난 것 같은 상태창까지 대체 상황을 파악할 구석이 보이질 않았다.

머리를 굴려도 소용이 없다. 단서가 없는 거니까.

"……."

나는 베란다 한편에 앉아서 머리를 식혔다. 담배가 좀 당기긴 했지만, 견딜 만했다.

"후."

그리고 몸이 차가워질 때쯤 상황을 정리했다.

'일단 두 가지가 확실하다.'

첫 번째는 1년 내로 관객 40만 명 채우기. 이건 오히려 괜찮다. 당장 2달 투어로 20만 명을 채웠고, 올해 하반기 투어는 규모를 더 키웠다. 그거 예정만 봐도 40만 명은 달성할 수 있다.

'행사까지 끼우면 더 너끈하지.'

그러니 이건 일단 넘어가자.

두 번째는… 이 사태에 대해 뭐라도 물어볼 만한 놈이 한 놈 있기는 하다는 점이다. 심지어 이 새끼가 알려준 게 틀리기까지 했으니 추궁할 명분도 있다.

"……X발."

썩 내키는 짓은 아니지만, 옵션이 없으니 별수 없지.

나는 바지 주머니에서 스마트폰을 꺼냈다. 그리고 강아지 사진이 첨부된 MMS 문자를 찾아내, 전화를 걸었다.

신호음은 짧게 끊겼다.

―네.

대충 짐작했겠지만, 청려다.

나는 상대가 받은 것을 확인하자마자 바로 본론으로 들어갔다.

"통화 됩니까?"

―네. 미션에 문제 생겼나요?

"……."

―연락할 만한 이유가 그것뿐인 것 같아서.

앵콜 콘서트 끝나자마자 연락하는 건 타이밍이 너무 노골적이었나. 하도 예상외의 상황들이 뒤통수를 후려갈겨서 고려가 부족했다.

'그래도 단서를 구걸하는 느낌을 줄 순 없지.'

이건 무조건 추궁하는 말부터 나와야 분위기를 잡는다. 나는 목을 꺾었다.

"미션 자체에는 문제없었죠."

―그렇구나.

"그런데 미션이 또 생겼는데?"

―…….

"마지막이 아니더라고. 일부러 거짓말한 거였습니까?"

―아니요.

전화기 너머의 대답은 고분고분했다. 웃음기도 없었다.

개가 끙끙대는 소리가 잠깐 작게 울리는 것 같더니, 곧 조용히 말이 이어졌다.

-설명할 수 있을 것 같은데… 괜찮으면 시간 될 때 잠깐 보는 건 어떨까요? 전화는 누가 들을 수도 있고.

"전화로 하시는 게 낫겠는데요."

진짜 전화로 미주알고주알 떠들자는 게 아니라, 누가 듣는 게 내 대가리 깨지는 것보단 낫지 않겠냐는 뜻이다.

-불편하면 테스타 숙소에서 봐도 괜찮아요. 다른 생각은 없어요. …어차피 안 되는 걸 아니까.

음, 쓸데없는 소리 하거나 내빼면 녹음본으로 윽박지른 뒤에 캐내려고 했는데 그럴 필요는 없어 보이는군. 물론 이놈이 또 언제 눈깔이 돌아갈지는 장담 못 하니, 안전책은 당연히 만들어둘 생각이다.

"그럼 이렇게 합시다."

나는 장소와 시간을 잡은 뒤 베란다에서 나왔다. 마침 근처에 있던 김래빈이 화들짝 놀랐다.

"형! 35분째 자리를 비우셔서 혹시 몰래 음주하러 가신 건 아닌지 걱정했습니다만, 베란다에 계셨습니까??"

"그래."

이놈도 좀 취했군.

나는 다른 놈들이 눈치채고 말을 걸기 전에 놈의 옆에 앉았다.

"래빈아."

"예."

"내가 부탁할 게 하나 있는데."

"경청하겠습니다!"

본인에게 지적할 것이 있다고 착각했는지 김래빈이 빠릿해졌다.

'아니, 그게 아니고.'

나는 진정하라는 뜻으로 손을 한번 내저은 뒤 설명을 이었다.

"내가 말이야…."

그리고 예상대로 상황이 흘러갔다.

며칠 뒤.

"괜찮네."

나는 내가 제안하고 놈이 통째로 대절한 시내 구석의 야외 카페에 먼저 도착했다. 외부에서 관찰하긴 힘들지만, 혹시라도 비명이 들리면 근처의 누군가가 곧바로 신고할 만한 장소다. CCTV도 충분하고.

"일찍 오셨네요."

그리고 몇 분 후 진입 펜스 앞에 나타난 청려의 옆에는… 딱 맞는 가슴 줄을 찬 개가 헥헥대고 있었다.

"멍!"

"……."

혹시 모른다고 생각은 했으나… 진짜 이게 튀어나올 줄은 몰랐다.

"아무래도 데려오는 편이 변명에 좋을 것 같아서. 괜찮죠?"

"…상관은 없는데."

"하하, 쓰다듬어도 괜찮아요. 사람을 좋아하는 애라."

청려는 빙긋 웃더니 개를 잡아 들어 안은 채로 이동했다. 개는 세차게 꼬리를 흔들고 있었다.

'속도 좋군.'

잘 먹이는지 토실토실해 보이긴 한다.

"카페 주인이 안에 있는 음식은 원하는 대로 먹어도 괜찮다고 했으니까, 편하게 들어요."

이 상황에서 그게 목구멍에 넘어갈 리가 있나.

나는 탁자에 앉아 덤덤히 대답했다.

"생각 없고, 일단 이야기부터."

"그래요? 알았어요. 그럼 미션이 안 끝났다… 부터 시작하면 될까."

"그전에 먼저 대답해야 하는 게 있을 텐데."

"음?"

나는 계속 의문을 가졌으나, 이놈이 대답할 것 같지 않아 보류해 뒀던 질문을 던졌다.

"넌 어떻게 미션 횟수를 확신했지?"

"……."

이놈은 처음부터 내게 확신을 가진 채로 총 상태이상 개수를 말했었다.

─내가 계산하기로… 기본 한 번에, 돌아온 연(年)수만큼 더해서 주어지는 것 같았거든요. 그거.

"그 돌아온 연수 더하기 1회라는 공식이 어디서 도출된 건지 알아야겠는데. 틀렸으니까."

"아, 그거."

청려는 순순히 고개를 끄덕이며 자신의 개를 쓰다듬었다.

그리고 폭탄 발언을 했다.

"우리 같은 사람한테 사례를 수집했는데."

"…!"

"아, 지금은 없어요. 죽었거든요."

놈은 별 감흥 없는 얼굴이었다.

"무슨 병이었는데… 아무튼."

나는 양손을 움켜쥐었다. 뇌가 얼얼했다.

다른 놈이 있었다고?

"어떻게 만난 거지."

"아, 이건 약간 창피한 이야기인데… 다섯 번째였던가? 최대한 빨리 데뷔해 보려고 괜한 말을 하고 다녔던 적이 있거든요."

청려가 밝게 웃으며 말을 이었다.

"미래를 안다고 여기저기 방송에서 떠들었어요."

"…!"

"그런데 분야가 달라서 그런가, 미션이 클리어되지 않아서… 음, 다음부터는 다시 제대로 했어요. 생각하니까 재밌네."

이 새끼 어투가 변하고 있다.

미친놈에게 쓸데없이 과거에 푹 젖을 시간을 주면 안 된다. 나는 묘하게 변하려는 분위기를 끊었다.

"어쨌든, 그래서?"

"그래서… 어떤 노인이 자기도 미래에서 왔었다, 그러면서 접근했었는데요."

청려는 개에서 손을 뗐다.

"진짜인지 확인 좀 거치고··· 그런 뒤에 맞춰보니까 알겠더라고요."

"뭘."

"그 사람이 아는 미래가 끝나는 시점이, 내가 재시작하는 과거 시점하고 딱 맞더라고."

"···!"

"그러니까··· 동 시간대에 한 명만 존재하는 것 같던데요, 미래를 아는 사람은. 그 사람이 몇 년, 그리고 그다음으로 내가 몇 년."

"······."

"이제는 문대 씨."

나는 그제야 이놈이 내게 떠들었던 말을 이해했다.

─지금이 딱 좋을 때잖아요. 주인공으로 사는 기분일 텐데.

미래를 아는 딱 그 시기를 점유하는 게 한 사람뿐이어서였나.

'···그럼 대체 뭐가 기준이지?'

이 새끼랑 내가 무슨 공통점이 있단 말인가. 그리고 그 죽은 노인도 연예계 관련 직종 종사자였나?

별 의문이 다 머리를 어지럽혔으나, 이걸 다 캐묻긴 상황이 오묘했다. 이 와중에도 청려는 계속 혼잣말처럼 중얼거리고 있기 때문이다.

"음, 그러고 보니··· 그 사람이 죽기 전에 내가 재시작해 본 적이 없네?"

"······."

"한 번쯤은 그 사람이 살아 있을 때 재시작해서 그 사람도 과거로 돌아오는지 확인해 보면 좋았을 텐데 말이에요. 그렇죠? 그럼 우리 괜한 고생 안 했을 텐데. 하하!"

"아니."

나는 일부러 맥을 끊었다.

"아니야?"

"어. 그거 확인하겠답시고 죽는 것보단 좀 맞는 게 낫지."

"……음. 뭐, 그래요."

청려의 기세가 죽었다.

'미치겠군.'

나는 내 손을 핥기 시작한 개의 털에 놈의 침을 닦다가, 문득 다른 사실도 알아차렸다.

"…그럼 내가 과거로 돌아온 걸 바로 알아차린 것도."

"맞아요. 시기가 딱 맞아떨어져서."

청려가 웃었다.

"혹시 이제는 다른 누군가가 미래를 알고 있지 않을까… 싶었는데, 갑자기 일반인 출신이 오디션에 나와서 1등을 해버리더라고요."

"…!"

"모두가 망할 것이라 예상했으나 대단히 성공한 프로그램에서… 아주 결정적인 타이밍에, 가정사를 터뜨려서 1등을 잡았으니까."

"……."

우연과 상태창의 효과가 톡톡히 들어간 결과였으나, 청려는 약간 민망하다는 듯 미소를 지었다.

"몇 번 돌린 줄 알았지? 당연히."

"……흠."

충분히, 그렇게 생각하고 떠볼 만한 후보지처럼 보이긴 했다.

"그런데 설마 다른 사람일 줄은 몰랐는데… 음, 사실 미션이 또 생겼다는 것도 그것 때문이 아닐까 생각했어요."

순간, 머릿속에 가설 하나가 지나갔다.

"…내가 '박문대'가 아니라서."

"네."

남의 몸에 들어왔으니 그냥 과거로 돌아온 케이스들보다 추가 페널티가 붙었다는 뜻이다.

'바란 적도 없는데 미쳐 돌아가는군.'

나는 미간을 눌렀다.

이 가설이 맞다면, 이번 상태이상에서 굳이 사망 대상을 '박문대'로 지정한 것도 제법 연관성이 느껴진다. ……이제부터는 상태이상을 못 깨면 박문대 몸을 계속 쓰지 못하도록 만들어주겠다는 신호 같지 않은가.

'X발.'

…한 번으로 끝일까? 모르겠다. 그것 외에도 상태창 오류부터 코인까지 별 변칙 사항이 다 있어서 말이다.

'심지어 코인은 확인도 안 돼.'

수령했다는 팝업 이후에 소식이 없다.

수치스러움을 무릅쓰고 '인벤토리'까지 육성으로 외쳐봤으나 변화는 없었다. 이어폰을 끼고도 주워들은 차유진에게 '앨범 재고 남았어요?' 같은 소리만 들었다.

'망할.'

생각하니 낯이 다 뜨거워진다. 나는 머리를 비벼 오는 개를 거칠게 쓰다듬었다.

'상태창 있는 놈은 없나.'

앞에 앉은 새끼에게 '상태창'을 한번 외쳐보라고 말해보고 싶어지는군.

물론 그 충동을 실행하는 대신 그냥 자리에서 일어났다.

만에 하나 상태창이 진짜 떠도 문제고, 안 떠도 문제다. 괜히 더 자극하지 말자. 소정의 목표는 달성했으니 최대한 자극을 줄이고, 다음에 더 캐낼 생각이었다.

그런데 갑자기 개가 낑낑거리기 시작했다.

"…끼잉!"

일어나지 말라는 뜻이냐.

"콩이가 더 놀고 싶은가 보네요."

"…콩이?"

"네."

생각보다 토종다운 이름이 튀어나왔다. 개와는 어울리는데 저놈이 붙였다니 좀 징그럽군.

그 순간, 청려가 마치 강조하는 것처럼 말했다.

"원래 이름이에요."

"……."

무슨 뜻인지 알겠다.

"그래."

나는 아마 꽤 오래전부터 콩이라는 이름을 썼을 놈의 머리를 툭툭 몇 번 더 쓰다듬어 준 뒤에야 몸을 일으켰다.

"더 놀다 가지."

"됐다."

기가 쭉 빨린 기분이었다. 이놈과는 더 이야기할 필요가 없다.

나는 입구 펜스 쪽으로 발걸음을 옮겼다. 개를 안아 들고 따라오던 놈은 입구에서 갑자기 질문을 던졌다.

"음… 그러고 보니, 문대 씨도 원래 이름이 있겠네요."

"…!"

"설마 동명이인이었나? 하하."

나는 거의 무심코 대답했다.

…상관없겠지. 어차피 내 기록은 찾아봐도 없었으니 말이다.

"류건우."

"음."

놈은 오묘한 표정을 지었다.

"박문대보다 낫네요."

"…그렇긴 하지."

차마 부정할 수가 없군. 음, 그래도 박문대도 나름대로… 듣다 보면 괜찮은 이름이라고 생각하는데 말이다.

'팬들도 결국 유니크하다고 좋아하는 것 같던데.'

어쨌든, 나는 그대로 야외 카페의 펜스를 넘어 귀가하기 시작했다.

"우우우웅-!"

개가 제법 구슬프게 하울링하는 소리가 코너를 돌 때까지 들렸다. 나는 목뒤를 주물렀다.

'소득이 없진 않았어.'

왜 상태이상이 또 떴는지에 대한 가설이라도 잡았으니까. 인정하긴 싫지만… 확실히 머리가 하나 더 있으니 결과를 도출하기 편하긴 하다. 이제 저놈도 쓸데없는 블러핑을 안 넣고.

하지만 이 괴상한 일이 다른 놈들에게도 연달아 일어났었다는 말을 들으니 더 괴랄했다.

'왜 나만 상태창이 뜨는 거지.'

진짜로 무슨 웹소설 주인공이라도 된 기분이군.

그때, 주머니의 스마트폰이 울렸다.

'이런.'

나는 바로 전화를 받았다.

-형님! 괜찮으십니까??

김래빈이었다.

"미안. 확인이 늦었다. 지금 돌아가는 중이야."

-굉장히 빠르시군요… 1시간도 소요되지 않았습니다.

그러게 말이다. 나는 어제 김래빈과 한 대화를 회상했다.

-내가 쉬는 시간에 외출할 건데, 30분 간격으로 나한테 문자 좀 보내 줄 수 있을까. 길진 않을 거라… 많아도 대여섯 번만 해주면 될 것 같은데.

-물론입니다! 그런데 이유를 여쭤봐도 되겠습니까??

-지난번에 웬 미친놈하고 시비 붙었던 게 생각나서. 좀 대비해 둘까 싶다. 답장 안 오면 전화하고, 전화까지 안 받으면 회사에 신고해 버려.

-그렇군요! 좋은 생각이십니다!

일종의 위급상황 알림 벨 알바다. 김래빈은 일단 언질만 주면 입이 무겁고 맡은 일을 잊어버리는 경우가 드무니 앞으로도 종종 써먹을 생각이다.

'돌아가면 간식이라도 해줘야 하나.'

무보수로 부려먹긴 힘드니 당근을 고민하고 있을 때였다. 갑자기 전화 너머로 소음이 물밀 듯이 밀려 들어왔다.

-앗, 야!

-형!! 빨리빨리!

-저리 가 차유진!

-중요해! 김래빈이 저리 가!

차유진이군. 잘 알겠다.

"금방 들어간다. 조금 뒤에 보자."

내가 침착하게 통화를 종료하려던 순간이었다.

-문대 형! 우리 미국 프로 나왔어요!

"⋯⋯?"

-우리 리얼리티 쇼!

굉장히 뜬금없는 소식이었다.

참고로, 자세한 정황을 확인한 뒤에는 더 황당해졌다.

일단, 〈테스타의 워킹 홀리데이〉는 위튜브에서 좋은 반응을 얻으며 해외 KPOP 팬들 사이에서도 제법 인지도가 생겼었다.

-그러니까 호떡이라 외치면 테스타의 미소를 살 수 있는 가게라는 거지?

(우는 이모티콘)

　-정말 잘생긴 청년이라고 말하는 손님을 볼 때마다 '당연하죠'라고 외치고 있는 러뷰어

　-익명: 아시안의 정교함은 젓가락 빨이지ㅋㅋ

　래빈: 30g을 손으로 맞춤

　익명:

　-아무도 청우의 친절함은 언급하지 않네 모두가 그의 '핫함'에 대해서만 이야기하고 있어 (울면서 웃는 이모티콘)

　게임 콜라보곡에 이어 행차에서 눈도장을 찍었던 테스타가 이번 리얼리티로 해외 팬들의 유입 창구를 활짝 열어줬다는 평이 제법 많았다.

　그러나, 당연한 이야기지만 국제적 메인스트림에 끼어들 정도는 아니었다. 그냥 원래 이 분야를 좋아하는 사람들 사이에서 이름이 생긴 정도지. 그래서 미국 프로그램에 출연했다는 말에 무슨 소린가 하면서도, 호떡이 바이럴을 탔나 싶었다만…….

　확인하고 보니, 전혀 예상하지 못했던 사소한 부분이 주목을 받았더라.

"이거, 이거요!"

　숙소에 도착하자마자 차유진이 들이민 것은 SNS에서 영어 자막이 붙어 공유를 타고 있던 짧은 동영상이었다.

　바로 리얼리티 시즌 2에서 차유진의 어머님과 식사를 나온 장면이었다. 팀을 나눠서 역할을 분담한 덕에 차유진과 나, 류청우 셋이 이 식사에 동행했었는데… 식사 구성이 상당히 독특했었다.

[추첨에 뽑혔었거든! 너희와 같이 가면 좋겠구나.]

바로 미국의 요리사 서바이벌 프로그램에서 제공하는 식사 자리던 것이다. 우리 제작진은 신이 나서 현장 협상을 통해 몇 컷 따가긴 했는데, 솔직히 편안한 자리는 아니었다.

[잠깐, 형 그거 안 익었어요.]
[그래?]
[어머, 익혀달라고 하자!]

류청우가 시킨 흰살생선 요리가 안 익어서 주방에 돌려보내자, 어마어마한 고함이 들렸기 때문이다.

[이 생선은 너무 차가워서 만진 내 손이 동상에 걸리겠다!]
[…….]

서바이벌 프로그램은 어딜 가든 노선이 비슷한 모양이다. 〈아주사〉 당시 망할 때마다 트레이너에게 면박당하던 시절이 새록새록 떠오르는 멋진 경험이었다.

그런데 이 장면이 고스란히 요리사 프로그램 쪽에서도 방영되었다고 한다.

다만 오해가 있었다. 멤버들을 형제로 생각했더라고. 차유진 어머님이 신청하실 때 '오랜만에 돌아온 아들과 식사:)' 같은 문구를 쓰신 탓이었다.

덕분에 질책에 스토리가 생겼다.

[저 손님들! 해외에서 근무하다가 어머니와 1년 만에 고향에서 식사를 하신댄다!]
[너희가 그들의 소중한 시간을 망치고 있어!]
[그만! 다 내 주방에서 나간다, 당장!]

심사위원이 이런 대사를 했더라.

게다가 언제 찍힌 건지, 주방의 소란을 들으면서도 덤덤한 우리의 얼굴까지 함께 화룡점정으로 송출되었다.

[옛날 생각난다.]
[그러게요.]

이 대사가 친절히 자막까지 붙어서.

그리고 이건 미친 듯이 돌아가는 주방 분위기와 대조되며 제법 웃겼던 모양이다. 일종의 동아시아 밈으로 미국 인터넷에 잠깐 반짝 떴다고 한다.

-A-가 괜히 아시안 C가 아니지ㅋㅋ

같은 소리를 하며, '빡세게 사는 동아시아인에겐 미국 서바이벌은 일상인 거임ㅋ' 따위의 희화화 밈이 돈 것 같다. 그러다 보니 테스타를 알고 있던 KPOP 팬들의 시야에도 금방 들어갔겠지.

-맙소사 테스타잖아
-멍청이들아 쟤들은 '진짜' 서바이벌 프로그램에서 우승했다고ㅋㅋ
-'옛날 생각이 난다'는 말은 그들이 겪었던 비슷한 서바이벌 프로를 의미해! 세상에 이런 오해가 생기다니 (폭소하는 이모티콘)
-그들의 리얼리티쇼에서 해당 장면이 이미 방영되었어 (링크)
-문대가 훌륭한 요리사라 덜 익은 생선을 먼저 알아차리는 장면은 언제 봐도 재밌는걸
-그들의 서바이벌 프로그램은 정말 정신 날아갈 룰이었어 그걸 이겨낸 테스타가 정말 자랑스러워♡

이 소란도 미국 인터넷 커뮤니티 등지에서 꽤 알려지게 되며 재밌는 반전으로 이슈가 되었다고 한다.
그리고 거기서 끝이 아니라, 논란으로 승화될 뻔했다는 게 절정이었다.

-또래의 아시아인들을 형제로 오해해버리는 게 일종의 인종차별처럼 느껴지는 건 나뿐인가?

차후 차유진 어머님의 사연 때문에 생긴 오해라는 것이 잘 해명되었으나, 어쨌든 유머부터 논란까지 쭉 이슈를 타고 나니 제법 바이럴이 됐나 보다.

[최근 인터넷에서 유명한 스토리를 소개해 주는 코너죠!]

결국 미국에서 인터넷 가십을 다루는 뉴스 스타일 방송에도 짧게 보도된 거다. 차유진이 보여준 게 바로 그것이었다.

"신기해요!"

"그러게."

사람이 별 우연으로도 다 입소문을 탈 수 있구나 싶다. 다만 이렇게까지 신날 일인가 싶긴 하다만, 모국어로 보는 입장에서는 더 웃기게 보일 수도 있겠지.

차유진은 흥얼흥얼 '바로 나'를 대충 부르며 영어로 된 페이지를 탐방했다. 나는 고개를 저으며 부엌으로 향했다.

"문대문대, 보리차 더 있어~ 형이 양보한다, 마셔도 돼!"

형 같은 소리하고 있네.

"됐어."

"헐, 우리 엄마의 성의를 무시하는 거야?"

"……."

나는 결국 이를 악물고 보리차를 꺼냈다. 큰세진은 폭소했다.

'저거 진짜.'

좀 꼴 받긴 했지만, 어쨌든 이 낮에 우리가 다 숙소에서 뒹굴고 있어서 가능한 상황이긴 했다.

'…오랜만의 여유인데.'

그놈의 빌어먹을 '진실' 확인이 유예되니 이게 좋긴 했다. 모레부터 컴백 싱글 후반 작업만 공들이면 문제없을 것 같았다.

'곡도 거의 나왔고, 최종 수정만 좀 보면 되겠지.'

컨셉츄얼하게 힘준 다음 정규 앨범 전에 가볍게 팬서비스 겸, 리얼리티로 올라온 폼 확인 겸 내는 싱글이었다. 예정대로라면 활동 후반이 대학 축제 기간이랑 겹쳐서 상태이상 할당량도 쏠쏠하게 당길 수 있을 것이다.

'좋아.'

도대체 확실한 게 없는 이 지랄 맞은 게임 시스템을 제외하면, 단기간의 미래는 평온해 보였다. ……그렇게 생각했던 것이 무색하게 당장 다음 날에 변수가 튀어나올 줄은 몰랐지만 말이다.

바로 본부장 눈이 돌아갔다는 소식이었다.

문제는 그놈의 미국 밈이었다.

당연하지만 대단한 공감을 불러일으킬 만한 건은 아니었기 때문에 밈은 금방 사그라들었으나, 계속 관심을 가진 사람들도 일부 있었다.

-나는 정말 VTIC 뿐인 티카지만, 테스타에게도 관심이 생기는걸.

-<버닝 쉐프스>가 외국에선 어떻게 받아들여질지 궁금해서 그들의 프로그램을 찾아봤는데, 조회수가 천만을 넘어! (테스타 워킹 홀리데이 1화 캡처)

-이름이 테스타라고? 흥미롭군 KPOP을 검색하는 날이 올 줄이야 (폭소)

-대체 어떤 종류의 서바이벌 프로그램에 출연했기에 저 독설에 '옛날

생각'이 난 거야?

본래부터 KPOP에 관심 있던 사람부터 심심해서 색다른 볼거리를 찾던 사람들까지, 일부가 좀 더 깊게 파고 들어간 것이다.

그리고 그들은 결국 〈재상장! 주식회사〉를 넷플러스에서 발견하고 만다.

-이 친구들이 출연한 서바이벌 프로그램을 찾았는데, 마이너스 투표제가 있어! 맙소사 (경악하는 GIF)

그렇게 소소하게 커뮤니티 중심으로 뒤늦게 〈재상장! 아이돌 주식회사〉에 미국 시청자가 붙었다는 말이다. 감성은 미국인 입맛에 안 맞을지도 모르겠지만, 자극성 하나는 보장하는 탓에 입소문이 좀 난 모양이다.

-증오 투표 순위도 공개해버리는군 미쳤어
-팀에서 한 명만 생존권 보장 투표를 한다고? 당장 미국에도 도입하자 XD
  └사이코패스 새끼
  └굳이 수입할 건 없어. 모르나 본데 이미 이 나라에 그런 서바이벌 프로그램이 넘치거든.......

물론 당장 넷플러스 일간 미국 시청 순위 안에 들 정도의 성과는 아니었다. 단지 미국 시청자 중 한국 쪽 드라마나 예능을 한 번이라도 본 사람에게 알고리즘으로 〈아주사〉가 추천될 정도의 소소한 성공이었다.

다만, 본부장에게는 남다르게 다가온 모양이다.

본인이 그렇게 밀던 '리얼리티로 미국에 어필'이 진짜 성공해 버린 것처럼 보일 테니까. 사실 리얼리티 프로그램 자체가 뜬 것도 아니고, 본인의 비전과는 다르게 기획이 수정되었다는 건 아마 잊어버렸을 것이다.

'아니다. 아마 수정 안 했으면 더 터졌을 거라 생각하겠군….'

'자기가 맞았다'는 강한 확신과 성취감에 도취된 윗분은 폭주 기관차나 다를 바 없었다. 후배 아이돌, 미리내 쪽 데뷔도 상당히 성공적이었다 보니 더 심했고.

'X발.'

다행인 것은 매니지먼트 실장이 본부장의 행태를 열심히 까 내리는 것 같았다. 미리 수작 부려놓은 보람이 있는 놈이다.

"형이 아티스트의 성과를 훔치는 사람은 회사를 운영하면 안 되지 않냐는데요."

"와."

실장의 사촌 동생인 세 번째 매니저가 심드렁한 얼굴로 자신에게 온 문자를 읽은 내용이다.

'제대로 사이가 틀어졌나 본데.'

계획대로 계속 서로 물어뜯고 싸워서 아무것도 진행 안 되면 좋겠다. 싱글 내고 활동 시작하면 흐지부지될 테니까.

'4주간 서로 기 싸움만 하고 있어라.'

"저희 많이 신경 써주셔서 감사하네요."

"네, 뭐."

3번 매니저가 별 관심 없다는 투로 말을 흘리고는, 도로 스마트폰 게임을 켰다.

'정말 이 일에 관심 없군.'

그래도 이놈은 시키거나 부탁하는 건 안 빠져나가고 꼬박꼬박하는 타입이라 첫 매니저보다 쓸 만했다. 게다가 사회생활을 안 해봐서 이런 문자도 선을 모르고 그냥 보여준단 말이지.

"…얘들아, 이동하자."

"네."

반면에 첫 매니저는 변한 생태계에 상당히 스트레스를 받는지, 뺀질 거리는 태도가 상당히 줄었다. 이것도 편했다.

게다가 새로 온 치프 매니저가 일을 빠릿빠릿하게 하더라.

'그래도 여전히 류청우가 너무 일을 많이 해.'

직접 동행하는 로드 매니저 둘이 다 시키는 것만 하는 꼴이라 결국 류청우가 주도적으로 관리를 확인하게 된단 말이다. 본래라면 매니저 들이 일일이 확인하고 류청우는 피드백을 잘 주는 선이어야 맞다.

'아무래도 테스타 전담팀에 일 잘하는 놈을 꽂아서 채워야 할 것 같은데.'

이건 좀 더 계획을 짜보자. 일단은 다음 활동 준비가 먼저였다.

일단 지금 할 일정은 활동 코디 관련 회의다.

"저 빨간 머리 해요!"

"그래. 마음껏 해라, 유진아."

"히히."

"혹시 세진 씨… 배세진 씨는 더 밝은색으로 염색하실 생각 없으세요? 저희가 볼 때는 잘 어울리실 것 같은데."

"…! 이상할 것 같… 아니, 필요하다면 하겠습니다…."

"억지로 부탁드리는 건 아니고요! 이미지 변신 느낌 어떨까 해서요."

"이미지 변신 좋죠~ 문대야 피어싱 콜?"

"너 많이 해라."

"무, 문대는 피어싱, 안 좋아하는구나…."

"그냥 그래. 넌 좋아해?"

"아, 아니! 해본 적이 없어서…."

"와 박문대 차별 봐."

발언권이 강해진 덕에 헤어와 메이크업 관련해서 이제 본인들의 의견이 제법 많이 반영되기 시작했다.

"고생하셨습니다~"

"모레 또 뵐게요!"

'음, 피어싱이라.'

그렇게 회의가 끝난 뒤, 아직 정해지지 않은 내용을 복기하며 녹음실로 이동할 때였다.

"저, 정말 죄송한데 시간 괜찮으시면 잠깐 매니지먼트실 좀."

"아, 네."

매니지먼트실 쪽에서 조심스러운 호출이 들어왔다.

'뭐지.'

이 경우 없는 호출에 안 좋은 예감이 들었는데, 아무래도 그게 맞았나 보다.

"테스타 여러분, 걱정하지 마세요!"

"…??"

우릴 호출한 매니지먼트 실장이 만나자마자 기운차게 웃으며 이렇게 말했기 때문이다.

'이 새끼 왜 이렇게 기분이 좋아 보이냐.'

"이번 컴백, 본부장님이 자꾸 미국 쪽을 공략하자고 하셔서 심적으로 고생 많으셨을 것 같습니다."

"그, 괜찮습니다."

애초에 본부장 오더가 직접 떨어진 것도 아니었다. 게다가 눈앞에서 상사를 까는데 껄껄 웃기도 뭐하지 않은가.

류청우의 떨떠름한 대답에, 실장은 더 힘 있게 대답했다.

"아닙니다. 아티스트의 능력과 의사를 존중해야죠! 그래서 이번 회의를 통해 제가 확답을 받아냈습니다."

"예?"

이거 자랑 및 어필하려고 부른 거구나 싶어서 기가 찼으나, 그보다 대체 뭔 확답을 받았다는 건지 상당히 두렵다.

그리고 망할 발언이 나왔다.

"이번 테스타 활동, 본부장님께서 굳이 미국으로 테스타 분들을 보내지 않으셔도 충분히 글로벌 시장에서 통할 거라고요!"

"……."

"그러니 테스타 분들 미국 데뷔하실 걱정 없이, 지금 하시던 것처럼 원하는 앨범을 만드시면 됩니다."

미친 새끼야.

졸지에 팬서비스용 싱글 하나를 글로벌 히트 쳐야 하게 생겼다.

'너희끼리도 충분히 잘할 수 있을 것이라 믿는다.'

언뜻 듣기에는 신뢰와 믿음이 느껴지는 좋은 발언 같지만, 윗사람에게 이 말을 들었다면 둘 중 하나의 뜻이다. '네가 알아서 해라' 아니면 '잘 못 하면 네 탓'.

그리고 이 매니지먼트 실장이라는 놈은 본인도 모르는 사이에 이 두 뜻을 모두 담은 발언을 하고 있다.

'이번 활동에서 테스타가 글로벌 성과가 없으면 본부장이 냉큼 치고 들어올 명분을 자기가 줬잖아.'

뻔하다. 본부장은 '역시 내가 말하는 대로 해야 세계 시장에 먹힌다' 같은 소리를 하겠지.

자연스럽게 테스타 발언권은 지금보다 약해진다. 지금 주도권도 겨우 이만큼까지 키워뒀는데, 이 답 없는 X소 회사에서 그런 상황은 지뢰나 다름없었다.

그렇다고 테스타가 이번 앨범으로 글로벌 히트까지 할 자신은 없다고 빼는 것도 문제다. 그것도 본부장이 개입 명분으로 삼을 수 있으니까.

한마디로 진퇴양난이었다.

'이 새끼 본부장한테 놀아났네.'

낙하산 새끼에게 뭘 기대하겠느냐만, 열 받긴 하군.

"물론 저희가 좋은 성과를 내기 위해 노력하고 있습니다만, 매번 적중한다고 장담할 수는 없는데……."

"네? 아니, 지금까지 해오시던 대로만 해주시면 됩니다. 걱정하지 마세요!"

실장이 자기 발언권만 신경 쓰느라 당연히 테스타가 평소 같은 상승세를 이어갈 것이라고 멋대로 판단했다는 뜻이다.

'하던 대로만 하면 되잖아~', 가수에게 부담이 될 거란 고려는 아예 하지 못한 것이다. 일선에서 고생하는 게 어떤 건지 모르는 게 정말 낙하산답다.

"……음, 예."

류청우도 결국 일단 입을 다물었다. 여기서 진지하게 못 하겠다고 하다간 그룹 꼴이 우스워진다는 것을 깨달은 것이다.

'망할.'

이번 싱글은 가볍고 대중성 있는 쪽으로 이미 편곡과 안무를 빼뒀단 말이다. 리얼리티로 얻은 국내 인지도를 소화할 생각이었으니까.

후렴 포인트 안무도 따라 하기 쉽게 만들었는데, 컴백 몇 주 남기고 지금 와서 지향점을 다 뜯어고치게 생겼다.

데뷔 때 불지옥을 또 보겠군.

"……."

뭐 빠져나갈 구멍 없나. 나는 빠르게 머리를 굴렸다.

'테스타도 슬슬 신인을 벗어나는 중이니, 어떻게 잘 비비면…'

그때, 김래빈이 번쩍 손을 들더니 직구를 날렸다.

"저, 하지만 이번 싱글은 국내 대중성에 초점을 맞춰서 구성한 활동으로, 글로벌 히트를 노리지 않았습니다만."

"…!"

'야.'

순간 입을 막을까 생각했으나, 당황한 실장의 얼굴을 보자 깨달았다.

'오히려 이쪽이 더 효과적일 수도 있겠어.'

김래빈은 아무 의도 없이 순수한 의문으로 가득한 표정이었다.

류청우가 나와 눈이 마주치자 살짝 고개를 끄덕였다.

"……."

좋아, 한번 보자.

"어, 국내에서 잘되면 당연히 해외에서도 좋은 반응이 있겠죠."

"꼭 그렇지만은 않습니다. KPOP의 국내 히트와 글로벌 히트 간의 괴리는 지난 몇 년간 꾸준히 심화하여 다양한 사례를 만들어냈으며……."

김래빈은 국내에선 히트했으나 글로벌 시장에선 별 반응이 없던 곡부터 반대 사례까지 열심히 설명했다. 그리고 전달을 다 해냈다는 뿌듯한 얼굴로 말을 끝냈다.

"그렇기 때문에 이번 글로벌 히트는 더더욱 장담할 수 없는 상황입니다!"

"……."

실장은 악의 없는 배경지식 폭격에 약간 압도된 것 같았다. 다만 김래빈이 말대꾸하려는 의도는 아니라는 것은 알았는지, 기분 상한 기색 대신 떨떠름한 투로 나불거리기 시작했다.

"컴백까지 아직 몇 주나 남았으니 노선을 좀 변경해 보는 게 어떨까요? 지금 본부장님이 워낙 독불장군이니까…. 여러분도 잘 알죠?"

됐네, 꼬투리 발견했다. 나는 손깍지를 꼈다.

"그럼 당장 실장님 말씀에 맞춰서 이번 그룹 활동 노선을 다 정비해야 한다는 말씀이네요."

"…!"

우리가 실적이 나쁜 것도 아니고, 낙하산한테 이 정도 싫은 소리는 할 수 있겠지.

"물론 저희를 위해서 해주신 말씀인 건 알고, 열심히 해야겠단 생각도 듭니다만…."

그래도 완충재는 한 겹 깔아주고.

"애초에 저희 의도와는 반대 방향이니, 본부장님께서 보시기엔 이것도 아티스트 중심은 아니라고 말씀하실 것 같아서 좀 걱정이 되네요."

"……."

'아티스트의 의사를 존중하자'랑 '아티스트가 기획한 게 뭐든 간에 글로벌 실적 위주로 바꿔'라는 오더가 상충되지 않냐는 말이다. 실장의 표정에 순간 당혹스러움이 스쳐 지나갔다.

네가 듣기에도 그럴싸하지? 기껏 이겼는데 본부장이 말 바꿔서 꼬투리 잡힐 걸 생각하면 스트레스가 왈칵 몰려들 것이다.

"그러게~ 저희가 원래 활동하려던 방향이 있다 보니까요! 그렇게 보일 수도 있을 것 같아요."

"저희가 아직 미국에 큰 뜻이 없으니, 우선 국내 활동 열심히 하는 쪽으로 컴백 준비를 계속하고 싶습니다."

지원사격이 쏟아진다. 우린 하던 준비 계속할 테니 일 벌인 네가 알아서 수습하란 뜻이다.

당연하지만, 실장의 안색이 나빠진다.

"음, 그러면 제가 앞으로 여러분을 지원하기가 좀……."

쪽팔리게, 했던 말 철회하면서 아쉬운 소리 하기 싫다는 거군.

'음, 이 이상 밀면 이 새끼가 감정 상한다고 헛짓거리할 수도 있겠어.'

실장의 화살은 본부장을 향해야지 테스타를 향하면 안 된다. 적당히 선을 조절해야겠지만, 그래도 이렇게까지 코너에 밀어붙여 두면 좋은 점이 많다.

'뜯어내기가 수월하지.'

그러니까 이대로… 아, 맞다.

'…팀원 동의는 받고 진행하기로 했지.'

나는 다른 멤버 놈들과 눈을 마주치고 고개를 끄덕이며 대충 신호를 보냈다.

'그냥 애 말대로 해주자, 잘못하면 폭탄 터지겠는데.'

'그래, 그래~'

'어느 쪽이든 열심히 할게…!'

'배고파요!'

마지막에 이상한 신호가 끼어든 것 같지만 무시하고.

아무튼, 고개 젓거나 결사반대하는 놈은 없다. 나는 진지한 투로 실장에게 천천히 대답했다.

"음… 그러면 이렇게 하는 건 어떨까요."

"뭐, 어떤…?"

"회사에서 리얼리티가 잘되는 걸 보고 투자를 크게 해주셔서, 컴백 전에 저희가 기획 규모를 키운 걸로요."

자본금이나 더 투입해라.

"그러면 맥락이 자연스러워 보일 것 같은데, 혹시 실장님 보시기엔 어떠신가요."

시간이 부족하니 돈을 있는 대로 부어서 공백을 채우겠다는 전략이었다. 저놈 낙하산이니 본사 쪽 자금은 잘 끌어오겠지.

아니나 다를까. 실장이 반색했다.

"제가 보기엔 괜찮네요."

됐다.

그림상 테스타가 돈 더 달라고 한 것도 아니니 혹시 활동이 평타로 끝나도 뒷말이 적게 돌 것이다.

이제 어마어마한 자본금을 때려 부어서 4주 만에 편곡과 안무와 MV를… 수정해 보자.

'X발.'

졸지에 강행군이 됐네.

그날, 우리는 녹음 스케줄을 미루고 회의실에 틀어박혔다.

"글로벌 히트…."

"으음."

의외로 제일 먼저 입을 연 건 배세진이었다.

"…영어로 하면 어때?"

제법 합리적인 말이었다.

하지만 KPOP의 글로벌 생태를 살펴보면 너무 이른 제안이었다.

"영어를 쓰는 건 영미권 대중성을 노리는 건데… 일단 그쪽 대중들이 저희를 알아야 그게 통하지 않을까요."

"아."

그렇다. 일단 그쪽 팬층이 확실해야 써볼 전략이었다. 자칫하면 팬히 '미국 너무 의식한다'는 유의 부정적인 꼬리표만 달 수도 있었다.

그렇다면 미국 밈으로 유입된 사람들을 팬층으로 굳히기 위해서는 어떻게 해야 하는가?

"기존 KPOP 해외 팬분들이 좋아하셨던 컨셉들을 좀 살펴보면 좋을 것 같은데."

"아, 그거 확실하죠~"

류청우의 중얼거림에 큰세진이 번쩍 한 손을 들었다.

"안무 멋있고, 비트 좋고~ 뮤직비디오 멋지게 뽑힌 거 좋아하시지 않나요?"

"그, 그렇게 멋진 건 한국에서도 좋아하시지 않을까…?"

"음, 그렇지. 근데 뭐라고 해야 하나, 한국에서는 비트가 엄청 강조된 댄스곡은… 남자 아이돌 곡이면 잘 안 들으시는 분도 많으니까?"

맞는 말이다. 그래서 우리도 데뷔 타이틀 두 곡 중에 비트가 너무 요란하지 않으면서 듣기 편한 〈마법소년〉을 더 밀었다.

'그쪽이 〈Hi-five〉보다 확실히 음원차트 순위도 높고 롱런했어.'

마찬가지 맥락에서, 극도로 컨셉추얼하고 빡센 〈행차〉 같은 곡은 직전 타이틀곡보다 음원 순위가 살짝 약했었다. 커리어 하이를 달성하고 팬덤 유입이 눈에 보일 정도로 엄청난 탑티어 진입 활동기였는데도 말이다.

그래도 큰세진의 말대로다.

'딱 부풀어 오른 국내 대중성이 아깝긴 하지만, 해외 반응이 필요하다면 비트 세게 뽑는 게 맞긴 하지.'

물론 방향을 정했다고 해도 하루아침에 모든 걸 수정하는 건 쉬운 일은 아니다.

"안무나 이런 건 다 수정하면 되는 거라 큰 문제는 없… 세진아, 괜찮지?"

"…당연하지."

배세진이 꼿꼿하게 류청우에게 대꾸했다.

류청우는 약간 미안한 얼굴로 말을 계속했다.

"그래. 음, 그래서 더 멋있는 방향으로 나머지는 차근차근 수정할 수 있을 것 같은데… 편곡이 힘들 것 같아서 걱정이다."

그 말에 다 김래빈을 쳐다보았다.

"…?"

김래빈은 의아한 표정으로 주변을 보다가, 곧 깨달은 표정으로 입을 열었다.

"컨셉만 정해지면 분위기에 맞춰서 편곡 시안을 몇 가지 뽑아오겠습니다! 나흘만 허락해 주십시오!"

호쾌한 발언이었다.

"괘, 괜찮을까…? 많이 힘들지 않겠어…?"

"안 그래도 이번 타이틀은 여러 방면으로 조합해 볼 만한 좋은 멜로디 탑노트를 가지고 있어서 새로운 시도를 할 수 있다는 게 상당히 설렙니다!"

"……."

김래빈은… 대중성 흥행 공식에 맞추느라 못 했던 걸 시도해 볼 수 있다는 것에 오히려 신난 모양이다.

'그래, 누구 하나라도 행복하다니 다행이고.'

나는 입을 열었다.

"알았다, 래빈아. 그럼 저희 래빈이가 빨리 작업 들어갈 수 있게 컨셉 이야기부터 얼른 할까요."

"그래."

"조, 좋아!"

"문대 뭐 생각나는 거 있어? 아이디어 뱅크잖아 또~"

원래 우리는 특별한 고정 이미지 없이, 적당히 청량하고 때깔이 좋아 봄에 맞는 시즌송을 낼 생각이었다.

이걸 '뮤직비디오'가 멋지게 뽑힐 만한 스케일의 컨셉으로 바꿔야 한다는 건데……. 그러면서 동시에 영미권 입맛에도 맞아서 본부장이 지랄 못 하게 만들어줘야 한다.

욕심 같아서는 국내 대중성도 포기하지 않고 많이 챙겼으면 좋겠고. 디지털 싱글이라 앨범을 안 파니까 음원차트가 중요하단 말이다.

'……음.'

멋진 안무, 강렬한 비트가 어울리면서, 팬들이 소비하기 좋은?

'…아.'

나는 입을 열었다.

"이 기회에 세계관 확장하죠."

"우리 세계관? 어떤 거?"

"행차."

잠시 후, 격렬한 브레인스토밍 끝에 수정안은 편곡까지 만장일치로 통과되었다.

'대신 최대한 듣기 편한 방향으로!'

그리고 격동의 3주가 지났다.

CHAPTER
15

CHAPTER 15

테스타의 팬들은 이번 컴백이 싱글이라는 것을 다 알고 있었다. 컴백 소식이 앵콜 콘서트와 맞물려 빠르게 언론에 뿌려졌기 때문이다. 다 화제성 유지의 일환이었다.

그리고 기사마다 추가된 문구로, 팬들은 이 곡의 분위기까지 짐작하고 있었다.

[테스타, 벚꽃과 함께 컴백 공개]

[테스타 컴백 예열 UP... 봄 캐럴에 도전장 내미나?]

[국민주식 테스타, 청량한 봄 감성의 남자들로 돌아온다]

소속사 실무진들이 이번 테스타 활동 기획을 확인한 뒤 분위기를 잡기 위해 열심히 유도한 보도자료였다. 덕분에 팬들은 모두 지난 리패키지 앨범 타이틀이었던 〈피크닉〉과 비슷하게 대중 친화적인 이지리스닝곡을 예상했다.

물론, 팬들만 그런 것은 아니었다.

-피크닉으로 음원순위 갱신했잖아 안전하게 가려나 보네

-ㅎㅎ좀 아쉽다 테스타 색은 마법소년, 행차 이런 쪽 같은데ㅠ

-베러미 같은 게 진짜 오졌는데 자꾸 쉬운 곡 하니까 푸쉭쉭 식는 기분
-연차도 얼마 안 됐으면서 벌써 안무 난이도 살살 낮추는 게 좀 약았다ㅋㅋ
저래도 팬들이 좋아해주니까 그러는 거겠지

리얼리티 프로그램이 흥행한 만큼 테스타 컴백에 거의 데뷔 때만큼
관심이 쏟아졌는데, 덕분에 배알이 꼴린 사람도 많던 것이다.

-아직 나오지도 않은 곡으로 벌써부터 지랄ㅋㅋㅋㅋ 얼마나 위기감이 들
면ㅠㅠ 불쌍
-타격감이 너무 없어서 이상하다
-디지털 싱글이잖아 좀... 어련히 정규 빡세게 가지고 올 텐데 꼭 저기 끼어
서 팬인데 아쉽다 이지랄 하는 새끼들 너무 짜증남
-우리 애들이 뭘 하든 우리가 알아서 좋아할 테니 훈수 그만 좀
-ㅋㅋㅋㅋㅋ너무 잘 되니까 이젠 이렇게 밖에 못 긁네 애잔ㅋㅋㅋㅋ

팬들은 적당히 거슬려 하고 적당히 비웃으면서 해당 반응을 넘길 수
있었다.
지금 기세를 봐서는 이 컴백이 실패할 리가 없었기 때문이다…!
그러면서도 한편으로는 이번 무대가 저놈이 싹 입 다물게 할 수 있
을 만큼 재밌고 화려했으면 좋겠다는 생각을 하기도 했지만, 기본적으
로는 다들 테스타를 신뢰했다.
'지금까지 망한 적이 없다!'

그리고 테스타의 컴백 티저 공개 당일.

팬들은 예상도 못 했던 어마어마한 30초짜리 영상을 보게 된다.

'화, 황야??'

테스타가 고른 컨셉은… 스팀펑크 조선이었다.

티저는 황량한 들판을 지나가는 증기기관차로 시작되었다.

치이이익!

톱니바퀴가 도드라지는 황동빛 열차가 화면에 비스듬히 가까워졌다. 그리고 빨려들 듯이, 열차의 창문 안이 클로즈업되었다.

[……]

[……]

고풍스러운 조선 중기 양식이 접목된 객실이었다.

그 안에 마주 앉은 승객 둘은 각각 흑과 백의 도포를 코트처럼 걸치고 있었다. 겉옷 아래로는 가죽끈과 버클이 오가는 근대적 양식의 옷이 보였다.

문득, 하얀 도포를 걸친 쪽의 얼굴을 카메라가 잡았다. 머리를 단정히 넘긴 선아현이 시선을 내리깔고 있었다.

그리고 맞은편. '妖怪(요괴)도 市民權(시민권) 증서 발부 웬 말이냐'가 헤드라인으로 큼지막하게 잡혀 있는 오래된 신문을 펼치고 있던 인영이, 신문을 내렸다.

은발의 박문대였다.

그는 표정 없이 고개를 들어 카메라를 응시했다.

그 순간, 음악이 들어왔다.

[♫ ♩ – ♪♫ ♩ ♩ ♩]

리드미컬한 북과 차르르 떨어지는 윈드차임이 묘한 시대극의 느낌을 살리는 가운데, 영상은 빠르게 컷 신을 넘기기 시작했다.

금화를 튕기는 모노클의 이세진이 씩 웃는 것이 짧게 비치는 것 같더니, 곧 탄광 앞에서 가스램프를 든 정장 차림의 김래빈이 지나갔다.

그리고 묘하게 생긴 아날로그 황동 계기판을 들여다보고 있던 옅은 갈색 머리카락의 배세진까지.

그가 창밖 아래를 내려다보는 순간, 그 시선을 따라 카메라는 기묘한 도시 안으로 들어간 열차를 비추었다. 전통적 건축 양식과 산업혁명 시기의 상징물들이 어지럽게 엮인 도시가 짧게 잡혔다가 곧 건물 위를 달리는 열차에 초점이 맞춰졌다.

그리고 다음 순간.

열차는 탈선했다.

끼이이이이익!

건물과 부딪히며 기왓장이 우수수 떨어진다. 황금빛 먼지와 잔해가 휘날렸다.

그 속에서 워커를 신은 발이 튀어나왔다.

팟!

인영은 곧 파편을 박차고 열차 옆에 매달렸다. 요란한 금속 빛깔 훈

장들이 앞섶에서 번뜩였다.

[와우!]

리폼된 군복을 입은 차유진이 열차에 매달린 채 활짝 웃는 모습 뒤로 잔해가 흩날렸다. 그리고 그 잔해 속에 빨려 들어가던 수많은 현상금 포스터 중 가장 낡은 것을 따라 카메라가 이동했다.

[100,000냥]

포스터 속 검은 인영의 정체를 인식할 만한 즈음이었다.
갑자기 화면을 보여주던 카메라가 외부로부터 충격을 받은 것처럼 흔들리더니, 떨어졌다.
지지직-!
반주가 고장 난 듯 멈췄다.
흔들리는 검은 배경, 머스킷을 어깨에 걸친 류청우는 턱을 든 채 시선을 내리깔아 카메라를 쏘아보았다.
포스터처럼 눈이 새파랗게 빛났다.

[……]

화면이 사라졌다.
노랫소리가 울렸다.

-no oh, no-oh no-oh
목말라 갈증의 시간

멜로디 한 소절. 그리고 정적과 함께 자막이 떴다.

[TeSTAR]
[Spring out]

직후 댓글창이 물음표와 눈물로 미친 듯이 갱신되기 시작했다.

"후!"
김래빈의 개인 팬은 도착한 택배를 보고 숨을 들이켰다.
테스타의 이번 활동이 타이틀 한 곡만 발표했기에 앨범은 없었으나, T1은 알차게 관련 MD를 팔아먹었다.
김래빈의 팬이 구매한 것은 응원봉 파츠와… 컨셉 포토북이었다. 사이트에서는 가방부터 모자까지 별걸 다 만들어 팔았으나, 그것까지 다 살 정도로 호구가 되고 싶진 않았던 그녀의 선택이었다.
'티원 새끼들 진짜 대단하다.'
앨범 대신 포토북을 이렇게 본격적으로 팔아먹을 줄은 몰랐다. 그래도 당연히 포토북부터 확인하고 싶었으나, 우선 위에 있던 응원봉

꾸미기 파츠부터 들어내야 했다.

'귀엽긴 오지게 귀엽네!'

황금빛 톱니바퀴와 회중시계가 파이프에 연결된 것이 앙증맞았다. 그녀는 씩씩거리며 그것을 정리하다가, 뮤직비디오로 생각이 미쳤다.

"미쳤지."

진짜 그 외에 다른 말이 생각나질 않았다.

처음 티저가 나왔을 때부터 반응이 폭발적이었다. 물론 영상 퀄리티가 좋아서도 있지만, 그보다 다른 이유가 컸다.

-봄 청년이라며! 봄 청년이라며!

-봄 청년 (열차 탈선시킴)

-알겠다... 벚꽃이 아니라 황사와 미세먼지가 흩날리는 봄을 표현하고 싶었던 거임

-스프링이 그 스프링일 줄은 몰랐죠

실컷 '청량한 봄 캐럴송' 같은 느낌으로 언론을 선동해 놓고, 막상 티저는 SF 판타지 티가 줄줄 흐르는 세계관 뽕맛을 줬기 때문이다.

그래도 아쉬워하는 사람보다는 흥분한 사람이 워낙 많았다.

-요괴에 전통풍? 이건 무조건 행차 세계관이다ㅋㅋㅋㅋ

-아 미친 류청우 최종보스 재질 오져버렸다 미쳤냐고~~ 국대 총잡이!!

-증기기관, 황동, 톱니바퀴까지 빼박 스팀펑크임 세상에 조선 스팀펑크 무슨일

-티원이 돈은 많아 그래서 참고 덕질하는 거야

-와 이걸 싱글로 던져버리네

정규 앨범도 아니고, 마치 팬서비스처럼 지나갈 것 같던 싱글에 이렇게까지 자본을 쏟아서 각 잡고 내주니 괜히 벅차오른 것이다. 원체 돈 잘 쓰는 대기업 자회사인 게 유명하다 보니 아까워하거나 걱정하는 사람도 별로 없었다.

물론 긁는 사람이 없었다는 뜻은 아니다.

-근데 이건 앨범을 팔아야 잘 될 것 같은데 음원은... 모를

-티원 배짱 좋네 근데 이상한 쪽으로 뽕 찬 듯ㅋㅋㅋㅋ

-남돌 대중성 원탑 먹을 기회였는데 자기 복을 걷어차네

분란을 좋아하는 사람들은 언제 '대중적인 곡은 재미없다'라고 그랬냐는 듯 말을 바꿔서 폄하를 시작했다.

그러나 그것도 곡이 공개되는 순간 끝났다.

－스며드는 오늘의 감각

즐겨 이 순간, 시선, 예감

What's up?

the real flavor (come out)

곡은 리드미컬하고 나른한 레게였다.

간주와 브릿지에 격렬한 드랍을 섞어서 퍼포먼스를 충실히 살릴 것

이 분명히 예상되었으나, 전반적으로 쉽게 듣기가 좋았다. 몸을 흔들며 드라이브송으로 즐기기 좋은 곡이었다는 뜻이다.

'두 마리 토끼를 다 잡는 이 솜씨는 같은 토끼인 김래빈뿐이지.'

김래빈의 팬은 라임만 맞는 주접을 아무렇지 않게 해버리고는 택배 해체 작업을 계속했다. 하지만 머릿속으로는 봤던 인터넷 반응들이 휙휙 지나가고 있었다.

테스타의 컴백을 기다렸던 것이 처음인, 리얼리티 프로그램으로 유입된 일반인들은 티저부터 당황했었다.

-영화 예고편 같은데

-이야 얘네 돈 많이 버나보다

-아니 아이돌 뮤직비디오인 줄 알았는데 웬 SF 조선시대가

-마지막에 그거 청우예요?ㅠㅠ 세상에 청우 저런 표정도 짓는구나 넘 멋있어요!

-뭐야 호떡 팔던 귀요미들 머리색 왜 저렇게 현란해졌어 마법소녀 변신 생각남ㅋㅋㅋㅋ

└놀랍게도 그들의 데뷔곡은 마법소년

└헐

이 사람들도 SNS에서나 목격할 수 있었지, 본 위튜브 동영상 댓글 창은 외국인의 물결에 쓸려 내려갔다.

-그러니까... 그들이 한국에서 하던 '일'이라는 게 이런 거였군?(턱 괸 이모티콘)

-아현의 포마드 머리에 숨이 멎을 뻔

-다들 한국에서는 비공정이 날아다니고 증기기관차가 건물 위를 달리는 걸 몰랐단 말이야? (울며 웃는 이모티콘)

-그 힘겨운 오디션 프로그램에서 승리한 이들이 결국 이런 멋진 영상을 찍고 있다는 게 믿기지 않아 위스콘신에서 그들을 응원해 ☺

-테스타는 더 인정받아야 마땅해!

밈을 통해 유입되어 〈아주사〉까지 시청했던 외국인들이 댓글을 달기 시작한 것이다. 비단 미국뿐만 아니라, '미국에서 그런 일이 있었다'는 이야기 자체가 KPOP 해외 팬덤 사이에서 돌았기 때문에 가능한 일이었다.

덕분에 뮤직비디오가 24시간 조회수에서 3,000만 뷰를 넘는 기염을 토했다. 이제 테스타의 팬들은 슬슬 1군의 맛에 대한 드립을 치고 있었다.

'투어 스케줄이 더 늘어나겠어…'

김래빈의 팬은 암담한 미래를 그리며, 결국 택배 상자에서 포토북의 포장을 벗겨 꺼내는 것에 성공했다.

"후우."

참고로 4권이다. 간사한 자본주의의 돼지, 티원 놈들이 앨범에 쓰던 랜덤 포토카드 제도를 여기도 써먹은 탓이었다…. 박문대가 알았다면 중단되었을 수도 있었으나, 미친 일정에 갈리던 중이었기 때문에 그도 여기까진 챙기지 못했다.

김래빈의 개인 팬은 두 손을 불끈 쥐었다.

'제발 김래빈!'

그녀는 이미 멤버별로 어떤 포토카드가 들어 있는지까지도 적당히 설명 정도는 찾아보았다.

일단 멤버별 2종으로 총 14종의 포토카드가 들어 있었다. 그리고 김 래빈은 윙크를 하고 찍은 셀카가 하나, 정장에 갓을 걸친 뮤직비디오 비하인드 샷이 하나였다.

'기왕이면 전자가 좋겠어.'

김래빈은 셀카를 자주 찍지 않기 때문이다.

–안녕하세요! 저는 김래빈입니다. 작업 중에 러뷰어 생각이 나서 글을 올립니다. (사진)

데뷔 초에는 SNS에 이러고서 첨부하는 게 본인 장비 사진인 경우도 수두룩했다면 설명이 될 것이다.

그리고… 김래빈이 안 나온다면, 아니, 기왕이면 제발 같이 나와줬으면 하는 게 있었다.

'은발 박문대…!'

박문대가 그렇게 차가운 색으로 염색한 것은 처음이었다. 게다가 깔끔하게 새로 다듬어서 반만 넘긴 헤어스타일까지 훌륭했다!

-바바박문대 이게 무슨 일이야

-제발 공방 가게 해줘 저거 생눈으로 봐야돼

-스프링 박문대 견종 시베리안 허스키로 하자 지금 딱 합의해 (캡처)

티저가 공개되자마자 인기 글과 실시간 키워드로 '문대 은발'이 잡혔을 정도로 반응이 뜨거웠다.

'확실히 뭘 좀 아는 놈이야.'

머리를 새롭게 염색하거나 컬러렌즈를 낀 대부분의 멤버들이 비슷하게 화제가 되었다는 것을 무시하며, 그녀는 고개를 끄덕였다.

그리고 힘차게 포토북을 개봉하기 시작했다.

'어차피 카드 빼면 제값에 못 팔아! 한 권만 멀쩡하면 돼!'

포토카드 확인이 우선이었다.

그녀는 첫 번째 포토북을 과감하게 열어, 중간에서 떨어지는 카드를 주워 들었다.

"……!"

사진의 인물은… 차유진이었다.

"에잇."

김래빈도 박문대도 아니라는 현실에 그녀는 탄식했으나, 곧 마음을 고쳐먹었다.

'차유진은 무조건 교환 가능이다!'

미친 듯이 눈에 불을 켜고 교환을 구하는 차유진의 개인 팬이 넘친다는 건 안 봐도 뻔했다.

게다가 이 뮤직비디오 의상의 차유진 포토카드는 심각하도록 잘 나왔다. 아주 고전적인 오픈카에 발을 올린 채로 걸쳐 누워 씩 웃고 있는 그 여유로운 인상이 황금빛으로 빛났다.

비명을 지르며 보관하고 싶게 만드는 마력이 있었다는 뜻이다.

"……."

팔지 말까? 차유진에게 별다른 감정이 없는 그녀마저도 결국 헛기침을 하며 사진을 조심스럽게 챙겨 들었다.

"아니… 뭐, 애들이 다른 3권에서 나올 수도 있고."

혼잣말로 변명을 하며 그녀는 남은 포토북에 손을 뻗었지만, 저 포토카드를 팔지 않을 것 같은 진한 예감을 떨치지 못했다.

'몰라, 더 사면 되겠지.'

그보다 이 뮤직비디오 착장 그대로 음악방송에 나올지가 관건이었다. 이틀 뒤… 아니, 방금 자정을 넘어 내일이 첫 음악방송이니, 곧 확인할 수 있을 것이었다.

그녀는 아이돌 활동 첫 주의 살인적인 스케줄을 떠올리며, 심드렁히 생각했다.

'음, 지금쯤 막판 안무 연습에 한창이겠지.'

안타깝게도 그녀의 예상대로는 아니었다.

같은 시간, 멤버들은 다 낡고 지친 상태로 연습실에 옹기종기 모여서 모니터를 들여다보는 중이었기 때문이다.

"자… 틀자."

"네."

미친 듯이 몰아치던 지난 한 달의 일정을 마친 그들은, 그때서야 이번 뮤직비디오 리액션 영상을 찍고 있었다.

파란만장한 한 달이었다.

−선생님~ 저희 안무 시안 컨펌부터!
−죄송하지만 가사가 이렇게 수정이 들어가면 리듬과 맞지 않는 부분
이 상당수 발생……
−컨셉 포토용… 의상 나왔다는데.

활동까지 카운트다운이 들어가는데 수정할 건 한도 끝도 없이 많으
니 나중엔 실무진들 모두가 거의 정신 나간 듯이 일했다.

물론 최고조는 뮤직비디오였다. 무슨 지랄을 해도 날짜까지 편집을
다 못 끝낸다는 결론이 나왔거든.

'섬뜩했지.'

그래서 컴백 날짜인 화요일에 음원을 먼저 공개한 뒤, 목요일 자정
에나 뮤직비디오를 공개하는 식으로 일정을 수정했다. 당시에는 손해
를 볼 것 같아서 입맛이 썼으나… 의외로 이 방법은 상당히 긍정적인
결과를 불러왔다.

'음원부터 공개된 덕에 오히려 편견 없이 차트에 자리 잡았어.'

뮤직비디오에서 스팀펑크 조선이 나오는 건 재밌는 요소지만, 친근
한 요소는 아니지 않은가. 이 특수함이 음원의 인상에까지 영향을 주
면 괜히 대중성에 하자가 생겼을 확률이 높았다.

그런데 그냥 신기한 티저로 화제성을 끈 뒤에 음원은 따로 들으니, 곡
이 가진 대중성이 부드럽게 녹아들었다. 덕분에 현재 가장 큰 음원차트
에서 4, 5위를 왔다 갔다 하는 중이다.

[4위 Spring out / 테스타] ▲1

솔직히 10위권 예상했는데, 놀랍도록 순조롭다.

'전처럼 무대랑 예능 좀 돌고 나면 이용자가 더 늘려나.'

그래서 이번에는 아예 작정하고 국내 메이저 예능에 팀 단위로 스케줄을 꽤 잡았다. 리얼리티로 만든 화제성도 활용할 겸 말이다.

'기대해 볼 법하겠군.'

물론 앞으로의 순조로운 회사 생활을 위해… 가장 중요한 건 글로벌 반응이지만.

참고로 빌보드 메인 차트에 드는 건 기대도 안 한다.

'아직 그럴 정도의 해외 인지도는 아니야.'

애초에 빌보드를 각 잡고 노리려면 그 차트에 맞춰서 컴백 직후 1주일 치 성적이 완전히 반영되도록 금요일에 미국 동시 발매했어야 한다. 그 인프라를 도저히 3주 내로 구축할 수 없었다는 건… 충분히 이해 가능할 것이다.

'망할.'

게다가 그것도 앨범 차트를 노려야 그나마 승산이 있는 거지, 그냥 곡 차트는 VTIC 수준의 해외 팬덤이 아니고서는 답 없다.

고로 곡 하나로 활동하는 이번엔, 테스타의 글로벌 성장세를 빌보드 차트 인으로 측정할 순 없다는 말이다.

그러니 테스타 글로벌 인지도를 높였다는 걸 증명하는 데에 초점을 맞춘다. 글로벌 검색엔진에서의 테스타 검색량과 플랫폼 국가별 조회

수, 투어 규모 증가 정도가 답이다.

그리고 지금 하는 뮤직비디오 리액션도 그걸 견인하는 좋은 위튜브 컨텐츠가 되어줄 것이다.

"오, 시작한다."

"두근두근~"

멤버들이 피곤으로 찌든 눈을 하고서도 열심히 떠드는 게 참 훌륭한 자세였다.

'정산 덕인가.'

며칠 전에 들어온 올해 1분기 정산액이 데뷔 때 반년 넘게 묵혀서 받은 첫 정산액을 넘겼더라. 배세진이 부동산 담보 대출을 다 갚았다며 기함했었다.

어쨌든, 나도 최대한 성의 있게 손바닥을 치며 모니터를 보았다.

뮤직비디오는 티저의 끝, 그러니까 전복된 열차에서부터 시작했다.

−I…

fancy messy sneaky collapsing

콰쾅!

내레이션 같은 저음의 랩이 끝나자. 열차가 터졌다.

그리고 그 폭발에서 멀쩡히 튀어나온 차유진은 허공에 날리던 신문을 낚아채며 씩 웃었다. 티저에서 '박문대'가 보던 그 낡은 신문이다.

"오~"

"멋진데?"

"맞아요!"

이 옆의 차유진이 신나게 자신의 멋짐을 주장하는 동안, 화면의 차유진은 신나게 도시로 달려 나가며 뮤직비디오의 스토리라인을 전개했다.

그리고 리드미컬하고 느릿한 도입부 멜로디.

−나른히 손 놓고 즐겨 난

안락한 Driving Mode

다분히 겪었지 Fame, Pain

SF와 근대, 조선을 섞은 기묘한 도시에서의 탐험이 펼쳐진다. 한마디로, 예전 미국 서부 스타일의 모험 활극에 가까웠다. 다만 너무 스토리에 집착하는 것처럼 보이진 않으려고 신경을 썼다.

'어디까지나 뮤직비디오니까.'

비현실적인 양식의 건물 실내나 빛이 번뜩이는 황야를 배경으로 하는 멋진 안무 장면을 잘 챙겨 넣었다는 말이다.

그리고 스토리 분량에서도 배분에 신경을 써달라고 명시했었다. 차유진이 첫 스타트를 끊었지만, 이후 멤버들이 자신의 파트마다 한 명씩 등장하면서 바통을 잇도록.

"왜, 왜 세진이는 외알 안경을 쓰고 있나요⋯?"

"아~ 제가 전에 구미호였잖아요? 왜, 눈을 보면 홀린다~ 그런 걸 좀 보여주는 거죠?"

"멋지네요."

"어어? 문대문대, 좀 더 영혼을 넣어서!"

"와 정말 멋지다."

이미 정해놓은 멘트도 이렇게 중간중간 채운다. 감탄사만 넣어선 재미없으니까.

물론 감탄사도 챙기긴 했다.

"와우, 배세진 형!"

"어, 언제나 연기가 대단하세요…!"

"아니, 그… 그 정도는 아니고."

배세진이 아날로그 계기판을 누르자 기차가 톱니바퀴를 굴리며 복구되는 장면에서 쏟아진 칭찬이다.

"저 앞에 어떤 사물도 없었는데 정말 존재하는 것처럼 느껴집니다!"

"맞아. 세진이가 연기할 때 저기 그냥 초록색만 가득했어요, 여러분."

그린 스크린 앞에서 초점용 막대기만 두고 연기했다는 뜻이다. 마치 기술력을 돌려서 자랑하는 것 같지만, 사실 그게 아니다.

도저히 세트를 다 지을 시간이 없어서 예산으로 시간을 때울 수 있는 CG를 선택했을 뿐이다….

'그 업체도 분명 일 지옥이었겠군.'

그리고 그 상황에도 동요 없이 연기할 놈에게 화려한 CG 장면을 몰아주었고, 그게 배세진이었다.

"…잘 나와서 다행이고, 앞으로도 열심히 하겠습니다."

"와!"

배세진은 얼굴이 시뻘게져서 카메라에 고개를 꾸벅거렸다. 뭐, 저놈에게 최근 여론이 호의적이니 한결 편해진 모양이다.

뮤직비디오 리액션은 그런 식으로 계속되었다.

"저거 봐요! 김래빈 못 움직여요!"

"아닙니다! 전 도깨비 역할이라 신비함을 위해 감독님께서 저런 정도로 정적인 동작을 요구하셨습니다!"

이윽고 탄광에서 나, 그러니까 박문대와 김래빈이 접선하는 의미심장한 장면이 지나가며 곡과 화면이 모두 고조된다.

나른한 레게에서 강렬하고 깊은 뭄바톤으로.

　─사실 알아 부족한걸

　내게 필요한 건 감각

　애타는 목 타는

　갈증의 시간

후반으로 가면서 스토리에 구체적인 목적의식이 약간 드러났기 때문이다.

뮤직비디오 티저의 열차 탈선은 '시민권 증서'를 받기 위해 도시에 올라온 요괴들을 노린 것이었다. 그래서 멤버들은 여러 연유로 시민권을 받기 위해 이 테러리스트를 잡으려 한다.

그리고 티저 본 사람은 다 짐작했겠지만, 테러리스트는 류청우다.

　─no oh, no-oh no-oh

　목말라 갈증의 시간

곧 화면 속 멤버들은 고압적인 얼굴로 쏘아 내려 보는 류청우와 한밤중에 대치하게 되었다.

"오오!"

근사하게 CG를 입혀놓은 장면은 과하지 않게 그럴싸했다. 자칫하면 어디 저예산 B급 영화 같을 수도 있었을 텐데, 역시 돈은 쓴 만큼 값을 했다.

그리고 이 장면에서 여러 해석이 나뉘는 것도 꽤 흥미로웠다.

참고로, 강력한 주류는 이거였다.

-차별에 대한 은유입니다!

근거는 이렇다.

-'행차'에서 더없이 강력하고 신비한 존재처럼 나왔던 멤버들은, 인간사회의 테두리 안에서 구성원으로 인정받기 위해 뛰어야 합니다.

-아직 인권에 대해 충분한 논의와 의식 성장이 이루어지지 않은 근대라는 시대상을 배경으로, 자연스럽게 녹아든 차별에 대한 담론입니다.

-'행차'와 유사하게 스토리라인을 배치하여 더욱 주제 의식이 돋보입니다.

-게다가 '행차'에서 결국 자신이 요괴라는 것을 깨달은 '류청우' 님은 이번에는 요괴의 시민권을 부정하며 테러리스트가 되었습니다.

-이것은 자기혐오로부터 비롯된 차별의 정서죠.

-즉, 테스타의 이번 뮤직비디오는 차별에 대한 비판의식을 반영하고 있습니다.

사실 이 정도로까지 거창하게 생각하지는 않았으나… 어쨌든 고려했던 것을 바로 알아차려 주는 건 놀라운 일이었다.

물론 결국 이렇게 활용된 것 같긴 했지만.

[요괴를 이렇게 비유하다니? 놀라운 테스타의 뮤직비디오에 경악한 외국인들!]

[미국에서 당했던 동양인 인종차별에 대한 반격? 테스타의 신곡 리뷰]

워낙 이 비디오를 늦게 찍는 중이라 이미 대중 반응과 분석을 한 번씩 쭉 훑어놓은 상태여서… 저절로 생각이 나는군.

어쨌든, 곡의 절정에서 멤버들과 류청우의 전투가 암시되며 강렬한 클라이맥스 안무가 들어간다.

아, 마침 내 파트군.

─스며드는 오늘의 감각

즐겨 이 순간, 시선, 예감

지금, 예고 없이

Spring out

흑단 장총을 한 바퀴 돌려 들어 쏘는 류청우의 컷이 연달아 적당한 파트에 들어갔다.

"우와아아!"

"형님~ 너무 멋진데요??"

"진짜 진짜 Boss 같아요! What a badass!"

"음, 그런가? 하하."

류청우가 멋쩍게 웃었다. 사실 촬영 당시 본인도 꽤 마음에 들었는지 사격 취미를 알아보는 것 같았으나… 일단은 말하지 말자.

"이야~ 근데 우리 6:1 그림이라 조금 그렇긴 하다. 그쵸?"

"아니요! 이기는 게 좋아요! 이기면 돼요!"

"……"

이건 편집해 달라고 하고.

뮤직비디오는 지난 활동 곡들보다 웨이브와 젖히기가 많이 들어가 극적인 안무를 잘 잡아주며, 결국 요괴들이 류청우를 제압하는 것으로 마무리되었다.

다만, 씩 웃은 차유진이 앞으로 나오며 잠시 음원에 없는 간주가 들어간다.

[……]

차유진은 시민권 증서 신청증을 류청우의 손에 끼워준다.

－물어, 뜯어, 즐겨

Now, Spring out

따가운 널

마음껏 삼켜

음악이 돌아오며, 엔딩은 그렇게 끝났다.

멤버들은 제법 천연덕스럽게 처음 본 것처럼 코멘트를 추가했다.

"오~"

"머, 멋있게 잘 나온 것 같아요…!"

"콘티대로 훌륭히 구현되어 감탄만 했습니다!"

"감독님 감사해요~ 뮤직비디오 봐주신 러뷰어 사랑해요~"

"대박 났으면 좋겠습니다."

이미 뮤직비디오 조회수가 테스타 자체 기록을 갱신한 건 뻔히 알지만, 예의상 이런 멘트도 좀 붙여주자.

[우와앙!]

[와하하!]

쿠키 영상으로 시민권 얻은 놈들이 신나서 뛰어다니는 게 몇 초 나오는 것까지 보고 나니 분량을 적당히 뽑은 것 같다.

"그럼 여러분, 저희 이번에도 열심히, 멋지게 활동할 테니 많은 관심과 사랑 부탁드립니다."

"금방 봐요~"

인사말과 함께 카메라가 꺼졌다.

그리고 스탭들이 장비를 챙기는 순간, 멤버 모두 피로에 찌든 모습으로 순식간에 돌아왔다.

"후……."

"우리 내일… 깨어 있을 수 있겠죠?"

현재 시각 새벽 1시 반. 내일 샵에 새벽 4시 출발이라는 걸 고려했을 때 당장 자야 했으나, 안무 최종 연습을 생각하면 밤샘 확정이다.

"힘내자."

"넵."

뭐, 다른 방법은 없으니 그냥 하는 수밖에 없다만… 하다못해 이동 시간을 줄이면 좋겠는데 말이다.

'슬슬 숙소 바꿀 때가 되지 않았나.'

서울 중심으로 숙소를 옮겨 버리고 싶단 말이지. 정산 액수를 보니 그 정도 투자는 받을 수 있을 것 같은데 말이다.

'이번 활동 성적 보고 딜 걸까.'

나는 최대한 괜찮은 입지와 조건을 받기 위해 딜 타이밍을 잘 고려하기로 정한 후, 해당 생각을 일단 치웠다. 너무 바빴으니까.

그러나, 바로 다음 날.

이 화제가 곧바로 수면 위로 올라왔다.

"우리 테스타님들, 혹시 숙소 더 좋은 곳으로 옮기는 건 어떠세요?"

"네?"

물론 피곤해 보이는 소속 가수를 걱정하여 소속사에서 자발적으로 비용을 댄다는, 자선사업 같은 발상은 아니었다.

치프 매니저가 일부러인 듯 울상을 지으며 말했다.

"아니… 그, 아파트에 자꾸 민원이 들어온다고 해서."

아.

"그 정신 나간 애들 있잖아요, 자꾸 단지 내 침입하려고 해서 관리실에서 더는 힘들다고 하는데….”

그래. 왜 이 문제가 안 나오나 했다.

사실 그룹 활동을 하면서 심상치 않은 사생활 침해를 꽤 경험하긴
했다.

―미친 저 택시 일부러 사고 내려고 한 거 맞죠??
―저, 저기… 뒤에서, 자꾸 때리려고 하시는데….

―와~ 테스타! 저 여기 사인해 주시고 사진 좀요!
―예? 죄송하지만 이곳은….
―조카분이래, 해드려 그냥.

심하게는 일부러 접촉사고 내려는 경우부터 약하게는 음악방송 대
기시간에 밀고 들어오는 것까지.

뭐, 예상 못 했던 부작용도 아니라 대충 직업적 단점이려니 하고 안
일하게 넘겼던 것도 사실이다. 정보화시대답게 직접 오는 사람보다는
전자기기 해킹하려 드는 경우가 더 많은 것 같기도 했고.

일단 숙소에서는 괜찮았거든.

‘원룸 사태 같은 게 날 여지는 없어 보였는데.’

숙소가 워낙 보안이 괜찮은 아파트라서 말이다. 내가 대충 임시 거
점으로 삼았던 낡은 원룸에 무단 침입했던 수준으로는 택도 없었을 것
이다. 아마 배세진도 이 숙소 입주하고 난 뒤 보안 좋은 부동산 구매
충동을 더 강하게 느꼈지 않을까.

다만, 이제 그것도 한계였나 보다.

"아예 뚫고 들어왔다구요?"

"네. 어휴. 택배원을 매수해서 주차장으로 들어왔다고 하던데, 그걸 또 들킨 과정이…."

"어, 어떻게 발각되었기에……."

긴장한 김래빈에게 치프 매니저가 한숨을 쉬며 대답해 줬다.

"그게 양동 작전이었대요!"

"…?!"

"관리실 CCTV실에 잠입해서 사각지대 따다가 걸린 애들이 다 불어서 싹 끌려갔다고…… 어휴, 나 참."

"으헉."

"……."

기가 막힌다.

무슨 마피아도 아니고 직원을 매수해서 양동 작전까지 펼쳤냐. 대단히 조직적이라 그 집요함과 열정이 아까웠다. 하지만 놀랍진 않았다.

'데이터팔이 할 때도 비슷한 건수가 몇 번 들어왔었는데.'

웬 놈한테 종일 붙어 다니면서 데이터 남겨달라는 유의 의뢰 말이다. 페이가 꽤 셌는데, 자칫하면 빨간 줄 긋기 딱 좋아서 피하긴 했다.

어쨌든, 그래서 이 꼴까지 보고 나니 더는 참을 수 없던 아파트 관리실과 주민 회의에서 권고문이 나왔다는 것이다.

"원래도 단지 앞에 자꾸 진 치고 있는 걸 쫓아내는 것도 힘들었고, 이제 더는 힘들다고 하시니…."

"…으음."

한마디로 '너희 문제니까 직접 어떻게 좀 해봐'다.

상식적인 요구라 머쓱해질 수밖에 없는 상황이었다. 게다가 회사가 신경 쓰기 싫다고 그냥 무시하기엔 위험하다. 아파트 주민들이 언론에 제보해 버리는 순간 일이 커질 테니까.

[테스타 숙소 논란... 소음과 침입으로 아파트 주민 공포 호소]

벌써 기사 타이틀이 짜릿하다.

'역시 이사밖에 답이 없긴 해.'

회사에서도 이 아파트에 돈과 인력을 투입하느니 '숙소를 더 좋은 곳으로 옮겼다'는 식의 언론 플레이가 가능한 이사를 골랐을 것이다.

그래도 이렇게 관련 상황을 상세히 말해주는 건 단순히 설명 이상의 의미가 있다. 입 닦고 '좋은 곳으로 옮겨주는 거예요~' 같은 소리 하는 것보다 이렇게 겁주는 편이 협조를 구하기 편할 테니까.

앞으로 이런… 스토커 관련 대처에서 말이다.

'그런 의미에서는 확실히 첫 매니저보다 유능한 놈은 맞는데….'

흠, 그래도 역시 인간성 좋은 로드 매니저를 하나 새로 넣는 편이 좋겠다. 워낙 일에 자기 몸 갈아 넣는 놈들이 많은 그룹이다. 매니저로 정 많고 빠릿빠릿한 놈이 필요했다.

"그래서 이렇게 된 김에, 더 크고 좋은 곳으로 이사 가면 좋을 것 같은데 어떠실까요?"

"가요! 좋아요!"

"잠시만요. 음, 확실히 숙소 바꾸고 싶은 사람 손 들어볼래?"

류청우의 말에 차유진을 비롯해 몇몇이 금방 손을 올렸다.

다만 큰세진은 손을 드는 대신, 마치 들 것처럼 흔들며 씩 웃었다.

"아, 이사 당연히 좋죠~ 근데 어디로 가는데요?"

"아직 후보지 확인 중이긴 한데요, 확실한 건 여기보단 보안 좋고 입지 좋은 곳으로 가야죠!"

"그죠~ 아, 샵 가까운 곳으로 가는 거죠? 저는 찬성이요!"

청담동에 있는 샵이 가까울 만큼 서울 중심부가 아니면 반대란 뜻이다.

"하하, 알겠습니다! 아, 그럼 직접 후보지 좀 보실래요? 보내 드릴게요!"

"네!"

곧, 메신저의 회사 업무방에 파일이 떴다. 나는 곧바로 파일을 클릭해 후보군을 훑었다.

'괜찮네.'

물론 직접 가보지 않고서는 모르는 일이지만, 일단 위치랑 네임드만 보면 모두 썩 괜찮았다.

'이미 유명인들이 입주해 있는 곳도 많…'

잠깐. 여기가 왜 나와.

그 순간, 치프 매니저가 하필 그 '여기'를 집었다.

"사실 저희는 SV빌리지를 좀 강력히 밀고 싶은데요, 테스타 이름값이 있잖아요! 그 정도는 들어가 줘도 될 것 같다~ 그렇게 열심히 전달 중입니다!"

안 된다.

"…방송국에 더 가까운 곳은 어떨까요. 엔드레펠리스나…."

"아, 거기도 또 의미 있게 살펴보는 중이죠!"

치프 매니저는 능숙하게 방향을 틀었다. 옆에서 선아현이 물었다.

"무, 문대는 차에 오래 타는 게 많이 싫어…?"

"…그런 편이지."

"그, 그렇구나!"

아니다.

나는 'SV빌리지'에 누구 숙소가 있는지 알고 있을 뿐이다.

'VTIC 숙소잖아.'

연차가 차서 다들 알음알음 독립하며 유명무실해졌다고는 하지만, 괜히 이웃사촌 명분을 줄 필요는 없지 않나.

그래도 청려 그 새끼 하는 걸 봐선 자기 주택에서 벗어날 생각은 없어 보이긴 했다. 개가 정원에서 뒹구는 사진은 왜 보내는 건지 모르겠지만, 아무튼 그대로 그냥 살았으면 좋겠군.

하지만 사람 일은 모르는 거니 피해 가자는 거다.

"그럼 여러분 의견은 꼭 제가 잘 정리해서 전달 드리겠습니다!"

"넵!"

회의는 깔끔하게 끝났고, 아마 이사는 이번 활동이 끝날 때 즈음해서 빠르게 진행될 것 같았다.

'별문제는 없겠어.'

그렇게 생각했으나, 이 소식이 다른 곳으로 샜다는 게 문제였다.

-섬별 이사 간대ㅠ E펠로

-시발놈들 갑자기 비싸게구네

ㄴㅋㅋㅋㅋㅋㅋㅋㅋ이제 사생활 침해 고통 호소하면 되는 부분?

-ㅋㅋㅋㅋㅋ아너무 톱스타라서 숙소 밖에서 빠순이 기다리는 것도 못 참으시
겠다잖아ㅠㅠ

-개짜증나 ㅅㅂㅅㅂ겨우 경비 뚫었는데

'정신을 못 차리네.'

트윈 홈마는 대충 살펴보던 캡처를 껐다.

이세진과 박문대의 트윈 홈을 운영하는 이 직장인은 막간을 이용해
서 SNS를 둘러보던 중이었다. 그러다 이 글을 발견한 것이다.

[테스타 정병사생들 개징그러워]

그들의 비공개 계정을 누군가 캡처해 올렸다. '굳이 이런 걸 왜 물 위
로 끌고 오냐', '적힌 내용도 테스타 사생활 침해다' 등 신나게 두들겨
맞으면서도 글을 안 내리는 걸 보니 속셈이 뻔했다.

'활동기에 초 치고 싶나 보네.'

직장인은 뻔한 용의선상—VTIC의 팬, 원커브의 팬 등—을 떠올리다
가 그만두었다.

어차피 그런다고 망할 분위기도 아니었기 때문이다.

테스타의 이번 활동은 산뜻하게 순항 중이었다. 팬들의 유입은 꾸준
히 많았으나, 〈아주사〉 이후 '그들만의 세상'으로 서서히 고착화되어

가던 대중성의 약화가 리얼리티 덕에 멈춘 덕이었다.

'그래서 더 불안해서 난리인 거겠지?'

게다가 트윈 홈마의 픽인 둘은 특히 새로운 이미지 추가에 성공하며 승승장구 중이었다. 음악방송마다 모노클 종류를 바꿔 착용 중인 이세진은 물론이고, 박문대 은발 또한 대단히 호평이었다.

-뮤직비디오에서는 펜촉을 핥더니 직캠에선 내 심장을 핥아 문대는 사람 심장을 먹어

-은발 문대 절대 박제해 1000년 묵은 엘리트 요괴 바이브 포기 못 해 (주먹 쥔 이모티콘)

-그래 이럴 줄 알았어 흑댕 금댕 대통합의 시대가 왔다

└은발은 티벳 아닐지

개인 SNS도 아니고 위튜브 직캠에 달린 주접까지 눈에 뵈는 게 없이 폭주 중이었다.

'역시 박문대 같이 잡길 잘했네.'

이 정도면 시즌그리팅 만들어 팔면 활동 비용도 충당이 가능하겠다. 트윈 홈마는 만족스럽게 자신의 SNS에 접속했다.

사생이 뭐 어떻단 말인가? 저러다가 또 새 떡밥 뜨면 다 쓸려갈 이슈다. 막말로, 어차피 자신이 잡은 놈들은 사생에게 낚일 놈들도 아니라 추가 논란도 없을 것이었다.

'일단 이세진은 확실하지.'

트윈 홈마가 다년간의 이 바닥 짬으로 확신하는데 아이돌 이세진은

절대 스토커에게 측은지심 가질 놈이 아니었다. 맺고 끊는 것에 능숙하고 공사 구분을 잘하는 놈이 분명한, 야망 있는 놈이다.

'박문대? 이쪽도 절대 아니지.'

여기야 왜 스토커 짓이나 하면서 사는지 의아해할 놈이었다. 은근히 자기 좋아하는 사람들한테 약한 것 같긴 하지만, 자기 이미지 기가 막히게 만드는 걸 봐선 머리 좋은 것 같으니 알아서 잘하겠지.

직장인은 깔끔하게 평을 마치고, 제로 칼로리 탄산음료를 꿀꺽꿀꺽 삼키며 보정을 계속했다.

그리고 지난 콘서트에서 풀지 않았던 둘의 투 샷을 SNS에 업로드하던 순간이었다.

"뭐야?"

-퍼베님 이거 보셨어요?ㅠㅠ

안면도 없던 익명 계정이 쏜 인터넷 게시판 링크가 심상치 않았다.

[테스타 찍덕 쳐내는 솜씨]

트윈 홈마는 당장 내용을 확인했다.

글에는 웬 덩치 큰 인간이 테스타에 붙어 카메라를 들이대자, 멤버가 팔꿈치와 팔둥을 이용해 쳐내는 장면이 GIF 파일로 첨부되어 있었다.

그리고 그 멤버는… 류청우였다!

"…??"

이놈도 이럴 놈이 아닌데?

운동선수 출신이라 시비에 안 휘말리는 데 통달한 타입일 줄 알았는데, 장면만 봐서는 거의 사람을 때리는 것 같이 위협적으로 보였다. 베스트 댓글도 비슷한 내용으로 난리였다.

-헐 류청우 저런 성격이었어?

-솔직히 저런 새끼들은 맞아도 쌈ㅋㅋㅋ 근데 류청우 좀 깨긴 하네

-대체 청우가 뭘 잘못했어 이게 천플이나 달릴 일이야? 무섭다 진짜

-개멋있는데? 역시 사람은 운동을 해야 됨

반대와 추천이 어지럽게 오가며 온갖 말이 왔다 갔다 했다.

"이상한데?"

일단 자신이 고른 두 놈이 아니라는 것에 '그러면 그렇지' 싶으면서도, 트윈 홈마는 꺼림칙함을 버릴 수 없었다. 류청우가 바보도 아닌데 뻔히 카메라 있는 곳에서 경호와 매니저 두고 저럴 이유가 있냔 말이다.

'각도의 마법일 것 같은데.'

그리고 아니나 다를까, 얼마 지나지 않아 해당 상황을 찍은 다른 카메라와 증언이 우수수 쏟아졌다.

-저 새끼 보안 뚫고 와서 거의 애들 몸에 카메라 던지는 수준이었어 류청우가 안 저랬으면 위험할 뻔

-보니까 때린 것도 아님 다른 각도 캠 보면 붙은 새끼가 자기 발 꼬여서 넘어진 거야 날조 그만해 (캡처)

-애초에 이런 당연한 방어로 왜 말 나오는지도 모르겠어 청우 국대 시절까지 끌고 와서 궁예질 하는 거 보니까 속이 타서 미칠 것 같아

평소 그리 공격적이지 않던 류청우의 개인 팬들이 튀어나와서 울분을 토하는 게 트윈 홈마도 이해가 갔다. 난데없이 뺨 맞은 상황이니까.

그리고 슬그머니 상황에 의구심이 들었다.

'누가 작업 쳤나?'

정답이었다. 쏠쏠한 일당을 받고 고용된 데이터팔이의 질주와 열심히 논란을 재생성하려 애쓴 단체 메시지방이 존재했다.

그리고 데이터팔이에게 일당을 준 건… 테스타의 숙소 아파트 보안을 뚫었던 그들이었다. 테스타가 보안 철저한 곳으로 이사 간다는 것에 눈이 돌아가 버린 것이다.

당연하지만, 테스타의 회사에서도 해당 이야기가 안 나올 순 없었다.

"너 제정신이야? 정신 못 차려?"

"죄송합니다."

지금 깨지고 있는 건 테스타 멤버… 는 당연히 아니고, 첫 매니저다.

"아니, 네가 혼자 피하면 어쩔 건데? 너 월급 왜 받냐고 새끼야."

카메라로 한 대 칠 것처럼 달려들던 새끼를 쓱 피해서 몸을 물렸다고 온갖 폭언을 듣고 있다.

물론 혼자 내빼서 좀 빈정 상할 일일 순 있다만… 저럴 일은 아니다.

매니저가 무술의 달인도 아니고, 일개 직장인인데 몸을 날려 살신성인할 필요는 없지 않은가.

그러니까 이건 퍼포먼스다.

"죄송합니다. 앞으로 더 철저히 보안에 신경 쓰겠습니다!"

첫 매니저한테 비난의 화살을 싹 돌려서 혹시 소속 아티스트가 미진한 보안에 빡쳤을 때를 대비한 것이지.

'짬이 보이는군.'

사실 평소에 보안 인력이 부족했던 건 아니고 이번이 특수상황일 뿐이지만, 일단은 아이돌을 달래려 드는 게 능숙했다. 당장 이 상황에 어쩔 줄 몰라 하는 멤버들도 몇 나왔으니까.

"괘, 괜찮아요."

"매니저 형님을 문책하지 않으셔도 괜찮은 상황이라고 생각합니다…."

"휴, 감사합니다!"

치프 매니저가 한껏 안도한 얼굴로 말을 이었다.

"청우 님도 너무 신경 쓰지 않으셔도 됩니다! 다 해명됐고, 애초에 멋지다는 반응도 많았거든요."

"……."

류청우가 쓴웃음을 지었다.

저놈은 전직 국가대표에 워낙 이미지가 온화했기 때문에 이번에 타격이 좀 있었을 것이다. 원래 고깝게 보던 새끼들도 괜히 지금 충격받은 척 설치기 쉬우니까.

"걱정하지 마세요!"

"음, 알겠습니다."

다만 매니저가 뒷말을 안 붙이는 게 나았을 것 같다.

"그런데 앞으로는 이러지 않으셔도 괜찮습니다! 이런 건 회사가 알아서 해야 하는데, 아티스트분이 나서면 오히려 이렇게 되는 경우가 많아서…"

자책처럼 들리는 말 사이에는 '괜히 왜 그랬냐'는 묘한 뉘앙스가 살짝 들어가 있었다.

'본인이야말로 쓸데없이 왜 저러는 거지.'

끼어들어서 대꾸해야 하나 고민하는 순간, 류청우가 먼저 대답했다.

평소답지 않게, 날이 선 어조로.

"…그러니까, 누가 맞게 그냥 둬야 했다, 그런 말씀인가요?"

"…!"

"아뇨, 그게 아니라… 피하는 걸로도 충분했다, 이런 뜻입니다! 보는 눈이 많다 보니까……."

"……."

류청우는 꽤 오래 대답이 없다가, 딱 한 마디로 대답했다.

"알겠습니다."

피곤한 목소리였다.

그리고 류청우는 그날 스케줄 내내, 공식 석상 외에는 말이 없었다.

'망할.'

누가 봐도 뚜렷한 번아웃 증세였다.

차 안은 냉동창고가 따로 없었다.

온도가 아니라, 분위기가.

'X 됐네.'

류청우가 특별히 누군가에게 화를 내거나 부당하게 굴지 않았으나, 절대 평상시 같은 상태는 아니었기 때문이다.

몇 시간 전 음악방송 대기실에서 무슨 일이 있었는지 보자.

─형 저 과자 또 먹어요! 많이 먹어요!

─그래.

끝이었다.

류청우는 아무 제스처 없이 그대로 소파에 앉아서 손에 쥔 스트레스볼만 움직였다.

그 후로 아무도 류청우를 건드리지 않고 조용히 지내는 중이다. 내일 새벽부터는 촬영이 있지만, 간만에 숙소에 저녁 식사 전에 들어갈 수 있는 날이라 분명 기분 좋을 놈들이 눈치껏 입을 다물고 있다.

나? 나야 원래 떠드는 놈도 아니지 않은가. 그냥 스마트폰으로 여론이나 보는 중이다.

'대충 정리는 다 됐군.'

[류청우 다른 각도 직캠]

[류청우 때린 거 아님XXX]

해명이 다 퍼지고 나니 그제야 '그러면 그렇지' 같은 말이 나오며 분위기가 가라앉았다. 그래도 부득불 '깐다'고 주장하는 놈들은 튀어나오지만… 이건 어쩔 수 없고.

애당초 류청우 상태가 저 모양이 된 건 꼭 인터넷상에서 논란이 되었기 때문은 아닐 테니까.

참고로 이 분위기는 숙소에 들어와서도 마찬가지였다.

"먼저 들어간다."

"네!"

식사를 마치자마자 류청우는 방으로 들어갔다. 곧바로 취침해 버릴 생각인 것 같았다.

탁.

문이 닫히고 류청우가 사라지자마자 여기저기서 걱정의 한숨을 쉬거나 쓴웃음 짓는 놈들이 속출했다.

배세진이 비장하게 중얼거렸다.

"…솔직히 쟤가 화날 만했어."

"맞아요!"

"처, 청우 형 많이 기분 상하셨을까요? 메, 멤버들이 다치지 않게, 좋은 일 하신 건데…."

선아현이 걱정스럽게 외쳤다. 그래 봤자 자러 들어간 류청우 때문에 다들 목소리를 있는 대로 낮춘 상태지만 말이다.

"음, 회사 입장에서는 알아서 그냥 피하지 왜 굳이 밀쳤을까, 이거 아닐까? 말 나오니까 많이 부담스러우셨나 봐~"

큰세진이 안타까운 척 빈정거렸다. 넌 그럴 줄 알았다.

나는 내 밥그릇을 싱크대로 가져가며 말했다.

"청우 형이 그동안 회사에 지나치게 잘해줬지."

지랄 맞게 굴었으면 아마 얌전히 '죄송하다'만 반복했을 텐데, 성격이 좋고 책임감 있는 놈이 잘 받아주니 선을 넘은 것이다.

"그냥 이 기회에 청우 형 좀 쉬게 두는 게 어때. 필요한 거나 이상 있으면 회사에 바로 이야기하고."

대부분 공감하는 얼굴로 고개를 끄덕인다.

"합당한 말씀이십니다."

"…그래!"

배세진은 류청우가 빠지면 본인이 최연장자라는 것을 대단히 의식하는 표정이다. 괜한 체력 소모라고 말해주고 싶군.

"쉬, 쉬고 나면, 괜찮아지시지 않을까…?"

"맞습니다. 원래 휴식을 취하면서 기력을 회복하는 법입니다. 이번 활동기 동안 청우 형을 많이 보조해야겠습니다."

"그래."

"자, 우리도 얼른 들어갑시다~"

짧은 토의는 '앞으로 류청우에게 부담 주지 말자'로 결론이 났다.

상식적이고 배려심 넘치는 팀워크이긴 했으나, 사실 근본 원인을 제거한 것은 아니다.

'이렇게 가는 것도 한계가 있지.'

그동안 류청우가 하던 일을 매니저 중 누구도 깔끔히 해낼 거란 기대가 안 든다. 치프 매니저는 로드 따리나 하는 일을 왜 자신에게 말하는지 당혹스러워하며 첫 매니저에게 넘길 테고, 그놈이야 뭐… 뻔하다.

분명 어느 순간 류청우에게 또 슬쩍 떠넘길 각을 볼 텐데, 그때 잘 못하면 진짜 지뢰 터진다.

'류청우가 빡쳐서 한 대 갈기는 정도로 끝나면 다행이지.'

그러니 그전에 무슨 수를 써야 한다. 매니저를 갈아치우든, 정신 차리게 만들든.

'류청우 멘탈이 얼마나 회복되는지도 체크해야겠고.'

활동하다가 혹시라도 커다란 돌발 사고가 나면 곤란했다. 40만 명 동원 상태이상은 잘 살아 있으니까. 그러니 일단… 내일 류청우 상태부터 유심히 봐두자. 괜찮아 보이더라도 방심하지 말고.

나는 그렇게 결론을 내리고 잠들었으나, 다음 날 굳이 결론까지 내릴 필요도 없었다는 것을 바로 알았다.

"오늘 예능 촬영 전에 샵 들릴 건데, 혹시 따로 전달사항 있어?"

"아뇨."

류청우 상태는 어제 그대로였기 때문이다.

심지어 첫 매니저 면상을 무슨 물건 보는 눈으로 보고 지나쳤다.

'무서워요!'

'조용.'

이놈은 목소리를 낮춰도 볼륨이 이러냐. 나는 남의 귀에 대고 외치는 차유진을 떼어내며 차에 올라탔다. 그리고 일부러 류청우와 가까이 앉았다.

'간 좀 보자.'

류청우는 특별히 비협조적으로 나오거나 답변을 X같이 하진 않았다. 워낙 평소에 서글서글했기 때문에 대조적으로 보일 뿐이다.

'…사실 평상시 나랑 별다를 게 없는 것 같기도 한데.'

그렇게 생각하니 좀 떨떠름하군. 어쨌든, 나는 기회를 봐서 내릴 때쯤 자연스럽게 류청우에게 말을 걸었다.

"음료 살 건데, 형은 뭐 드실래요."

"괜찮아."

전혀 안 괜찮아 보인다만, 뭐 알겠다.

"COKE! COKE!"

나는 강력하게 탄산음료를 주장하는 차유진의 지지만 받았다. 그리고 팀원 놈들의 '용기 있는 도전이었다!' 따위의 시선도 받긴 했으나⋯ 뭐, 애초에 이건 도전도 아니다. 빌드업일 뿐이지.

그리고 다음 날.

"청우 형."

나는 가타부타 말없이 놈에게 생과일주스를 내밀었다.

"괜찮아."

"포도당 공급한다고 생각하시죠. 저희 3시간도 못 잤으니까요."

"⋯⋯."

류청우는 언쟁할 기력도 없는지 그냥 음료를 들어서 마셨다.

그리고 눈을 부릅떴다.

"⋯! 너무 단데."

그럴 것이다. 설탕과 시럽을 있는 대로 많이 넣어달라고 했거든. 차유진에게 〈아주사〉 당시 썼던 슈가하이 방법을 적극적으로 써봤다. 단순하고 자극적이라 허들이 낮지.

"그래서 맛있던데요."

"…음."

류청우는 결국 음료를 다 비웠다. 아마 뭐라 더 말하기도 귀찮고, 식이를 조절할 자제력을 굳이 발휘할 의욕도 없는 모양이다. 다만, 마시는 속도가 빨라지면서 얼굴에 혈색이 돌아오는 걸 보니 노림수는 성공한 모양이었다.

나는 질문을 하나 더 던졌다.

"컨디션 어떠세요. 전 이번에 유독 좀 피곤한 것 같은데."

"그래. 좀… 피로 회복이 덜 되는 느낌이 들기도 하고."

"그렇죠."

역시 번아웃 탈력감 때문이었나.

류청우에게서 요 며칠 중에 처음으로 말이 술술 나온다. 설탕의 위력인지 기력이 순간 올라온 것 같다.

"그래도 확실히 액상과당이 효과가 있나 봅니다! 활력이 생기는 기분입니다!"

"음, 그러게."

김래빈이 참지 못하고 안도한 얼굴로 끼어들어도 평소처럼 온화한 반응이 나왔다. 예상보다도 효과가 좋은데?

나는 턱을 만졌다.

'…역시 정신적 스트레스를 신체 작용으로 풀어야 하는 타입 같군.'

단순히 쉬는 게 아니라, 몸이 좋은 자극을 받아서 개운해지면 머리도 깨끗해지는 타입 같다.

"흠."

귀찮지만, 별수 없지.

'류청우에게는 빛이 있기도 하고.'

나는 스마트폰을 들어 장소를 하나 검색했다.

다음 날 오후에는 추억의 히트곡 가사를 틀리면 풀장에 자동 다이빙되는 주말 예능을 잘 촬영했다.

몸 안 사리고 입수했다는 뜻이다.

"우악!"

"너 내가 가만 안 둔다!"

"아니, 우리 테스타 불러놓고 이게 뭐 하는 짓입니까, MC통통!"

결국 누구 하나 거를 것 없이 물에 쫄딱 젖은 꼴이 되어 타올과 드라이기 세례를 받은 후에야 겨우 차에 올라탔다.

녹초가 따로 없었다.

'이대로 돌아가서 반신욕이라도 하고 싶군……'

하지만 직후에도 스케줄이 있었다. 고정된 건 아니고 임의로 팀을 정해 잡은 거라 비교적 자유롭긴 하지만 말이다.

바로 W라이브다.

그나마 빈 시간에 욱여넣은 거라 너무 피곤하면 분량과 컨텐츠를 충분히 조절할 수 있는 일정이지만, 이번에는 숙소에서 편하게 진행하는 대신 각 잡고 찍자고 멤버들과 합의했다.

물론, 류청우 빼고.

"한 시간 뒤죠?"

"넵, 이동하겠습니다~"

테스타는 사전에 섭외한 장소로 이동하며 짧게 눈을 붙였다. 평소라면 어디로 가냐고 확인했을 류청우도 마찬가지로 말없이 잠이나 잤다.

그래서 놈은 잠시 후 도착한 촬영장에서 더 당황하게 된다.

"여긴…."

멤버들은 놀란 류청우를 둘러싸고 히죽히죽 웃으며 팔 벌려 장소를 소개했다.

"오늘의 W라이브 장소, 사격장입니다~"

"짠짠짠!"

"…!!"

서울 한복판에 있는 대규모 설비의 에어건 사격장.

바로 내가 전날에 검색한 장소다.

"형 사격 재밌어하시는 것 같았는데, 요새 저희가 그렇게 본격적인 취미 활동할 시간이 없잖아요~ 이렇게라도 즐기셨으면 해서!"

"즐겨요! 놀아요!"

"……."

류청우는 한 대 맞은 것 같은 얼굴이었다.

하지만 곧 안면에 은은히 감동한 것 같은 기색이 역력해졌다.

"…고맙다, 애들아. 재밌겠네."

"히히."

좀 감격한 것 같군.

예상대로 잘 통했나 보다. 며칠 동안 물 밑에 가라앉아 있던 배려심이 드디어 류청우 입에서 나오기 시작했다.

"지금 많이 피곤할 텐데, 괜찮겠어? 이 밤에 이렇게 활동량 많은 걸 또 하긴 힘들 텐데…."

배세진이 시선을 피했다.

"…뮤직비디오 촬영할 때 보니까 재밌어 보여서 찬성한 거야. 다들 해보고 싶었던 거니까 오해하진 마."

"마, 맞아요. 재밌을 것 같아요…!"

"하하, 그래. 알았어."

"흠, 흠."

좋은 생각이라며 흥분해서 제일 먼저 동의했던 놈치고는 제법 이성적인 척 말하는군.

"그럼 저희 둘씩 짝지어서~ 류청우를 이겨라! 이 주제로 W라이브 가시죠!"

"봐주는 거 안 돼요! No mercy!! 저 이겨요!"

류청우가 간만에 씩 웃었다.

"괜찮겠어? 3명이 한 팀 해도 돼."

"와, 형 우리 너무 무시하신다."

참고로 무시가 아니라 냉정한 현실 직시였다는 것이 단 한 시간 만에 드러난다.

"으억!"

일단 배세진과 김래빈 팀이 류청우와 더블 스코어가 벌어지며 침몰했다는 것만 말해두겠다.

-ㅋㅋㅋㅋㅋㅋㅋㅋㅋㅋㅋㅋㅋㅋㅋ
-얘들아 왜 이런 무모한 도전을
-못 본 척 해주자
-ㅋㅋㅋㅋ귀여월ㅋㅋㅋㅋㅋ

다른 팀 구경하면서 확인한 실시간 댓글은 이 꼴이었다.
그리고 류청우는 시간이 지날수록 더 펄펄 날아다녔다.
"헐."
"…저게 되네."
미필 일반인들 사이에서 전 양궁 금메달리스트가 날뛰는 광경은 팬들에게 두고두고 웃음 소재로 남을 것 같다….
"청우 형께서는 뮤직비디오에서 한번 총기를 사용해 보셨기 때문에 다소 어드밴티지가 있다는 점도 고려해 주셔야 합니다!"
"…그건 머스킷이고 이건 라이플이라 종류가 다르다는데."
"헉."
"머, 머스킷이 개량을 거쳐서 라이플이란 총기가 탄생했다고, 직원분이 그러셨어…!"
"역시! 이건 절대 배세진 형과 저의 패배가 아니라, 어디까지나 선전한 결과…."
"오~ 또 더블 스코어!"

"세상에."

이런 만담 같은 소리가 이어지든 말든, 나는 묵묵히 총이나 쐈다.

타탕!

류청우까지는 아니더라도 선전했다고 생각한다. 그 증거로, 선아현과 내가 가장 류청우 점수를 많이 따라붙었기 때문이다.

-오 여긴 좀 멋있는데? ㅋㅋㅋ
-좀 치네
-테스타 군대 언제가? 빨리 좀 가ㅋㅋㅋㅋㅋㅋㅋ
-ㅠㅠㅠㅠ 분위기 봐

장소가 장소이니만큼 군대 어그로가 좀 끼긴 했지만, 어쨌든 W라이브도 폭소와 스릴을 동시에 잡으며 제법 성공적으로 끝났다.

"또 만나요~"

"자주 오겠습니다!"

그리고 통상적인 클로징 멘트를 마지막으로 관계자를 비롯한 모두가 도로 녹초 상태로 돌아갔다.

"하."

"후회는 없다…."

"재밌어요! 저 한 번 더 해요!"

아, 차유진 빼고.

어쨌든 스탭들이 현장을 정리하는 막간에, 아이돌들에게는 잠시 여유 시간이 주어졌다.

류청우가 움직인 것은 그때였다.

"이거 좀 마셔."

"감사합니다."

사격도 즐기고 경쟁도 이겨서 그런지 좀 상태가 좋아진 놈은 근처 편의점에서 음료를 인원수대로 사 왔다. 그리고 캔을 받아가는 내 옆에 서더니, 넌지시 말을 던지기 시작한 것이다.

"아현이가 그러는데 문대 네가 여기 오자고 말 꺼냈다며."

그걸 또 굳이 말한 놈이 있었군.

내가 뭐라 대답하기도 전에, 류청우가 간결히 말을 끝마쳤다.

"고마워. …훨씬 낫다."

"……."

나는 놈이 내민 음료를 땄다. 탄산이 올라오는 소리가 시원했다.

"속은 좀 시원하신가요."

"그래."

그럼 됐다. 나는 말없이 제로 칼로리 음료를 들이켰다. 류청우는 자신의 페트병을 열며, 덤덤하게 말을 이었다.

"사실 별일 아니었는데… 이상하게 지치더라고."

"……."

"양궁 그만둘 때가 생각나서 그런가."

이런 이야기까지 나온다고?

내 생각보다 액티비티 약발이 대단했던 모양이다. 류청우는 특별히 무겁지 않은 투로 말을 계속했다.

"처음에 후유증 알았을 때는 관리가 가능할 줄 알았거든. 다들 재활하면 괜찮아질 거라고 말하기도 했고.”

“……”

“의사도 가능성이 보인다고 해서 꾸준히 했는데… 별 효과 없더라.”

류청우가 버릇처럼 자신의 한 손을 주먹 쥐었다가 폈다.

“가능성은 가능성일 뿐이고… 벗어나거나, 복구할 수 없는 상황이 된 거지….”

“……”

“아무튼, 그래서 괜히 회사에 화낸 거야. 누가 다치면 어떻게 될 줄 알고 저러나 싶은데, 음, 또 내가 쓸데없는 짓 하나 싶기도 해서.”

저게 탈력감의 원인이었나.

성과 없던 재활 시절과 겹쳐지니 ‘지금 내가 무슨 짓을 하고 있나’ 따위의 생각이 들었나 보다.

‘…그럴 만했겠어.’

워낙 업무가 과중하던 놈이니 더 허탈함이 심했을 것이다. 나는 약간 갈등하다가, 음료를 다 비우고서야 대답했다.

“형 쓸데없는 짓 하신 적 없는데요.”

“그래?”

“예. 다들 도움을 많이 받았죠. …저도 그렇고.”

“…! 그래? 하하, 내가 뭐 특별히 너한테 해준 건 없는 것 같은데.”

아니, 넌 내가 X 같이 굴었을 때 같이 화내지 않은 것만으로도 놀라운 인성이다. 그때 상황이 더 악화되었으면… 지금쯤 상태이상 걸려서 돌연사했을 수도 있겠군.

“아, 설마 그때? 음, 아냐. 너 정도면 양호하지. 그때도 말했잖아. 나도 회복 불가로 확정 났을 때 그랬다니까."

류청우는 피식피식 웃었다.

"진짜 장난 아니었어. 의사한테 화내고… 선발전 날에는 정말, 내가 생각해도 창피하네."

별로 궁금하진 않지만 누가 봐도 물어볼 타이밍이니 말은 해주자.

"뭘 하셨는데요."

"활을 부러뜨렸어."

"…!!"

와 이 새끼… 성질은 보통이 아니군.

보통 양궁용 활이 부러지는 물건이 아닐 텐데, 정말 어지간히 지랄하긴 했나 보다. 물론 그렇다고 느낀 대로 대답하는 건 바보짓이고.

"뭐, 사람 안 쳤으니 된 거죠."

"그런가? 하하! 그래, 뭐 연습용 하나 부러뜨린 거니까."

류청우는 한결 시원한 얼굴로 웃었다. 이런 걸로 시원해하는 게 괜찮은지 모르겠다만… 내버려 두자.

그래도 정신 차렸는지 사회성 넘치는 말을 덧붙인다.

"아, 미안하다. 네가 듣긴 좀 불편한 이야기였을 수도 있겠는데…"

괜히 류청우에게 지랄했던 그때를 떠올리게 만들지 않느냐는 뜻 같군.

"괜찮습니다. 이젠 별로 신경 안 써서. 저야말로 죄송했습니다."

"괜찮다니까."

걱정은 더 큰 걱정으로 잡으라고 했던가. 맛 간 상태창을 본 뒤로는 이미 지나간 '진실' 확인 정도야 삼삼하다.

그러나 류청우는 자신의 페트병을 만지작거리더니, 자기도 모르게 나온 것처럼 툭 말을 던졌다.

"음, 문대야."

"예."

"사실, 내가 전부터 마음에 걸렸던 게 있는데…."

"…? 예."

류청우가 미간을 찌푸렸다.

"너 기억은 괜찮아?"

"…!!"

"아무래도 그쪽 관련해서는 전문가를 만나보는 게 좋을 것 같아서 말이야."

상상도 못 했던 이야기가 나왔다.

솔직히 말하자면, 내가 '과거가 잘 기억나지 않는데 서서히 떠오르는 중이다'라는 설정을 쓰고 있다는 것도 거의 까먹고 있었다. 워낙 사건이 많아야 말이지.

'…이렇게 보니 무슨 막장 드라마 설정 놀음이 따로 없군.'

어쨌든, 전에 아무렇게나 뱉었던 변명이 갑자기 훅 치고 올 줄은 몰랐다는 뜻이다.

그리고 류청우는 등골이 서늘해지는 소리를 줄줄 뱉었다.

"네가 부모님 뵈러 간 적도 없고, 사진을 보거나… 이야기를 꺼낸 적도 없던 것 같아서."

"……."

"우리 숙소 생활도 벌써 1년 반이 넘었는데, 무심코라도 들었을 만하잖아."

"…음."

나는 빠르게 뇌를 굴렸다.

"가족에 관련된 기억이 거의 없긴 합니다. 특별히 급하게 꼭 찾고 싶은 것도 아니고."

"그렇구나."

"예. 그냥 전 지금에 만족합니다."

"음, 그래."

류청우가 페트병을 구겨서 깔끔히 정리하더니, 길게 숨을 들이켰다 내쉬었다.

"맞아. 나도 지금이 좋다."

나는 류청우가 본인 입으로 반박하는 그림을 그리며 물었다.

"지치신다면서요?"

"무슨 일이든 안 지칠 수는 없는 것 같아. 잘 관리해 나가는 게 중요하지."

그래. 그 말이 맞다.

"솔직히 〈아주사〉 나올 때만 해도 반신반의했는데, 상상보다 훨씬 잘돼서 감사한 일이야."

"그렇긴 하죠."

스트레스와는 별개로 테스타의 행보가 놀라운 성공이긴 했다. 물론, 난 〈아주사〉가 잘될 줄 알고 있긴 했다만.

"익숙해지지 않으려 노력하려고."

"……."

거참, 사고방식 한번 건강하군. 나는 피식 웃었다.

"그래도 일은 이 며칠처럼 원래 아이돌이 해야 할 일만 하시죠. 회사가 할 일까지 해줄 필요도 없고요."

"하하, 뭐… 기왕 리더 맡았으니까 열심히 해보려고 했지."

그 순간, 저편에서 마침내 최고점을 갱신한 차유진이 함성을 지르는 소리가 들렸다.

"WOOOOOW!!"

"조용히 해 바보야! 벌써 심야에 가까운 시간인데 소음 공해를…."

"소음 아니야! 여기 우리만 있어!"

"건물 근처 거주자분이…."

"없어!"

"있어!"

나는 얼결에 진심을 담아 중얼거렸다.

"…솔직히 저놈들 감당하는 것만으로도 충분히 리더 역할 하고 계신 것 같은데."

"으음."

부정 못 하는군.

"그냥 그 정도면 괜찮은 것 같습니다. 이대로면 매니저 형이 월급 받는 이유를 잊어버리시겠는데요."

갑질하는 연예인처럼 한마디 덧붙이자 류청우가 빵 터졌다.

"하하! 그래, 알았어."

그리고 주먹 쥔 손을 옆으로 슬쩍 내밀었다.

"우리 앞으로도 잘해보자."

"예."

주먹을 가볍게 손등으로 부딪쳤다.

좀 오그라들긴 하지만, 뽕맛이 있긴 하다.

"저희 정리 끝났습니다~"

"넵! 테스타 차로 이동할게요!"

그날 류청우는 적당히 평상시의 모습을 되찾은 채로 숙소에 귀가했다.

"유진아, 들어가 자라. 내일 음방이야."

"네!"

차유진까지 감격해서 말을 잘 듣더라. 멤버들은 하나같이 '사격장은 정말 훌륭한 아이디어'라고 써놓은 얼굴로 엄지를 치켜드는 등의 행동을 하며 자축했다.

"역시 문대야. 티벳여우라 모든 사람의 심리를 꿰뚫어 보는 그 눈이 그냥……"

"자라."

그리고 다들 짧은 시간이나마 푹 잘 잤다는 이야기다.

최고는 다음 날 나왔다.

류청우의 분위기가 확 풀어진 것을 감지한 첫 매니저가 바로 발을 뻗었기 때문이다.

"청우야, 뭐 따로 전달사항 있는 애들 없어?"

류청우는 희미하게 웃으며 대꾸했다.

"글쎄요?"

"…!?"

"저도 잘 모르겠는데요. 멤버들한테 직접 물어보시면 될 것 같습니다."

끝이었다.

류청우는 기지개를 켜며 차에 올라탔고, 매니저는 한 대 맞은 얼굴로 주춤주춤 따라 탔다. 치프 매니저한테 깨진 게 바로 며칠 전이니 괜히 류청우에게 볼멘소리할 수도 없을 것이다.

'이걸로 됐나.'

일 잘하는 놈 구하기까지 시간은 벌 수 있겠다.

그리고 간만에 열어본 인터넷에서는 류청우가 사람 때렸다는 개소리는 싹 들어가고 대신 사격하는 장면으로 화제가 전환되어 있었다.

-역시 태릉이 키운 남돌

-이게 되냐

-양궁 국대들은 역시 사람이 아닌 게 아닐까

-와 씨 사격도 이렇게 하는데 진짜 양궁 그만둘 때 피눈물 났겠다;

-새 진로를 아이돌로 잡아줘서 감읍할 따름

"오오~ 청우 형 사격 멋지다고 난리네요!"

고개를 빼서 화면을 훔쳐본 큰세진이 일부러 류청우를 추켜세웠다. 류청우가 머쓱한 얼굴로 웃었다.

"그냥 재미 삼아 했던 건데 뭐."

"아닙니다! 어제 사격을 지켜보며 당연히 청우 형의 위상이 높아질 것이라 예상했습니다만, 역시군요."

"괴, 굉장히 멋있었어요…!"

류청우의 분위기가 풀어진 것에 안도한 놈들이 칭찬을 폭포수처럼 쏟아낸다. 그리고 큰세진은 반응 중 몇몇 댓글에 주목한 모양이다. 질문이 나왔다.

"그러고 보니 형님은 어쩌다 아이돌을 진로로 잡으셨습니까~?"

"아, 나?"

류청우가 애매하게 웃었다.

"음, 사실 부모님이 추천하셨어."

"우와!"

"부모님이요?"

"응, 그분들 보시기엔 어릴 때부터 춤이나 노래를 괜찮게 했다고 자꾸 그러시니까… 그냥 취미 겸 시작했어."

양궁 그만두고 집에 처박혀 우울했을 놈을 집 밖으로 내보내기 위해 부추긴 게 새 진로가 된 모양이다.

"너희는? 특히 유진이는 어쩌다 아이돌 하게 된 건지 궁금한데."

"모르는 사람이 말 걸었어요!"

"공모전에 제출했던 비트가 채택되어 서울에 올라가자 계약서가…."

차 안의 화제는 어느새 '왜 아이돌을 하게 되었는가'로 돌아가 있었다. 그리고 결국 나한테까지 질문이 돌아왔다.

"그러면 문대는?"

나?

이건 솔직히 대답해도 상관은 없다만… 좀 민망하긴 하군.

"…노래방에서, 〈아주사〉 작가님한테 캐스팅당해서요."

"진짜??"

"와, 그거 썰인 줄 알았는데 진짜였구나~!"

차 안이 잠시 시끄러워졌다. '박문대는 대체 얼마나 재능충인 것이냐'가 주제인 것 같다.

"그럼 문대는 지망생도 아니고 그냥 생 일반인으로 시작해서 저렇게까지 된 거네?"

"재, 재능이 굉장한 것 같아…! 무, 물론 문대는 열심히 노력도 했고!"

"…대단하네."

"음, 감사합니다."

상태창 이야기 꺼냈다가는 몰매라도 맞을 것 같다.

어쨌든, 처음 이 몸에 들어왔던 그 순간을 떠올리니 어쩐지 감회가 새롭군. 사실 상태창이 주는 스탯 증가나 특성 뽑기가 없었다면, 그걸 기초로 이만큼 직업군에 맞게 성장하지 못했을 테니까 말이다.

'상태이상 못 해제하면 뒤지는 것만 없었어도 꽤 보람찬 몇 년이었을 텐데.'

…아니, 정정하겠다.

상태이상을 포함해도 제법 보람찼다. 내가 남의 몸으로 과거에 돌아온 이 몇 년이 너무 밀도가 높아서 당혹스러울 지경이다.

'까딱하면 시한부 선고니 살려고 기를 써서 그런가.'

음, 제법 설득력이 있다.

"…그럼 넌 꼭 이걸 하려던 건 아니었던 거네. 괜찮아?"

"예?"

"활동… 괜찮냐고."

배세진이 진지한 얼굴로 물었다.

나는 고민 없이 대답했다.

"예. 재밌네요."

"그렇지~"

"후, 후회 없지?"

나는 씩 웃었다.

"없어."

"오오~"

멤버들이 요란하게 호응하며 박수를 쳤다. 김래빈은 슬그머니 음원까지 재생시켰다.

"무슨 생각이었는지는 모르겠으나 어느 날 갑자기 영감이 와서 마법소년 EDM 버전을 만들….'

"가자!"

그리고 차 안은 열정적인 아이돌 뽕으로 찬 놈들이 고개를 까닥거리는 꼴로 가득 찼다.

'가관이다.'

나는 의리상 그룹 SNS에 해당 장면은 올리지 않기로 해줬다.

이후 국내에서의 활동은 다른 잡음 없이 순조롭게 흘러가는 듯했다.

"테스타 스탠바이!"

2주 차 음악방송 사전녹화도 깔끔히 진행되었고, 컴백 전주와 첫 주에 촬영한 예능들은 하나둘 전파를 탔다.

그리고 물론 스케줄이 전부 음악방송과 예능만으로 채워져 있던 것은 아니다.

"여기 보시고~ 턱은 조금 더 들고!"
행사도 몇 번 뛰었으나, 1군에 올라간 관계로 이동 거리가 멀어 비효율적인 행사보다는 더 단가가 좋은 것에 집중하게 되었다.
바로 광고다.
"옷깃 한번 만져주세요!"
데뷔 때부터 꾸준히 광고를 찍긴 했지만, 요새는 아예 규모가 달라졌다. 쏟아지는 광고 요청 속에서 소속사는 알짜배기를 제법 잘 골라왔는데, 이미지 소비가 심하지 않고 단가 센 걸 용케 잡아 온다고 생각했다.
'그놈의 인공지능 큐리어스 같은 무리수도 없고.'
그런데 여기에 더해서 회사 이득도 알차게 챙기고 있을 줄은 몰랐다. 모기업인 T1이 아니라, 소속인 T1 스타즈의 이득 말이다.
당장 오늘 촬영하는 광고를 보자.
"헉, 안녕하십니까, 선배님!"
같은 소속사의 후배 아이돌, '미리내'를 스마트폰 광고 촬영 현장에서 만났다.
'오.'
소속사의 이름값에 대한 야망이 느껴지는 묶어 팔기였다.
그리고 그건 이용해 볼 여지가 충분했다.

일단… 스마트폰 광고가 후배 아이돌과 아예 공동 모델인 것은 아니었다. 그랬다면 진작 알았겠지. 다만 함께 촬영하는 부분이 몇 컷 있었을 뿐이다.

"자… 여기서 같이 들어와서, 손에 든 거 한번 보여주시고!"

"예."

"아, 탭도 꼭 한 손으로 들어주세요~ 가볍게!"

"넵!"

후배 아이돌이 같은 브랜드 라인의 태블릿을 광고하는데, 광고에 추가 효과를 노리고 두 그룹 동시 등장 컷을 약간 넣을 모양이었다. 그리고 이쪽이 짬으로든 인지도로든 앞서기 때문에 테스타 촬영일에 미리 내가 한 번 더 대기했다가 들어오는 꼴이 된 것이고.

'그래도 또 당일까지 말 안 해준 건 선 넘었는데.'

첫 매니저가 류청우에게 손절당한 충격이 커서 깜박한 건지, 아니면 일부러 회사에서 뭉갠 건지는 확실하지 않다.

물론 심증은 후자지만.

'요새 몇 번 본부장 의견 튕겨내니 감을 잡았나.'

소속 아티스트들이 서로 엮이기 싫다고 수정을 요구할 가능성 말이다. 그리고 내가 정말로 미리 알았다면 그랬을 것이다. 괜히 말만 많아지니까.

가뜩이나 〈마법소년〉 관련 화제로 이미 긁고 지나간 판이다. 극단적으로는 이렇게까지 될 가능성도 있었다.

-아 또 끼워팔기 무슨 일이야

-딱 봐도 섬별 단독이었는데 후배 끼워주는 걸로 딜했구만ㅋㅋㅋㅋㅋㅋㅋㅋ탐욕 지렸다

-남녀노소 누구에게나 어필할 수 있는 미리내를 메인으로 밀었으면 더 좋았을 텐데요. 사업적 안목이 참 아쉽습니다.

-그 팬들 정말 주제파악 못 하네 음원음반 뭐라도 이겨야 통하지 풉ㅋㅋㅋㅋ ㅋㅋㅋㅋㅋㅋ

-응 우리도 싫어 우리 갓기들 다 늙은 남돌에 갖다 대지 마🤚

-ㅋㅋㅋ저러다 보통 눈 맞던데 벌써 한쌍 이상 연애 시작했다에 앨범 건다ㅋ ㅋㅋㅋㅋ

비교부터 시작해서 연애 추측까지, 쓸데없이 아주 귀찮은 일이었다.

다행인 건 회사도 이걸 의식은 했는지 막상 촬영장에 와보니 수상쩍게 묶이는 컷은 거의 없었다는 점이다. 그보다는 기획사 T1 Stars의 아티스트들과 함께하는 프리미엄 전자기기 라인 '코스믹'을 강조하는 유의 배치였다.

"별처럼 빛나는 나의 아이덴티티."

"별의 선택, 코스믹!"

근데 이것도 은근히 빈정 상하긴 한단 말이다.

'자기들이 키운 것도 아니면서 뭐 대단한 공통점과 비전이 있다고 이 지랄이냐.'

아마 이제 다른 신인도 슬슬 개발하고 싶으니, 단순히 〈아주사〉 부속 기획사를 넘어 이름값이 필요하다고 내부에서 결론 나온 모양이다. 기존에 있는 그룹들이 이미 흥행한 오디션 프로그램에서 뜬 채로 들어와서 신인 주제에 기가 센 것이라고 투덜거리고 있을지도 모르겠다.

'따로 상장이라도 목표로 하고 있을 수도 있겠고.'

어느 쪽이든 아마 현 본부장 머리에서 나온 생각이겠지.

그리고 여기까지 생각했을 때, 이걸 이용할 수 있겠다는 각이 선 것이다.

'일단 사례 수집부터 해볼까.'

내 촬영이 끝날 때 즈음에 기회가 왔다.

"고생하셨습니다!"

오늘의 개인 컷 촬영 이후, 미리내와 짧은 공동 촬영이 마무리되고 있는 중이었다. 나는 마찬가지로 촬영을 끝내고 모니터를 들여다보던 한 녀석 근처로 갔다.

당장 90도 인사가 돌아왔다.

"어어, 선배님! 오늘 촬영 정말 감사했습니다!"

"저희야말로 감사했습니다."

바로 지난 시즌 〈아주사〉에서 2위를 한 그 후배였다.

"촬영은 괜찮으셨나요."

"넵! 아, 어, 선배님 정말 대단하셨습니다! 과연 대국민의 지지를 받아 1위로 선출된 아이돌…."

"그만합시다."

"넵."

본인도 이건 좀 아니라는 생각이 들었는지 후배의 얼굴이 숙연해졌다.

"요새는 좀 어떤가요."

"예?"

"회사요."

"음······."

그래도 당장 '너무 감사하죠!' 같은 사회생활로 꽉 찬 발언이 튀어나오지 않은 걸 봐선, 뉘앙스를 눈치챈 것 같았다.

후배는 약간 비장한 얼굴로 목소리를 낮춰 말했다.

"여전하시죠···!"

"······."

여러 의미가 담겨 있군.

"다음 앨범도 자체 프로듀싱 곡으로 컨펌은 났을까요."

"···음, 더블 타이틀로 가자고 하시긴 하는데."

"흠."

테스타가 데뷔 때부터 저걸 해먹었으니 흥행 공식이라고 부추기고 있나 보다.

"하나는 영어로 하자고 하셔서요."

"···!"

후배는 해탈한 직장인의 얼굴로 말을 이었다.

"그래도··· 그중 한 곡이라도 저희 곡으로 넣어주실 것 같아서 다들 이 정도로 만족하자고 하고 있습니다···."

"······."

거참. 예상은 했지만, 이쪽도 나름대로 고초가 많은 모양이다.

"케어는 어때요."

"케어요? 음, 좋죠! 샵이나 코디도 잘해주시고요···."

말이 빗겨 갔다. 나는 화제를 도로 끌어왔다.

"원래 저희 쪽에 있던 매니저 형도 한 분 그쪽으로 가셨잖아요."

"…! 그쵸…! 어휴, 정말 감사하고 죄송하게 생각하고 있…."

"아뇨. 그러실 필요 전혀 없고. 그런 유의 케어는 어떤가 궁금해서 물어보는 겁니다."

나는 '직장 내 괴롭힘인가…!'라고 얼굴에 적혀 있는 후배를 현실로 돌려놨다.

"매니지먼트실에서 스케줄은 잘 브리핑해 주시는지, 멤버들 건강은 잘 체크하시는지… 같은 거요."

"아, 음."

후배는 고민에 잠긴 얼굴이 되었다. 회상을 하는 건지 말을 고르는 건지는 모르겠으나, 그래도 다음 말은 제법 진심처럼 들렸다.

"잘 모르겠어요. 워낙 바쁘시고 벅차 보이셔서… 좀, 저희 멤버 수가 많다 보니까 그런 것 같아요. 힘들어 보이셔서 괜히 죄송하기도 하구요."

역시. 이쪽도 제대로 돌아가진 않나 보다.

이 그룹이 9명이었던가? 테스타 인원의 1.5배니 분명 매니저가 더 붙어야 할 텐데, 보니까 아직도 2명으로 돌리고 있더라고.

게다가 프로듀싱팀도 오락가락하면서 본부장 말 들었다, 이쪽 말 들었다 하는 것 같았다. 이쪽은 본부장이 더 꽉 쥐려고 하니 매니지먼트 실장 약발이 덜 들어서 그렇겠지.

흠… 이 정도면 어떻게 되겠는데.

"그렇군요. 고생 많으시겠습니다. 힘냅시다."

"에이, 아니에요! 저희 즐겁게 열심히 활동하고 있습니다. 걱정해 주셔서 감사합니다!"

"네."

나는 거기서 대화를 끝내려다가, 마침 생각난 듯이 다시 말을 이었다.

"아, 그렇지."

"…?"

"혹시 전담팀 신설에는 관심 없나 해서요."

이게 사실 본론이다.

매니저 사태 이후로 생각해 온 해결 방안.

"전담팀이요…?"

후배는 잠시 어안이 벙벙한 기색이다가, 얼른 정신을 차리고 제안을 잡았다.

"아, 저희 그룹을 전담하는 팀이 만들어지는 건가요?"

"확정은 아니고… 이번에 진행해 볼 생각이거든요. 혹시 필요하시면 후배분들 사례도 함께 전달하겠습니다."

"…!"

"물론 직접 들었다는 식은 아니고… 회사 측근에게 들었다고 말할 생각인데, 어떠세요."

후배는 침을 삼키더니, 곧 눈을 빛내며 대답했다.

"저희야 정말 감사하죠."

현명한 선택이다. 이미 근황을 이야기한 이상, 사실 내가 함정을 파거나 사기 치려는 의도였다면 굳이 의사를 물어볼 필요도 없었다는 걸 눈치챈 것 같다.

"음, 그럼 같이 말씀은 드려보겠습니다."

"넵! 감사합니다!"

그 순간, 저 뒤에서 후배를 부르는 소리가 들렸다. 아마 촬영이 완전히 끝난 모양이었다.

"민하야! 야 빨리 와봐! 이 초콜릿 미쳤다, 대박 맛있어!"

"오케이 언니~ 아, 선배님, 그럼 저 가보겠습니다!"

"네. 잘 들어가세요."

후배는 같은 멤버에게 쏜살같이 뛰어갔다. 팬에게 받은 것 같은 거대한 초콜릿 박스를 흔드는 녀석은… 1위 출신이군. 참… 해맑다.

'…저런 타입이 원래 인기가 많은 건가.'

아니면 오디션 특수일까.

"형!! 이거 봐요! So Cooool!"

"어, 멋지다."

나는 어디선가 나타난 차유진이 들이대는 촬영 소품—서핑보드—에 반응해 주며, 이 업계의 오묘한 구도에 괴상한 감상에 잠길 뻔했다.

하지만 그럴 시간은 없었다. 이동하는 낮 중에 연락해야 할 곳이 있었다.

'슬슬 전담팀 이야기 진행해야지.'

참고로, 이미 다른 놈들과 이야기는 끝났다. 류청우의 상태가 회복된 바로 그 주에 말이다.

─전담팀이라….

─과연 회사에서 그런 비용의 지출을 선뜻 감당해 주실지에 대해서는 의문이 듭니다.

─전 찬성! 문대가 좋은 생각이 있어서 한 말이겠죠~

─…나도 찬성이야.

-오!

-계속 회사에서 관리 문제가 나오잖아.

재밌는 건 배세진이 의외로 단칼에 동의하더니, 적극적으로 의견을 밀었다는 것이다.

-여기 계속 이럴 것 같으니까⋯ 지금 할 수 있을 때 하는 게 나아.

-세진이 멋진데?

-⋯! 머, 멋져 보이려고 한 게 아니라⋯ 아무튼! 큼, 다수결이라도 붙이든가!

-오우.

그래서 그 박력에 밀려 만장일치로 진행하게 되었다는 뜻이다.

방법은 이렇다.

"메, 메일 내용 보완하는 중이야?"

"그래. 너도 뭐 덧붙일 거 있어?"

"아, 아니! 다, 다 같이 이렇게 열심히 적었으니까, 잘 전달되면 좋겠어⋯!"

"그러게."

바로 T1의 계열사 중에서도 이 소속사의 직속 모기업인 T1 컬쳐에 직접 이야기를 넣어버리는 것이다.

실장이랑 본부장 싸움도 붙여놨겠다, 이제 회사에서 누군가 독단으로 테스타를 직접 휘어잡으려고 하긴 힘들다. 그러니 이젠 대충 '신인 아티스트는 몰라요' 기조로 모른 척 비비는 걸 버릴 때가 됐다.

'만만하게 보이는 것보다 성격 나빠 보이는 게 이득이 되는 시기가 온 거지.'

역시 그룹 자체가 세력이 되어 사내에 직접 치고 올라오는 게 낫다. 자체 프로듀싱한 이번 활동까지 히트했으니, 이제 아쉬운 건 저쪽이다.

글로벌 성과도 꽤 괜찮았는데… 이건 좀 나중에 다시 이야기하자.

'연락책은 실장한테 입 털어서 빼냈고.'

그놈은 테스타가 본부장 실각 떡밥을 주지 않을까 멋대로 오해하고 있다. 그 대신 이 회사의 고질적 문제를 찌를 생각이지만 말이다.

'인력 수급이 안 돼.'

계속 낙하산을 꽂고, 돌려막고, 무경력자를 데려오니 아귀가 맞물려서 돌아가지를 않는다. 이걸 가장 쉽게 적자면… 리스크 관리에 문제가 심각하다는 식이 좋았지.

'보안 문제, 스케줄 전달 문제….'

가장 최근에 류청우가 겪은 데이터팔이 공격 사건부터 스케줄 전달 미비와 휴가 때 내 스토커 부상 사건을 잘 연결한다. 그리고 이미 이 사람들도 알고 있을 '스케줄 유출 산업 스파이' 사건까지 잘 이으면, 이런 주장이 가능해진다.

'전담 인력이 부족해서 그렇다!'

그리고 우리 회사는 신생 자회사이기 때문에 독립된 전담팀을 운영하는 큰 결정을 자체적으로 쉽게 내릴 수 없는 상황이라는 것을 적고. 무엇보다, 이러다가 누가 다치거나 활동을 못 하게 되면 큰 논란과 손해가 될 것이라는 걸 강조한다….

―문대야, 이건… 우리가 너무 자의식 과잉이라고 생각하지 않을까?

―그렇게 생각해도 상관없어요. 그런 놈들이 힘들어서 지랄할 것 같다는 느낌을 받으면 더 좋죠.

―으음, 그래.

1군 진입한 이상 이 정도 깽판은 괜찮다. 평소 업계에서 이상하게 군 것도 아니니 관계자 사이에서 잠깐 신빙성 없는 소문이나 돌고 말겠지.

무엇보다 상대에게는 공손하게 굴면 그만이다. 쟤네가 소속사에 불만이 있든 말든 듣는 나한테만 예의 있게 공손하고 굽신거리면 그만이지 않겠나.

'사전 연락도 잘했고, 서식에 어긋나는 것도 없고.'

다짜고짜 해달라는 어리광이 아니라, 기안문처럼 깔끔하게 잘 만든 것 같다.

나는 자판에서 손을 뗐다.

"됐다."

"오~"

"이제 전송만 하면 되는군요!"

"전송! 전송!"

그렇게 '아티스트 전담 프로젝트 팀 신설 관련 건의' 기안문은 T1 컬쳐로 잘 직송되었다. 모기업의 압력이 '브랜드 가치' 명목으로 밀고 들어오면 본부장도 결국 결사반대하지 못하고 오케이하게 될 것이다.

'물론 누구든 순순히 해주진 않을 것 같긴 하다만.'

사실 '심정은 알겠으나 비용과 원칙의 문제에서 불가능하다'는 답이 올 가능성도 충분히 예상 중이다.

'그러면 또 다음 단계로 가는 거지.'

머리가 팽팽 돌아갔다. 어쩐지 좀 재미가 있었다.

뭐든 와라.

그러나, 그날 7시 반쯤 걸려온 전화는 그다지 예상치 못한 방향으로 상황을 끌고 갔다.

"…서바이벌 출연이요?"

—그렇죠.

전화기 너머 상대방은 깔끔히 대답했다.

—이번에 아이돌 주식회사 제작진들 싹 여기 산하 스튜디오 들어온 거 아세요? 거기서 제작하는 새 프로그램입니다.

"음."

—물론, 이번에는 테스타가 참가자가 아니라 멘토로 나오는 거고요.

'이제 겨우 3년 차가?'

상상도 못 해본 딜이었다.

T1 담당자와 전화를 끊고 대화를 복기했다.

'KPOP 글로벌 서바이벌 리얼리티에 멘토로 출연해 달라… 인가.'

물론 지금까지 '글로벌'을 표방한 서바이벌은 한두 개는 아니었다.

당장 〈아주사〉만 해도 글로벌 KPOP 스타를 뽑는다고 설쳤으니까.

다만 이번 포맷은… 좀 독특하긴 했다.

일단 Tnet 방영이 아니라 넷플러스 자체제작 타이틀이었다. 아마 〈아주사〉가 영미권 넷플러스에서 소소한 성공을 거둔 것에서 착안해서 제작이 들어간 것 같았다.

프로그램 구성까지 상당히 실험적이었는데, 사실 그것보다는 오퍼가 괜찮았다는 게 중요했다.

─출연 확정만 되면 바로 전담팀 구성하는 쪽으로 다 이야기됐어요.

깔끔하다.

전담팀과 예능 출연이라면 교환비가 고려할 만하지 않은가.

'테스타 외에 다른 멘토도 출연한다니까 리스크도 크지 않아.'

그리고 그렇게 생각한 건 나 혼자만은 아니었다. 전달받은 멤버들의 반응이 하나같이 '해볼 만하다'였으니까.

"음… 괜찮네."

"출연만 하면 전담팀이 신설되는 겁니까? 장기적으로 대단히 이득이지 않을까 합니다!"

다만 그만큼 걱정도 나왔다.

"…그 제작진들이라는 게 좀 그렇긴 한데."

"내, 내가 누굴 가르칠 만한 실력이, 부족한데… 괘, 괜찮을까?"

예상했던 이야기였고, 대부분은 합리적인 선에서 정리되었다.

"그건 걱정 안 해도 될 것 같다. 너 잘해."

"맞아, 맞아~ 보니까 프로그램 성격상 '멘토'라고 그렇게 두들겨 맞을 일도 없을 것 같은데요? 그렇죠?"

"맞아."

이 프로그램은 신인이 멘토라는 게 도리어 셀링 포인트가 될 것 같았다. 게다가 굳이 멘토가 악마의 편집을 받을 이유가 없는 포맷이었다.

대체 어떤 프로그램이냐고?

출연 제안을 받아들인 후, 제작진과의 미팅에서 들은 말이면 설명이 될 것이다.

"케이팝 혐오자들을 모아서 케이팝 활동 트레이닝을 시킬 거예요. 물론 단발성 유머로 끝날 일회용이겠지만."

"…??"

멤버들이 약간 당황했다.

'여전하구만.'

아무리 그래도 너무 적나라하게 말하는군.

오랜만에 보는 류서린 작가는 눈에 안광이 번뜩였다. 이 인간, 테스타가 이렇게까지 떴는데도 도리어 태도가 더 거칠어졌는데.

'출연 섭외 때처럼 살살 구슬릴 필요가 없어서 이러는 건가.'

작가를 다소 불편해하는 류청우를 고려했는지, 큰세진이 얼른 대답했다.

"음~ 케이팝 잘 모르는 외국인분이 케이팝을 알아가면서 정이 드는 그런 구도인 거죠?"

"그렇게 볼 수도 있죠."

더 크고 과격한 그림을 그리고 있다는 뜻이다. 물론 우리 입장에선 그걸 세세히 알아줄 필요는 없다.

제작진이 테스타에게 요구한 건 하나였다.

"무조건 잘해주셔야 해요."

그리고 이건 특별히 걱정되지 않는다.

"어떻게든 여러분의 실력이 더욱 우월해 보이도록, 대본도 최대한 잘 구성해 보겠습니다."

"…그렇지! 테스타분들은 워낙 늘 대단하시니까요! 저희만 더 노력해 서 그 모습을 화면에 잘 담으면 될 것 같아요~"

류서린 작가의 필터 없는 말에 약간 당황했는지, 다른 제작진이 끼 어들어서 슬쩍 테스타를 치켜올렸다.

그때, 조용하던 류청우가 담담히 물었다.

"그러다가 화면에서 괜히 오만해 보이는 일은 없겠지요?"

"…!"

"…그럼요."

류서린 작가가 침착하게 대답했다. 하지만 약간 동요가 보였다.

'아하.'

아까 태도는 기선 제압이었군. 이 제작진에게 반감이 있는 테스타가 괜히 까다롭게 굴까 봐 더 강하게 나왔나 보다.

애초에 전담팀과 맞바꿀 딜로 출연을 내밀 때부터 짐작했어야 했나. 테스타가 이 제작진 작품에 순순히 출연하지 않을 거란 말이 이미 관 계자들 사이에서 싹 돌았다는 것을 말이다.

다만 직구로 불편한 기색을 드러내니 뺄질거리진 못한다. T1 쪽에서 이미 상당히 입김을 넣어둔 것이 분명했다.

'뭐, 편집 걱정은 없겠군.'

제작진이 바보도 아니고, 모기업과 척질 리가 없다.

"멘토는 테스타 여러분을 포함해서 다양한 KPOP 스타분들이 이미 섭외가 된 상태고…."

"네네."

이후 미팅은 순조롭게 흘렀고, 특별한 문제 없이 마무리되었다.

그리고 며칠 뒤에는 기사도 크게 떴다.

[넷플러스와 손잡은 케이팝, 대규모 서바이벌 예능 제작 돌입]

['화려한 출연진 보장'… 넷플러스 케이팝 리얼리티의 정체는?]

[넷플러스, 케이팝예능 'Know KPOP Now' 초대형투자… 케이팝시장노리나]

신생 제작 스튜디오의 이미지를 독자적으로 키우고 싶은지 'T1 제작'이란 문구는 의도적으로 언급하지 않은 듯했다. 대신 일부러인 듯 인터넷에서 출연진에 대한 찌라시가 빠르고 크게 돌았다.

- ㅂㅇㅌ 출연 확정이던데
  └망상 지렸고 남돌대장이 뭐하러 넷플 3류 예능 따위를 나오누
  └병신아 넷플이 왜 3류야 ㅂㅇㅌ 다큐도 넷플에서 제작했구만ㅋㅋ
- 라인업 양심 뒤지게 쓸어가서 계자들 사이에서 말 존나 나온다던데 궁금하네
- 제작이 마이티 스튜디오? ㅅㅂ여기 아주사 제작진들 소굴이라며 존잼 확정ㅋㅋㅋㅋㅋㅋㅋㅋ
  └섬별, 영1린까지 다 나온대 아주1사 출연진 다 잡혀 온 듯

└인터넷 다 뒤집어지겠구먼

-아니 그래서 대체 무슨 프론데 오디션은 맞냐 저 라인업으로 무슨 서바이벌;

어차피 멘토라 분량이 그리 크지 않은 걸 알았다면 금방 식었을 텐데, 그 사실을 모르는 사람들은 일단 출연설만으로도 난리였다.

'구체적으로 안 밝힌 효과를 톡톡히 보고 있군.'

온갖 아이돌들이 거론되는 가운데 아직 구체적인 공식 출연진 기사는 엠바고가 걸린 채로 촬영 첫날이 다가왔다.

그리고 나는 해당 프로그램의 촬영지인 LA로 향하는 11시간의 비행 뒤에 혹시 했던 루머의 정체를 확인하게 된다.

"안녕하세요."

'X발.'

진짜 VTIC이 있었다. 단. 나머지 놈들 말고 청려만.

'사전에 들었던 출연진 라인업에는 없더만.'

나중에 들어보니 막판에 겨우 오케이 사인을 친히 내려주셔서 전용기 타고 합류하셨다고 한다. 모르긴 몰라도 제일 급 달리는 멘토 한 놈이 잘렸을 것이다.

"선배님께서 오디션 프로그램에 단독도 아니고 멘토 중 하나로 참가하실 줄은 몰랐습니다."

그것도 이런 예능 스타일에 말이지.

그리고 청려는 설마 했던 대답을 내놨다.

"아, 나 곧 솔로 앨범 나오거든요. 그래서 글로벌 홍보 겸?"

"……."

"후배님 말대로, 그룹 밖으로도 활동 방향을 좀 돌려본 거죠. 하하."

"아, 예."

'회사 무슨 수로 설득했냐.'

팬들이 개인 활동을 요구하며 정기적으로 트럭을 보내도 까딱없던 그 소속사가 솔로를 내줬다고? 탈퇴 협박이라도 했나? ……아니, 잠깐.

'설마 지금까지 솔로 안 내던 게 저놈 입김이었나.'

그룹 활동에 다른 멤버들이 매달리게 만들기 위해 인위적으로 틀어 막고 있었을 수도 있겠군.

'뭐, 나랑은 상관없는 일이다만.'

이제 이놈이 여기 나오든 말든 좀 기분 나쁜 것을 제외하면 별문제 는 없다.

"…박문대! 우리 앉자!"

"아, 네."

나는 우렁찬 배세진의 부름에 부스 내 지정석에 돌아와 착석했다. 배세진이 단번에 마이크를 가리고 황급히 속닥였다.

'저, 저 미친놈은 왜 자꾸 너한테 말을 걸어?'

'그러게요. 또 대가리 박살 나고 싶나.'

'…….'

휴가 때 부상 사건의 전말을 아는 놈들이 이렇게 지원이 들어오니 편하긴 하군.

'이대로만 갈까.'

그리고 더 솔직히 말하자면, 이 프로그램이 망해도 상관없다. 이 라인업을 끌어들여 놓고 망하면 제작진 잘못이지 테스타 탓이라곤 할 수 없을 테니까.

게다가 바로 어제 전담팀 구성안이 회사에서 통과되었다. 이제 활동 끝나는 시기에 맞춰서 괜찮은 사람들만 좀 끌어오면 된다.

'그럼 됐지.'

우린 이 딜에서 먹을 걸 다 먹었다.

이젠 그냥 테스타가 이 프로그램 속에서 욕만 안 먹으면 그만이다. 비행시간이 좀 아깝긴 하지만, 어차피 온 김에 미국 스케줄도 좀 소화하는 걸로 일정 균형도 괜찮다.

'뭐, 대본 보니 어그로는 출연진들이 다 먹겠어.'

〈아주사〉 제작진 놈들은 진짜 지옥불에서 기어 올라온 것 아닌가 싶다.

"스탠바이 들어갑니다!"

"넵~"

멘토들이 관찰하는 모니터 화면 속에서는 참가자들의 모습이 비치고 있었다. 대본대로의 모습과 언행이다.

[전 유명해질 준비가 됐거든요!]

[쿨한 행동이 아니라고 말해도 어쩔 수 없지만, 물론 소셜미디어에서 하트를 받기 위해 거짓말 정도는 하죠. 다들 그러지 않나요?]

[사람들이 절 알고, 열광하고, 제 행동에 미쳤으면 좋겠는데요. 그걸 위해 뭐든 해야죠.]

영어 밑으로 달린 친절한 한글 자막이 저 사람들의 정체성을 강조했다.

속되게 말해 관종이다. '유명해지기 위해, 셀럽이 되기 위해 영혼도 팔 것 같다'는 평을 받기 딱이었다.

그리고 이 프로그램은 '유명인들이 유명해지는 방법을 알려준다'라는 이야기로 참가자를 모집했다고 하는데, 여기서 제작진들이 굳이 명시하지 않고 비밀스럽게 하나 더 거른 것이 있다.

바로 음악 취향이다.

[케이팝? 아뇨! 전 그런 건, 음… 안 들어요! 절대! (폭소)]
[학교에서, 어, 알죠? 그런 애들이 많이 듣는 걸 보긴 했죠.]

이놈들은 류서린 작가 말대로 KPOP을 싫어했다.

아니, '싫어했다'는 너무 밋밋한 표현이고… '무시한다'가 더 적절한 표현일 것 같다. 전에 우리가 게임 콜라보 덕에 출연한 미국 토크쇼를 보고 코웃음 치던 차유진이 딱 저런 느낌이었지.

"우~ 너무해요!"

정작 본인은 거리낌 없이 모니터를 보고 저런 말을 하는 게 좀 웃기긴 한다만.

아무튼, 그래서 이 프로그램의 스토리가 확립된 것이다. 〈참가자들이 '넷플러스를 타고 전 세계에 방영되어 유명해질 나'를 기대하며 리얼리티에 출연했다가, 케이팝 극기 훈련 맛을 보게 된다〉…라는.

이래서 제작진이 우리한테 무조건 잘해야 한다고 난리였던 거겠지. 저놈들이 입 떡 벌리고 놀라는 장면, 그리고 '다시는 케이팝을 무시하지 않겠습니다' 선언하는 장면을 뽑고 싶었나 보다.

'국뽕은 확실하군.'

게다가 해외 케이팝 팬들에게도 어그로는 확실히 끌겠다. 그걸 어떻게 안 오글거리게 보편적 호감으로 소화하는지가 문제지만.

"재밌네요."

"싫어하실 수도 있죠!"

모니터를 보며 한마디씩 하는 놈들은 여유로워 보였다. 어차피 저런 장면이 나올 걸 알고 있었으니까. 솔직히 말하자면 이미 참가자들도 이 사실을 다 알아서 짜고 치는 고스톱일 확률도 상당한데…… 뭐, 내가 알 바는 아니다.

우리는 맡은 역할만 제대로 하면 됐다. '유명인' 누가 등장할지 두근거리며 모여 있는 참가자들이 있는 곳에, 멘토들이 무대 장치를 타고 팀마다 등장하는 것 말이다.

몹시 화려한, 해외에서 생각하는 'KPOP스러운 효과'와 함께.

퍼퍼퍼펑! 피피피융!

[박수로 환영해 주세요! 여러분에게 유명해지는 방법을 알려줄… 케이팝 스타 7팀입니다!]

오성에서 지원받은 인공지능 MC가 영어로 외치는 소리가 들렸다. 그리고 세트장 상단에서 천이 떨어지며, 전광판에 진실이 떴다.

−Welcome to
☆K−POP Training Camp☆

당연하지만, 반응은 좋지 않았다.

[오.]
[세상에!!]

하지만 당황하고 떨떠름하고, 일부러 과하게 감탄하거나 억지로 웃는 관종 놈들을 데리고 촬영은 바로 다음 컷으로 넘어갔다.
'시간 없어.'
이 프로그램에 7팀이나 되는 인기 아이돌들이 뭐 얼마나 시간을 써 줄 수 있겠는가. 그리하여 멘토들 다수는 퇴근하고 일부만 도로 들어가서 의상을 갈아입고 준비하는 사이, 참가자들은 새 컨텐츠에 대한 안내를 받았다.
일명 '인트로 스테이지'다.

[이 스테이지에서는, 당장 이 리얼리티 쇼의 승자가 되어서 떠나실 수도 있습니다. 캠프에 입소하기도 전에요!]

요약하자면 '쟤네가 멘토인 거 인정 못 하겠지? 너희가 이기면 바로 상금 줄게'다.
그리고 내가 여기서 첫 담당을 맡았다.

[우리의 멘토분들~ 등장해 주세요!]

유치하지만 잘 먹힐 것 같은 설정과 함께.

[무작위로 선정된 LA 주민 100명을 관객으로, 여러분은 멘토와 같은 곡을 번갈아 부르게 됩니다!]
[물론, 이 곡은 케이팝이 아니라⋯ 여러분이 사전에 선정한 팝송입니다! 개인기로 뽑으셨죠?]
[그리고 멘토는 지금 그 곡을 확인할 거예요!]

바로 계급장 떼고 붙는 것이다.

세트장에 조성된 무대는 미국 공원에 있을 법한, 개방된 원형 계단 노천극장 스타일을 따온 것이었다. 한마디로 조그만 게 360도 뻥 뚫려 있어서 관객이 사방으로 코앞에 있다는 뜻이다.
'신선한 경험이긴 하겠군.'
관객으로 초청된 주민들이 하나둘 찾아와 검문을 거치는 동안, 나는 대기실에 카메라를 끼고 앉아서 봉투를 받았다. 반짝이가 요란한 게 미국 감성이었다.
인공지능 MC의 영어 설명과 함께 귀에 낀 인이어에서 통역이 나왔다.

―이 봉투 안에 든 것은 참가자들이 고른, 자신의 시그니처 곡입니다!

―우리의 KPOP 멘토는 이 세 곡을 한 시간 안에 전부 익힐 예정입니다.

―어떻게 되는지 볼까요?

볼 것도 없다. 이미 사전에 어떤 곡들을 후보로 할 건지 제작진이 다 알려줬거든.

'물론 이 세 곡으로 추려서는 아니지만.'

한 열몇 곡을 주고, 이 안에서 나올 거라고 언질 준 정도다. 팝송이라 아예 모르는 곡일 수도 있으니까. 그리고 아마 참가자들이 달리기든 싸움이든 해서 그중 이 세 곡을 선정한 것일 테고.

음, 방송에서 참가자가 '내가 원했던 건 이 빌어먹을 곡이 아니라구요!' 같은 말을 외치는 게 벌써 보이는 것 같은데.

"긴장되시나요?"

"뭐, 약간은요."

뻔한 질문에 뻔한 답을 돌려주고, 나는 봉투를 뜯었다.

"음."

뭐, 딱 예상대로였다.

'한 시간도 필요 없겠는데.'

비행기 여독이나 풀고 있도록 하자.

사람들이 웅성거리는 세트장.

선물로 챙긴 와인이나 화장품 봉투(전부 T1의 협찬이었다)를 한 손에 든 채, 팔짱 낀 주민들은 큰 기대는 없이 무대를 기다렸다. 이름 있는 쇼도 아니고 넷플러스 제작 외에는 아는 게 없었기 때문이다.

"노래를 부른다던데요."

"차라리 마술쇼라도 했으면 좋겠는데 말이야!"

부녀가 어깨를 으쓱거리며 대화를 나누었다. 그리고 무대 뒤에서는 참가자들이 이 관객들의 웅성거림을 듣는 것을 찍는 카메라 역시 돌아가고 있었다.

이번 '인트로 스테이지'에서 셀럽이 되기 위한 자신의 장기로 '노래'를 고른 것은 총 8명.

그리고 관객들에게는 버튼 하나가 주어졌다.

[관객들이 버튼을 누르면, 그 자리에 순간적으로 불이 반짝입니다!]

[그들은 '좋다'고 느끼면 버튼을 누를 겁니다.]

[그리고… 경고! 그들은 나오는 모두가 참가자라고 생각하며, 우리의 비밀스러운 케이팝 멘토의 존재를 모릅니다!]

[자, 그럼 우리의 '케이팝' 캠프 참가자분들, 무대 위로 오르시겠습니다!]

관객들은 무대 위로 아홉 명의 사람들이 리프트를 타고 등장하는 것에 반사적 환호를 보냈다.

"와!"

참가자들 역시 반사적으로 손을 흔들거나 방방 뛰었다. 신난 그 모습들이 방송에서 어떤 종류의 거만함이나 철없음으로 편집될지는 모를 일이었다.

그리고 그 구석에는 큰 후드를 뒤집어쓴 동양인 청년도 있었다. 다만 요란한 다른 참가자들과 달리 별 움직임이 없어 거의 눈에 띄지 않았다.

당연하지만, 박문대다.

[자, 첫 곡은… 오! 필 가르시아의 〈Drive it〉입니다! 달려볼까요!?]

R&B와 팝을 솜씨 좋게 섞어 듣기 좋은 몇 년 전 유행가였다. 그리고 이 나라 남성들의 오디션 프로그램 단골 곡이기도 했다.

"오~"

관객들은 통상적인 느낌의 선곡에 적당히 예의 바른 수준의 반응을 보냈다. 다만 다음 규칙을 설명하자, 그 감탄에 진심이 섞이기 시작했다.

[무대 위 참가자들은 무작위로 지목당할 때마다 노래를 부를 겁니다.]
[좋으면 버튼을 사정없이 눌러주세요! 많은 불이 오래 들어올수록, 해당 참가자의 노래를 더 길게 들으실 수 있을 겁니다!]
[불이 별로 없다면… 음, 다음!]

기계 목소리가 내는 능청스러운 말에 관객석에서 웃음이 쏟아졌다.

"하하하!"

반응 좋으면 그만큼 노래를 더 부를 수 있고, 반응이 나쁘면 끝.

눈에 딱 띄어서 쉽고, 잔인할 만큼 자극적이라 재밌는 규칙이었다!

[자, 그럼 1번부터… 시작!]

심호흡하거나 애써 긴장하지 않은 척 마이크를 돌리는 참가자들 사이로 음악이 울렸다.
그리고 1번 참가자가 눈을 끔벅이며 마이크를 들었다. 떨리는 목소리가 제법 그럴싸한 음을 만들어냈다.

-거침없이 차를 몰아~ 난 큰 엔진과 광나는 헤드라이트를 가, 가졌어~

"오…."
적당히 버튼을 눌러주던 사람들은 참가자가 말을 더듬자마자 버튼 누르는 것을 멈칫했다.

[자, 다음!]

불이 약해지는 순간, 인공지능이 거침없이 5번을 지목했다.

-난 착실한 남자는 아니지만, 야성적이지. 그게 내 매력이야….

그런 식으로 곡이 쓱쓱 사람을 타고 돌기 시작했다.

대부분은 한 소절도 겨우 소화했고, 조금 더 간 사람들은 두세 소절을 소화할 뿐이었다.

어쩔 수 없는 일이었다. 난데없이 들이닥치는 인공지능의 지명에, 눈앞에 시각 자료로 '실수하면 끝'인 게 눈에 보이니 도리어 안 하던 실수도 하게 되는 것이다.

─내 눈이 보, 보이… 젠장!

[다─음!]

한 마디도 제대로 마치지 못한 참가자는 이제 분위기를 탄 관객들에게 야유까지 받았다.

관객들이 익숙함에 더 무자비해지던 순간.

[7번!]

구석에 멍하니 서 있던 7번에게 처음으로 전광판 콜이 들어왔다.

"……."

번쩍, 순서 불이 켜진 조명을 슬쩍 보던 후드 쓴 동양인 청년은 바로 입을 열고 마이크를 들었다.

그리고 들어가야 할 곳에 정확히 노래가 시작되었다.

원래 자신의 파트였던 것처럼, 자연스럽게.

—그런 광경이 나를 살게 해
오늘도 도시의 빛을
달려, 달려,
별과 빛 사이로

"오!!"
듣기 좋은 목소리가 단단하게 스피커를 울렸다. 혼자 다른 질의 장비를 쓰는 것 같은, 선명한 톤과 성량의 차이.
타다닥! 탁! 타라라라라락!
순식간에 관객석에서 버튼을 연타하는 소리와 함께 온갖 색의 불이 반짝이기 시작했다.
곡이 쭉쭉 뻗어나갔다.

—달려, 달려,
별과 빛 사이로
오늘 밤.

후렴의 고음에서도 목소리는 흐트러짐이 없었다. 아니, 도리어 곡의 맛이 확 드러나는 멜로디컬한 파트가 도드라졌다.
"이야!"
버튼 연타는 줄어들지 않았다. 계속 불이 반짝이며, 7번의 질주는 계속 이어졌다.
그러나 문제는… 이제 간주에 들어간다는 점이었다. 노래가 끊기면, 어쩔 수 없이 불이 줄어들 것이다. 그럼 자연스럽게 다음 사람에게 넘어가야 하는 순간이다.

"으음!"

전광판에서 가사가 사라지자 상황을 빠르게 알아챈 관객 몇 명은 아쉬워하기까지 할 그때였다.

-DDU DDU DDururu

DDU DDU DDU

"...!"

7번은 간주에 허밍을 넣기 시작했다. 그냥 콧노래가 아니라, 거의 콘서트 애드립 수준의 어마어마한 음역대와 테크닉으로.

"와우!!"

그 묘기 같은 솜씨에 다시 버튼에 연타가 들어오며, 7번의 수명이 또 한 번 연장되었다.

파바파바박! 파바박!

불빛이 사방에서 번뜩였다. 이쯤 되니, 다른 참가자 중에는 입을 벌리고 7번이 하는 짓을 보는 사람들도 있었다.

하지만 박문대는 그 묘기를 계속하지 않았다.

대신 2절에 들어가기 한두 소절 전에 애드립을 멈추고, 정중히 마이크를 내렸다.

[그렇다면야, 다음!]

인공지능 MC의 낭랑한 외침에 관객들은 아쉬워했으나, 이유가 있었다.

'이 타이밍에서 한 번 민다.'

7번, 박문대는 이 룰의 맹점을 알고 있었기 때문이다.

사람은 자극에 익숙해진다.

계속 잘 부르는 것보다, 전 소절보다 잘 부르는 게 중요했다.

그냥 아무 생각 없이 쭉 부르면, 클라이맥스를 지나서 사람들의 반응은 시들해질 수밖에 없다. 직전에 들은 클라이맥스 파트보단 더 좋아지진 않았으니 굳이 버튼을 누르지 않는 경우가 속출하는 것이다.

그래서 고음이든, 애드립이든, 변주를 주고 새 자극과 놀랄 요소를 계속 줘야 했다. 앞서 괜찮게 부르던 사람들도 두세 소절을 넘기지 못했던 이유기도 했다.

그래서 박문대는 곡 템포가 다시 조절되는 2절 도입을 패스한 것이다.

'뭐, 참가자에게 기회를 주는 그림도 챙겨야 하니까 겸사겸사.'

멘토인 이상, 참가자에게 괜히 한번 양보하는 그림도 줘야 국내 인터넷에서 '나만 싸하냐'는 개소리가 안 나온다.

그리고 박문대는 이미 계산이 끝났다.

'참가자 숫자를 고려하면… 어차피 끝에서는 한 번은 더 날 주겠군.'

돌아가는 타이밍을 보니, 한 바퀴 돌고 다시 자신의 차례가 올 것 같았다.

[안됐군요, 다음!]

앞에서 박문대가 하도 잘해둔 탓에 안 그래도 관객들의 평가는 야박해졌고 기가 눌린 참가자들은 대부분 한 소절로 나가떨어졌으니까.

그리고 박문대의 계획대로 그는 마지막 후렴구 직전 프리코러스에 다시 지목을 받았다.

"오오오!"

벌써 편파적이 된 관객들의 기대와 선제 환호 속에서, 박문대는 첫 소절부터 곡을 틀어쥔 채로 놓지 않았다.

−달려, 달려
경적을 때려 빛을 뭉개
오늘 밤

박문대의 곡 점유 시간은 최종 1분 3초였다.

그렇게 게임조차 되지 않는, 충격적일 정도로 압도적인 첫 번째 '인트로 스테이지'가 끝났다.

[승자는⋯ 7번!]
[와아아아!!!]

'밥값은 했군.'

박문대는 고개를 꾸벅 숙이는 대신 관객 정서에 맞게 손을 흔들며 피식 웃었다. 무대 옆, 카메라 너머 제작진이 침 흘리는 소리가 벌써 들리고 있었다.

'잘하면 예고편으로도 쓰려나.'

그리고 그 예측은 맞았다.

[케이팝? 전 그런 건 안 들어요.]

[그걸 음악이라고 하기는… 아니, 오해하지 마요. 난 이 나라 보이밴
드들도 음악이라고 생각 안 하니까.]

[동생이 완전 미쳐 있는데, 솔직히 걘 제정신 아니에요.]

"오, 예고편?"

"맞아요!"

차 안에서 자신의 스마트폰으로 넷플러스를 재생한 차유진이 신나
게 화면을 흔들어 멤버들에게 보여줬다.

즉시 멤버들도 짧은 미리보기 동영상에 시선을 집중했다. 뻔하게 '찌
질이 같은 서브컬처 케이팝 관심 없음' 같은 소리를 하는 참가자들의
인터뷰 컷이 지나고, 진짜 촬영분이 짧게 짧게 지나갔다.

[이번 여름.]

[유명세에 목마른 리얼리티 참가자들에게]

[케이팝 세례가 쏟아진다!]

"와, 자막 봐."

"번역 잘하셨네."

[아아아악!!]

[이건 대체 무슨 X 같은….]

비명을 지르는 참가자들과 웃는 케이팝 아이돌들. 그리고 내가 노래를 부르는 옆모습과 입을 벌린 옆 참가자의 모습이 쓱쓱 지나갔다.

"너 말고도 보컬 두 팀 더 했지?"

"그래."

아마 내가 첫 번째 무대에, 참가자들 반응이 제일 날것이라 잘 써먹은 모양이다.

"듣기론 다들 이겼다던데."

"에이, 당연하지. 다들 포지션 있는 프론데~ 설마 졌겠어?"

싱글벙글 웃으며 저러는 걸 보니, 저놈도 댄스 스테이지에서 상당히 압도적으로 이겼나 보다.

[케이팝 아시나요?]

[좋아하시나요?]

[해보실래요?]

[K-NOW]

타이틀이 뜬 직후, 날짜와 함께 '1화 곧 공개'가 떴다.

보통 넷플러스에 공개되는 프로그램들은 네댓 화를 묶어서 한 번에 풀던데, 아마 스튜디오와 한 편씩 공개하기로 합의라도 본 모양이다.

"차유진, 공개 시 알림 받기를 반드시 눌러둬야 잊지 않고 즉시 관람이 가능…."

"나 알아!"

"알면 뭐 해, 안 했잖아!"

'어쨌든, 방영이 멀지 않았군.'

일단 촬영이 성공적으로 끝나서 그런가, 첫 화 반응이 어떨지 제법 흥미로웠다.

그리고 그걸 볼 때쯤 새로운 이벤트도 있다. 마침 선아현도 날짜를 보고 깨달았는지 외치고 있다.

"아, 이, 이날… 우리 이사 날짜야…!"

"그러게?"

"대형 TV를 상의 끝에 새롭게 주문한 보람이 있을 듯합니다!"

"정말 좋아요!"

바로 이사다.

드디어 새 숙소로 옮기게 된 것이다.

테스타가 이사 준비로 한창일 무렵, '그 〈아주사〉 제작진'이 만든 새로운 넷플러스 예능을 기다리던 사람들은 제법 소란스러웠다. 공개된 예고편의 어그로가 일품이었기 때문이다.

[아주사 제작진 새 예능 나만 별론가]

케이팝 까들한테 뭐 하러 케이팝 좋아해달라고 빌빌대는 건지 모를... 문화 사대주의 같음

-맞아 나도 딱 이랬어

-ㅇㄱㄹㅇ

-케이팝 좋다는 애들도 개많은데 굳이굳이 혐오자들 모아놓고 저러는 거 진짜 자존심 없어 보임

-양아치 갱생 서바이벌 이딴 거 보는 느낌이야 그런 거 해줄 시간에 잘 살고 열정적인 사람들 조명해주라고ㅋㅋㅋㅋ

-?? 이런 느낌 아닌 것 같은데... 약간 나약한 미국놈들 케이팝 불지옥 맛 좀 봐라 이런 거 아님?

└ㅋㅋㅋㅋㅋㅋㅋㅋㅋㅋㅋ나도 이런 느낌으로 예고편 봤는데

-한쪽에선 사대주의 한쪽에선 국뽕 아주 전방위로 까이네 대단ㅋㅋㅋㅋ

-이딴 저질 예능 찍어내는 거 짜증 나지만 또 잘 될 듯 예고편만으로 또 지랄 나네 어휴

-화제성 원탑ㅋㅋㅋㅋㅋㅋ

게다가 제작진은 가장 말이 많고 논란이 커질 무렵에서야 프로그램의 정확한 내용에 대하여 슬쩍 공식 자료를 내보냈다.

-케이팝 돌들은 멘토고 미국 관종들 모아다가 케이팝 지옥캠프 시켜서 살 아남은 놈만 상금 주는 거래

  └씨발ㅋㅋㅋㅋㅋㅋㅋㅋㅋㅋㅋㅋㅋ

  └미쳤나봐

  └이런 걸 어떻게 생각해내는 거야 제작진들 진짜 지옥에서 캠프라도 하나?

-우리 애들 안 그래도 바빠죽겠는데 이딴 거나 시킨다니 어처구니가 없는데 웃기긴 한다

  └테스타 팬이구나 아주사 주식을 사서 제작진 키워준 업보임ㅋ ㅉㅉ

  └행차 때 입덕했다 시발아

그리고 프로그램에 대한 논란이 살짝 잦아들 시점에서, 이번엔 멘토 출연진에 관한 기사가 줄줄 뜨기 시작했다. 그 어마어마한 스케일에 당황하는 사람들이 또 프로그램 관련 글을 재생산하게 된 것이다.

-브이틱 진짜 나온다는데?;;;

-아니 재현아 명석한 네가 왜 이런 선택을

-골든에이지도 나오네 아주사 출신이라 끼워줬나... 음...ㅋㅋ

  └좆병신 예능에 이젠 급수까지 따지고 앉아있네 하여간 이 새끼들 웃겨 죽겠어ㅋㅋㅋ

  └네 다음 듣보

-주말 예능에도 이 라인업 한 번에 출연 힘들겠는데 무슨 일이여 소싯적 드림 콘서트 급

-테스타 아주사 제작진들이 성골로 찍어놔서 잡혀간 듯 불쌍

그리고 누구나 출연을 예상했으며, 먼저 예고편에 박문대가 나온 시점에서 체념한 테스타 팬들은 이미 한번 불타오르다 꺼진 후였다.

-그래 아주사 새 시즌 멘토가 아닌 게 어디야
-이번 활동 예능 역대급으로 많이 나왔는데 그중에 하나 정도는 뭐 이런 것도 있는 거지...ㅋ..ㅋㅋㅋ...
-테스타가 테스타 하겠지 뭐 워낙 잘해서 오히려 기대됨 (거짓말임)
-애들 촬영하면서 고생만 안 하면 좋겠다

많은 팬 커뮤니티들은 그냥 '촬영하면서 테스타의 마음이 다치는 일은 없었으면' 정도로 이야기를 마무리했다.
이번 〈Spring Out〉 활동이 워낙 정석적으로 잘 돌아간 데다가, 해외 반응 지표까지 좋아 날이 덜 서 있었기 때문이다. 류청우의 카메라와 관련된 작은 구설수도 다발적인 메이저 예능 출연을 통해 이미 가라앉은 지 오래였다.
그래서 출연하는 아이돌 팬들의 떨떠름한 반응과 일반 네티즌들의 호의적이지 않은 화제성 속에서, 해당 예능은 1화를 송출했다.

[K-NOW!]
[케이팝은 찌질해! 평생 셀럽만을 목표로 했던 관종 참가자들은 예상치 못한 수렁에 빠져든다.]

소개 글대로 제작진들은 24명의 참가자 중 몇몇의 극단적인 특징들을 잘 소개한 뒤, 두 가지 공통점을 편집의 마법으로 매우 강조했다.

관심에 목말랐다는 것. 그리고 케이팝을 무시한다는 것이다.

당연히 공개하자마자 바로 실시간 시청 중이던 국내 시청자들의 반응도 극단적이었다.

-아ㅋㅋㅋㅋㅋ개빡치네

-설마 저게 미국 평균 생각임?

-진짜 기분 나쁘다... 감성이 왜 저래

-'이런 게 진짜 음악이죠' 어쩌구 한 놈 진짜 아가리 쎄게 때려주고 싶음

-ㅋㅋㅋㅋㅋㅋㅋㅋ그냥 웃기다 한국인들 너무 과몰입했네

-난 오히려 저 참가자들 말에 좀 공감가는 것도 있는데.. 요새 아이돌들 노래 너무 다 똑같음ㅠ

  └아이고 어르신

참가자들이 서로 기 싸움을 하고, 멋진 숙소에서 온갖 협찬품을 보며 감탄하는 것도 잠시.

드디어 문제의 그 신이 왔다.

[KPOP 멘토들이 지금 등장할 겁니다!]

[3, 2, 1]

[짜잔!]

[이런, 비명이 난무하네요!]

경악하며, 화내거나 당황하는 참가자들은 여전히 뻔뻔한 비호감으로 그려졌다. 그 낯선 감성에, 시청자들은 이제 아예 한 발짝 떨어져서 그냥 외국 예능에 출연한 아이돌을 보듯 그 꼴을 감상했다.

-탈주각 선다
-뒤로 넘길래ㅠㅠ
-ㅋㅋㅋㅋㅋ왜 난 개웃긴데? 아이돌들 다 진짜 존잘에 프로네 비교돼서 국뽕 오져ㅋㅋㅋ

이대로 갔다면 분명 〈K-NOW〉는 1화 만에 국내 화제성이 확 식고 흐지부지되었을 것이다.
그러나 다음 순간부터는 분위기가 반전되었다.

[KPOP 멘토들과 정면 승부를 벌이게 됩니다!]
[분야는 노래, 춤, 그리고 사진!]
[그래요, 여러분이 지원서에 '특기 분야'로 적은 바로 그 항목이죠!]

-뭐?
-잠깐
-ㅋㅋㅋㅋㅋㅋㅋㅋ여기서도 경연하냐
-미친 소리 그만

그러나 사실이었다.

[좋아요! 이기면 5만 달러라는 거군요~]
[솔직히, 질 것 같지는 않습니다. 네.]
[팝송으로? 음음, 절대 못 지죠. 미안하지만 여러분, 실수하셨네요.]

다시 몇몇 기고만장한 참가자들의 모습이 꽤 길게 잡혔다. 그들은 선곡이나 사진 테마를 두고 또 과격하게 다투더니, 곧 근거 없는 자신감만 가득한 아마추어의 모습으로 무대에 올랐다.

그리고 그와 대비되게, 아이돌들은 매우 침착하고 친절한 모습으로 비추어졌다.

[아하, 한 시간 주시는 거구나~]
[열심히 해야겠네.]
[이거 여기 넣으면 될까요?]

-일케 보니 진짜 다른 인종 같다
  └다른 인종 맞음
  └ㅋㅋㅋㅋㅋㅋㅋㅋㅋㅋㅋㅋㅋㅋ

그리고 프로그램의 후반부.
맨몸으로 출전한 아이돌들은 무시무시한 기세로 참가자들을 거의 도륙했다.

[승리, 승리, 승리!]

〈아주사〉 제작진 특유의 강조하는 편집점과 맞물려서, 해당 장면은 잔인할 만큼 시원하고 압도적으로 스크린을 탔다.

[이런, 더 볼 것도 없군요!]
[한 번 더 멘토의 승리입니다!]
[압도적이네요! 흠, 이래도 캠프가 소용없다고 하려나요?]

[참가자 : 망할….]

특히 공들여 편집된 박문대의 첫 보컬 스테이지는 물론, 다 함께 가면을 쓴 댄스 스테이지에서까지 결과는 여전했다.
순식간에 인터넷이 관련 반응으로 뒤덮였다.

-와 시발 뽕찬다
-미친 박문대 미친놈아 이럴 줄 알았다 역시 1위 짬 어디 안 가는구나
-케이팝 불지옥 맛을 쬐에금만 맛보아라
-제발 곰인형 가면 쓴 큰세진 직캠 줘 비하인드 풀라고!ㅠㅠㅠㅠ
-이걸 미국놈들만 봤다니 믿을 수없다 한국에서도 해라
-너무 재밌다 역시 아주사 제작진이 손맛은 있네ㅋㅋㅋㅋㅋㅋㅋㅋ

원래도 순수하게 실력만으로 경쟁하는 포맷에 환장하는 서바이벌 프로그램 시청자들이었다. 거기에 심정적으로 가까운 케이팝 아이돌들이 시원하게 이기니 마치 스포츠에서 이긴 것 같은 짜릿한 맛이 더해진 것이다.

그러나 동시에 의구심을 가지는 사람도 있었다.

-이거... 이 국뽕 맛을 영미권에 홍보해도 괜찮은 거 맞음?ㅋㅋㅋㅋㅋㅋ
-미국에선 흥행 못 하겠다 기분 나빠할 것 같아ㅠㅠ
-맞아 케이팝만 너무 띄워준다고 거부감 느낄 것 같은데
-아이돌들 양학할 때 다 탈주했을 듯ㅋㅋㅋㅋㅋㅋㅋㅋ

하지만 그렇지 않았다. 외국에서는 또 다른 감성으로 이 프로그램을 보고 있었기 때문이다.

바로 갱생의 맛이었다.

시청자들은 아직 참가자들에게 전혀 동질감을 느끼지 않았으며, 철저히 그들이 고생하는 것을 즐기고 있었다. 제작진들이 참가자들에게 '살면서 겪어본 짜증 나는 인간상' 속성을 훌륭히 부여했기 때문이다.

-친구들, 이 기회에 좀 자라라고(혀 내미는 이모티콘)
-오 제발 캡쓴 금발 놈은 맨날 인하트에 괴상한 짓 올려대던 내 전 남친이랑 똑같아
-이거 제법 웃긴걸?

-제발 다들 '케이팝' 스타처럼 12세 이용가 등급으로 다시 태어나길 (폭소 이모티콘)

여기서 케이팝이 가진 대표적 이미지 중 하나가 대단히 선전 중이었다. 바로 건전하다는 것이다. 그리고 이 건전한 전 연령대 인상의 친구들이 악성 관종들에게 현실적인 교훈을 주는 구성은 꽤 희한하면서도 잘 맞아떨어졌다.

-꼭 못된 애들 잡아다가 특수한 여름 캠프에 보내는 리얼리티 프로그램을 보는 것 같은걸 (폭소)
　└대중적 의견 : 사실임
　└그리고 그 캠프에는 케이팝(무지개와 유니콘 이모티콘) 교관들이 있군!

그래서 영미권 시청자들에게는 이 모든 일이 제법 유머러스한 패러디처럼 느껴졌으며, 동시에 이 예능에서 활약한 케이팝 아이돌에게 스며들 듯이 호감을 느꼈다.

-다들 정말 친절하고 품위가 있네! 약간 감동적인걸
-저 후드 애는 정말 대단한 가수야
-아주 어릴 때부터 트레이닝을 받는다더니 헛되지 않은 모양이지

그 틈 사이로 열심히 기존 KPOP 팬덤들이 영업과 정보를 뿌렸다.

-저 후드 애는 전혀 트레이닝을 받은 적 없어! 오디션 출신 100% 일반인이었다고! 그냥 재능과 노력의 덩어리일 뿐이야♡

-그들의 최신곡은 정말 대단해 누구든 동양과 스팀펑크의 조합에 관심이 있다면 추천하고 싶어 (링크)

-이제야 케이팝의 좋은 점을 알아주는 사람들이 나타나는 게 놀랍네 뭐 90년대에 살고 있나?

그리고 이 반응이 한국으로 번역되어 들어오기도 전, KPOP에 조금이라도 조예가 있던 시청자들의 반응은 1화 마지막에 나온 다음 화 예고편에 의해 하나의 목소리로 귀결되었다.

[저걸 보세요, 우리의 최고 선임 멘토께서 나타나시는군요!]

바로 VTIC 청려의 클로즈업 샷이 등장한 것이다.

[멘토 : 안녕하세요.]

제작진은 의도적으로 KPOP 아이돌들의 첫 등장 화면에서 잡아주지 않았던 그 모습을 예고편에서야 보여주었다.

-헐 청려

-미미미미미치ㅣ니 존잘

-뭐야 뭐했어

-신청려 당장 귀국해

[멘토 : 부디 이 캠프에서 많은 것들을 배우고 가시길 바랍니다.]

청려는 깔끔한 영어로 대본을 소화했다.

[멘토 : 아, 이번 평가의 이름은… 'VTIC을 배워라'네요. 아마 의미 있는 트레이닝이실 겁니다.]
[멘토 : 저희는 유명하거든요.]

청려가 빙그레 웃었다.
긴장감 넘치는 BGM과 함께, 노려보는 참가자들의 모습이 짧은 컷으로 지나가며 예고편은 끝났다.

-제작진 ㅅㅂ 다음화 보라 이거네ㅋㅋㅋㅋ

그렇게 〈아주사〉 제작진들의 신작 예능은 다시 한번 버즈량을 확보했다. 대단히 순조로우면서도 요란한 시작이었다.

하지만 막상 '나오자마자' 이 프로그램을 보겠다고 다짐한 테스타는 당사자들임에도 이 반응을 아무도 확인하지 못한 상태였다.
이유가 있었다.
"으아아아!"

"다시 해요! 다시 해요!"

"아, 아니야…! 이, 이게 맞아!"

"헐, 아현이가 이렇게 적극적인 거부를?? 수상한데요?"

"네가 더 수상해."

"애들아… 우리 두 시간째야."

그들은 룸메이트 배정 게임 연장전에 과몰입한 상태였다.

이사 후 가볍게 시작한 팬서비스 컨텐츠의 부작용이었다.

배세진이 침착하게 말했다.

"다음은… 네 차례야."

"네, 네!"

선아현은 잔뜩 긴장한 얼굴로 침을 삼킨 뒤, 조심스럽게 외쳤다.

"세, 세진이를 지목하겠습니다…!"

"뭐어어? 아현이 아까 내가 의심했다고 너무 막 찍는 거 아니야? 이 거 개인감정 들어가면 안 되는데~"

"아, 아니야!"

이 두 놈이 말싸움하는 건 처음 본다. 더 웃긴 건 주변 놈들이 손에 땀을 쥐는 얼굴로 저 대치를 보고 있다는 점이다.

'어쩌다 이 꼴이 됐냐.'

나는 손에 든 남은 카드를 내려다보다가 심오한 고민에 빠졌다. 이사 온 숙소에 처음 들어올 때만 해도 분위기가 그렇게 온화할 수 없었는데 말이다.

"완전 커요! 완전 좋아요!"

"화장실은 그대로 3개 맞지?"

"안쪽에 리모델링 겸 배관 넣어서 작은 화장실 하나 더 만든 집이래요. 4개입니다."

"오."

어차피 청소 회사에서 사람이 나오기 때문에 화장실 개수가 늘어난 건 대단히 환영할 만한 일이었다. …숙소 입지가 좀 마음에 걸리긴 했지만.

'결국 SV빌리지로 왔군….'

VTIC 숙소가 있는 그 동네 말이다.

E펠리스로 가는 게 유출되는 바람에 별수 없었다. 보안에 신경 쓰다 보니 후보군이 더 줄어서 결국 여기까지 왔다. 다만 평수 차이가 있어서 단지 내에서도 거리가 꽤 머니, 쓸데없이 볼 일은 없겠지.

'침실이나 확인하자.'

나는 아무 쓸모 없는 꺼림칙함을 몰아내고 숙소를 둘러보았다.

"와우! 방 많아요! 저 혼자 써요??"

"침실은 4곳이잖아. 독방을 쓸 수 있는 사람은 1명뿐이야!"

"…!"

둘의 대화를 듣고 있었는지, 갑자기 화들짝 놀란 배세진이 비장하게 중얼거렸다.

"…혼자 쓸 수 있다고?"

"예! 혹은 3명이 함께 큰 방을 쓰고 남은 한 명이 독방의 혜택을 또 누리는 구성도 가능합니다만…."

안 된다.

'그건 그림이 안 좋지.'

사실 숙소를 두 채 잡고 각자 독방을 쓸 수도 있었는데 굳이 한 숙소를 계속 쓰는 건 뒷말을 막을 목적도 있었기 때문이다. 아직 2주년 기념일도 전인데 벌써 독방을 쓰는 걸 보니 서로 사이가 별로인가 따위의 말이 나오기 쉽거든.

'적어도 1년은 더 두고 봐야 한다.'

그런데 괜히 3인실을 만들면서까지 독방을 하나 더 추가한다? 독방 쓰는 놈들에게 이상한 이미지 씌우려고 기를 쓰는 새끼들이 튀어나올 것이다.

나는 그쯤에서 끼어들었다.

"괜히 좁게 쓸 필요는 없지. 네 말대로 2인 방 셋에 독방 하나가 낫겠다."

"예!"

김래빈은 약간 뿌듯한 얼굴로 바로 수긍했으나, 막상 말한 내 입맛이 떫었다.

'혼자 쓰고 싶은데 말이지.'

확률이 두 배로 늘어날 기회를 내 발로 차버리니 아쉽긴 하군.

"오~ 이 방 멋지다!"

"치, 침대 크기가 많이 커졌네."

어쨌든, 숙소가 넓어지며 방들도 커진 덕에 생활에 여유가 좀 생길 것 같긴 했다.

"아, 그렇지."

그리고 여기서 결정적인 소리가 나온다.

류청우가 씩 웃더니, 우스갯소리 하듯이 이렇게 말한 것이다.

"우리 제일 큰 방을 혼자 쓰는 사람한테 몰아주는 걸로 할까?"

"…!"

그리고 이 의견은 놀랍게도 다수의 강력한 지지를 받아 통과된다.

"오! 그거 좋네요~"

"음, 팬분들께서 룸메이트 관련 컨텐츠를 시청하실 때 보상에 대한 설득력을 느끼실 것 같습니다!"

"하하, 그래?"

류청우 본인도 좀 놀란 듯했으나, 아무래도 다들 자신이 독방을 쓸 때의 그림을 열심히 그려본 듯했다.

그래서 결과적으로 방 배정 게임이 말도 안 되게 과열된 거겠지.

"합리적 선상에서 검토해 보아도 지난 두 턴 동안 차유진의 발언은 모순되었기 때문에, 사기꾼은 차유진입니다!"

"아니야! 다시 생각해!"

"맞아!"

"자, 자. 그럼 래빈이는 유진이가 거짓말을 한다고 생각하는 거지?"

"그렇습니다! 차유진은 지난 턴에 뇌물을 받을 수 없었다는 명제로 '검증'하겠습니다!"

"싫어요!"

차유진은 지목당하자마자 무슨 사약이라도 마시는 것처럼 난리를
부리고 있다.

'문제는 저놈만 저러는 게 아니라는 거지.'

지금 턴 돌아가는 내내 다들 저러고 있다. 나는 다 포기한 채로 턱
을 괬다.

사실 이건 마피아 게임과 카드 게임을 섞은 간단한 보드게임이었다.
시작 때 비밀리에 뽑은 직업 카드에 따라서 할 수 있는 행동들이 정해
져 있는데, 그걸 통해 돈을 제일 많이 모으는 놈이 이기는 것이다.

다만 한 가지 차별화된 점이 있다.

'그냥 아무 행동이나 막 해도 안 걸리면 그만이다.'

직업상 못 하는 행동도 블러핑으로 맘대로 저지를 수 있었다. 즉……
필연적으로 온갖 거짓부렁이 판칠 수밖에 없었다.

'…웃길 것 같아서 골랐는데.'

문제는 첫판에서 큰세진이 온전한 뺑카로 이겼다는 것이다.

─세, 세진이… 국회위원, 아니에요…?

─…꽃집 주인이라고?

─그렇습니다~ 아, '그걸 속냐~' 이야, 이럴 때 쓰는 말 맞죠? 하하하하!

─으으으!!

자신의 뮤직비디오 대사를 인용한 큰세진이 상당히 인상적이었는
지, 다음 판부터 거짓말이 판을 지배하는 메타가 되어버린 것이다. 너
나 할 것 없이 돈 모으려고 거짓말을 마구 하기 시작하니 결국 3번째

라운드만에 개판이 됐다.

"자, 유진이 '검증'하자. 카드 보여줘."

참고로 다른 이로부터 직업을 '검증'당하게 되면, 해당 사람은 진실 여부와 상관없이 한동안 돈을 벌 수 없었다. 그래서 일단 '검증'에 지목당한 놈들은 하나같이 극렬히 자신을 변호했으나…

뭐, 아까 말했지 않은가. 개판이라고.

"음… 유진이 직업은 '경찰'이었네! 지난 턴에 뇌물을 받았으니 유진이 탈락!"

"우-우…"

"역시!"

이젠 '검증'하는 족족 다 걸리고 있다.

'망했네.'

이거 지금 두 시간 넘도록 촬영 중인데, 보니까 다 편집되고 한 삼십 분 분량으로 축약될 느낌이다. 팬들은 풀버전을 달라고 슬퍼하겠지만, 막상 정말로 풀버전을 풀면 분위기가 숙연해질… 그런 재미 없는 뇌절 말이다.

'이렇게 된 이상 거짓말 안 할 것 같은 놈이 이겨야 뇌절을 벗어나겠는데.'

안 되겠다.

'다음 판은… 선아현을 몰아주는 게 낫겠군.'

제일 거짓말 못 할 놈 아닌가. 그래서 4번째 라운드에서는 선아현이 선전하도록 약간 밀어준 것이다.

─이, 이거 살게…!

―음, 가게 인수 쪽이 더 돈을 많이 주는 것 같은데.

―그, 그런가? 그럼 그걸로…!

그리고 선아현은 착실히 돈을 잘 불리더니, 의외로 큰세진과 말싸움에서도 안 밀리며 놈을 '검증' 타이밍에 지목하는 것에 성공했다.

"저, 정말, 새, 생각해서 결정한 거니까… 저, 세진이 검증 부탁드립니다…! 지난 턴의 빌딩 건설이요!"

"알았어, 아현아."

독방에 큰 매력을 못 느꼈는지 자진해서 사회자로 빠진 류청우가 바로 큰세진의 카드를 확인했다.

나는 팔짱을 꼈다.

'한 놈 탈락인가.'

당연히 그렇게 생각했으나, 류청우의 입에서 나온 말은 예상외의 것이었다.

"…! 세진이… 거짓말 아니었네!"

"…!!"

"지, 진짜요?"

"그래. 빌딩 건설 가능한 직업이야."

이 새끼가 이중 뻥카를 친 것이다.

"에이, 이번에도 또 거짓말하면 그렇잖아요. 저도 양심이 있지!"

거짓말이 줄줄 나오는군.

덕분에 '검증'에 실패한 선아현은 그 페널티로 3턴이나 쉬어갔다.

"아현이는 이번 턴도 행동 금지."

"네, 네…."

"세진이도 한 턴 더 돈 못 버는 거야."

"알겠습니다~"

덕분에 뜬금없는 승자가 나왔다.

"이번 판 1등은… 문대!"

바로 나다.

"예, 감사합니다."

참고로 다 의미 없는 짓이다. 어차피 전전 판에서 큰세진 놈에게 집중 마킹을 당한 탓에 총액에서 차이가 났기 때문이다.

'X발.'

그냥 재미고 나발이고 돈 싹 쓸어올 걸 그랬나.

어쨌든, 그래서 최종 승자가 누구냐면….

"방을 마음껏 고를 수 있는 종합 1등은 바로 이세진입니다!"

"하하하!"

결국 저 새끼가 이겼다. 보는 사람은 재밌을 것 같긴 하다만… 어쩐지 배알이 꼴리는군.

'찌를까.'

나는 웃으며 입을 열었다.

"축하한다."

"오~ 문대문대, 고마워!"

"독방 쓰면 편하겠네."

"…??"

"이거 독방 쓸 사람 고르는 거였잖아."

"맞아요, 부러워요!"

"넓은 방에서 즐거운 1인 생활 보내시길 바랍니다."

독방 쓰는 걸 기정사실로 몰아가니, 큰세진의 표정이 순간 꿈틀거렸다가 얼른 돌아왔다.

"하하, 아니! 음, 꼭 그런 건 아닌데~"

오, 피하려는군.

이번 컨텐츠에서 분량 뽑으려고 게임에서는 활약했지만, 역시 독방을 쓰고 싶지는 않았던 것 같다. 아무래도 혼자 쓰면 자체 컨텐츠에서 등장 분량에 약간 손해를 볼 확률이 높을 테니까.

'자연스럽게 양보하는 그림으로 가려나.'

그럼 뭐, 후보는 하나뿐이겠다.

"에이, 저도 쓰고 싶긴 한데… 음, 청우 형에게 독방을 드리고 싶습니다! 우리 리더 형님이 데뷔 때부터 정말 이 팀을 지탱해 오셨죠!"

"어, 나?"

"그렇습니다 형님~ 이런 건 원래 연장자, 리더가 쓰시는 거 아닙니까!"

"오오오!"

"멋진 선택이십니다!"

그렇게 류청우는 손에 물 한 방울 안 묻히고 독방을 잡아갔다.

'부럽군.'

내심 혀를 차는데, 옆에서 작은 목소리가 들렸다.

"…내가 최연장자…."

배세진은 소리 내서 말할 생각은 없었는지, 눈이 마주치자 황급히 입을 다물었다.

그러고 보니 생일은 배세진이 제일 빠르군. 이미지가 이래서 중요한 거 아닐까.

'…물론, 따지고 보면 내가 진짜 최연장자다만.'

나는 날아간 독방의 기회를 보며 입맛을 다셨다.

뭐, 2인실도 문제가 있는 건 아니다. 일단 룸메이트도 조용한 놈이 걸렸고.

"그럼 문대와 아현이가 한 방이구나."

"자, 잘 부탁해…!"

"그래. 오랜만이다."

선아현과 같은 방을 쓰게 되었기 때문이다. 이 인원으로 자리가 마감되자마자 선아현의 얼굴에 화색이 돌았다.

'설마 이놈도 독방이 아니라 차유진 피하려고 열심히 한 건가.'

상당히 설득력 있는 가설이 머릿속을 지나갔으나 중요한 건 아니니 넘어가자. 참고로 이 와중에 큰세진 놈은 분량에 눈이 멀어 게임을 뒤흔든 업보를 제대로 뒤집어썼다.

애꿎은 놈도 같이 맞아서 문제지.

"오, 그러면… 두 세진 형님께서 같은 방이십니다!"

"……."

"……."

차유진과 김래빈이 서로 나가라고 소리를 지르면서 같은 방을 골랐기 때문이다. 결국 본인의 선택권을 류청우에게 양보하며 선택권이 없어진 큰세진은… 자동으로 배세진의 방에 합류하게 된 것이다.

"형, 잘 부탁드립니다!"

"그, 그래."

둘은 한 박자 늦게 화목한 인사를 나누었다. 라이브 방송이 아니라는 것에 감사나 해라.

'싸우진 않겠지.'

한바탕 싸운 뒤로는 아예 서로 필요한 대화 외에는 간섭을 안 하는 놈들이다. 그리고 같은 방이라고 해도 지난 숙소 거실 크기다. 부딪힐 일은 없을 거라도 봐도 괜찮을 것 같다.

'뭐, 낌새 보이면 바꿔주면 된다.'

대외적 변명은… 취침 시간이 너무 달라서 서로 고통받는다는 식으로 좀 웃기게 말하는 정도면 되겠군.

"자, 그럼 저희는 각자 방에 짐을 풀고, 또 다른 룸메이트 이야기로 찾아뵙겠습니다!"

"러뷰어 또 봐요~"

그렇게 엔딩 멘트로 룸메이트 게임 촬영은 마무리되었다.

나는 어깨를 으쓱한 뒤, 내 방으로 결정된 곳으로 들어가 짐을 풀었다.

'확실히 질이 더 좋긴 하군.'

리모델링을 많이 거쳤다더니 정말 그런 티가 났다.

"무, 문대야. 우리 재밌게, 잘 지내자…!"

"그럼 좋지."

소음 공해 없는 쾌적한 취침 시간이 벌써 기다려진다.

―저 놀러 가요! 많이 가요!

―마음만 받는다.

이 대화가 좀 불길하긴 했다만 그래도 차유진 룸메이트를 벗어난 게 어디냐 싶다.

'그 새낀 말이 너무 많아.'

나는 한숨을 쉬며 침대에 뻗었다. 들리는 건 선아현이 본인 프랑스 자수와 수세미를 정리하는 소리뿐이다.

'평온하군.'

이게 이사 온 맛인가 보다.

…참고로 이 감상은 하루를 가지 못 한다.

바로 다음 날.

또 비행기를 타고 LA로 떠나야 했기 때문이다.

원인은 그놈의 예능 추가 촬영이었는데, 컨텐츠가 X 같았다. 멘토진을 섞어서 1회용 특별 무대를 하게 생겼거든.

문제는 내 팀에 청려가 있다는 것이다.

'X발.'

발단은 그놈이 나온 〈K-NOW〉 2화였다.

국뽕 화제성을 제대로 끈 지옥불 케이팝 캠프는 1화에 이어서 2화까지 지대한 관심 속에서 송출될 수 있었다. 그리고 청려의 출연이 이 화제성에 제대로 한몫했다는 건 부정할 수 없는 사실이긴 했다.

바로 희소성의 법칙 때문이다.

VTIC이 멤버 탈퇴 사건 이후로 예능 등 가볍고 즐거운 컨텐츠를 자제하고 있었기 때문이다.

-이게 얼마만의 예능이야ㅠㅠ
-재현이만 나와서 아쉽긴 한데 리더라고 총대 멘 것 같아서 속 쓰리기도 하다... 얘들아 고생 많았다
-예고편만 봐도 역시 케이팝 근본이시다 ㅅㅂ 신청려 평생 아이돌해

그리고 이 새끼 2화에서 멘토 출연진이 가져갈 수 있는 임팩트란 임팩트는 다 처먹었더라.
'우린 1화 분량에서 치고 빠져서 다행이었지.'
모니터링 중에 보니 중요 심사위원부터 교관에 상담역까지 다 해먹은 모양이다.

-세상 친절하게 팩폭하는 청려 (동영상)
-마 이게 K돌이다!
-ㅠㅠㅠㅠ우리 리더님 항상 마음이 따듯한 사람 (캡처)
-이걸 왜 못 하는 건지 이해가 되진 않지만 일단 연습은 봐주는 신재현ㅋㅋㅋㅋㅋㅋ 여전하구만

심지어 촬영 분량은 바쁜 탑티어답게 썩 많지 않은데 결정적인 파트만 쏙쏙 빼간 것 같다.
'가성비 돌았냐.'

역시 X발 사람은 뜨고 봐야 한다. 같이 나온 멘토 놈들만 기껏 촬영 시간 빼서 손해 봤겠군.

'그러고 보니 그중에 골든에이지 놈들도 있었는데.'

골드 1이 있는 그 그룹 말이다.

산업 스파이 건 이후로 연락이 뜸하더니, 이 〈아주사〉 제작진 예능에서 다시 얼굴을 본 후로는 간간이 인맥 챙기는 수준으로는 연락이 온다.

[골든에이지 하일준 형 : 문대야 오랜만에 봐서 좋았다! 이번엔 촬영 안 겹쳐서 아쉽네, 다음에 봐!]

나는 골드 1의 메시지에 적당히 답장을 돌려주며 비행기에 탑승했다.

[예 다음에 또 뵙겠습니다]

깔끔하군. 사람이 원래 일할 때 이 정도로 서로 얼굴 붉힐 일 없는 관계가 딱인데 말이다.

특히 사람 돌아버리게 만드는 미친놈과는 안 엮이는 게 상책인데, 은근히 계속 같이 일할 건수가 잡히니 이게 상당히 짜증 난다. 그나마 같이 가는 놈이 말을 잘 들어서 다행이지.

"무, 문대야. 여권 받았어?"

"그래."

선아현 말이다.

멘토진들의 특별 콜라보 무대는 하나가 아니었는데, 선아현이 속한 특별 무대도 이번에 촬영이 진행되기 때문이다.

'어느 그룹에서 시간 없다고 지랄했나 보군.'

이럴 줄 알았으면 우리도 특별 무대는 안 하겠다고 지랄 좀 해볼 걸 그랬다.

"비행기 타서 좀 자. 그 팀도 안무는 미리 땄어도 동선은 새로 맞춰야 해서 시간 없을 테니까."

"으, 으응!"

나와 선아현은 따라붙는 데이터팔이와 일부 홈마의 카메라들을 무시하고 비행기에 무사히 올라탔다.

'좌석은 좋은 거 줬네.'

투자금 제대로 당겼나 보지. 나는 좌석 옆 커버를 올려서 혹시 모를 사생활 침해를 방지했다. 매니저는… 모르겠다. 두 번째 놈이 따라왔는데, 알아서 뒤에 잘 앉아 있을 것이다.

'잠이나 자자.'

그리고 내가 좌석을 밀어서 거의 침대처럼 만든 뒤 생수병을 딸 때였다. 선아현이 작은 목소리로 말을 걸었다.

"저, 저기 있잖아."

"어."

"무, 문대는… 그, VTIC 청려 선배님 불편해?"

"프흡."

생수가 코로 나올 뻔했다.

'어떻게 알았냐.'

"괘, 괜찮아?! 마, 마사지…"

"어어, 됐다."

나는 손을 내저으며 머리를 털었다. 선아현은 좀 걱정스럽게 내 꼴을 보더니, 조심스럽게 다음 말을 꺼냈다.

미리 생각해 뒀던 것 같았다.

"부, 불편하면… 나, 나랑 바꿀까?"

"뭐?"

"우리 팀 무대, 문대가 이미 안무 아는 거라, 괘, 괜찮을 것 같아서…."

"……."

"나, 나는 원래 사, 사람들 불편해하니까… 별로 차이도 없고…!"

"괜찮다."

나는 픽 웃으며 물병을 닫았다. 나 참, 그래도 나름 감동적이긴 하군. 저놈이 이제 남 대인관계 걱정도 하냐.

"그리고 너 언제 또 안무 익히려고."

"하, 하루 있으니까… 괜찮은데."

"……."

재능충 열 받네.

"아무튼, 좀… 그놈 마음에 안 들긴 한데, 일 못 할 정도는 아니야. 애초에 별거 아닌 놈이고."

"그, 그렇구나. 그, 그래도… 생각 있으면, 꼭 말해줘!"

"알았어."

그럴 일은 없겠다만, 말은 순순히 해줘도 괜찮겠지.

나는 침대 비슷하게 변한 좌석에 드러누웠다. 그리고 잠시 후, 지나가는 것처럼 물었다.

"그런데 그렇게 티 나냐."

"으응?"

"내가 그 선배 맘에 안 들어 하는 거."

"…조, 조금?"

"혹시 언제 그랬어."

"마, 만날 때마다, 문대가 자꾸 주먹을 쥐어서……."

"……."

조심해야겠다.

그리고 11시간 뒤, 나는 내가 정말 주먹을 쥔다는 사실을 알게 되었다.

"안녕하세요."

"안녕하십니까, 선배님!"

'진짜였군.'

제작진에서 이미 카메라를 설치해 둔 대형 안무 연습실. 한발 늦게 도착한 청려가 실실 웃으며 인사를 할 때, 내 손은 정말 자체적으로 의지를 표출하고 있었다.

'갈겼던 기억이 있어서 그런가.'

어쨌든 선아현 덕분에 하나 알았군. 카메라 있을 때는 주의해야겠다.

'어쨌든, 확실히 VTIC 이름값은 있군.'

내가 내 주먹을 신경 쓰든 말든, 주변 놈들은 하나같이 몸에 힘이 빡 들어간 상태로 청려에게 인사 중이었다.

"반갑습니다. 바로 연습 시작할까요?"

동경 혹은 열등감을 줄줄 흘리는 놈들 사이에서 청려는 여상스럽게 본론으로 들어갔다.

'이건 편하군.'

연습 전에 시간 낭비 안 만들겠다는 건 반대할 마음 없다.

그리고 시작된 동선 작업.

"한 번 더 갑니다!"

파트는 사전에 다 나눴고 영상을 통해 이미 정해진 자신의 동선도 익혀오긴 했다. 그러나 또 막상 다 같이 해보면 간격과 높이, 동작 크기에서 차이가 나기 마련이었다.

그걸 정비하는 작업인데, 보통은 안무 트레이너가 붙으나….

"왼쪽 분 팔꿈치 더 드세요."

"네, 네…!"

이번에는 어느 순간부터 트레이너가 '한 번 더 틀게요'만 외치는 중이다. 웬 새끼가 하도 다 잡아대서 말이다.

"프리코러스 때 박자 조금 더 빠르게 들어오세요. 팔 내리실 때 동작 끊고 들어오면 됩니다."

"아…. 예!"

당연하지만 여기서 짬 제일 많이 찬 놈인 청려다. 슬슬 연차와 인기 덕에 뺀질거릴 법한 놈들도 주눅이 들어서 따라오는 꼴을 보니 편하긴 하다.

"그럼 잠시 쉬었다가 할까요. 음, 10분?"

"넵!"

쉬는 시간도 칼같이 끊을 것 같다. 호오.

'이건 진짜 쓸 만한데.'

과연 몇십 년간 아이돌 리더만 하면서 산 놈이 다르긴 하군. 능률이 남다르다.

'빨리 끝나겠어.'

놈에 대한 평가를 약간 수정하려던 순간이었다.

"후배님."

"…예."

즉시 취소했다. 카메라도 정비하니 굳이 이놈들과 말 섞을 필요가 없어서 구석으로 간 건데 굳이 또 말을 거는군.

다만, 의외로 평소처럼 정신 나간 발언은 나오지 않았다. 청려는 목소리를 낮추더니 조용히 조언했을 뿐이다.

"동작을 크게 하는 건 좋은데, 관절을 잘못 움직이고 있는데요."

"……."

"자, 보세요."

깔끔한 시범이 이어졌다.

전신을 굽혔다가 튕겨서 상반신에 반동을 주는 동작.

"여기서 팔꿈치랑 허벅지랑 닿죠."

"예."

"왜 닿는 것 같아요?"

"몸을 숙였다가 펴는 동작에 리듬감을 주려는 것 같습니다만."

"맞아요."

단번에 긍정이 나왔으나, 말은 거기서 끝이 아니었다.

"그런데 거기까지만 생각하면 안 되지."

"…!"

"보세요. 이건 다음 동작에서 상반신을 숙이는 것까지 고려해서 움직여야 해요."

청려가 팔꿈치를 굳이 안 그래도 될 만큼 옆으로 뺐다가 상체를 당겼다.

"이러면, 팔 관절 동선이 커져서 숙일 때 움직임이 더 빠르게 튀죠."

그러자… 어딘가 동작에 긴장감이 생겼다. 소위 '쫄깃하다'고 표현하는 그것이었다.

"그래야 선이 보기 좋아지는 겁니다."

"……."

"앞뒤 동작이 '왜' 들어갔는지까지 주의하면, 앞으로는 지금 가진 기량을 다 보여줄 수 있을 거예요."

혀를 씹을 뻔했다.

맙소사. 이 새끼가 '진짜' 도움이 되고 있다.

방금 조언이 극히 쓸모 있는 말이라는 걸 내가 이해해 버렸기 때문이다.

'…스탯 올린 것에 비해 어쩐지 동급 스탯보다 잘 춘다는 느낌이 덜 들더라니.'

이런 건 재능이 아니면 시간이 필요한 깨달음이었다. 차유진처럼 본능적으로 알거나, 큰세진처럼 수없이 고민하고 연습해서 깨닫는 것이다.

그리고 그걸 언어로 잘 다듬어서 문외한도 이해가 가도록 전달하는 건… 비슷한 짓을 몇천 번이나 시도한 놈이나 할 수 있는 짓이었다.

'지난 세월 날로 먹은 건 아니군.'

나는 깔끔히 인정했다.

"예. 감사합니다."

"…!"

청려는 예상치 못했는지 잠시 말이 없어졌다. 하지만 곧 알아서 납

득했는지 웃으며 고개를 끄덕였다.

"그렇지. 역시 이런 건 따로 듣는 게 좋죠? 다 같이 있을 때 지적당하면 마음 상하잖아요."

"……."

"아, 후배님이 특별히 못한다는 말은 아니고. 하하."

이건 X발 은근히 자존심 상하는데.

'내가 춤만 그렇지 노래는 X발.'

상태창빨이긴 한데 이게 말이 안 나올 수가 없네.

"그런 걸로 기분 상하진 않습니다. 선배님께서도 녹음 때 제가 조언 드려도 기분 안 나쁘실 텐데요."

"……아하. 네."

청려의 눈이 가늘어졌다. 하지만 곧, 인정하겠다는 듯이 어깨를 으쓱했다.

"음, 그건 재능의 한계인가 봐요. 더는 안 되더라고."

"……."

그러긴 했을 것이다. 보컬 성장 한계가 B+인 놈이 B+까지 아득바득 올려놓은 것을 보니.

약간 감탄하려던 찰나, 아주 작은 목소리로 낮게 혼잣말처럼 중얼거리는 소리가 들렸다.

"그래서 매번… 노래 잘하면서 제정신인 어린놈 찾는 게 얼마나 짜증이 나던지."

"……."

"뭐, 이번… 그러니까, 지금도 썩 성공이라곤 못 하겠네요. 탈퇴했잖아요? 하하."

…그러고 보니 VTIC 메인보컬이 클럽 그놈이었지.

안 되겠다. 더 정신 나간 소리가 나오기 전에 얼른 말을 돌렸다.

"그래도 활동 잘만 하시던데요."

"나름대로 노하우가 생겼나 봐요. 그러니까…."

삐비비비빅!

그 순간, 요란한 알람이 울렸다.

"아, 시간 끝났네요."

쉬는 시간이 끝났다는 뜻이었다. 청려는 곧바로 연습실 가운데로 가서, 목을 스트레칭하며 말했다.

"그럼 이제 디테일 맞추죠."

그리고 일회용 특별 무대에서 이럴 필요까지 있나 싶을 만큼 집요한 안무 디테일 통일 작업이 시작되었다.

덕분에 좋아 죽는 건 제작진뿐이었다는 점을 말해두겠다.

"올라왔나?"

청려의 개인 팬은 넷플러스를 새로고침하며, 혹시라도 3화가 올라오진 않았나 계속 확인하는 중이었다.

그리고 그 행동은 곧 보답 받았다.

"떴다!"

오랜만에 청려가 나올 예능을 놓칠 순 없지! 청려의 팬은 신나게

3화를 보았다.

하지만… 이번에는 청려가 거의 나오지 않았다.

"음…."

확실히 여전히 자극적이고, 참가자들이 눈물 콧물 빼면서 고생하면서도 정화되고 다듬어지는 걸 보는 맛은 있었다. 하지만 가장 중요한 청려가 거의 안 나왔으니, 흥이 확 식었다.

'그렇지… 그렇게 길게 촬영했을 리가 없잖아.'

메인 MC도 아니고, 멘토로 그 정도까지 출연했으니 충분히 대단한 떡밥이었다.

"컷본이나 봐야겠다."

청려의 팬은 어깨를 으쓱한 뒤, 시간 낭비를 그만두려고 마음먹었다.

그런데 그 순간.

[잠시 후!]

[KPOP 멘토들의 화려한 시범 무대가 펼쳐집니다!]

[참가자 : 오 시발 맙소사!]

[세상에. 과연 참가자들은 이 무대를 재현할 수나 있을까요?]

갑자기 특별 무대 예고가 떴다.

"미친, 신재현!!"

그리고 팬은 청려의 얼굴을 놓치지 않았다.

'뭐야!!'

청려의 팬은 참지 않고 바로 재생 바를 마지막으로 넘겨 버렸다. 이렇게 넣은 걸 보니 분명 마지막에나 나올 것이라 짐작하면서.

그리고 그 예측은 맞았다.

"으아악!"

갑자기 전형적인 위튜브 무대 컨텐츠처럼 변한 영상 분위기 속, 팬은 대형을 맞춰 서 있는 7명의 아이돌 멘토들을 확인했다.

그리고 그 안에는 정말 청려가 있었다!

"허억."

청려가 다른 아이돌과 같이 무대를 하는 건 데뷔 2년 차 이후 거의 처음이었다!

'와 씨, 박문대도 있네.'

팬의 머릿속이 팽팽 돌아갔다.

그리고 아이돌들이 턱을 치켜든 채 팔짱을 끼거나 포징을 하고 있는 그 대형이 어딘가 익숙하다고 생각한 순간.

인트로가 시작되었다.

-ShhShhShh, Shh…!

"…!"

이건… 발매한 지 반년밖에 안 된 따끈따끈한 아이돌 히트곡이었다!

심지어 그냥 히트곡도 아니다.

'저거 미리내 곡이잖아!'

데뷔한 지 만 1년도 되지 않은 신인 여자 아이돌의 히트곡이 화면에서 흘러나오고 있었다.

커버 무대.

자신의 곡이 아닌, 다른 그룹이나 가수의 곡을 퍼포먼스 하는 무대를 의미한다. 그리고 당연하지만, 그것에도 암묵적인 선이 있었다.

'후배의 곡은 굳이 하지 않는다.'

후배보다 못하면 그림이 굉장히 어색해지기 때문이다. 게다가 잘하더라도 '상도덕 없다'는 소리를 듣기 십상이었다. 보통 커버 무대라는 게 단 며칠만의 연습으로 타인의 곡을 소화해야 하는 상황이란 걸 고려하면, 그 리스크는 상당히 치명적이었다.

게다가 〈아주사〉 제작진들의 이 예능에 멘토로 나오는 아이돌들은 이미 뜰 대로 뜬 팀도 많았다.

'아니, 연말에 커버 무대 할 급이 아닌 놈들도 수두룩하잖아!'

그들이 신인의 최근 히트곡을 커버하는 뜻밖의 짓을 하는 걸 영상으로 보게 될 줄은 아무도 몰랐다는 뜻이다.

'헐.'

참고로, 비슷한 시간대의 관련 SNS들 역시 "??" 따위로 도배되어 있었다.

그러나 청려의 팬은 즉시 깨달음을 얻었다.

'하긴, 재현이 선배 곡으로 추리면 너무 가짓수가 줄어드나?'

VTIC보다 선배면서 근 5년 내 히트곡을 가진 아이돌이 손에 꼽을 만큼 적었기 때문이다. 그렇다고 너무 과거 곡을 커버하는 것도 재미없었다. 이미 우려먹을 대로 우려먹어 많이 봤기 때문이다.

'신인 여돌 곡… 재미는 확실한데!'

그러고 보니 청려가 여자 아이돌 곡을 소화하는 것을 보는 것도 정말 데뷔 연도 이후 처음이었다!

갑자기 터진 희귀한 떡밥이란 생각에 팬의 가슴이 뛰기 시작했다. 청려가 못할 것이란 생각은 추호도 들지 않았기에 가능한 반사작용이었다.

그리고 이 모든 생각이 이삼 초 남짓에 휙 지나갈 무렵.

−We gonna fly high

화면이 클로즈업을 멈추고, 무대가 시작되었다.

둥둥둥둥−

베이스와 드럼 위로 까랑까랑한 현악기 우드가 신시사이저의 전자음처럼 변형되어 깔리더니, 곧 핏 좋은 가죽 하네스 의상을 입고 있던 아이돌들이 대형을 가르고 보랏빛 무대에서 안무를 시작했다.

각기 다른 그룹 출신에서 오는 위화감은 부드럽게 녹아 가려졌다. 다년간의 활동으로 잘 다듬어진 능숙함도 한몫했지만, 결정적으로는… 센터가 유별났기 때문이다.

당연히 청려였다.

−넌 외쳐 high up
날아가, 저 위로
속박의 shoot up
벗어나, Paradox

'으악!'

강렬한 후렴이 다짜고짜 도입부터 치고 나왔다. 청려의 팬은 자동으로 침음했다.

"하, 개좋아…"

화면의 청려는 마치 하나의 동작처럼 몇십 초의 안무를 물 흐르듯 연결해 끌어 도입을 끝내 버렸다. 원곡을 떠올릴 겨를도 없이, 마치 순간처럼 느껴지도록.

엄청난 역량이었다.

'그아아악!'

알 수 없는 괴성과 멤버 이름을 부르짖는 것을 제외하면, 팬 커뮤니티에서도 뜨문뜨문 비슷한 글이 올라오기도 했다.

- 청려 개잘해 시발
- 월드 클라스 오졌다
- 오 키만 바꿨는데 분위기가 달라짐

키만 바꾼 것은 아니었다. 뉘앙스가 달라진 것이다.

미리내의 데뷔곡, 'high up'은 거미줄에 걸린 애벌레가 고치로 붙잡혀 굳어가나 결국 나비로 탈출한다는 메타포를 담은 곡이었다. 부분적으론 약간 복고풍의 애절한 맛이 있는 듯하면서도 세련되며 리드미컬한 맛이 최근 유행에 딱 맞아 흥행에 성공했다.

신인다운 칼 각이 돋보이는 곡에 군데군데 의도된 감성이 들어간, 나무랄 곳 없는 데뷔곡이었으나… 그만큼 색이 강했다는 뜻이기도 했다. 애초에 메타포 자체가 〈아주사〉 시즌 4로 인한 논란과 잡음의 여론을 떨쳐내고 비상하겠다는 뜻이었기 때문이다.

그리고 이미 이런 짓에 이력이 난 기성 아이돌들은 이 함정에 걸리지 않았다.

이번 커버 무대에 괜히 어설프게 그 고유의 감성을 따 오지 않았다는 말이다.

－허물을 찢어, 버려
Take off, take off, take off
난 이륙해 지금 바로

단지 박력만을 살렸다.

"와, 씨."

신인의 데뷔곡이 으레 그렇듯 어쩔 수 없이 나오는 경직이 없었다. 대신 여유에서 나오는 표현력이 극대화되었다. 게다가 청려가 잡아둔 안무 각은 이 여유가 방자함으로 보이지 않도록 원천 차단했다.

결과적으로, 잡아먹을 듯이 몰아치는 무대가 되며 원곡과 또 다른 느낌이 된 것이다.

한마디로 글로벌 KPOP 팬덤에서 환장하는 '세고 끼 넘치는 컨셉'의 좋은 표본이 되었다. 게다가 원래 같은 그룹이 아닌 탓에, 누구 하나 양보하지 않으려는 분위기가 그것을 극대화했다.

특히 후렴.

-넌 외쳐 high up

(high-up, up, up, up)

멀리 가, 더 위로

"이야!"

몰아쳤다.

청려가 이끄는 대형은 유려하고 강약조절이 절묘해 시선을 잡아당겼다. 가운데 선 인물이 조절을 잘하면, 전체적인 퀄리티가 올라가 보이는 안무의 법칙은 충실히 지켜지고 있었다.

아마 3화가 올라오자마자 쭉 훑어서 공연 장면부터 뽑아낸 일부 사람들은, 벌써 GIF 파일을 끝없이 뽑아내는 중일 것이다.

'아, 상도덕 없단 이야기 확정이네!'

청려의 팬은 어그로 꼬이는 미래가 그려지는데도 어째 입에서 미소가 떠나지 않았다. 무대의 마력이었다.

거기엔 '날아오르겠다'는 가사가 있는 대로 모두 부숴서 받침판으로 삼겠다는 식으로 들릴 정도로 기가 넘쳤다.

-high up!

그리고 2절 벌스. 갑자기 드라마틱한 멜로디가 들어오며 보컬 역량이 강조되는 부분이었다.

당연하지만 박문대가 맡았다.

그리고 여기는 본래 미리내의 센터, 1위가 소화하는 파트기도 했다.

'걔는 춤도 잘 추던데.'

청려의 팬은 엄청난 만능 육각형 캐릭터인 시즌 4의 1위를 잠시 떠올렸다가, 화면의 박문대를 보고 반사적으로 오묘한 불안감이 들었다. 박문대도 이제 제법 춤을 잘 추었지만, 팬이 아닌 사람 중엔 아직도 그의 춤에 의구심을 가진 경우도 많았기 때문이다.

…〈아주사〉 첫 등장 때의 'POP☆CON'이 워낙 강렬해서였다.

"으음."

그러나 그 걱정은 지레짐작으로 끝났다.

─아픔도 상처도
절대 멈출 수 없어
〈THE WAY OUT〉
Can't let us down

"오."

박문대의 춤이 쫀득했기 때문이다. 몸을 굽혔다 펼 때의 느낌들이 예사롭지 않았다.

'잘하네?'

평소 테스타의 타이틀곡 대형에서 이런 본격적인 안무 중에 센터인 경우가 별로 없었기에 그 신선함이 더 컸다. 워낙 댄스가 특기인 놈들이 많은 그룹에 있는 비애일까, 청려의 팬은 고개를 끄덕였다.

'근데 여기 춤 선이 어째 좀….'

우리 애랑 닮지 않았나?

하지만 청려의 팬이 그 묘한 기시감을 느끼기 전에, 노래가 먼저 귀를 잡았다.

—We gonna fly high!

이 사슬에 맞서

Say goodbye

분명 후보정이 들어갔겠지만, 원곡보다 드라마틱한 전개였다.

"워우."

밸런스 멤버와 보컬 특화 멤버의 차이가 유의미하게 느껴졌다.

'진짜 잘하네.'

청려의 팬은 새삼스럽게 화면을 보다가, 문득 반질거리는 박문대의 어린 얼굴을 보며 묘한 호감을 느꼈으나… 동시에 분노가 치밀어올랐다.

연상되는 뺀질한 놈 때문이었다.

'그 무능력자 새끼 메보랍시고 엉덩이 뭉개고 있어서 애들 고생했을 걸 생각하면…!'

그 새끼는 끼도 X나게 없어서 수납하기 바빴지 않은가!

'올팬 기조 때려치워! 진작 욕을 바가지로 쏟아서 그 대가리를 고쳐줬어야 했는데!'

아직도 '브이틱은 5명ㅠㅠ' 같은 댓글을 달아대는 해외 팬들을 떠올리며, 청려의 팬은 이를 바득바득 갈았다가… 어쨌든, 보던 무대가 홀릴 듯 좋아서 분노는 금방 가라앉았다.

"휴."

이런 전형적인 컨셉추얼 신인 아이돌 곡을 하는 청려가 너무 오랜만이라 행복했다.

−We gonna find
⟨THE WAY OUT⟩

그녀의 아이돌이 무대 위에서 거의 날아다닌 뒤, 마지막 후렴은 박문대가 센터를 잠시 차지하며 곡이 끝났다.

"흠."

능력치 분배를 따지면 청려를 줬어야 했다고 생각했지만, 그래도 박문대가 제법 인상적이었기에 팬은 불만을 토로하지 않기로 했다. 물론 청려 분량이 충분해서 가능한 감상이었다.

"재밌다…."

청려의 팬은 침대에 누워, 올라온 청려의 사진과 움짤들을 저장하며 흡족해했다. 이런 거리감 없는 떡밥이 오랜만이었다.

그리고 슬쩍 박문대의 것도 몇 개 저장했다.

'뭐, 귀엽잖아.'

'애들이랑 친한 것 같던데, 테스타 끝나면 LeTi랑 계약하지 않을까' 따위의 짐작을 하며, 팬은 하루를 만족스럽게 마무리했다.

그리고 며칠 뒤에 비하인드 영상이 올라왔을 때, 박문대에게 동작을 알려주는 청려를 확인하곤 '역시 내 눈은 틀리지 않았다'라며 뿌듯해하게 된다.

-문대야 너 언제 누나 몰래 댄스라인 됐니 역시 아이큐 300 천재 강아지
-최고의 허스키, 추천합니다 (후렴 안무 장면 박문대 GIF 파일)
-박문대의 컨셉 소화력은 실로 독보적이다. 어디에 붙여도 정확한 표현력
을 보여줄 줄 아는 퍼포머는 드물다. 그리고 박문대는 분명 그 소수 중 하나
일 것이다. (사진)
-야 괜히 시즌3 1등이 아니네 프로그램 전성기 우승자는 때깔이 달라
요ㅋㅋㅋㅋ

'반응 괜찮네.'
나는 첫 공개된 무대의 반응을 모니터링하며 고개를 끄덕였다.
T1에서 밀어주는 신인 그룹의 곡이었기에 '왜 하필 후배 곡 골랐
냐' 등의 말은 나오지 않았다. 누가 봐도 제작진 입김이니까.
게다가 반대로 '티원이 너무 미리내를 밀어준다'는 이야기도 예상보
단 많이 나오지 않았다.
'무대 평이 워낙 좋으니까.'
일단 결과가 좋아서 만족스러우면 세부적인 과정들이야 정당화되는
경향성은 어쩔 수 없었다. 다만… 워낙 관계없는 놈들끼리 묶어서 무
대를 시켜놓았기 때문에, 은근히 누가 더 잘했다는 기 싸움이 심했다.
물론 보통은 제일 인기 많은 놈이 이긴다, 이런 식으로.

-신청려 얼굴 봐 어딜 봐서 곧 10년차이신지 어제 데뷔라고 해도 믿겠음
-청려는 아직도 갓기다
 ┗그 나이면 아재잖아ㅠㅠ
 ┗ㄴ그돌은 면상이 아재잖아ㅠㅠ 늙은 아이돌이라니...마음이 안좋다 화이팅!
-청려야말로 천년돌

'천 년은 모르겠고, 한 오십 년은 아이돌 해먹고 있을지도 모르겠다만……'

나는 떨떠름하게 SNS 페이지를 쓱 내렸다. 이번에는… 인정하긴 싫다만, 저 '제일 인기 많은 놈'이 무대에서 역할이 제일 크기도 했으니 특별히 코멘트할 건 없다.

'어쨌든, 성공은 했고.'

국내뿐만 아니라 따로 올라온 위튜브 동영상도 무시무시한 속도로 조회수가 붙고 있다고 한다. 예능도 띄우고 미리내 인지도도 키우고, 회사에서는 쾌재를 부르고 있을 것이다.

'사실 우리도 손해 본 건 없지.'

이 예능의 해외 인지도가 쭉쭉 올라가면서 초반에 멘토로 조명 잘 받은 테스타 멤버들의 해외 인지도 상승에도 제법 도움이 됐다.

'이번에 내가 나온 특별 무대도 워낙 반응이 좋았고.'

그리고 다음은 선아현이니까 웬만하면 이 기세를 이어갈 것이다.

거기 라인업에 영린도 끼어 있었거든. 청려만큼은 아니지만, 해외 인지도가 좋은 사람이니 선아현도 시너지로 득을 볼 것이다. 게다가 둘

이 연차도 워낙 차이 나서 쓸데없는 열애설 위험도 없다.

'혼성그룹 노래였지.'

듣기로는 해외에서 제법 인기 있던 모 인기 기획사의 혼성 유닛곡을 커버했다고 한다. 투어 중에 즉석 무대에서 한번 해봤어서 나도 안다. 명곡인 데다가 선아현에게 잘 어울리는 분위기라 잘 나올 것이다.

마침 옆에서 내 무대를 모니터링하고 있던 당사자가 영상이 끝났는지 말을 건다.

"무, 문대야. 정말 멋있게 잘했어…!"

"춤 괜찮아?"

"으응! 히, 힘이 좋아!"

오, 확실한가 보군.

"고맙다. 너도 잘 나올 것 같은데."

"그, 그럴까?"

선아현은 헤헤 웃었다. 아무래도 본인이 생각해도 제법 잘한 모양이지.

'역시 안 바꾸는 게 정답이었군.'

안 봐도 잘했을 건 같다만, 다음 주에 한번 모니터링은 해야겠다. 나는 그렇게 생각하며 스마트폰을 껐다.

다만 내 예상과 달리, 거기까지의 과정이 순조롭지는 않았다.

며칠 뒤, 두 번째 특별 무대 예고편이 올라온 후.

[쿨릿 최기운 인하트 비공개 계정에 올라온 글.jpg]

[최기운 비계 다 털림ㄷㄷㄷ]

선아현과 같이 이 혼성 유닛곡의 무대를 했던 이름도 모를 새끼의 비밀 계정이 만천하에 털렸기 때문이다.

솔직히 라인업 중에 영린이나 고려했지 저놈은 생각도 한 적 없던 터라, 여기까진 우리 알 바는 아니었다. 그놈이 논란 때문에 카메라 분량을 덜 받으면 차라리 이득이 됐으면 모를까.

문제는 어김없이 관심법 쓰는 놈들이 등장하기 시작했다는 점이다.

-여기 이거 선아현 이야기 아니야? (캡처)
-시기 딱 맞지 않나 촬영날 같은데

'…슬슬 쿨타임 돌아올 때가 되긴 했지.'
해충박멸의 시기가 도래했다는 뜻이었다.

자, 어떻게 전개된 건지 한번 보자.
사실, 털린 놈의 비공개 계정에서 밝혀진 내용은 뻔한 레퍼토리였다.

[응 존나 지겨움]
[언제 다하냐ㅠ (불타는 이모티콘)]
[시발것들 귀찮아죽겠음… 휴 스타의 삶 왕관의 무게]

직장인이 자기 일을 욕하는 것처럼 자기 일에 대한 한탄과 욕으로 꽉 채워놓았단 뜻이다.

그래도 회사 욕으로 끝났으면 '좀 깬다' 정도로 끝났을 텐데, 이놈은 동료와 팬까지 자유분방하게 비난했더라고.

당연하지만 인터넷은 난리가 났다.

-탈퇴해 미친새끼야

-ㅋㅋㅋㅋ그렇게 귀찮은 줄 모르고 그동안 미련하게 너한테 시간을 쏟았구나 미안하다 이제 갓반인으로 편하게 살렘

-남의 비공개 계정을 유출한 게 잘못 아닌가 다들 일하면서 쌍욕 한번 안 해본 것처럼 지랄이네 그래 연예인 욕하는 게 재밌긴 하지ㅋ

└당사자냐? 댓글 달 시간에 은퇴나 ㄱㄱ

-저 순간적인 감정이 돌의 전부라고 생각하진 않아 그래도 제발 신중할 수 없었을까 머리가 너무 아프다...

-태도 좋 같더니 이럴 줄 알았지ㅋ

놈의 과거 행적부터 말실수까지 쭉 끌어올려지더니 SNS의 글들과 짜 맞추어지며 온갖 추측과 의심이 난무했다.

-이거 보이는 라디오 때 온 팬들 지칭 맞는 듯 그때 라디오에서 존나 불편한 티냄 (동영상 링크)

-얘랑 친한 동갑라인 애들 한번 검증해봐야 하는 거 아닌가? 흠...

-스타의 삶 이지랄ㅋㅋㅋㅋ 팬싸 다음날이네 와우다 (스케줄표 캡처)

뭐, 절반은 억측이었겠지만 일단 불붙은 재미를 놓칠 순 없는지 사

람들은 신나게 온갖 디테일을 싸잡기 시작했다.

그 와중에 선아현도 지목된 것이다.

[클럽 죽돌이 또 존나 착한 척해ㅋㅋ어제 물이 그르게 좋았냐]

캡처를 확인하니, 이 글이 올라온 게 하필 선아현과 함께 특별 무대를 촬영한 날이었다. 그리고 '남성', '스케줄 겹침', '착한 척' 키워드에서 단번에 선아현이 지목된 모양이다.

-솔직히 경우의 수 다 빼면 하나 남잖아

-이거 너무 노골적으로 ㅅㅇㅎ인데? ㅋㅋㅋㅋㅋ스케줄 딱 맞음 ㅅㅇㅎ 심지어 그 촬영 전날 스케줄도 없네ㅋ 소름

-일단 중립기어 박는데 솔직히 개쎄하긴 하네 평소에 이미지 관리 너무했잖아 그 가식...

선아현이 워낙 순한 이미지다 보니 도리어 '그 이미지가 진짜일 리 없다'라는 식으로 의심하는 소수 여론이 좀 있었는데, 거기서 우수수 붙는 것 같다.

게다가 물밑에서는 거의 기정사실처럼 떠들어대는 글도 좀 봤다. 이건 아무래도 일부러일 테고.

-아 말더듬쉑 여자 환장하는 거 이제 알았냐 불쌍한 빠순이들ㅠㅠ

-터졌다터졌다 누구 정황 더 있는 새끼들 빨리 가져와봐 뿌리게ㅋㅋㅋ

-휴 드디어 음침말병이 팰 수 있냐 너무 좋아 (박수 이모티콘)

'이건 아주사 때부터 있던 새끼들이고.'

선아현을 깎아내리거나 깔아뭉개는 것에 인생 건 것 같은 새끼들 말이다. 대부분은 〈아주사〉 끝나고 떨어져 나가거나 관심 가는 새 서바이벌 프로그램이 시작하는 순간 갈아탔으나, 몇몇은 아직 남아 있던 모양이다.

'다른 놈들도 끈질긴 안티는 당연히 있긴 한데… 선아현한테 붙은 새끼들은 결이 좀 달라서.'

그냥 '망했으면 좋겠다' 이런 게 아니라, 선아현의 이미지를 망치고 기를 죽이는 것에 집착하는 새끼들이 다수였다. 선아현이 상담받으며 공식 석상에서의 태도가 덜 소극적으로 변하니 더 지랄인 것 같고.

'미친 새끼들 생각 원리 추측해 봤자 뭐 의미 있겠느냐만.'

답은 고소였으나, 일단 터진 건은 빠르게 수습하는 게 좋겠다.

나는 턱을 손으로 문질렀다.

'…정리는 어렵지 않겠는데.'

이런 건 그냥 이놈들이 지껄이는 '정황상 의심'과 대치되는 증거를 흘려두면 팬들 여론 선에서 깔끔해질 것이다.

당장 지금도 저 물밑에 손 못 대는 곳 아닌 데에서는 무섭게 선아현의 팬들이 해당 여론을 두들겨 패는 중이다.

-ㅋㅋㅋㅋㅋ너무 개소리라 당혹스러울 정도임 수세미 뜨고 자수 놓는 애한테 클럽 이지랄ㅋㅋㅋㅋㅋㅋㅋ

-와 고소감 널렸네 PDF 쭉 따간다 대기업 법무팀 만날 준비나 해라~

-아현이 그룹 외에 친목도 안 뜨는 애인데 미친 소리 작작 좀🤚

-아 막말로 클럽 가면 또 어때 우리 애는 팬 기만 스케줄 펑크 태도 논란 없는 프로 아이도루거든여ㅋㅋ

혹시 정말 클럽에 갔다 해도 문제없도록 여론 나눠 작업하는 게 아주 마음에 들었다. 물론 선아현 같은 놈이 클럽 죽돌이일 리도 없지만.

여기에 방어용으로 당시 이사 소식에 룸메이트 컨텐츠에⋯ 뭐, 반증으로 올릴 건 많다. 말 많아지기 전이니까 당장 오늘 내에 뭐라도 올리면 단번에 정리될 것이다.

다만 선아현의 멘탈 상태는 좀 고려해 볼 사항이다.

'지레 겁먹거나 패닉 올 가능성도 있지.'

선아현의 성격에 제대로 쉬려고도 안 할 테고, 그럼 지금까지 받은 상담이 도루묵 되는 상황까지도 그려진다.

'⋯다음 활동 한번 볼만하겠군.'

벌써 관자놀이가 지끈거린다. 역시 빨리 진행해서 굳이 선아현 눈에 안 들어가는 수준으로 끝내는 게 맞겠다.

나는 곧바로 회사와 통화해서 컨텐츠 공개 시기를 조절하려 했다. 하지만 하필 거기서 문제가 생겼다.

"아현이 촬영 때 쓸데없는 소리가 나와서요. 그냥 지금 공개해 버리는 게 낫지 않을까요. ⋯아, 완성이 아직이라. 그럼 비용 좀 더 쓰더라도 자정까지 완성되도록 당기는 게⋯."

"무, 문대야?"

"……!"
하필 선아현이 베란다까지 날 찾으러 왔더라고.
합숙 생활의 단점이었다. 망할.

"이, 이거, 침대 옆에 두면 좋을 것 같아서……."
"음, 그래."
선아현이 날 찾은 목적은 방 안 인테리어 문제였다. 나는 선아현이
내미는 개 인형을 받아다가 적당히 옆에 뒀다.
'…이놈이 룸메이트라는 점을 좀 더 고려했어야 했나.'
어쨌든 이미 이야기를 들은 이상 별수 없었다.
선아현은 안 그래도 생각이 많은 부류였다. 정확한 사실을 못 들으
면 도리어 더 나쁜 쪽으로 상황을 짐작할 확률이 높다.
'가볍게 턴다.'
나는 바짝 굳어 있는 선아현에게 되도록 편한 어조로 말했다.
"별일 아냐. 웬 아이돌 하나가 욕먹는 거고, 너랑 상관없는 일이니까
예방 차원에서 엮지도 못하게 만드는 게 낫지 않나 해서."
"그, 그렇구나…."
"그래."
"알았어."
선아현은 얌전히 고개를 끄덕였다.
'이대로 넘어갈 것 같진 않은데.'

"그, 그런데."

그럴 줄 알았다.

"어, 어떤 이야기야…? 내, 내 이야기 나온다고 해서…."

거기까지 들었냐. 어쨌든, 괜히 뜸 들이지 말고 가볍게 말한다.

"말도 안 되는 이야기야. 너 혹시 클럽 가냐는 건데."

"크, 클럽??"

"어. 다들 안 믿는데, 무슨 날짜가 비슷하다고 하는 소리야. 그래서 그날 너 다른 일 했다는 걸 보여주려고 했지."

"아, 아하……."

선아현은 이번에도 얌전히 수긍했다.

'끝났나.'

이대로 괜히 이상한 소리 찾아보지 않도록 스마트폰만 며칠 못 쓰게 하면 되지 않나 싶었다.

"일이 커진 것도 아니니까, 굳이 넌 안 찾아봐도 돼."

하지만 선아현이 말은 수긍으로 끝나지 않았다.

"저, 저기. 그럼 문대가 다 찾아본 거야…?"

여기서 안 찾아봤다고 하면 마치 어디서든 이 헛소리를 목격할 만큼 일이 커졌다는 것처럼 들리겠지. 나는 어깨를 으쓱했다.

"뭐, 모니터링하다 보니 좀 깊게 들어갈 때도 있어서."

"으음."

그리고 선아현은 눈치를 보는 것처럼 뜸을 들였으나, 결국 뒷말을 또 이었다.

"이, 있잖아."

"어."

선아현이 두 손을 불끈 쥐었다.

"아, 앞으로는, 문대도 그런 말 하는 사람들, 안 찾아보면 안 될까…!"

"…!"

"히, 힘들잖아. 그런 말들은… 자주 보면 무뎌지는 게 아니라, 더 힘들어지니까…."

"…음."

약간 당황스럽다. 소강상태 때도 아니고, 당장 이득 보는 상황에 이런 말을 들을 줄이야.

나는 팔짱을 꼈다.

"빠르게 대처하는 게 마음 편하지 않겠어?"

"괘, 괜찮아."

선아현이 제법 단호하게 말했다.

"그건 사실이 아니고, 다들 그렇게 믿는 것도 아니잖아…!"

"……!"

"호, 혹시 그렇게 믿는 사람들이 많아지면, 그때 이야기해도… 괜찮을 것 같아."

"……."

"그, 그러니까… 문대가 너무 걱정하거나, 신경 쓰지 않았으면 좋겠어."

〈아주사〉 때 '하도 욕먹는 걸 많이 봐서 익숙하다'고 발언했던 선아현이 하는 말이라고 믿기지 않는 발언이었다.

상담을 착실히 받는 위력이 여기서 나오나.

'놀라운데.'

덕분에 잠시 입을 다물고 있자니, 선아현이 먼저 입을 열었다.

"나, 나는… 차, 찾아보면 오히려 불안해지는 것 같아."

"그러냐."

"으응. 저, 전에는, 내가 한 게 아닌데, 왠지 다들 그렇게 믿게 될 것 같고… 아무도 해명을 들어주지 않을 것 같은, 걱정이 들어서…."

"……."

경험담인가.

"호, 혹시 해명이 통해도, 나중에, 다시 문제가 되어서 큰일 날까 봐… 자꾸 확인하고, 걱정했어."

경험담이 맞는 것 같다.

'그 또래 관계 문제인가.'

나는 묵묵히 경청했다. 선아현이 침을 삼켰다.

"하, 하지만, 그런 일이 진짜 일어날 가능성은 굉장히 낮은 거야, 그렇지…?"

"맞아."

"으, 응!"

즉답에 선아현의 표정이 편안해졌다.

"그러니까, 문대도 많이 걱정하지 않았으면… 해서!"

"……."

거참. 도와주는데도 자제하라는 이야기를 들으면 좀 빈정 상해야 하는데, 너무 정론이라 그럴 마음도 안 든다.

'걱정해 주는 거니 뭐.'

나는 팔짱을 풀며 피식 웃었다.

"뭐, 요새는 그렇게까진 안 봐. 이번에는 우연히 눈에 띄어서 한 거고."

안 그래도 지난번에 차유진에게 비슷한 말 들은 이후로 하나하나 안 놓치고 보려는 짓은 그만뒀다.

선아현의 얼굴이 약간 밝아졌다.

"그, 그렇구나!"

"어. 그리고 사실 이게 좀 재미도 있어서."

"…! 재, 재미있…?"

"보는 거 말고. 싹 쓸어버릴 때 그 맛이 있지."

"아, 아하."

선아현은 열심히 고개를 주억거렸다. 동공이 떨리는 것 같은데 기분 탓이겠지.

"아, 알았어. 문대가 그렇다면…."

"그래. 적당히 할 거야."

"으응."

오히려 스트레스가 풀린다는 말에 선아현이 도로 얌전해졌다.

'룸메이트 되더니 별 이야기를 다 하게 되는군.'

그리고 그제야 정석적인 반응도 나왔다.

"그, 그리고… 문대야. 정말 고마워, 이, 이런 것까지 신경 써줘서."

나는 어깨를 으쓱했다.

"뭐, 이번에는 어차피 알았으니까 그냥 대응하는 걸로."

"아, 알았어. …그, 근데! 다른 분들이 고생하시는 거면, 안 해도 괜찮…."

"아냐, 다른 사람은 안 할 거야."

"어어?"

이미 '편집까지 시간이 좀 더 걸릴 것 같다'는 답 왔을 때부터 생각해 뒀던 게 있다.

"너랑 내가 한다."

"어어…?"

그리고 스케줄이 빈 그날 저녁, 열심히 랩탑을 붙잡고 네다섯 시간을 보냈다는 뜻이다. 덕분에 자정에 예정대로 컨텐츠를 업로드할 수 있었다.

물론, 아까 회사와 이야기했던 공식 컨텐츠는 아니었다.

팬들이 느끼기에도 테스타는 SNS 계정을 알차게 이용하는 편이었다. 사진이나 근황은 거의 매일 같이 돌아가며 올라왔고, 가끔 멤버들이 투닥거리거나 경쟁적으로 업로드하는 귀여운 모습도 보여주곤 했다.

하지만 동영상이 올라오는 건 그리 흔한 일은 아니었다.

그것도 짧은 동영상이 아니라, 제법 길이 있는 영상이 올라오는 것은 팬송 깜짝 공개 이후로 처음이었다.

-동영상 길이 6분 27초?

-누구냐 이 효자는

-ㅋㅋㅋㅋㅋㅋ몰라 일단 클릭해

특별히 자기를 표출하는 것 없이 'Good night'이란 내용만 적힌 그

글의 동영상을 사람들은 얼른 클릭했다.

"…!"

그리고 나오는 장면에 반사적으로 함박 미소를 지었다.

-헐 브이로그

-허억 사랑한다

재생된 것은 낯선 거실에 자유롭게 앉은 멤버들을 찍은 투박한 동영상이었다!

심지어 작은 자막까지 들어가 있었다.

[팝콘러버 차유진]

[냠]

일정이 안 맞는 룸메이트 컨텐츠나 이사 컨텐츠 대신, 박문대가 개인적으로 찍어뒀던 소장용을 빠르게 편집해 올린 것이다. 그는 일부러 90년대 필름 카메라풍 필터를 써서 촬영 날짜와 시간이 다 뜨게 만드는 노림수도 잊지 않았다.

[19:11:21]

[오늘의 저녁 당번들]

[선아현은 불 접근 금지]

어두운 듯 따듯한 옛날 색감 속.

멤버들은 아직 짐이 완전히 정리되지 않은 것이 어렴풋이 보이는 주방을 배경으로 저녁을 먹으며 떠들었다. 그리고 자기들끼리 게임을 하거나, 카메라를 보고 브이를 하거나 인사를 하는 것도 짧게 짧게 편집되어 들어갔다.

[파자마가 편했다]
[굿 나잇!]

심지어는 양치를 하거나 자러 들어가는 모습까지도.

나른한 BGM이 깔려 편안한 분위기를 조성했다. 필터를 제외해도 상당히 날것처럼 느껴지는 그 감성은, 어딘지 공식 영상 컨텐츠와는 다른 맛이 있었다.

-너무 귀엽다
-애들 아직도 데뷔 때 맞춘 동물 파자마 계속 입고 있어 사랑해

사람들은 약간 사적으로까지 느껴지는 이 친근한 컨텐츠를 신나게 즐겼다.

물론 부가 효과도 착실히 나왔다.

-저기 숙소 아니잖아
-뭐지 MT 갔니??

-대박 애들 진짜 이사갔나 봐!!

-방금 그럼 룸메이트 게임이야? 미친 빨리 공개 좀 감질맛 나네ㅠ

-이거 설마 문대가 찍었어..? (카메라 돌려서 보는 문대 컷 캡처)

-제발 문댕댕 차고영 룸메 한번 더 하자 내 꿈임

아직 공개되지 않은 두 컨텐츠, 이사와 룸메이트 게임의 예고편 느낌으로 기대감도 살린 것이다.

물론 가장 중요한 목적 역시 바로 달성되었다.

[아현이 자수 완성]

모든 시간대에서 멤버 단 한 명도 빠지지 않고 화면에 나왔기에, 자연스럽게 선아현의 무고함도 깨끗이 증명되었다. 중간중간 비는 30분 만에 클럽에 갔다 올 수 있을 리가 없었으니까.

-ㅅㅇㅎ 클럽 어떻게 됐어?ㅠㅠ 맞는 것 같대?

└응 그때 걔 숙소 이사기념 할리갈리하고 있었음ㅅㄱ~

가뜩이나 팬들이 밀어놔서 억눌려 있던 의심은 다시 한번 얻어맞으며 소강했다.

-영악한 새끼

-ㅋㅋㅋㅋㅋ곰머가 설계해줬냐

-쯔쯔클럽남을 덮어? 삐틱에서 배운 게 없네

물밑에서도 더는 널리 통할 떡밥이 아니라는 것을 깨닫고 의미 없는 발악이나 하고 있을 때였다.

다시 한번, 쓸데없는 구설을 밀어버릴 파도가 밀려왔다.

-야 위튜브에도 뭐 뜸
-뭐야 오늘 무슨 날이여
-잠 다 잤네

Vlog 공개 한 시간 뒤. 새벽 1시경에 T1 Star의 위튜브 공식 채널 알림이 뜬 것이다.

[테스타(TeSTAR) 'Enchanted?' Concept Film]

검은 썸네일에는 〈행차〉와 〈Spring out〉 두 뮤직비디오 사이 어디쯤의 의상을 입은 류청우가 소나무를 배경으로 앉아 있었다.

-헐

바로 테스타가 이번 활동 마무리용으로 준비했던, 세계관 연결용 컨셉 필름이었다. 원래 사흘 뒤 공개였던 것을 박문대가 그룹 회의를 통해 끌어온 것이다. 이미 편집을 끝내놓은 덕에 가능한 일이었다.

대놓고 물량 공세였다.

덕분에 팬들의 반응은 이렇게 되었다.

-갑자기요?

-뭔진 모르겠지만 고맙다 얘들아

-아 맛집이야 역시 양도 많이 줘

쏟아진 컨텐츠에 신난 팬들이 허겁지겁 영상을 클릭하는 순간.

"…!"

가볍게 달아올라 있던 그들의 마음이 확 내려앉도록, 영상의 분위기
가 순식간에 액정을 집어삼켰다.

[……]

영상은 소나무 아래에 미동도 없이 앉아 있는 류청우로 시작했다.

배경의 소나무 숲은 완연한 밤이었다. 그 속에서 새파랗게 빛나던
안광이 눈꺼풀 아래로 사라지는 순간.

피잉–

화면이 깜박거리며, 마치 회상하듯이 과거와 미래를 접붙였다.

눈부신 낮. 화살을 쏘아 보낸 류청우가 미소와 함께 궁을 거두는 순
간이었다. 어느새 컷이 검은 머스킷 총기를 든 표정 없는 류청우로 바

꿰더니, 총구에서 탄이 튀어나왔다.

탕!

그리고 쏘아진 탄을 느릿하게 비추던 장면은 어느새 비슷한 크기의 금화가 이세진의 얼굴 앞에서 튕기는 컷으로 바뀌었다.

티딩-

그리고 금화를 튕기던 이세진의 손은 어느새 대궐에서 춤사위를 벌이던 화려한 손동작의 컷으로 전환되었다.

휙.

그다음은 허공에 휘날리던 오색 천이 빛바랜 끈으로 바뀌더니, 그 끈을 팔찌처럼 동여맨 박문대가 비추어졌다.

그렇게 조각조각, 뮤직비디오에 나올 법한 컷들이 의식의 흐름처럼 짜 맞추어져 화면을 지나갔다. 느릿하게 클래식풍으로 편곡된 행차의 멜로디를 BGM 삼아서.

-??? 뭐지

-행차랑 스아웃 때 찍어둔 것 같은데

-해석을 기다립니다

사람들은 뜬금없는 영상에 당황하면서도 훌륭한 영상미와 멤버들의 새로운 컷을 일차적으로 즐겼다. 마치 B컷 모음처럼 보여야 마땅했으나, 절묘한 컷의 배치로 상징성의 기색이 느껴졌기 때문이다.

그리고 약간 더 진행되자 구성을 눈치챈 사람도 있었다.

-이거 행차 티저 순서 거꾸로 올라오네
　└헐
　└미친 소오름

그렇다.

멤버들의 컷은 행차 티저에서 각 솔로곡이 등장했던 순서를 역행으로 거슬러 올라 등장하고 있었다.

그것도 한 번이 아니었다.

티저 맨 처음에 등장했던 선아현의 수면 위로 손을 뻗는 컷이 등장하자, 그것이 머스킷을 돌렸다가 잡아채는 류청우의 컷으로 변한 것이다.

처음과 끝이 연결되었다.

그렇게, 마치 회상을 계속하는 것처럼 컷은 이어졌다.

휘이익!

계속, 반복적으로.

더 빠르게, 엄청난 속도감과 함께.

그렇게 쫓기듯, 내달리듯 교차하던 예술적인 컷들은 시작할 때처럼 갑작스럽게 멈추었다.

찰칵.

차유진이 포박된 류청우의 손을 붙잡아 일으켜 주며, 그 손에 쥐어진 시민권 신청서가 클로즈업되던 순간.

[딩-.]

갑자기 컷이 고정된 것이다.
그리고 대신, 뜬금없이 차유진의 뒤에 서 있던 배세진의 얼굴을 비추었다. 마치 영화처럼 느긋하게 고정된 클로즈업과 함께.

[……]

상념이 드러나는 그 얼굴은, 마치 직전 수많은 컷으로 표현된 회상의 주체가 누구인지 알려주는 것만 같았다.

[와하하하!]

이윽고 배세진은 신나게 시민권 신청서를 들고 뛰어다니는 멤버들을 뒤로한 채, 슬그머니 발을 옮겼다.
발걸음은 점점 빨라졌다. 웃음소리가 멀어졌다.
타다닥!
그리고 곧 배세진이 서 있는 장소가 바뀌었다.
바로 지난 뮤직비디오에서 그가 이 화려한 도시를 내려다보던 거대한 창이었다.
광활하고 이국적인 도시는 여전했다. 그러나 창에는 전 뮤직비디오에서 굳이 자세히 비추어주지 않았던 서류가 하나 붙어 있었다.

[시민권 증서 요청 대응 지침 (요괴)]

구겨진 서류 위에는, '유사시 적극적 거부'에 수많은 붉은 동그라미
가 처져 있었다….
시민권 증서는 무용한 미끼였다는 것을 뜻하는.

[후.]

배세진은 한숨을 내쉬며, 그 서류를 뜯었다. 그리고 몹시 주저하듯
이 서류와 창밖을 번갈아 보았다. 창밖 한구석에서 아직도 신이 난 멤
버들의 모습이 짧게 스쳐 지나갔다….
그래서 그의 갈등은 오래가지 않았다.

[…….]

현악기 하나로 〈Spring out〉의 테마 멜로디가 연주되었다.
배세진은 천천히, 서류를 바닥에 던졌다. 그리고 주머니에서 낡은 천
을 꺼내서 눈 위를 덮기 시작했다.
행차 때처럼.
그 위로 자연스럽고, 또렷한 음성 내레이션이 흘러나왔다.

[다시 태어난다면,]
[너 같은 사람으로 태어나고 싶다.]

화면의 배세진은 머뭇거림도 없이, 눈을 감은 그대로 창문을 향해 손을 뻗었다. 느릿한 클로즈업과 점점 고조되는 음악이 영상을 흔든 다…… 그리고.

손이 닿는 순간.

툭.

음악이 일그러지며, 시야가 반전되었다.

쉬잇.

암전과 화이트 노이즈. 그리고 다시 살아난 화면.

배세진이 아닌 흑발의 박문대가, 교복 차림으로 서서 창문에서 손을 떼었다.

학교였다.

그는 뒤를 돌아 카메라를 응시하며 미소를 지었다.

석양이 지고 있었다.

[…….]

아주 익숙한 장면이었다.

그리고 아주 친숙한, 차임벨 소리가 들렸다.

♬♪♩♪- ♬♪♬♪- ♪♩-

마법소년의 멜로디.
그와 함께, 화면이 녹아내리듯 사라졌다.

[Still enchanted]
[See you in that dream]

문구만을 남긴 채.
영상은 그렇게 끝났다.

-??????
-지금 내가 뭘 본 거냐

당연하지만, 그 후 테스타의 팬덤은 사흘쯤 거대한 세계관 연결 떡
밥에 완전히 뒤덮여 버렸다.

"훌륭하네."
개인 일상과 공식 세계관 영상을 연달아 공개하는 건 역시 효과가
탁월했다. 나는 온갖 이론이 판치는 SNS 글을 쓱 훑었다.
어디 보자, 별 이야기가 다 나오는군.

-평행세계 존맛

-일종의 인셉션 같은 구조라고 생각함 꿈속의 꿈? 아마 행차>마법소년>배러미>비행기 같은데

-생각해보면 피크닉 때도 묘하게 전 뮤비 장면 다 겹쳐 나오지 않았냐 설마 그것도 떡밥이었냐...?

-ㅠㅠㅠㅠ 우리 애들 요괴가 아니라 사람 되고 싶었구나 근데 원래는 요괴였으니까 자꾸 초능력으로 능력 나오는 거고

-다음 앨범 마법소년으로 세계관 돌아오는 것 같지? (김칫국 드링킹

워낙 의미심장하게 만들어둔 탓인지, 배세진의 역할부터 시작해서 세계관 순서까지 다양한 방면에서 이야기를 할 수 있는 게 사람들을 더 흥분시킨 것 같았다.

'재미는 있는 것 같아서 다행이긴 하다만…'

물론 세계관 자체를 별로 안 좋아하는 팬들도 많다. 이런 사람들은 요 며칠 좀 시큰둥했겠지.

-얘들아 뇌절은 하지 말자

-너무 나갔는데 대체 어디까지 엮을 생각인 거임

-그냥 수트 입고 섹시 컨셉이나 한번 해주라 티원 새끼들 세계관 놀음 오냐오냐해주면 끝도 없이 감

-셈별 컨셉충 그룹인 건 알았는데 스케일 너무 커지니까 좀 피곤함

-문대가 양치하는 거나 한 번 더 보고 와야겠다 ㅅㄱ

그래서 이쪽을 위해 곧 이사와 룸메이트 게임 컨텐츠도 공개될 예정이다. 그럼 며칠 내로 팬 커뮤니티가 더없이 쾌적하게 돌아가겠지.

'선아현 이야기는 더 나올 건덕지도 없는 것 같고.'

이만하면 일석이조는 될 것 같다. 나는 어깨를 으쓱하며, 차 안을 확인한 뒤 곧바로 스마트폰에서 해당 탭을 내렸다.

'음, 슬슬 그만 봐야겠지.'

말을 해둔 게 있으니, 한동안은 물밑에서 지껄이는 이야기는 의식적으로 아예 보지 않을 생각이다.

…사실, 이 세계관 컨텐츠를 약간 빨리 풀려고 짧게 회의를 진행했을 때 관련 이야기가 나왔기도 하고.

─그, 그래서… 문대가, 앞으로는 인터넷 많이 안 보기로 했어요…!

─잘했어!

─그래. 안 그래도 문대가 너무 자주 찾아보는 것 같아서 좀 걱정했거든.

─전자기기 사용 시간을 절제하는 것이 건강에 이롭다고 들었습니다. 훌륭한 선택입니다!

김래빈은 좀 잘못 이해한 것 같긴 했다만… 어쨌든 이렇게 되니 큰세진마저도 '난들 어쩌겠음' 같은 표정으로 어깨나 으쓱하더라.

이놈들이 이렇게까지 만장일치로 내 정신건강을 우려하고 있을 줄은 몰랐다. 누가 보면 내가 무슨 은둔형 외톨이 위험군 수준으로 인터넷에 빠진 놈인 줄 알겠군.

어쨌든, 그래서 나도 결국 고개를 끄덕일 수밖에 없었다는 뜻이다.

'며칠 위튜브로 동물 동영상이나 보면서 살면 되겠지.'

나는 심드렁하게 생각하며, 위튜브로 접속했다. 시청 기록을 남기지 않고 관련 정보 수집을 거부해 둔 탓에 알고리즘 같은 건 안 나왔다. 그냥 인기순 정렬해서 개나 볼 생각이었다.

…그런데 하필 이런 동영상이 실시간 인기 5위더라.

[테스타의 큰 그림? 미국인들을 케이팝 개미지옥에 빠뜨리는 루트 발견!]

…썸네일에는 '아주사?', '세계관은 또 뭐야!'라는 말풍선을 달고 머리를 부여잡고 있는 서양인들이 보였다. 국뽕 어그로가 흘러넘치다 못해 질식할 지경이었다.

다만, 위튜버 이름을 보니 몇 번 본 놈이다.

'내용 자체는 제법 알차게 구성하는 놈이었지.'

대충 해외 인터넷을 편향적으로 요약하는 놈이라고 보면 됐다.

"……."

그럼 실시간 인기 동영상 정도는… 사실 봐도 상관없지 않나? 관심 없는 놈들도 한 번씩은 볼 썸네일이지 않은가.

'척 보니 칭찬이나 줄줄 늘어놨을 것 같은데.'

타격 입을 일이 없다. 나는 곧바로 타당한 결론을 내리고 동영상을 클릭했다. '안녕하세요 위튜브 시청자 여러분'으로 시작하는 뻔한 분량 채우기용 이야기는 넘어가고.

본론부터 1.5배속 재생하자.

[여러분, 지난 동영상에서 제가 테스타의 영미권 인지도가 상승한 이유를 말씀드렸었죠.]

[바로 서바이벌 오디션 밈에서 〈아이돌 주식회사〉로 이어진 관심이 'Spring out' 뮤직비디오 조회수로 연결된 흐름인데요.]

그 '옛날 생각난다' 발언이 동아시아 밈하고 맞물려서 화제 좀 탄 걸로 호들갑 떠는 것이다.

[이 동양의 스팀펑크 세계관이 많은 양덕들의 가슴을 설레게 했습니다. 그리고, 여기서 투척된 것이 바로 새 케이팝 예능 〈K-NOW〉입니다.]

[〈아주사〉 제작진이 만들었다는데, 심지어 접근성 좋은 넷플러스 자체제작 예능이었죠. 당연히 테스타-아주사 라인에 관심이 생긴 미국인들은 이 프로그램을 우르르 시청하게 되었습니다.]

'우르르'까진 아니다. 그냥 〈아주사〉까지 볼 정도로 KPOP에 흥미 생긴 놈들이 좀 유입된 거지.

너무 뻔한 이야기라고 생각한 순간, 제법 쓸 만한 다음 말이 나왔다.

[다만 여기서 끝이 아닌데요. 〈K-NOW〉가 예상보다 현지에서 대박을 친 것입니다!]

오, 이건 맞다.

〈아주사〉 제작진의 지옥 케이팝 캠프는 미국에서 꽤 성공적으로 자리 잡았다고 이야기를 전해 들었다. 그래 봤자 넷플러스 자체제작치고 잘됐다는 거라 진짜배기 인기 채널급은 아니었다만, 인터넷에서 일반인들에게 회자는 좀 됐다는 뜻이다.

물론 이 위튜버는 그 이야기를 싹 생략했다만, 그래도 다음 말은 제법 날카로웠다.

[대박 예능은 다양한 대중 시청자들을 끌어들였는데요, 여기서 바로 밈을 계기로 테스타―아주사 라인을 탔던 올드비들이 활약하게 됩니다!]

[그들이 이 미국 일반인, 대중 시청자들에게 〈아이돌 주식회사〉와 테스타를 적극 추천했기 때문입니다.]

"…!"

오, 이건 좀 새롭다.

'이런 분석이 있었나.'

그냥 예능빨로 해외 인지도 수혜 좀 받은 줄 알았는데, 나름대로 그 안에서도 움직임이 있었나 보다.

[〈K-NOW〉를 감명 깊게 시청한 시청자들이 결국 테스타의 뮤직비디오나 〈아이돌 주식회사〉를 시청하며, KPOP에 새롭게 유입된 것이죠!]

[기존 KPOP 팬들의 관심뿐만 아니라, KPOP 파이 자체를 키우는 영리하고 파급력 강한 행보라고 볼 수 있습니다.]

제작진은 아무도 의도하지 않았으며 회사도 여기까진 고려 못 했다는 데 이번 분기 정산을 걸겠다. 왜냐하면 우리도 여기까진 그림 안 그렸거든.

그러나 위튜버는 완전히 자신의 이론에 확신이 찬 모양이다.

[그렇다면 테스타의 큰 그림은 과연 어디까지일까요?]

[심지어 바로 어제, 테스타의 세계관 영상이 새롭게 업로드되었습니다. 해당 영상은 테스타의 지금까지 활동 연대기를 연결해 주는데요.]

[결국, 그들의 데뷔곡인 '마법소년'까지 유입이 발생하고 있다는 지표까지 나왔습니다!]

[※영상 제작일 기준※]

…그러냐?

영상에 첨부된 그래프는 좀 과장되긴 했지만 맞는 소리였다.

[그리고 지난 월요일, 테스타는 이번 활동을 마무리하고 휴식기에 들어갔습니다. 다음 앨범에서는 또 어떤 행보로 우리를 놀라게 해줄까요?]

[오늘 영상은 여기까지입니다.]

흐음. 나는 턱을 문질렀다.

과장과 호들갑이 많긴 한데, 다 걷어내고 살펴봐도 꽤 고려할 만한 담론이 있긴 하다.

'다음 앨범이 또 중요하겠군.'

언제는 안 그랬냐만, 이번에도 관심을 팬층으로 잘 소화할 만한…

국내외에서 다 잘 먹힐 곡을 타이틀로 뽑아야겠지. 정체기 없이 쭉쭉 커지는 게 좋긴 한데, 숨 돌릴 틈도 없다.

'좀 구체적으로 살펴봐야 하나.'

새 팬 만들겠다고 기존 팬들의 니즈를 벗어나도 안 되는 일이지 않은가. 자료는 많을수록 좋았다. 그래서 반사적으로 인터넷 탭을 열어 세부 검색을 시작하려던 순간이었다.

"저, 무, 문대야. 검색해?"

"…! 그냥 좀."

선아현이 작은 목소리로 말을 잇는다.

"아, 안 보기로… 아, 아니야. 문대가 보고 싶으면 보는 거지만. 그래도 많이 보지는 않았으면 해서…."

"……."

"야, 약속했으니까…."

오냐.

"그래."

"으, 으응!"

나는 스마트폰을 껐다. 그리고 내심 한숨을 쉬었다.

'뭐, 할 거 없나.'

곧 비활동기라 스케줄 파악할 것도 없다. 어째 손발이 근질거린다.

그때였다.

드르륵!

대뜸 스마트폰이 진동하더니, 문자가 왔다.

"…?"

[202×년도 제1회 검정고시 응시자 유의사항 안내]

아, 맞다. 그러고 보니 비활동기에 맞춰서 이걸 신청해 뒀었지.
'대충 보고 오는 걸로 할까.'
나는 심드렁하게 도로 스마트폰을 내렸다.
참고로, 옆자리에 앉아 있던 놈들도 얼결에 이 문자를 봤다는 것은
이때까진 모르고 있었다.

솔직히 검정고시를 보는 것에 대단한 의도는 없었다. 그냥 살면서 만
일의 경우에도 고졸 정도는 해두는 편이 손해가 없을 것 같았을 뿐이다.
'예능에서 머리를 그렇게 썼는데도 중졸이라고 긁는 놈들이 겨우 검
정고시 합격했다고 잠잠해질 리도 없고.'
그래서 그냥 때 되면 토익 갱신하는 것처럼, 크게 의식하지 않고 기
출 문제집이나 한번 풀고 끝냈다. 대졸에 공시 준비까지 했는데 설마
검정고시를 못 붙겠냐 싶었지.
그리고 생각대로, 기출문제 점수를 보니 너끈히 합격권이었다.

"조용히 다녀오기만 하면 되겠어."
채점된 문제집을 덮으며 내린 결론이었다.
활동도 어제로 끝났고, 아직 휴가를 받을 수준은 아니었으나 공식

스케줄이 하루 이틀 걸러서 나올 만큼 여유로웠다. 그래 봤자 2주쯤 쉬고 난 뒤엔 다시 다음 앨범 준비를 해야겠지만, 그래도 모레 검정고시 보는 데에는 문제없다는 뜻이다.

나는 팔짱을 꼈다.

'괜히 떠들지 말자.'

여론에 내 검정고시 소식이 빠져나가서 좋을 게 없었다.

쓸데없는 동정 여론부터 스토커가 붙어서 고사장에 민폐가 될 최악의 케이스까지 돌발 상황만 늘어날 뿐이다. 가뜩이나 모니터링도 제한이 걸린 마당에 귀찮기만 하지 않겠는가.

'다른 놈들에게도 굳이 말할 것 없고.'

모처럼 쉬는 날이니 각자 알아서 놀게 두자.

[이 망할 KPOP 밴드들 같으니!]

"와하하하!"

당장 문밖에서는 차유진이 폭소하는 소리가 요란했다. 〈K-NOW〉를 4화부터 몰아보는 중인 것 같은데, 덕분에 소음 속 모의고사 훈련 한번 효과적으로 했다.

다만 차유진이 폭소하는 이유는 잘 모르겠다.

'4화부터 분위기가 좀 바뀌던데.'

'노답 관종들 KPOP 지옥 캠프로 골탕 먹이기' 느낌이던 초반과 달리, 4화부터는 참가자들의 사연을 조명하며 슬쩍 공감대를 형성해 주더라.

[부모님이 돌아가신 뒤로, 다른 사람들이 날 '신경 쓴다'는 느낌을 받아본 적이 별로 없었거든요.]

[전 상금이 꼭 필요해요. 가족을 위해서요.]

그리고 그 분위기에 맞춰 자연스럽게 참가자들의 태도 편집도 좀 변했다.

캠프에 고통스러워하고 KPOP 폭격에 엑스트라 악당처럼 나가떨어지던 전과 달리, 무대를 하나둘 완성하며 진짜 보람을 느끼는 걸 보여준 것이다.

[이렇게 100% 나 자신을 밀어붙이며 살아봤던 적이 없던 것 같아요.]

[그들은 진짜예요. 공장식 훈련? 다 엿이나 먹으라고 해요! 이 노력은 진짜고, 그들은 스포츠 선수가 훈련하는 것처럼 훈련하는 거라구요!]

게다가 KPOP 멘토들과 공감대 형성까지.

가령 '박문대'의 가정사 같은 것도 참가자 사연과 엮어서 살짝 써먹더라고.

아, 마침 날 언급하는 장면이 지나가는지, 문밖에서 소리가 들린다.

[전 부모님 돌아가시고 존나 약이나 하는 쓰레기로 살았는데, 제 멘토는 오디션에 나가서 우승했잖아요.]

[이건 정말 제게 많은 걸 의미해요.]

그냥 공연 시 카메라 찾는 팁을 알려줬을 뿐인 장면이었는데 잘도 인터뷰와 짜 맞췄더라. 해외에선 아직 식상하다고 느끼지 않아서인지 은근히 감동 신파 코드 잘 통하는 것 같던데, 순조롭게 화제성 더 먹고 있겠군.

'출연진도 좀 나눠 먹을 테니… 넘어가 줄까.'

그리고 보니 시즌 2 제작 확정 소식도 이미 들었다.

'다음 앨범에 유입만 많이 됐으면 좋겠군.'

나는 심드렁하게 방문을 열고 나왔다. 차유진이 단번에 고개를 돌리고 눈을 번쩍이며 외친다.

"형! 형은 대단해요, 멋진 사람이에요!"

"어, 고맙다."

금방이라도 'Love yourself'를 외칠 기세다. 과연 미국 놈이다.

나는 주방으로 가서 물을 따르며 물었다.

"다들 외출했냐."

"몰라요! 저 지금 일어났어요!"

지금이 오후 2시인데 정말 자랑스럽게도 말한다. 하긴 활동기엔 서너 시간 자면서 살았으니, 며칠 열두 시간쯤 자도 게으른 놈 취급하긴 그렇지.

"형, 게임해요!"

"좀 있다가."

"지금 해요!"

"너 보던 거 있잖아. 그건 다 보고 해야지."

"아하."

한 턴 넘겼군. 저거 예능 보다가 게임 하자고 말했던 것도 까먹을 확률이 절반은 된다.

나는 식탁에 걸터앉아 천천히 물을 마셨다. 잠시 뒤, 옆 방에서 슬그머니 배세진이 나왔다.

"형 계속 잤어요? 저도 그랬어요!"

"아, 아니, 그냥… 책 읽었는데."

"에이."

배세진은 간만에 편한 얼굴이었다. 큰세진 놈과 같은 방이 된 뒤로 슬그머니 거실로 나와 구석에 앉아 있는 걸 좀 봤는데, 아마 지금 놈이 방에 없나 보다.

'그러고 보니 선아현도 방에 없었지.'

큰세진이나 류청우는 그렇다고 쳐도 외출 잘 안 하는 김래빈과 선아현까지 나갔으니 과연 비활동기답다.

"…저기."

"예. 물 드실 건가요."

"어? 어어…."

주방에 걸어온 배세진에게 물을 줬다. 배세진은 물컵을 손에 쥔 채로 얼떨떨한 얼굴로 있다가, 마시지도 않고 대뜸 물었다.

"…뭐, 할 말 없어?"

"…? 딱히요."

설마 방 바꿔주겠다는 제안을 기대한 건 아니겠지. 미안하지만 호의는 물로 끝이다.

"음, 그래."

배세진은 어쩐지 눈썹을 꿈틀거리는 것 같았으나, 별말 없이 얌전히 물을 마시고 도로 방에 들어갔다.

'뭐냐.'

어째 할 말 있다는 뉘앙스긴 했으나, 분위기 보니 심각한 건 아닌 것 같아서 넘겼다.

'쫄리면 알아서 말하겠지.'

비활동기 초입이니, 나도 좀 쉬자.

나는 어깨를 으쓱하고 물컵을 정리했다. 할 것도 없으니, 문제나 한 번 더 풀어볼 생각이었다.

"형! 저 다 봤어요!"

…그리고 잠시 후, 기어코 예능을 다 보고도 게임을 안 까먹은 차유진과 게임을 몇 판 해줬다. 솔직히, 딱히 할 게 없어서 심심했기 때문에 좀 귀찮아도 할 만했다.

"호버나이트 하는 게 어때요? 지난번에 친구가 재밌다고 했거든요!"

"맘대로 해라."

돌이켜 생각해 보면 이때 이렇게 대충 넘기지 말았어야 했다.

이틀 뒤 아침, 상상도 못 했던 걸 받았기 때문이다.

검정고시를 보는 날 아침. 나만 일어나기 위해 알람도 진동으로만 맞춰뒀었다.

'다 자고 있겠지.'

조용히 침대에서 일어나 화장실로 가서 세안했다. 그런데 화장실에서 나오며 보니, 반대편 침대가 비어 있었다.

"…?"

선아현 어디 갔냐.

'내가 여기 화장실을 써서 거실 쪽 쓰러 나갔나.'

가장 가능성 있는 추측을 하면서 외출복을 걸치고 방문을 조심스럽게 열었을 때였다.

제일 먼저 느낀 건… 냄새다. 제법 고소한 음식 냄새.

그리고 우렁찬 목소리가 들렸다.

"박문대 나왔다!"

"……?!"

고개를 드니, 훤한 거실과 주방을 동거인 놈들이 다 채웠다.

'이게 뭐야.'

오늘 무슨 날인가 고민하려던 찰나, 큰세진이 손바닥을 치며 다가왔다.

"아이고, 문대문대~ 오늘 시험 본다며!"

"…!"

큰세진은 히죽히죽 웃고 있었다. 그리고 주변을 보니, 다른 놈들도 다를 게 없다. 다 아는 게 기정사실이라는 뜻이다.

"어떻게 알았냐."

큰세진이 과장되게 측은하단 눈으로 고개를 저었다.

"문대야, 우리가 단체 생활을 한다는 걸 잊지 않기로 하자… 네가 보는 스마트폰 화면… 옆 사람도 훤히 보인단다."

"…!!"

"아니, 어떻게~ 그런 중대사를 치르면서 어? 멤버들한테 한마디 말도 없냐~ 너무 무정한 거 아니야??"

"무슨 수능도 아니고 굳이 말할 필요가…."

"흑흑, 그런 섭섭한 말씀을!"

"맞아요! 섭섭해요!"

"……."

이놈들 일부러 서운한 척하고 있다. 재미 붙였냐.

그나마 이성적인 설명은 류청우에게서 나왔다.

"어차피 다들 시간 있고, 숙소에 있는 날이니까… 깜짝 배웅이라도 해주면 좋을 것 같아서. 하하."

"…네."

이건… 좀 예상 못 했다. 굳이 안 그래도 되는데.

"조용히 시험을 보시고 싶을 형님의 의사를 고려하여 시험장까지 배웅은 자제하기로 했습니다."

그건 정확한 판단이다.

하지만 여기서 끝이 아니었다.

"그, 그래서… 이거, 다 같이 만들어봤어."

맨 뒤에 서 있던 선아현이 얼른 국자를 움직이더니, 이윽고 그릇을 식탁에 차렸다. 그 안에 든 것은… 닭죽이었다.

"……."

"닭고기 수프 만들고 싶어요! 근데 다들 반대했어요!"

"시, 시험 전이니까, 익숙한 게 좋을 것 같아서."

"닭고기 수프 맛있는데…."

지옥에서 올라온 것 같은 몰골의 다 탄 치킨 수프가 저절로 떠오른다. 그게 두 번의 과정을 거쳐 이렇게 멀쩡한 닭죽으로 진화했다는 게 도저히 믿기지 않을 지경이다.

"아현이가 열심히 했고… 세진이, 그러니까 배세진이가 많이 했지. 우리 중에 그나마 요리를 할 줄 아는 게 래빈이랑 세진이뿐이라서."

"저보단 배세진 형께서 확실히 조예가 있으신 것 같았습니다!"

"아니, 그 정도는 아니고."

배세진이 헛기침을 했다. 그래. 김래빈이나 너나 고만고만하다.

'용케 만들었군.'

나는 제법 정성이 들어간 것 같은, 괜찮은 몰골의 닭죽을 들여다보다가 말문이 막혔다.

좀… 당황스러운데, 미안하기도 하고.

"어때, 문대야 너무 고마워서 막… 말이 안 나오지? 다 알아, 맛있게 먹어~"

훌륭하다. 미안함이 싹 가신다.

"넌 뭐 했는데."

"에이, 다 같이 장 보러 갔다 왔지~ 배달시키면 들키잖아. 재료가 어디 허공에서 떨어졌겠어?"

그래서 어제 뜬금없이 다들 자리에 없던 거였군. 용케 안 들키고 냉장고까지 넣었구나 싶다.

"어때, 이해 가지?"

나는 한숨을 쉬었다가, 결국 쓴웃음을 지었다.

"그래, 고맙다."

"…!"

"다들 감사합니다."

"고맙긴."

"얼른 먹어!"

어쨌든, 나는 그렇게 히죽거리는 놈들 사이에 앉아서 닭죽을 먹게 되었다.

"…맛은 있어?"

"예. 맛있네요."

체하는 줄 알았다.

다만, 남기면 또 무슨 말을 들을지 모르니 깨끗이 바우긴 했다. ……고마운 일이기도 했고.

"한 그릇 더 먹을래?"

"괜찮습니다. 큰세진 너 사진 찍지 마라."

"어어? 문대 팬분들께 이 중요한 순간을 공유하기 싫은 거야? 멤버들이 이렇게 열심히 요리를 했는데~"

"……."

그래, 아주 마음대로 해라.

당장 검정고시 본다고 공지 때리는 것도 아니고, 나중에 박문대가 아침 얻어먹었다고 올리는 정도는 괜찮을 것이다.

"나, 남은 건 도시락으로 싸 갈래?"

"음, 그래. 고마워."

사실 어제, 점심으로 먹을 만한 걸 대충 챙겨놓긴 했다만… 그건 돌아와서 먹어도 되겠지.

나는 닭죽이 든 보온 통을 들고, 다른 놈들의 배웅을 받으며 적당한 시간에 숙소에서 나왔다.

"만점 받아라~"

"저녁 맛있는 거 먹어요!"

기분이 희한했다.

'수능 때도 내가 싼 도시락 들고 갔었는데.'

남의 몸으로 검정고시 보면서 이런 걸 먹게 될 줄은 몰랐다.

'…시험이나 잘 보자.'

이러고 합격 못 하면 정말 웃긴 꼴이 될 것 같으니, 그럴 일은 없겠지만 좀 더 신경 써서 봐야겠다.

나는 마스크를 낀 뒤, 볼캡을 눌러쓰고 길을 나섰다.

시험장은 멀지 않았고 택시로 쉽고 조용하게 도착할 수 있었다.

그리고 당연하지만, 아무도 나에게 관심이 없었다. 회사에 경호 인력 요청했으면 오히려 시험을 방해한다며 욕 좀 먹었을 것이다.

'나랑 비슷한 차림이 한둘도 아니고.'

워낙 연령대도 다양해서 나 정도의 평범한 차림새는 묻혔지 않은가. 쓸데없이 소식을 유출하지 않길 잘했다고 생각하며, 나는 책상에 앉아 펜을 꺼냈다.

오랜만의 시험이었다.

서울의 한 검정고시 고사장 안.

박문대의 말대로 다양한 연령대의 서로 다른 사람들이 각자의 책상에 앉아 있었다. 하지만 그가 미처 예상치 못한 점도 있었다.

하필이면 그중 어떤 아이돌을 뼈대만 보고도 식별할 수 있는 엄청난 팬심을 가진 사람도 있었다는 점이다.

'바, 박문대??'

그렇다.

박문대의 책상 뒷자리에 가방을 올리던 한 수험생은, 자신의 앞에 있는 낯익은 등을 보고 얼어붙었다.

저 골격, 저 목뒤의 머리선. 수없이 찾아본 온갖 박문대의 직캠 뒷모습이 반사적으로 겹쳐졌다. 그리고 본능 수준의 깨달음이 머리를 강타했다!

'잠깐, 이제 비활동기니까… 그리고 문대는 고등학교 중퇴했으니까! 시험 보러 올 수도 있지 않나??'

생각이 폭격처럼 밀려들었다. 당연하지만, 수험생의 자아는 스스로 얼토당토않은 망상이라는 고함도 지르고 있었다.

"……."

하지만 잠시 뒤, 온갖 생각의 소용돌이에서 벗어난 수험생은 힘겹게 생각했다.

'조심해야지!'

그럴 가능성은 지극히 희박하지만 박문대가 맞아도 실례고, 아니어도 실례다. 어쨌든 절대 시험에 방해가 되면 안 됐다!

굳게 다짐한 수험생은 조심스럽게 자신의 책상에 앉았다.

그렇게 짜릿한 검정고시 시험이 시작되었다.

종이 울리고, 시험지를 배부하는 중에도 수험생의 머릿속은 서너 가지 문장이 동시에 튀어 올랐다가 사라졌다.

'그러고 보니 문대 지금 은발일 텐데, 흑발? 뭐지? 가발인가? 역시 문대가 아닌가?'

'문대가 아니라도 이렇게 느낌 닮은 사람을 보니까 왠지 계 탄 느낌이다.'

'잠깐! 신분 확인할 때 얼굴 보이지 않을까!?'

'어어어! 그렇지! 시험지 돌릴 때 뒤돌아볼… 아니구나. 감독관님이 나눠주시겠구나.'

몇 가지는 맞는 말이었으나, 몇 가지는 틀린 가정이었다.

가령 박문대는 은발을 가리기 위해 컬러 스프레이를 썼다. 그리고 신분 확인할 때 살짝 마스크를 내리고 감독관에게 얼굴을 보이긴 했다. 그러나 뒤에 앉은 수험생에게까지 제대로 보이진 않았으며, 감독관은 나이 지긋한 남성이었기에 박문대를 바로 알아보진 못해 그저 태연했다.

'으으윽!'

그래서 뒷자리의 수험생은 그저 답답함과 궁금증에 괴로워하며 내적 비명을 지를 수밖에 없던 것이다.

다만, 직후 예상치 못한 기회가 찾아왔다.

"자, 시험지 돌려주세요."

"…!"

시험지를 앞사람에게서 배부받는 형식이었기 때문이다!

그리고 수험생은… 마침내 보았다.

'허억.'

앞자리의 남자는 아주 살짝만 뒤로 돌아 순식간에 시험지를 건넨 후 자세를 바로 했다. 게다가 마스크까지 썼지만, 수험생은 확신할 수 있었다.

저 가로로 크고 선이 깨끗한 눈!

'바바박문대!'

박문대가 맞았다!

수험생은 거의 졸도할 것 같은 심정으로 시험지를 받았다. 지금 팬 사인회에서 앨범을 받는 건지 검정고시를 보는 건지 알 수 없을 정도로 심장이 쿵쾅거렸다.

아니, 팬사인회에 당첨된 적도 없지만!

"종이 친 후에 문제 풀기 시작하시면 됩니다."

'사, 살려줘.'

수험생은 주어 없는 고함을 속으로 질렀으나, 다량의 모의고사 경험 덕에 시험지를 펴고 문제를 풀기 시작하긴 했다. 하지만 충격으로 머리가 새하얗게 떠서 눈에 뵈는 게 없었다.

그래도 잠시 뒤.

'…빨리 풀면 그만큼 일찍 문대의 등을 볼 수 있는 거잖아!'

차마 고개를 들지 못하고 시험지에 코를 박고 있던 수험생에게 이상한 발상이 잘못된 깨달음을 주었다.

그렇게 수험생은 맹렬히 문제를 풀어나가기 시작했다. 검정고시 불합격이 한 발짝 멀어지는 순간이었다.

'으아아!'

그리고 박문대에게만 놀랍게도, 이 교실에서 그를 의식하고 있는 것은 비단 이 뒷자리의 수험생뿐만이 아니었다.

'괜찮네.'

나는 마지막 선택과목인 '도덕' 문제를 다 풀고 연필을 내려놓았다.

시험은 별문제 없이 평탄히 진행되었다. 점심시간에는 약간 위험할 뻔했으나, 적당히 사람 없는 먼 계단 복도 쪽에서 창가 보고 먹었다.

'애초에 죽이라 먹기도 편해서 쉬웠고.'

그리고 가장 중요한 건, 시험 자체도 기출에서 보았던 평년보다 쉬웠다는 점이다. 사회나 과학 쪽은 다 잊어버린 파트에서만 출제될까 걱정했는데 기우였다.

'못 본 것 같진 않군.'

나는 너끈한 합격을 거의 확신하며 살짝 스트레칭을 했다.

"흡."

뒤에서 어딘지 편찮은 것 같은 소리가 들리는 걸 보니 좀 거슬렸나 보다. 나는 그냥 팔을 내렸다.

'남은 시간은… 10분인가.'

그리고 얌전히 시험이 끝날 때까지 기다렸다. 돌아가는 길은 이미 시간에 맞춰서 택시를 불러뒀으니 얼른 내려가서 타기만 하면 됐다.

'됐네.'

그러나 막상 10분 뒤 맞이한 현실이 썩 예상대로는 아니었다.

스마트폰을 챙긴 뒤, 다들 나갈 때까지 기다리던 중 같은 교실의 누군가가 말을 걸었기 때문이다.

"저기 학생!"

"……."

"학생 혹시… 그 문대 아니야? 그 호떡 만드는 문대?"

여기서 짧게 고민했다. '사람 잘못 보셨습니다'라고 외치고 뛰어나갈지 말이다.

그러나 목격자가 한둘이 아닐 것 같아서 그만두었다. 게다가 이… 여사분도 나름대로 작게 속삭이신답시고 숨죽여 이야기하시는 걸 보니, 빨리 끝낼 수 있을 것 같았고.

"네. 시험 보러 왔습니다."

"아이고! 그렇구나. 장해라… 그, 괜찮으면 사인 한 장만 되나요? 우리 딸이 너무 팬이야!"

"그럼요."

나는 수험표에 짧게 사인을 해드린 뒤, 얼른 자리를 뜨려 했다.

그러나 이미 한발 늦은 후였다.

"허어업, 괜찮으시면 저도 좀…."

"아, 예."

"저기! 정말 죄송한데 저도 받을 수 있을까요?"

아직 교실에 남았던 몇몇 사람들이 즉시 줄을 서기 시작한 것이다. 질서정연하기도 했다. 그리고 누구 하나 현 사태에 기겁하지 않았다.

…강렬한 가설이 하나 떠올랐다.

'설마 이 사람들 진작 다 의심하고 있었나?'

어쩐지 예닐곱 명이나 교실 안 나가고 미적거리더니, 나 때문이었을 수도 있겠군. 아무래도 테스타 대중 인지도를 내가 너무 안일하게 후려쳤나 보다.

'식은땀이 다 나는데.'

무엇보다 이 많은 사람이 시험 중에는 아무 제스처도 안 했다는 게 제일 놀랍다. 한 사람이라도 호들갑 떨며 이야기를 하고 다녔으면 민폐 논란으로 번질 확률이 높았을 것이다. 그럼 난 점심시간쯤 벌써 각 봐서 탈주했겠지.

'…덕분에 잘 봤네.'

뭐 빠져나갈 구석이 없군. 내 예측 실패를 커버해 준 셈이니 말이다. 나는 군말 없이 사인을 이었다.

"감사합니다!"

"와, 감사해요…."

그렇게 몰려든 몇 명에게 사인을 마치고 얼른 나가려던 참이었다.

'사진 요청 들어오기 전에 정신없을 때 얼른 빠져나가자.'

그런데 가방을 들면서 보니, 뒷자리의 사람이 아직 망부석처럼 자리에 앉아 있었다.

"…?"

게다가 미동도 없이 눈을 초롱초롱 빛내며 나를 보고 있다가, 눈이 마주치니 입을 벌린다.

저거 팬사인회에서 많이 보던 표정인데.

"혹시 사인 필요하신가요."

"…?! 네! 네네넵!"

자의식 과잉이 아니었군. 다행이었다.

"사, 사랑합니다."

"감사합니다."

나는 뒷자리 사람의 수험표에도 황급히 사인을 남기고 자리를 떴다.

"잘 들어가세요!"

"활동 파이팅!"

이 고사장 교실이 끝 쪽이라 다른 고사장의 사람이 이걸 보지 못한 게 다행일 뿐이었다. 나는 사람이 많이 빠진 복도를 가로질러 빠르게 달렸다.

'후기 올라오려나.'

큰 문제는 없을 것이다. 누구도 방해하지 않았으니, 그냥 날 좀 동정하거나 긁다가 끝나겠지.

나는 어깨를 으쓱한 뒤, 운동장으로 나가 곧바로 택시에 탑승했다. 숙소까진 올 때처럼 금방이었다.

"웰컴~"

"자, 잘 다녀왔어?"

"응."

"죽은 점심으로 드시기 어떠셨습니까?"

"잘 먹었어. 고맙다."

그리고 내 시험을 핑계로 삼은 차유진의 강력한 주장하에 족발을 시켜 먹었다. 덕분에 무알콜로 건배사를 듣는 오묘한 짓을 또 했다.

"문대 오늘 시험 보느라 수고했고… 우리 다음 활동까지 잘 회복해서 또 멋진 모습 보여 드리자."

"그럼요~"

"예압!"

"충실한 준비 기간을 보냈으면 좋겠습니다."

"자, 잠깐. 박문대 스마트폰 내려놔!"

"…개가 고기 먹는 영상인데요."

뭐, 비활동기다운 하루였다.

저녁도… 맛있었다.

박문대의 검정고시 소식은 그의 생각보다는 느리게 퍼졌다.

사인을 받아 간 사람 중 같이 사진을 찍은 사람은 없었기에 반신반의하는 팬들이 많았기 때문이다. 그래서 서너 명이 사인을 받은 수험표 인증을 한 후에야 정설로 인정받았다.

결정타는 이 후기였다.

─────────────────────────

[어제 시험 보러 가서 최애 봤어]

지금 누구 생각하고 들어온 사람들 많을 것 같은데ㅎㅎ

응 내 최애 박문대 맞아!

(사인 인증 사진)

나 심지어 문대 바로 뒷자리에 앉았는데 심장 터지는 줄 알았어 진짜 등만 봐도 잘생겼더라 뼈까지 잘생겨서 고개를 못 들겠더라ㅠㅠ

자세도 너무 바르고 어깨도 딱 예쁘게 넓고ㅠㅠ

…….

박문대의 뒷자리에 앉은 수험생의 인증이었다. 그리고 그 인증 뒤에는 친절한 어그로 방지까지 붙어 있었다.

문대 진짜 조용히 시험만 봤고 끝나고 나갈 때 사람들이 아는 척하니까 일일이 다 사인도 해줬어
심지어 나 굳어서 말도 못 하고 앉아서 보기만 했는데 혹시 사인 필요한지 물어봐서 해준 거야ㅜㅜ
괜히 피해 갈까 봐 안 올릴까 했는데 이미 다들 알길래... 문대가 얼마나 잘 해줬는지도 알아줬으면 해서 올린다...
수험표는 나 죽을 때까지 끌어안고 가기로 했어ㅋㅋㅜㅜ

귀엽고 훈훈한 후기였다.
박문대의 검정고시 응시 소식에 다소 아련해하던 팬들까지도 이 후기는 즐겁게 확인했다. 사생활 침해로 볼 정도는 아니고, 저절로 어떤 상황이었을지 연상이 되었기 때문이다.

-우리 댕댕이 사람 좋아해서 사인도 다 해주고 왔냐고 아이고ㅠㅠㅠ
-사인을 물어봐서 해줬다니 박문대 진짜 파워 유죄.. 저분 집 가서 잠 못 잤을 것

-ㅠㅠ내가 섬볼때곰머봤으면 다때려치고 등만보고 있었을 듯 ㅅㅂ부럽다

아슬아슬하게 인성 영업까진 되지 않는 선에서 귀여운 일화로 인터넷 커뮤니티나 SNS 등지도 돌았다. 하지만 박문대가 예상했던 대로…
'긁는' 리액션도 당연히 따라왔다.
다만 박문대의 추측보다도 약간 더 심했다.

-박문대 솔직히 검정고시 볼 필요 없잖아 그냥 자기 욕심이지
-학벌 콤플렉스 진짜 있나 봨ㅋㅋ
-같은 고사장 사람들이 좋은 사람들이라 다행이었지 정신나간 빠순이 끼어있었으면 어쩌려구 저런 짓을;
-명예욕 못 참지 근데 그래봤자 고졸이라 어떻게 하냐ㅠ
-먼저 사인해줄까 물어봤대 숙연..

일부러였다.
박문대가 계속 절묘한 타이밍으로 논란을 끊거나 방지하다 보니, 약이 오를 대로 오른 진성 안티들이 벼르고 있던 것이다.
물론 박문대의 대처는 덜 노골적인 경우가 많았기에, '정말로 박문대가 과하게 여론을 신경 쓰는지'에 대해서는 별 신빙성이 없었다. 단지 그렇게 생각하는 편이 욕할 때 맛이 더 좋았기 때문이다.
박문대가 과한 물밑 반응을 보고 역으로 몸을 사리며 눈치 보는 티를 내길 바라는 심리였다.

-곰1머 써치 존나 하잖아 백퍼 이것도 보고 있을걸ㅋㅋㅋ

-아 검고로 떡밥 삼을 생각도 하지 말라고~ 개같이 팰거야~ㅋㅋ

-응응 곰머야 이거 다 긁어부스럼인 거 알지? 조용히 넘어갈 거지?

-이런데 올리면 진짜 개웃기겠다 기싸움 멍청 인증ㅋㅋㅋㅋㅋㅋ

그러나 그들에겐 안타깝게도, 박문대는 인터넷과 거리두기 중이었다. 그나마 보는 건 팬 커뮤니티나 위튜브가 전부였다. 그 이상 보려고 하면 귀신같이 멤버들이 끼어드는 통에 박문대로서도 별수 없었다.

즉, 어그로는 그저 홀로 외로운 싸움을 하고 있을 뿐이었다.

덕분에 아예 안티고 나발이고 신경 안 쓰는 멤버가 대신 대응하게 된다.

"형! 닭죽 러뷰어 보여줘요!"

"그래라."

어차피 소문 다 났다고 생각한 박문대는 쿨하게 허락했고, 차유진은 화끈하게 당시 사진들을 바로 업로드했다.

[문대형 시험 있어서 닭죽 먹어요. 모두 열심히 만들어요. 최고의 Teamwork! (호랑이 이모티콘) (사진 묶음)]

장을 보고 요리하는 다양한 멤버들의 사진부터 닭죽을 보고 당황하거나 먹으며 미소 짓는 박문대의 사진들까지. 스토리가 있는 일상 컷들이었다.

-?

-아 뭐야

-진짜 올림?

그리고 어그로들이 잠시 당황하는 사이.

"음? 유진이 사진 올렸어?"

"네!"

"오~ 그렇구나."

상황을 본 큰세진은 본인이 찍은 동영상까지 올려 버렸다.

[문대문대의 이런 스마일은 오랜만... 역시 잘 먹는 게 최고죠?ㅋㅋ 러뷰어
도 맛점♡ (동영상)]

 자신이 좋아하는 그룹이 서로 잘 지내고 친한 것을 보며 싫어할 팬
은 드물었다. 당연히 팬들은 마음 따뜻해지는 뜻밖의 추가 훈훈함에
불타올랐다.

-우리 애들은 테스타에 진심이야 영원히 이대로 가자 답은 디너쇼다

-다시는 아이돌의 가족 영업에 속지 않으려 했건만... 닥쳐 테스타는 가족이다

-ㅠㅠ마음이 정말 따뜻해졌어 얘들아 좋은 소식 고마워

 사진과 동영상까지 물량 공세가 대단한 데다가, 박문대 본인이 찍거
나 올린 것도 아니었다.

덕분에 어그로는 나 홀로 주먹질을 하다가 나가떨어졌다.

-ㅋㅋ곰머 기싸움 오졌다
-다른 애들한테 올려달라고 부탁했겠지 현타 안 왔어?
-이 악물고 올리는 느낌인데 나만 그런가

어떻게든 합리화하려는 발언이 이어졌으나, 어쨌든 정신승리일 뿐이었으니… 결국 그 애매한 머쓱함에 '박문대는 서치충' 이야기는 시들시들해져 버렸다.

참고로 당사자인 박문대는 방구석에서 레서판다 동영상이나 보던 중이었다.

"…음."

그는 간헐적인 무료함에 시달리고 있었으나, 특별히 할 게 없었다. 다만 기대하는 건 하나 있었다.

'모레부터 휴가지.'

바로 사흘의 휴가가 코앞이라는 것이다. 지금까지 제대로 된 휴가를 보낸 적 없던 박문대에겐 대단히 의미 있는 시기였다.

'이번에야말로 끝내주는 휴가를 보낸다.'

계획은 완벽했다. 그러니까, 계획은.

CHAPTER
16

CHAPTER
19

테스타의 3일 휴가가 결정된 것은 꽤 전부터 들은 이야기였다. '아티스트의 컨디션이 잘 관리되어야 기량을 발휘할 수 있다'는 본부장의 발언이 놀랍게도 철회되지 않고 계속되었기 때문이다.

'그런 것치고는 매니지먼트실에 투자 안 하는 놈이지만.'

사실 소속 가수를 신경 썼다기보단 본인 경영철학적 아집에 가까운 것 같다만⋯ 어쨌든 나야 이득이니 반대할 마음은 전혀 없다. 덕분에 사흘간 혼자 조용히 보낼 수 있을 테니까.

게다가 약간 기대도 있다.

'그때는 모니터링 좀 할 수 있겠어.'

최근에 액정으로 본 게 털 달린 사족 짐승뿐이라 떨떠름하다.

"⋯⋯음."

내가 사용량을 조절하겠다고 말하긴 했는데, 비활동기 내내 인터넷 검색 여부를 감시당하겠다는 뜻은 아니었단 말이지. 직무유기도 이 정도 되면 꿀이 아니라 액상과당이다.

그러니 저놈들이 집에 돌아간 시간을 이용해 나도 할 일을 할 예정이다. 그리고 혼자서 조용히 쉬는 거지.

⋯물론 지금까지 이렇게 생각하고 제대로 휴가를 즐긴 적이 한 번도 없긴 하다만.

'애초에 휴가를 몇 번 받은 적도 없으니까.'

이번에는 모든 변수를 차단한 뒤 기필코 혼자 있겠다. 그런 구상을 했다만…. 뜬금없는 돌발 상황이 발생했다.

그러니까… 아마도 좋은 쪽으로.

"형들, 혹시 MT에 대해서 어떻게 생각하십니까…!"

김래빈이 휴가 바로 전주에 이 말을 꺼냈기 때문이다.

"MT?"

"멤버십 트레이닝의 약자로서, 동료 간 화합과 팀워크를 돈독히 하는 짧은 여행 등을 의미하는 것입니다."

"에이 래빈아, 그건 알지~ MT 가고 싶다는 뜻이냐고 물어본 거야!"

"아, 예!"

큰세진의 타이름에 김래빈이 열렬히 고개를 끄덕였다. 웃긴 건 옆에서 차유진도 똑같이 그러고 있었다는 점이다.

'둘이 작당했나.'

다음 말을 들으니 맞는 것 같다.

"바쁜 스케줄을 소화하며 일 외의 화제는 거의 공유하지 못하는 아쉬운 점을 보완했으면 합니다!"

"놀러 가요, 저 한국 바다 갈래요!"

지원사격 한번 적극적이군.

류청우는 약간 난감한 얼굴로 부드럽게 대답했다.

"그래? 휴가인데 집에 안 가봐도 괜찮겠어?"

"3일? 어허, 저 미국 못 가요! 부모님 바빠요!"

차유진이 냉큼 대답했다.

'음, 대충 무슨 상황인지 알겠군.'

사흘 가지곤 차유진은 미국에 못 간다. 그리고 휴가철이 아닌 시기상 부모님이 오시기도 애매할 것이다.

'본인이 집 못 가서 심심할 테니 멤버들과라도 놀아야겠다 이건가.'

계산 한번 확실하구만. 나는 떨떠름하게 입을 다물었다가, 갑자기 섬광 같은 깨달음을 얻었다.

'…설마 이거 무산되면 차유진이 휴가 내내 숙소에 있나.'

야 설마.

"휴가를 완전히 사용하자는 주장은 아닙니다. 단지 휴가 전날부터 1박 2일 동안 외딴곳에서 MT를 진행한 뒤 휴가 첫날 오전에 집으로 복귀하는 계획입니다!"

"오, 좋은데? 다들 어떠세요?"

"나, 나도 좋을 것 같아…!"

"…하루쯤은 괜찮겠지."

여기저기서 찬성표가 쏟아진다. 휴가는 그대로 보존하면서 짧게 여행을 가자는 김래빈의 의견이 제법 그럴싸했나 보다.

"……."

"문대 형은 어떻게 생각하십니까?"

나는 냉큼 대답했다.

"좋지. 가자."

"…! 네!"

딴소리 못 하게 '가자'로 방점을 찍어버리려고 마지막까지 기다렸지.

다 생각이 있었다.

'누군가 차유진을 데리고 가게 만들어야 한다.'

MT 동안 어떻게든 상황을 몰아서 휴가 동안 차유진을 저놈들 집 중 하나로 보내 버린다.

"오~ 문대 적극적인데!"

"그래, 한번 가는 것도 좋지. 혹시 래빈이가 생각해 둔 곳 있어?"

"저 있어요! 강화도 바다 가요!"

"강화도야! …예, 형. 묵었으면 하는 곳을 몇 군데 봐두었습니다."

나는 턱을 만지면서 심사숙고했다.

'음, 류청우, 큰세진, 김래빈 정도가 후보인가.'

나머지 둘은 차유진과 코드가 안 맞거나 상대를 부담스러워하니 가능성이 극히 낮다.

'흠.'

나는 목적지를 두고 설왕설래하는 놈들을 보며 나름의 계획을 세웠다.

그리고 잠시 뒤.

"그럼 위치랑 내부 고려해서 강화도 여길 예약할게. 다들 괜찮다는 거지?"

"네넵~"

"회사에는 제가 얘기해 둘까요."

"그럼 고맙지."

내가 회사에 양해를 구하며 비상 연락망을 구축하는 것으로 준비가 끝났다.

며칠 내로 당장 승부 볼 일이라 유출 걱정은 크지 않았다. 차 역시 매니저 쪽으로 렌트해서 운전자만 류청우도 함께 등록할 예정이라 추적될 염려도 덜하다.

'그리고 여차하면 매니저가 올 수 있도록 대기하겠다고 했고.'

매니저가 최근 눈에 띄게 협조적으로 변했다. 아무래도 전담팀 구성 계획이 본격화되니 위기감에 약발이 잘 먹힌 것 같다.

어쨌든 마지막으로 후보 펜션 예약까지 수월히 마무리되었다. 아무래도 보안과 시설 탓에 비수기에도 가격이 센 덕인 것 같았다.

"자, 예약 완료. 재밌게 갔다 오자!"

"와아아!"

"래, 래빈아, 좋은 제안해 줘서 고마워…!"

"과분한 말씀입니다. 흔쾌히 동의해 주셔서 감사합니다!"

다들 신났군. 나는 소파에 팔을 젖혀 누웠다.

'…컨텐츠도 아닌데 이 인원으로 어디 가는 건 처음이긴 하지.'

일이 아닌 여행이 신선하긴 했다.

사실 직장 동료끼리 가는 시점에서 워크샵에 가깝지 않나 하는 생각은 든다만… 특별히 불편해하는 놈도 없으니 굳이 꺼낼 말은 아니다.

심지어 배세진마저도 은근히 기대하는 기색이다. 오죽했으면, 이놈은 당일 렌터카 안에서 이런 말까지 꺼냈으니까.

"…이런 걸 가보는 건 처음이야."

내 옆자리의 배세진은 본인이 꺼내고도 왜 말했는지 후회하는 눈초리였으나, 이미 리액션은 터진 후였다.

"진짜요?"

"수학여행 등 여러 행사에 참여해 보신 적 없습니까?"

"…그런 건 별로 안 좋아해서, 안 갔어."

"그러시군요! 확실히 수십 명이 함께 이동하는 여행은 선택의 폭이 좁고 불편한 경우가 잦습니다."

김래빈은 솔직한 호불호의 표현으로 받아들였는지 흔쾌히 고개를 끄덕였으나, 그 오묘한 뉘앙스를 다른 놈들은 다 눈치챈 기색이었다.

'학교 단체 생활에 잘 못 섞였나 보군.'

특별히 놀랍진 않다.

그때, 선아현이 번쩍 손을 들었다.

"저, 저도 많이 가본 적 없어요…!"

쓸데없는 소리를 한 자신에 대한 현타가 가득하던 배세진의 얼굴이 조금 나아졌다.

"…그래?"

"네!"

좀 거들어줄까.

"저도 별로 안 가봤어요. 그냥 갈 때 재밌게 다녀오면 되죠."

"…! 마, 맞아. 오늘 여행이 즐거울 것 같아서, 기대가 돼요…!"

"…나도."

배세진이 고개를 돌리며 중얼거렸다. 묘하게 아련하다.

'분위기 왜 이러냐.'

다행히 이 오그라드는 분위기는 다음 순간에 작살났다.

"저도 기대가 큽니다. 옵션이 완벽했습니다!"

"바다 좋아요!"

"하하, 분위기 막 훈훈한데요? 여기서 딱 선곡 들어가야죠~"

아무 생각 없는 놈들의 해맑은 발언 뒤로 큰세진이 노래를 틀었기 때문이다.

두둥둥두둥 두둥두둥둥둥둥!

이건… 마법소년 EDM 버전이군.

'언제 김래빈한테 받았냐.'

"아, 오늘~ 일 생각 버리고, 그냥 우리끼리 재밌게 놀고 오는 겁니다~ 테스타 가자!"

"하하!"

운전석의 류청우가 웃었다.

강화도까지 한 시간 반 걸리나. 그 정도면 앞자리에 큰세진이 앉았으니 전담으로 류청우 말 상대를 해주겠군.

'알아서 잘 굴러가겠어.'

나는 노래를 따라 부르는 놈들 사이에서 등받이에 머리를 기댔다. 이놈들 분명 도착해서 게임부터 달리기까지 별짓을 다 할 테니, 지금이라도 육체의 평화를 즐기려는 생각이었다.

"내일 만난 너를! 너너너 너를!"

"으하하하!"

그리고 이 판단이 맞았다.

그날 자정 넘은 시각.

"차유진!!"

"와하하하!"

제일 어린 두 놈이 해변을 질주하고 있다.

'안 지치나.'

일이 아니라 그런지 이놈들 지치지를 않는다.

−바비큐! 바비큐!

−여기 노래방 기계도 있는데요?

펜션 도착하는 순간부터 이러더니, 고기 굽기부터 온수 풀장까지 다 알차게 써먹고도 힘이 펄펄 넘친다.

'이쯤 되면 다 뻗을 줄 알았는데.'

잘하면 밤새 저러겠군. 더 웃기건 그나마 지금 제일 정적인 일을 하고 있었다는 점이다.

바로 불꽃놀이다.

"예, 예쁘다."

"그러게."

물론 거창한 건 아니고, 그냥 막대형 몇 개 들고 펜션 앞 온수 풀장 근처에서 흔드는 것이다.

'해변에서 하면 쓸데없이 불법 시비 걸릴 수도 있으니까.'

해수욕장에서는 이거 불법이거든.

그리고 방금 차유진이 해변을 배경으로 불꽃놀이 사진을 찍으려다가 김래빈에게 적발당해 쫓기는 중이다. 저 멀리서 목소리가 들린다.

"물을 끼얹는 건 비상식적… 어프후!"

음, 잘 놀고 있군.

나는 손에 들고 있던 다 탄 막대형 폭죽을 뽑아 정리하려 했다.

그때였다.

"문대문대~ 맥주?"

"…!"

말을 거는 큰세진의 손에는… 살얼음 낀 수입 맥주 캔이 들려 있었다.

…도수가 낮은 과일 맥주 종류다.

"놀러 온 거잖아. 너 금주도 몇 달째인데, 기분 좋을 때니까 한 잔 마셔도 되지 않나 해서~"

"……."

그렇긴 하지.

나는 말없이 캔을 받아서 땄다.

탁.

그러자 옆에서 피식피식 웃는 소리가 들린다.

"웃기냐."

"야, 그럴 리가~ 그냥 훈훈해서 그렇지."

큰세진이 킬킬 웃으며 옆 선베드에 드러누웠다.

"아, 분위기 좋다~"

이놈도 좀 마셨나 보군. 나는 천천히 맥주를 한 모금씩 넘기며 밤바람을 쐬었다.

…확실히, 기분은 괜찮았다.

그래도 특별히 술을 미친 듯이 들이켜고 싶거나, 간절히 더 마시고 싶진 않았다. 담담했다.

"……."

이 몇 달의 금주가 효과가 있었다는 확실한 증명이었다. 습관적 연결고리가 끊겼다.

'고맙다고 해야겠군.'

나는 저쪽에서 두 번째 막대형 폭죽을 고르던 배세진을 짧게 눈여겨보았다.

그리고 큰세진이 갑자기 툭 말을 던졌다.

"우리 이대로 잘 가겠지?"

"……."

"야, 진짜… 당장 삼 년 전으로 돌아가서 나한테 앨범 100만 장 판다고 하면 안 믿을 거야."

"다들 그렇지."

"그럴까? 그렇지!"

큰세진이 웃었다. 보고 있던 선아현이 따라서 웃는 게 보였다.

"아무튼~ 나 이 팀 참… 마음에 든다. 우리 친구들 내가 많이 사랑해~ 올해도 잘하자고!"

"으응! 자, 잘하자!"

일단 어깨동무는 놔라. 셋이나 이러니까 선베드에서 굴러떨어지겠다.

그래도 이 정도 말은 해도 괜찮겠지.

"열심히 가자."

"좋아!"

등을 격려하듯 때린 손이 떨어졌다. …뭐, 기분이 나쁘진 않다. 나는 웃고 말기로 했다.

"아, 문대야. 근데 사실 그거 무알콜이다?"

"……!"

"패키지 똑같더라고. 어, 근데 문대 괜찮은 것 같은데~ 무알콜인 것도 모르고. 앞으로는 한두 캔 마셔도 되겠는데?"

"마, 많이 좋아진 것 같아…!"

이건 웃고 말기엔 좀 선 넘은 것 같기도 하군.

흠, 그래도 결과가 좋은 점과 잠시 후 차유진 넘기기 작업의 수월함을 위해 넘어가 줄까. 판결을 고민하던 때였다.

따당- 따다다당-!

갑자기 웬 희한한 벨 소리가 울렸다.

"어, 내 건 아닌데."

"나, 나도."

나는 근처 선베드에서 해당 스마트폰을 바로 확인했다.

[누나]

이건 김래빈이다.

"래빈이. 가져다주고 온다."

"오케이~"

"내, 내가 갔다 올까?"

"괜찮아."

나는 해변으로 발을 옮겼다. 다행히 쫓고 쫓기던 두 놈은 펜션 근처로 돌아와 있었다.

"차유진 너는 너무 사회적 양식이 부족…!"

"래빈아, 너 전화."

"아, 감사합니다!"

김래빈은 바닷물에 젖은 채로 씩씩대다가도 깍듯하게 고개를 숙였다. 그리고 아직 울리고 있는 스마트폰을 들어서 받았다.

"누나. 응, 나는 잘……."

그렇게 목적을 완수한 내가 도로 펜션 앞으로 돌아가 보려던 참이었다.

낌새는 예고 없이 찾아왔다.

"…어?"

"…!"

김래빈의 되물음에는 갑자기 이상한 기색이 섞였다.

내가 바로 알아차릴 만한 투의. 그러니까… 굉장히 충격적인 소리 들었을 때 사람이 내는 얼빠진 소리 같은 것.

반사적으로 발이 멈췄다. 고개를 돌아보았다.

"어…, 아니, 무, 무슨…."

"……."

"김래빈?"

차유진의 목소리가 안 들리는지, 김래빈은 어두운 해변가에서 스마트폰을 들고 그저 서 있었다.

안 떨리는 것이 없었다.

"모, 모르겠… 왜?"

"래빈아?"

"…!"

류청우가 근처에서 이상한 분위기를 보고 끼어들어 김래빈의 팔을 잡았다.

그때야 전화를 내린 김래빈이, 손을 벌벌 떨며 대답했다.

"하, 할머니… 도, 돌아가실 것 같다고……."

"……!!"

그 순간, 해변의 분위기가 일변했다.

"잠깐, 누나분 맞으셔?"

"네, 네…."

"어디서 전화 왔는데."

"벼, 병원…? 그러니까… 집에…."

"집 근처 큰 병원이야?"

"네, 네…."

김래빈은 울지도 못하는 얼굴이었다.

하필 또 여행지에서. 마치 지난 상황이 똑같이 반복되기라도 하는 것처럼… 말이다.

"뭐야."

"래빈이 왜 그래?"

주변에서 다른 멤버들이 뛰어왔다. 류청우가 당장 김래빈의 등을 두드렸다.

"래빈아, 심호흡하고."

"예, 예⋯."

"일단, 옷 갈아입고⋯."

나는 당장 펜션으로 달려갔다.

"문대야?"

그리고 바로 현관에서 차 키를 챙겨서 해변으로 다시 달려 나와 김 래빈에게 말했다.

"차 타."

저럴 때가 아니다. 옷이고 심호흡이고 가면서 해도 되니까 당장⋯.

"⋯박문대, 너 면허 없어. 진정해."

맞다.

나는 작게 속삭인 큰세진의 말에, 차 키를 류청우에게 넘겼다.

"⋯그래, 래빈아. 지금 바로 이동하는 게 낫겠다. 옷은 차 안에서 갈 아입자."

"⋯⋯."

김래빈은 고개를 끄덕였다.

그리고 사람들은 해변을 가로질러 바로 주차 장소로 가서, 차를 탔다.

나는 차 뒷자리 구석에 처박혔다.

"다들 탔지? 움직인다."

"네."

차는 바로 출발했다.

⋯그렇게, 휴가 첫날이 시작되었다.

차 안은 쥐 죽은 듯이 조용했다.

아니, 가끔 김래빈이 숨넘어갈 듯이 훌쩍이는 소리만 들렸다. 평상시라면 어떻게든 '괜찮으실 거야' 같은 말로 위로했을 놈들도 묵묵히 운전을 하거나 등만 두드렸다.

위로가 더 불안할 상황이었으니까.

"네 형. …예, '이 새벽에' 오셔야죠. 저희 지금 이동 중이니까 최대한 빨리 근처 대기 부탁드립니다."

나는 겨우 연결된 매니저에게 이야기를 전달 후, 전화를 거칠게 끊었다. 지금 '이 새벽에?' 같은 발언이 나올 상황이냐? 워라밸도 주장할 순간이 있는 거지 이 미친 새끼가.

"……."

그 이후론 뭘 하고 있냐고?

X 같게도 아무것도 못 했다. 그러면서 생각만 하고 있다.

여기서 김래빈 본가가 있는 강원도까지는 어떤 짓을 해도 세 시간 이상 소요된다는 것을.

'만일의 경우 늦을 수도, 있다.'

…하지만 만일 평소 휴가 직전 때처럼 서울에서 바로 출발했더라면 어땠을지 가정해 보자. 그 시간은 한 시간 반 이상 단축되었을 것이다.

한 시간 반의 차이. 그 계산을… 하지 않을 수가 없다.

'X발.'

내 앞에 앉은 놈도 똑같은 생각을 하게 될 것이기 때문이다.

김래빈은 지금도 스마트폰을 놓지 못하고 있다. 무의식중에 또 연락이 오는 것을 기다리면서도 두려워하는 것이다. 그러면서 차마 본인이 먼저 전화를 다시 걸진 못하는 게….

"……."

숨이 찬다.

'그만.'

웃기는 일이었다. 당사자도 아니고 무슨 도움을 줄 수 있는 상황도 아니면서 쓸데없이 몰입이나 하고 자빠졌군. 나는 스스로를 비웃으며 고개를 창문에 박고, 입을 다물고 있기로 했다.

그게 그나마 방해는 안 될 것 같았다.

그렇게 졸도할 것 같은 세 시간 정도가 차 안에서 흐른 후.

목적지로 가는 마지막 고속도로 톨게이트를 막 지났을 때였다. 류청우가 최대한 차분한 어투로 입을 열었다.

"삼십 분이면 도착할 거야."

"……."

배세진이 힘겹게 김래빈에게 말을 걸었다.

"…옷 갈아입어."

"……."

지나치게 오래 긴장과 걱정으로 뻣뻣하게 굳어 있던 김래빈이 천천히 자신의 상의를 갈아입기 시작했다. 이미 다 마르기 직전인 옷이 시트 아래로 떨어지며 염분도 떨어졌다.

그리고 새 옷을 걸친 김래빈은 넋 나간 듯이 움직임이 없더니, 곧 눈물을 주룩주룩 흘리기 시작했다.

"제가… 쓰, 쓸데없이 MT 가자고 해서…… 늦,"

"아니야."

나는 나도 모르게 대답했다. 아무 생각도 없이.

그래서 사실 그럴싸한 이유를 지금부터 만들어내야 했으나, 설명을 덧붙일 틈은 없었다. 끼어든 놈이 있었기 때문이다.

"맞아요! 저 때문이에요."

"…!"

"내가 먼저 가자고 말했어. 김래빈 탓 아니에요!"

차유진은 제법 씩씩하게 말했지만, 본인도 거의 울 것 같은 몰골이었다.

김래빈은 쉰 소리를 내질렀다.

"아, 아냐! MT는 가, 같이 기획한…… 자, 장소도 내가…."

"나중에 생각해."

나는 놈의 말을 끊었다.

"나중에 생각하고, 지금은 할머님 뵙고 와."

"……."

김래빈이 겨우 고개를 끄덕였다.

지금은 생각을 하게 만들면 안 된다. 이게 맞았다.

경험상으로는.

곧 차의 내비게이션이 안내를 종료했다.

"가자."

"…예."

그렇게 김래빈은 비틀거리며 차에서 내려, 병원으로 향하게 되었다. 나머지 인원도 동행할 수 있는 곳까지는 따라갔다. 병실 복도 옆 대기 의자에 앉아 김래빈이 나오는 것을 기다리게 되었다는 뜻이다.

"……."

"아이고, 우리 엄마…."

병실 앞에서는 친인척으로 보이는 사람들과 의료진이 오갔지만, 당연히 우리는 아는 척하거나 말 걸 것 없이 닥치고 앉아 있었다.

다만 분위기를 보니, 다행히… 늦지는 않은 것 같았다. 이걸 다행이라고 불러도 될진 모르겠지만.

그렇게 창밖에 어슴푸레 날이 밝는 것이 비칠 때쯤이었다.

"문대야."

"……."

"박문대, 너 차 가서 좀 누워 있는 게 어때."

"나 말고 류청우… 형이 가야겠지."

새벽 내내 잠 안 자고 운전한 사람이 아직 깨어 있는 게 말이 되나. 저놈이 자러 가는 게 도의상 맞았다.

그러나 류청우는 고개를 저었다.

"그렇게 안 피곤해."

"네. 저도 그렇습니다."

"……."

짧은 대화는 거기서 끝났다. 멤버들은 더는 서로에게 휴식 이야기를 꺼내지 않고 조용히 더 기다렸다.

그리고 잠시 후, 김래빈은 창백한 얼굴로 비틀거리며 나와서 상황을 전달했다.

"래빈아."

"괜찮아?"

"예, 예…. 할머니, 이야기하고… 지금, 주무시고 계십니다…."

당장 고비는 넘겼다는 것이다.

'하.'

우습게도 전신의 긴장이 쭉 빠져나가는 것 같다.

김래빈은… 늦지 않았다는 뜻이니까.

하지만 김래빈의 표정과 뉘앙스에서 짐작은 할 수 있었다. 안심한 얼굴이 아니다.

'…앞으로도 고비가 계속 오겠군.'

김래빈에겐 최악의 휴가가 될 수도 있겠다는 생각이, 들었다.

한발 늦게 도착한 회사 사람들에게 이야기를 전달하고, 돌아갈 집이 있는 멤버들은 일단 귀가했다. 뒤늦게 병실에서 나온 김래빈의 누나가 부드럽게 권유했기 때문이다.

−래빈이 데려다주셔서 정말 감사합니다.

−아닙니다. 당연한 일인데….

−휴가시라고 들었어요. 귀한 하루 써주셔서 감사합니다…. 돌아가시는 길 안전하시길 바라요.

미안하기도 했겠고, 이렇게 많은 외부인을 신경 쓸 상황도 못 되었을 테니 합리적인 발언이었다. 가족과 보낼 시간이 일 년에 한두 번밖에 없는 놈들이 여기까지 동행한 것만으로도 대단한 의리였지.

그러나 차유진은 어차피 숙소행이었겠다, 단호하게 거부했다.

−괜찮아요, 저 집 못 가요! 여기 있어요.

−유진아….

전 소속사 생활 덕에 김래빈 가족과도 제법 안면이 있는지, 이쪽은 어쨌든 받아들여지는 분위기였다.

하지만 차유진만 두고 갈 수는… 없었다.

'이놈이 누굴 완전히 케어할 타입이 아닌데.'

자칫하면 김래빈의 누나가 이놈까지 챙기게 될 수도 있었다. 게다가 똑같이 숙소에 있을 두 놈 중에 하나만 여기 남겠다는 건, 심지어 빠지는 게 연장자인 꼴은 너무 우습지 않은가.

그래서 나도 남기로 했다.

−저도 괜찮습니다. 어차피 휴가 때 숙소에 있을 생각이었으니까.

몇 번의 사양과 고민 끝에, 우리는 김래빈 누나와 할아버지의 강권에 따라 김래빈의 본가로 이동했다. 그리고 그 과정에서 김래빈의 누나와 대화를 통해 적당히 사정 설명을 들을 수 있었다.

−며칠 정도 더 상황 지켜보고, 여건이 되면 수술 들어갈 거라고 하

시는데….

─…확률이 높진 않더라구요.

─그래도, 이번처럼 갑자기 말 듣는 것보다… 래빈이도 미리 마음의 준비를 할 수 있는 편이 나을 것 같아서요.

무슨 질병인지 꼬치꼬치 캐묻는 정신 나간 짓을 할 순 없었다. 단지 오가면서 친인척들이 나누는 대화를 주워듣자면, 무슨 뇌하수체 문제 같았다.

그리고 집에 들어와서 긴장이 풀린 김래빈이 울면서 한 이야기는 이랬다.

"지, 지난번에 입원하셨을 때 발견했는데… 저 서울에서 일하는데 신경 쓰게 하기 싫다시면서, 말하지 말라고 하셨다고…."

"……."

"그, 그런 줄도 모르고… 신경도 안 쓰고, 제, 제가 너무 바보 같아서."

"아니야! 너 바보 아니야."

"아니, 바보 같았어! 오, 오늘도… 나 혼자 정신도 못 차리고, 제대로 못 해서…."

"너 충분히 잘했어."

나는 김래빈의 말을 끊었다.

"침착하게 잘했어. 할머니도 뵙고, 다 했잖아. 이런 일에 능숙한 사람은 없는 거야."

"……."

김래빈이 어깨를 늘어뜨렸다.

그리고 나는… 내 말이 통했다는 것에 이상한 감회를 느꼈다.

'맞아.'

이런 일에 어떤 당사자가 능숙할 수 있겠는가.

이 정도면, 충분히 잘한 것이다.

나는 김래빈의 누나에게 사전에 허락받은 대로, 일어나서 냉장고를 열어서 이온음료를 꺼냈다. 그리고 분명 수분 공급이 부족할 놈에게 따라 건네며, 마시는 것을 확인한 뒤에 천천히 말했다.

"차에서… 밀어붙여서 미안했다. 고생했어."

"아, 아닙니다…! 덕분에, 늦지 않고 올 수 있었습니다…."

사실 더 늦어도 걱정하는 일은 일어나지 않았을 테지만, 심리적인 문제겠지. 그리고 나는 이 문제가 계속될 것이란 사실을 깨달았다.

'…상황이 어떻게 흘러가든 어렵게 됐어.'

휴가 이후에, 회사와 이놈이 나눌 대화까지 말이다.

"맛있는 거 먹어, 김래빈. 배달해!"

"배, 배달은… 시키는 거야."

"알았어. 시켜!"

그나마 차유진에게 말대꾸하면서 평상시 기조를 되찾은 김래빈은 겨우 음식을 시켰지만, 많이 먹진 못했다. 그렇게 아슬아슬하게 평상시의 분위기를 유지하며 병원의 긴급 호출에 대기하면서 휴가가 흘러갔다.

그리고… 그 어려운 순간이 왔다.

휴가 마지막 날 아침.

"할머니 수술하신다고 합니다."

김래빈이 아침부터 자신의 누나에게 연락을 받더니, 제법 침착하게 말했다. 스마트폰을 거꾸로 들고 있긴 했지만.

"먹으면서 말해라."

"김래빈 자리 여기야!"

"알아, 우리 집이거든! …예! 그, 할머니 상태가 호전되셔서 수술 처치를 받으실 수 있다고 하십니다!"

회복 확률이 생겼다는 뜻이었다. 하지만 다시 말하자면… 이 수술이 성공하지 못할 확률이 더 크다는 뜻이기도 했다.

모르겠다. 희망적으로 생각하려는 놈에게 초를 쳐야 할지, 맞장구를 쳐줘야 할지. 그래서 나는 대신 현실적인 문제를 꺼냈다.

휴가 첫날부터 생각했던, 그 '어려운' 문제를.

"곁에서 간호할 생각이야?"

"예…?"

"알겠지만, 오늘로 휴가는 끝이다."

나는 숟가락을 그릇 안에 놓았다.

"내일 아침 중에 복귀해야 돼."

"…!!"

"서울 돌아가도 괜찮을지… 잘 생각해 봐야지."

…활동 복귀해서 서울에 있다 보면, 할머님의 수술 경과가 갑자기 악화될 경우 임종을 지키지 못할 수도 있다. 나는 데뷔 초에 할머님이 처음 쓰러지셨을 때 김래빈과 했던 대화를 떠올렸다.

-그, 그 경우에… 제가 공연 중에, 촬영 중에… 중단하고 가는 게 옳은 건지. 그런데 그러면… 직업적 소양이 부족한 것 같고.

가족이냐 일이냐. 그 망할 양자택일의 순간이다.

그것도 한순간이 아니라, 수술 경과를 볼 4주를 통째로 걸고 생각하는.

'상황 한번 쓰레기 같군.'

물론 그때도 그랬지만 할 말은 정해져 있다.

"미리 말해두지만, 복귀 한동안 안 해도 괜찮다. 다 잘 살자고 하는 짓인데 고통스러울 필요는 없어."

"…맞아요. 괜찮아!"

"회사 설득은 같이 들어갈 테니까 걱정 말고."

차유진이 제법 지원사격을 할 줄 아는군. 요 며칠은 분위기 파악을 잘하더라니. 그리고 사실, 이쯤 말하면 김래빈이 눈을 질끈 감고 '정말 죄송하지만 그러겠다'고 외칠 줄 알았다.

하지만 아니었다.

"그… 그렇게 해도, 고통스러울 것 같습니다……."

"……!"

"주, 중요한 정규 앨범인데, 제, 제가 맡은 곡은 아직 한 곡도 전부 완성하지 못했고… 타이틀도, 작업 중이고…."

당연하지만, 김래빈에게도 꿈과 책임감이 있던 것이다.

"뮤직비디오도, 안무도, 무대도… 아, 아무런 기여도 하지 못하게 되는데."

심지어 김래빈은 프로듀싱을 전담하는 멤버였다. 그러니, 테스타라
는 그룹의 음악성 자체이기도 했다. 김래빈은 자신이 완전히 빠지면 그
룹 정체성에 손상이 온다는 것을 기민하게 알아차린 것이다.

"할머님이 돌아가시지 않고 회복되시면… 제가 한 일은, 아니, 그, 그
걸 바라는 건데."

"그래, 알겠어."

나는 놈의 말을 멈췄다.

그 말이 맞았다. 만일 할머님이 문제없이 회복되면, 김래빈은 괜히 쉬
었다며 후회할지도 몰랐다. 그리고 후회하는 자신에게 환멸을 느끼겠지.

'…내가 편파적으로 치우쳤나.'

내 과거 상황과 지나치게 겹쳐봐서 좀 오인했다. 나는 식탁을 손가락
으로 두들겼다.

'최선은 역시 앨범 발매를 한두 달 미루는 건데.'

하지만 이건 내가 곤란했다. 이러면 투어 일정이 뒤틀릴 수 있는데, 그
럼 상태이상 클리어에 문제가 생길 수도 있다.

'돌아버리겠군.'

그때였다.

"둘 다 해!"

"…!!"

차유진이 소리쳤다.

"우리 좋은 방법 많아요! 전화랑… 어엄."

"영어로 해."

"맞다! 저 영어 쓰죠?"

차유진이 눈을 빛내며 식탁을 두드렸다.

"메일도 있고, 영상 통화에 화상 채팅까지 되는 시대잖아요! 김래빈은 여기서 곡 작업하라고 해요! 그리고 우리는 다른 요소들을 준비하죠!"

"…!"

놀랍도록 합리적이다. 나는 바로 입을 열었다.

"차유진이 넌 여기서 곡 작업하면서 원격으로 재택근무하라는데."

"재택근무요??"

"내가 듣기엔 괜찮은 것 같다만."

아니나 다를까, 김래빈의 안색이 순간적으로 나아졌다.

"제, 제가 듣기에도 그렇습니다! 그러면 곡 외에 다른 것들은…."

나는 두 손을 깍지 꼈다. 머리가 며칠 만에 원활히 굴러가기 시작했다.

"이렇게 하지. 안무는 만일을 위해 두 버전을 만들 거야. 네가 있는 버전, 없는 버전."

"예??"

"좋아요!"

"그리고 촬영도 마찬가지로, 일단 우리 개인 컷과 단체를 따고, 네 개인 촬영 날짜를 따로 최대한 미뤄서 잡아놓는다."

"오우!"

"최대한 네 합류 시간을 뒤로 빼면서, 네가 합류 못 했을 경우의 버전도 완성해 두는 거지."

김래빈이 입을 떡 벌렸다.

"……죄, 죄송합니다."

"뭐가 죄송해? 그냥 후반에 합류할수록 너 혼자 더럽게 힘들어진다는 건데."

나는 물었다.

"그래도 할래?"

"…예!"

좋아.

김래빈은 열심히 고개를 끄덕였다. 그래도 제법 씩씩해 보이더니, 곧 눈을 비비기 시작했다. 여러 연유로 북받쳐 오르는 게 있을 법했다.

"그래, 할 수 있는 데까지는 해보자고."

"네……."

나는 말을 덧붙였다.

"그리고 혹시 하다 안 되면 중간에 그만둬도 돼."

"맞아! 김래빈 잘못 아니에요."

그 말이 맞았다.

그렇게, 일과 가족 두 마리 토끼를 다 잡아 보려는 4주가 시작되었다.

휴가가 끝난 후.

"왔어?"

"그래."

숙소에 복귀하자마자 김래빈의 재택근무 관련 내용을 구체적으로 전달했다. 사실 김래빈에게는 너 혼자 힘든 일이라고 했다만, 김래빈의 유무를 조건으로 두 가지 버전의 활동 준비를 하는 것이 보통 일은 아니다.

'사실 중노동이지.'

컴백 일정이 그대로라는 가정하에 이 짓을 하려면 뻔하지 않은가. 임의로 셋이서 결론 낸 것에 대해 부당하다고 항의해도 할 말 없는 상황이란 뜻이다.

물론 이놈들이 항의할 것 같진 않았고, 실제로도 그랬지만.

"…그래서, 래빈이가 재택으로 곡 작업하면서 원격으로 앨범 준비 함께하는 방향으로 이야기 마무리했습니다."

"오오."

"잘했어, 후우."

거실에 모여서 간단히 브리핑하자 여기저기서 안도의 한숨이 튀어나왔다. 휴가 동안 대놓고 묻진 못하고 돌려서 안부를 묻더니, 각자 나름대로 머리 깨지게 고민했던 모양이다.

"그, 그러면 래빈이는 할머님 곁에서… 계속 있을 수 있구나."

"그러게. 다행이다~ 그럼 래빈이 작업물은 월, 목 밤 9시에 피드백하는 걸로?"

"맞아. 그리고 중간 연락은 되도록 실시간으로."

김래빈의 마음이 편안한 것에 집중하던 놈도 만족했고, 김래빈의 부재를 신경 쓰던 놈도 만족할 타협안이었으니까.

"방법만 좀 다르지, 하는 일은 바뀐 게 없어. 이번 앨범도 다 같이 잘 만들어보자."

"화이팅합시다~"

"화, 화이팅…!"

그 과정에서 노동량 증가 정도야 하루 이틀 일도 아니니, 자연스럽게 우선순위에서 밀려 버린 것이다. 거기서 직감했다.

'실무진들 반응도 비슷하겠군….'

유인책을 생각할 필요도 없었다는 것을 말이다. …회사가 추가 근무 수당이라도 잘 챙겨주는지나 확인해 봐야겠다.

다만, 예외가 없던 것은 아니었다. 멤버 한 놈은 얼굴이 허옇게 떴으니까.

"…잘됐네, 김래빈."

당연하지만 배세진이다. 심지어 화제 다 지나가고 한발 늦게 반응이 나왔다.

'말 자체는 진심 같긴 하다만.'

단지 안무 동선 두 가지를 따로 익히는 미래를 상상하니 눈앞이 깜깜해진 게 분명했을 뿐이지.

그래도 놀라울 만큼 회복이 빠르긴 했다. 당장 직후에 안무 대형 논의에 배세진이 무슨 발언을 했는지 보자.

"그럼 우선 안무부터 이야기할까?"

"오~ 인원이 다르니 아예 대형을 따로따로 구상해 달라고 말씀드리는 건 어때요?"

"음… 그래도 보컬 멤버들은 최대한 동선 변화 적은 방향으로 하는 편이 낫지 않겠어?"

류청우가 대충 뭉뚱그렸지만 누굴 배려해 주려는 건지 모를 사람은 없었다. 그리고 당사자의 반응은 이랬다.

"…아니, 그럴 필요 없어. 똑같이 해."

"그, 그럴까?"

"…그래!"

"오우! 멋져요!"

"크흠."

배세진이 차유진의 호응에 은근히 기분 좋아하는 게 보인다.

'…대충 알겠군.'

저놈에게 쥐꼬리만 한 자신감이 붙은 이유를 말이다.

아마 최신 평판 덕분일 것이다. 나는 휴가 직전, 거실 구석에서 놈이 '배세진 구멍 탈출기'라는 제목의 위튜브 영상을 몰래 보고 있던 것을 회상했다.

— 〈아주사〉에서의 논란이 거짓말이었던 것처럼, 배세진은 데뷔 후 놀라운 계단식 성장을 보여주었는데요.

— 단순히 군무에서 튀지 않는 것을 넘어, 직캠에서도 처음부터 끝까지 안무 디테일을 놓치지 않는 것으로 팬들을 놀라게 했습니다.

— '성장형'을 붙이려면 이 정도는 되어야 한다는 표본이 아닐까요?

블루투스 이어폰을 꼈어도 그런 동영상은 워낙 자막이 큼지막해서 그냥 보이더라고. 댓글도 대부분 놀라울 만큼 호의적이었던 것 같다.

―배세진 진짜 놀랐음 예능 보니까 귀엽고 열심히 하던데 응원하고 싶어졌어요ㅋㅋ

음, 이런 댓글에 슬쩍 '좋아요'를 누르며 입꼬리를 주체 못 하던 배세진의 얼굴도 생각나는군.

어쨌든, 데뷔 이후 호떡 굽는 리얼리티를 거치며 대중 평판이 상승세니 본인도 긍정적인 동기부여를 받은 것 같단 뜻이다. 아마… 이번에 제대로 1인분을 해서 재평가에 마침표 찍을 결심이겠지.

'그래도 쓸데없이 무리하면 내가 곤란하다.'

활동기에 번아웃 와서 투어에 지장 가면 안 되니, 어깨에 넣은 힘 좀 빼게 해줘야겠군.

"그럼 특별히 코멘트 없이 안무 동선 의뢰는 진행하는 걸로…."

"전 좋은데요."

"어어?"

"전 동선 변화 적게 해주시면 좋겠습니다. 배려 좋죠."

나는 일부러 빤히 배세진과 류청우를 번갈아 봤다.

왜, 뭐. 나도 보컬 멤버 아니냐.

류청우가 살짝 웃음을 참는 얼굴로, 정리하는 척 고개를 숙였다.

"음… 그래. 그럼 세진아, 약간 간단하게 부탁드리는 정도로 괜찮겠어? 문대가 저렇게 말하니까."

"…그, 그러든가."

"네넵~ 그럼 그렇게 정합시다~"

큰세진이 눈이 마주치자 슬쩍 눈썹을 올렸다 내렸다. 놔두지 왜 챙겨주냔 식 같은데, 저것도 어지간히 한결같은 놈이다.

"회사에는 연락했어?"

"예. 촬영 일정 이중으로 부탁드렸고…"

나는 턱을 문질렀다.

"이제… 앨범 컨셉 구체화부터 얼른 진행하면 됩니다."

"……그게 아마 기간이,"

"넉넉잡아 일주일일까요."

"그래."

거실에 비장감이 감돌았다.

경험이 붙을수록 엑셀 작업을 더 기가 막히게 하던 김래빈의 빈자리가 갑자기 느껴지긴 한다. 게다가 이번 컨셉은 전체 활동 흐름에서 유독 튈 예정이어서 말이다.

명료한 정리가 필수였다.

"오늘은 빨리 관계자들 연락부터 확인하고, 내일부터 본격적으로 시작하는 걸로 할까."

"좋습니다."

"여, 열심히 하겠습니다…!"

그렇게 앨범 최종 작업이 시작되었다.

바쁜 프리랜서의 스케줄을 짠다는 것은 생각보다 번거롭고 고려할 게 많은 작업이다. 각종 관계자의 일정을 다 알맞게 짜 맞추면서 프리랜서 본인이 너무 무리해서도 안 되니까.

심지어 그 프리랜서가 아이돌 그룹이라면? 고려할 건 몇 배로 늘어난다. 그래서 필요한 게 매니지먼트실인데….

'영 일 처리가 성에 안 차는 놈들이라.'

그냥 내가 감시하는 게 속 편했다. 가령 김래빈과 연락 같은 것도 말이다.

[타이틀 작업_2절 Verse_(1)]
[타이틀 작업_2절 Verse_(2)]
[김래빈 : 오늘은 2절 벌스의 랩 파트를 작업해 보았습니다. 들어보시고 더 많은 투표수를 획득한 버전으로 응답 부탁드립니다.]
[김래빈 : 언제나 감사합니다.]

김래빈은 칼같이 시간에 맞춰서 작업물을 보냈다. 나는 답장을 보냈다.

[고생했다. 빠르게 피드백 보낼게]

그러면 이걸 받아서 보통 다음 날 오전 중까지 멤버들의 의견을 추합하고 A&R팀의 리뷰를 받는다. 그리고 그걸 저녁에 도로 김래빈에게 보내면, 다음 연락 날짜에 또 작업물이 오는 식이다.

원래라면 김래빈이 직접 A&R팀과 소통하도록 만들었겠으나… 상황이 상황이다 보니 말이다.

나는 고민하다가 문자를 덧붙였다.

[거기 있으면서 특별히 힘들거나 고민되는 일 있으면 말해]

이런 문제 때문에, 어느 정도 일 외의 융통성 조절이 필요하니까. 다행히 이번에도 고민하는 망설임 없이 빠르게 답이 왔다.

[김래빈 : 특별한 예외 상황은 발생하지 않았습니다.]

할머님의 수술 이후 악화나 급격한 회복 증상은 없었다는 뜻이다.

'…그래도 이 기간이 너무 길어지면 안 되는데.'

답을 고민하던 찰나, 빠르게 메시지가 연달아 도착했다.

[김래빈: 언제나 걱정해 주셔서 감사합니다!]

[김래빈 : (이미지)]

첨부된 이미지는… 장미 그림에 '오늘을 살아가는 힘, 웃는 얼굴과 용기에서^^'라는 문구가 무지개색으로 번쩍이고 있었다.

[김래빈 : 할아버지가 보내주셨는데 문구가 정말 좋아서 공유해 봅니다. 기운찬 하루 보내시길 바랍니다.]

나는 피식 웃었다.

'오늘도 얼마 안 남았다, 이놈아.'

벌써 밤 10시다. 그래도 남은 두 시간이라도 좋은 하루 보내라는 뜻으로 알겠다.

[그래. 너도 잘 자라.]

나는 김래빈이 보내는 깍듯한 답장을 확인한 뒤, 스마트폰 화면을 껐다. 앞에서는 신발 밑창이 미끄러지는 소리가 요란하게 들렸다.

"다시 한번 가자."

"넵!"

김래빈이 파일을 올린 게 단체 메시지방이었는데도 불구하고, 나를 제외하면 아무도 실시간으로 답장하지 못했던 이유가 여기 있다. 김래빈을 제외한 6인 안무 동선을 익히는 중이었기 때문이다. 아무도 반응 안 할 수는 없으니 내가 잠깐 빠진 거지.

"문대문대, 래빈이 곡 잘 확인했나~ 어느 부분이야?"

"2절 도입."

"오케이~ 끝이지?"

얼른 연습에 다시 합류하라는 뜻이다. 나는 후렴 반복구에 들어가기 전에 놈의 옆에 섰다.

"문대만 한번 보자."

"네."

곡의 전체 구성은 다 나왔고, 편곡과 일부 레코딩 관련 작업이 진행되는 중이라 가편집된 데모곡이 스피커에서 나오고 있었다.

참고로 내가 녹음했다. …각 파트 녹음할 때 안 헷갈리게 해준답시고 창법을 비슷하게 해줬더니, 폭소한 새끼들이 생각나는군.

─으하하하! 그거 나야? 문대 제법인데??

─저 또 해봐요! 저 해요!

─문대야, 성대모사 개인기로 해보는 게 어때?

이번에 어디 예능 나가면 일화랍시고 떠들어댈 것 같다.

…음, 또 열 받는군. 그만 생각하자. 나는 안무 동작에 집중했다.

"하나, 둘…."

안무가가 내 동작과 동선을 한번 점검한 뒤, 고개를 끄덕였다.

"잘 추네. 특히 고개 드는 거 좋아."

"감사합니다."

"그리고 이런 말 좀 그런데, 내가 듣기에도 곡 좋다. 잘 빠졌네."

앨범 발매를 앞둔 아이돌이라면 누구든 기꺼워할 칭찬이었다. 여기저기서 밝은 응답이 나왔다.

"감사합니다!"

'재밌네.'

참고로, 이 안무가가 바로 〈아주사〉에서 만났던 그 안무 트레이너다.

자연스러운 척은 한다만, 독설 뱉던 태도는 어디 가고 훨씬 조심스럽고 친절해졌다. 배세진이 가끔 느리게 반응하거나 실수할 때도 신경질은커녕 무시도 못 하는 모습을 봐라.

'이게 사회지.'

특히 오디션 당시엔 마음껏 폭언을 퍼붓던 선아현한테는 거의 정중하기까지 하다. 이게 썩 좋은 방식이라고 할 순 없겠다만, 역시 일할 때는 사회적 위치만큼 잘 먹히는 예절 주입기가 없다.

"…아현아, 거기 뒤로 한 번만 돌아보자."

"네, 네!"

'선아현 본인은 신경도 안 쓰는 것 같지만.'

뭐, 안무가도 쇼비즈니스 때문에 더 고압적으로 나왔던 것이니, 이 바닥에서 특출나게 인성이 나쁜 놈 취급할 필요는 없다.

게다가 제일 중요한 안무가 잘 나왔다. 굳이 이 안무가의 시안을 메인으로 채택한 이유가 있던 것이다.

'이런 스타일은 거의 처음인데.'

"1절 끝."

"고생하셨습니다~"

"감사합니다!"

여기저기 엎어지는 놈들은 힘들어 보였으나, 그리 불안해 보이진 않았다. 바쁜 것과는 별개로 차근차근 일이 잘 진행되고 있다는 안정감 덕분이다.

'좋아.'

"무, 문대야. 물."

"고마워."

나는 남은 스케줄을 머릿속에서 도식화하며 물을 마셨다.

어느 쪽이든 문제는 없다.

'그래도 김래빈이 합류하는 최상의 시나리오로 가면 좋겠군.'

이 앨범 이미지가 김래빈과 워낙 잘 어울리기도 하니까. 나는 그렇게 결론을 내리고, 짧은 휴식 시간을 알차게 쉬었다.

"10분 끝."

"넵~"

하지만 이 과정에서 하나 계산에 넣지 못한 점이 있었다.

내가 몇 주간 인터넷을 깊이 모니터링하고 있지 않다는 것 말이다. 그리고 물밑에서는 이미 알음알음 글이 퍼져 있었다.

[김래빈 이번 활동 빠질 듯]

물론, 내가 뒤늦게야 확인하고 땅을 치게 됐다는 건 아니고.

"아현아."

"으응?"

이날 룸메이트 설득에 성공했거든.

그러니까… 위튜브에서 털복숭이만 보던 시즌은 끝났다는 뜻이다.

설득은 생각보다 어렵지 않았다.

"내가 인터넷 안 본 지 꽤 됐는데, 그동안 딱히 금단증상 같은 반응은 없었지."

"으응. 머, 멀쩡했어. 문대야…!"

"그러니까 애초에 중독이 아니라, 스트레스 해소용으로 봤던 게 맞는 것 같다."

"어, 어어어?"

"네 말대로 너무 과해지면 스트레스가 될 수도 있겠지만… 좀 쉬면서 감 잡았어."

설마 이렇게 말이 연결될 줄은 몰랐는지 선아현이 입을 못 다물었다.

"이제 스트레스 수준 되기 전에 알아서 조절할 수 있을 것 같은데."

"무, 물론, 문대가 잘하겠지만…"

그리고 여기서 변화구를 넣는다.

"네 덕분이다. 고마워."

"…!! 아, 아니, 문대가 잘 조절한 건데 뭘…!"

"그래. 앞으로도 잘 조절해서, 스트레스 없는 선에서 모니터링할게."

끝이었다.

이후 선아현이 어째 사기당한 몰골로 멍하니 스케줄에 끌려다녔으나 곧 회복했으니 된 거겠지. 그렇게 휴식 시간을 이용한 자유로운 모니터링 재개에 성공했다.

"내일 컨셉 포토 촬영 7시부터 준비 시작하신다니까 늦게 자진 말자."
"네넵!"
그리고 오늘의 할 일이 끝난 밤.
'오랜만인데.'
나는 침대에 눕자마자 일단 관련 커뮤니티를 한번 쭉 훑었다. 과거에서부터 천천히.
일단, 초반에 몰아서 촬영해 둔 〈K-NOW〉는 케이팝 지옥캠프에서 슬슬 벗어나며 힐링캠프를 겸업 중이었다. 그 부드러운 노선 전환이 시청자들한테 제대로 먹힌 모양인데, 덕분에 테스타가 아직도 제법 점수를 따고 있었다.

  -선아현 특별 무대 혼성하니까 덩치 차이 개설레 ㅅㅂ꽃사슴인줄 알았는데 엘크잖아
  -ㅠㅠ이세진을 고소합니다 관종 외국인한테도 친절해서 러뷰어를 설레게 만들었습니다
  -배세 선글라스 화보 도랏다 미국놈들아 보았냐 이게 바로 배우 출신 케이돌의 위엄이다 (사진)

일단 일반인 참가자들과 능력치와 여유가 비교되니 편집부터 뽕이 제대로 차오르게 만들어준 것 같았다. 내 분량은 초반에 몰려 있어서 크

게 변동은 없다만, 비하인드 신이 풀리면서… 귀엽다는 말은 좀 많군.

-문대 진짜 열심히 배운다 얼마나 아이돌에 진심이면 매번 기회를 놓치지 않는다고ㅠㅠ
-혼자 무슨 생각해 귀엽게 서서ㅠㅠ(쉬는 시간 구석 캡처)
-선배님 말할 때마다 귀 쫑긋쫑긋하는 게 너무 귀엽다
네? 안 보인다구요? 그럴 리가 (강아지 귀 합성한 GIF 파일)

하필 그 비하인드 신이 청려와 진행했던 특별 무대 연습 카메라라는 것만 빼면 다 좋았을 것이다.

-둘이 예능도 같이하더니 친한가봐 무슨 라인이라고 불러야 하지 대천재명석아이돌 라인? (김칫국

'…선 넘네.'
팬이 아니라 예능 비하인드 편집이 말이다. 나는 빠르게 이 날짜 반응을 넘겼다.
그리고 검정고시. 이건 시각 자료 올려준 놈들 덕인가, 의외로 다들 훈훈하다는 반응이 전반적이긴 한데…….
"…?"
뭐냐 이놈들은.

-곰머 이것도 보고 있지? ㅋㅋㅋㅋ기싸움 오진다

왜 혼자만의 싸움을 하고 있는 건지는 모르겠지만, 어쨌든 긁으려다 실패하고 지친 새끼들의 흔적이 역력했다.

'1승 날로 먹었군.'

…선아현의 조언이 정말 타이밍 좋게 효과가 있었던 모양이다.

나는 옆 침대로 눈을 돌렸다. 마침 눈이 마주쳐서 부르는 수고를 덜었다.

"뭐 먹고 싶은 거 있냐."

"으응?"

"야식으로."

선아현은 잠시 이게 무슨 말인가 생각하는 것 같더니, 얼굴에 '!!'가 뜨며 상체를 벌떡 일으켰다.

"아, 무, 문대 야식 먹을래?"

"……."

'배고프다는 뜻을 눈치 없게 바로 파악하지 못한 또래 관계 능력 없는 나' 증상이군. 아무래도 내일 아침에나 뭘 좀 답례로 먹이면 될 것 같다. 나는 동문서답하는 선아현을 적당히 진정시키고 도로 모니터링을 재개했다.

어디 보자, 이후로는 한동안 큰 화제는 없었다. 비활동기다 보니 가볍게 룸메이트나 이사 컨텐츠에 대한 팬들의 반응 정도가 메인이었을 뿐이다.

하지만 최근으로 넘어오자, 물밑의 분위기가 일변했다.

인증 글로 시작되었다.

[나 병원에서 섬별 봤다 개이득]

: 배 아파서 응급실 갔다가 돌아가는 길에 주차장에서 다리 긴 남자 몇 명이 우르르 밴에서 내리는 걸 목격

비율부터 인원수까지 너무 아이돌이란 킹리적 갓심 들어서 자세히 보니까 섬별이었음 김래빈이 마스크 안 해서 확인함ㅋㅋ 허술허네ㅋ

근데 안색 나쁘던데 혹시 가족 중에 아픈 사람 있음? 딱 그 각이던데

(흔들린 사진)

연예인 사생활은 공공재라고 믿는 커뮤니티에 올라온 글이었기 때문에 아무 빈축을 사지 않고 리액션만 쏠쏠히 받아 갔더라.

나는 한숨을 참았다.

'…안일하긴 했지.'

하지만 그때 이런 일까지 고려할 수 있는 놈이 있었을 리가 만무했다.

……당장 누구 임종을 볼지도 모르는 판에.

"……."

나는 그 글 이후 시점으로 두고, 검색어에 '래빈'과 '병원' 등을 적당히 조합해 넣어서 여러 결괏값을 확인했다.

-래빈이 병원 목격담 뭐임

-관련 이야기 차단합니다 래빈이가 직접 말할 때까진 알 생각 없습니다

-애들 다 같이 가줬구나... 이런 걸 소비하면 안 되는데 괜히 눈물 난다

김래빈의 조부모님 중 한 분이 아프셨을 거라는 추측은 거의 확정적
이었다. 그래도 대부분의 팬 커뮤니티에서는 대놓고 하는 언급은 금지
된 상태였고.

'생각보다 빨리 퍼졌는데.'

아까 직접적인 인증 글 원본이 삭제되기 전에 널리 퍼진 탓인 것
같았다.

'회사 대응이 좀 느렸어.'

앨범 준비 스케줄을 재편성하고 언론 대응 준비하는 것에 전력을 쏟
느라 이쪽을 놓친 게 분명했다.

그러니 물밑에서는 스토커 스타일의 미친 새끼들이 날뛰기 딱 좋았
다. 아마 많은 이들이 궁금해하는 정보를 선점했다는 식의 이상한 우
월감을 느끼는 것 같았다.

-매니저 명의로 벤 대여했네 이새끼들 지들끼리 처놀아? ㅋㅋㅋㅋ컨텐츠 어
디감 연습이나 하지 초심 어딧냐고ㅠ

-여자 안부름? 여자 안부름? 여자 안부른거 맞지 빨리 누가 좀 알아와봐

-어카누 눈깔 때문에 휴가 다 말아먹었대 곰머 육진이 눈깔 달래주느라
강원도행~

-곡이나 만들지ㅅㅂ 짜증나네

회사나 관계자에게 소식을 듣거나 휴대폰을 복사한 몇몇이 정보를

재생산하며 설치는 것 같았다. 게다가 자칭 김래빈의 팬이라고 주장하면서 온갖 억측과 말도 안 되는 트집을 잡는 새끼들까지.

-아 묘레빛 멘탈 좆될 듯 정규에 이게 무슨 일이냐 시발ㅋㅋㅋ 근데 언젠간 이런 날 올 줄 알았다

-설마 누구 죽은 것도 아닌데 일부터 팽개쳤냐 왜 숙소 돌아왔단 소식이 없냐고 레빛아ㅋㅋ

-레빛아 제발 커리어 우선 알지?

-아픈 가족과 시간을 보내기 위해 정규 앨범 빼버리기ㅎㅎ? 내가 어쩌다 이런 가정적인 돌을 잡았지

가관이다.

'…이쪽도 단속이 안 됐군.'

내가… 당시에 여기까지 신경 쓸 정신머리가 없어서 이 지경까지 방치한 셈이다.

"……."

X발, 그만하자. 자아비판도 시간 남을 때 해야 민폐가 아니지.

'닥치고 뇌나 좀 써라.'

즉각 쓸 만한 몇 가지 패턴이 머릿속에 떠올랐다.

'우선은 메시지방 캡처부터 공개하는 게 가장 가성비가 좋겠는데.'

김래빈의 작업물 관련해서 나눈 말들을 일종의 컴백 예고처럼 SNS에 올려주는 것이다. 그럼 당장 김래빈의 현재 상태에 대한 억측이나, 참여 관련된 불안을 일단락시킬 수 있을 것이고….

최악의 경우에도, 효력이 있을 것이다.

그러니까… 김래빈이 이번 활동 초기에 참여하지 못한다 해도 말이다. 쓸데없이 욕먹는 일이 줄겠지. 그래도 물고 늘어질 새끼들은 나오겠지만 이번에는 깔끔하게 처리할 준비가 되었다.

'고소 예고 먼저 때려야지.'

전담팀 구성하자마자 제일 처음 할 일이다. 그리고 전담팀은 X발 내가 잠을 안 자는 한이 있어도 이번 활동 내로 구성을 끝낼 것이다.

'그전에, 지금은 당장 할 수 있는 일부터 하고.'

나는 바로 김래빈의 작업물 관련 대화 중 가장 적당한 것을 골라 캡처했다. 그리고 단체 메시지방에 업로드 관련 동의부터 빠르게 구하려 했다.

김래빈은 야행성이니, 웬만하면 지금도 깨어 있을 테니까.

[나 : 우리 작업한 내용 좀 캡처해서 올리면 좋아하실 것 같은데, 어때.]

[큰세진 : (저는 그거 찬성이에요 이모티콘)]

[차유진 : 저 나와야 해요!]

역시 안 잘 만한 놈들부터 바로 튀어나와서 반응하는군. 그리고 김래빈의 응답도 늦지 않게 도착했다.

하지만 내용이 좀 이상했다.

[김래빈 : 괜츠ㄴㅇ리]

"…?"

김래빈과 전혀 어울리지 않는 오타였다. 아마도 '괜찮을 것 같습니다'를 쓰려다가 미끄러진 것 같은, 그런 흔적.

'…졸려서 실수했나.'

나는 팔짱을 꼈다. 그리고 최대한 보수적인 자세로 답장을 기다렸다. 그러나… 몇 분이 지나도록, 정정된 답은 오지 않았다.

"……."

그러니까 이건, '그' 김래빈이 오타를 정정하지 않고 연락이 끊겼다는 뜻이다. 웃을 일이 아니었다.

'예상되는 상황은….'

X 같지만, 아주 강렬한 가정부터 머리를 때렸으니까.

나는 팔을 손가락으로 두드렸다.

'…부고인가.'

만일 그 경우라면 지금 전화를 해서는 안 된다. 전화해 봤자 긴급한 상황에 방해만 될 뿐이다. 나는 간신히, 합리적인 결론을 내렸다.

'…내일 아침쯤에 확인한다.'

그때쯤이면… 죽이 되든 밥이 되든 다 정리되지 않았겠는가.

[큰세진 : 래빈아?]

메시지방에서는 다른 놈들이 몇 번 김래빈을 호출하는 메시지가 뜨기도 했으나, 곧 잠잠해졌다. 다들 분위기 파악을 한 모양이었다.

무슨 일이 일어났을지에 대한.

"……."

나는 최대한 합리적인 대응을… 도출하기 위해, 계속 뇌를 돌렸다.

'부고와 SNS 업로드가 타이밍이 겹치면, 안 된다.'

나는 업로드를 보류하기로 했다. 그리고 바로 스마트폰을 두고 침대에 누웠다.

"무, 문대야. 자…?"

"어."

'쓸데없는 생각 말고 취침이나 하자.'

이럴 시간도 여유도 없는 상황이다. 썩 잠이 잘 오지는 않았으나, 피곤을 수면제 삼아서 적당히 새벽 즈음에는 잠들 수 있었다.

하지만 날이 밝은 후에도 김래빈에게 연락은 오지 않았다.

아침 8시가 넘은 시간.

"연락하자."

"어, 어떤 상황인지 모르니까, 좀 더 기다리는 건 어떨……."

"전화할래요!"

"잠깐만. 우리 벌써 일정 늦었어. 일단 이동하면서 이야기하자."

현 상황에 대해 각기 의견을 내는 놈들로 거실이 소란스러웠다. 연습실로 출발할 시간은 이미 넘겼다. 나는 소파에 걸터앉아 고개를 젖혔다.

'망할.'

머리가 안 돌아간다. 잠을 못 자서 그런가.

물론 이 추측도 핑계겠지. 바쿠스500은 잘 돌아가고 있다. 이건 피로가 아니라 내 정신상태의 문제다.

나는 숨을 내쉬었다.

'…확인해야겠지.'

…더 미루면 회피다. 이젠 정말 전화를 해야 한다.

그때였다.

드르르륵!

"…!"

손에 쥐고 있던 스마트폰이 울렸다.

전화가… 왔다.

"래빈이야??"

김래빈이 맞다.

나는 생각할 겨를도 없이 바로 통화 버튼을 누르고 귀에 가져다 댔다.

"여보세요."

─형!

김래빈의 목소리는….

흥분으로 밝았다.

─간밤에 하, 할머니께서 완전히 의식을 찾으셔서… 대화가 가능했습니다!

"…!!"

부고가 아니었잖아.

갑자기, 머리끝까지 폭죽이 터지는 것 같은 괴상한 해소감이 치밀어 올랐다. 그리고 날뛰었다.

좋은진 모르겠다. 다만 목소리를 주체할 수가 없었다.

"그럼 바로 연락을 했어야지…!"

─죄, 죄송합니다! 새벽 중에 취침하실 텐데 방해가 될 것 같아 아침

9시까지 기다리려 했습니다…!

"……."

너무 놈다운 대답이라 말문이 막혔다.

나는 맥이 풀려서 스마트폰을 귀에서 뗐다. 주변에서 멤버들이 몰려들었다.

"김래빈이에요?!"

"괜찮대?"

류청우가 조용히 물었다.

"문대야, 내가 받을까?"

"…예."

스마트폰을 넘겼다. 와르르 몰려들어서 전화에 대고 신나게 떠드는 놈들의 목소리가 귀를 울렸다.

"래빈이~ 목소리 좋은데?"

"어, 어때?"

나는… 모르겠다. 그냥 이상하게 개운했다.

김래빈 때문인지, 전화 때문인지, 아니면 이 망할 상황이나 상태창 탓인지는 나도 모르겠으나… 그냥 X발, 그랬다.

피로가 가신다.

'미쳤나.'

나는 헛웃음을 지으며 미간을 눌렀다.

"래빈이 오늘 저녁에 올라온대!"

"오, 날짜 딱 맞췄네~"

그러게. 가끔은…… 이렇게 딱 맞는 경우도 있는 모양이다.

나는 스마트폰을 돌려받자마자 SNS에 접속했다.

'빨리 할 일이나 하자.'

머리와 손이 근질거렸다.

그날 오전, 김래빈이 박문대에게 전화를 걸어온 지 채 한 시간도 지나지 않은 시각이었다.

테스타의 SNS엔 짧은 글 하나가 게시되었다.

두근두근 (사진)

누군지 소개도 없이 대뜸 업로드된 글에는 박문대가 엄선한 정다운 단체 메시지방 캡처가 첨부되어 있었다.

-헐 얘들아ㅜㅜ

컴백용 작업의 신호탄이었다.

-이거 설마 컴백 떡밥이야??? 타이틀 래빈이 단독 자작곡이고?

-단톡방 공지 뭐얔ㅋㅋㅋ

('이모티콘 10개 이상 도배 금지 그래 너 이세진'을 밑줄 친 캡처)
-무슨 개판이 나든 꿋꿋이 일 얘기만 하는 문댕댕 봤냐 본인이 강아지라 개판이 익숙한 거지
-아니 배세진 진짜 햄스터 이모티콘 쓰냐고 미친ㅠㅠㅠㅠ

당연하지만 반응은 괜찮았다.

특별히 문제 될 소재만 없으면 이런 소소하고 친근한 컨텐츠는 스테디셀러 아니겠는가. 게다가 컴백 힌트까지 있으니 재미는 확실했을 것이다.

…다만, 이걸 올리기 전 막판에 예상 못 한 검수를 받긴 했다.

-음, 문대 네가 캡처해 올리게?
-그래.
-이런 건 청우 형이 낫지 않겠나~? 리더잖아.
-…!
-평소에 이런 거 잘 안 올리시니까 팬분들이 더 좋아할 것 같은데~ 안 그래?

…맞는 말이었다. 안 그래도 비슷한 패턴을 몇 번 써먹은 나보다는 더 자연스럽기도 하겠고.

그래서 큰세진의 피드백을 수용해 류청우의 편으로 해당 글을 올려서 깔끔히 처리했다.

-헐 청우였네
-아 류청우 동생들 이름 뒤에 동물 이모티콘 붙여서 저장해줬어 미쳤냐고
이 남자야ㅠㅠ

결과가 좋았으니 입 닥치고 좋아하는 게 맞았으나, 내 정신머리에는
의구심이 든다.

'이걸 저놈보다 먼저 못 떠올렸다니.'

무슨 의욕만 앞서서 성급한 애새끼 같았지 않은가. 폼이 떨어진 건
아닌지 자가 진단이라도 해봐야 할 판이다.

나는 혀를 차며, 팔짱을 꼈다.

'다음 건 제대로 한다.'

물론, 그전에 컴백 준비부터 제대로 끝내야 했다. 한 명이 따로 합류
해도 차근차근 진행되도록 짜놓긴 했지만, 그래도 무대에서 서로 합을
맞추는 과정은 필수다.

그래도 나를 포함한 다른 멤버들은 중간중간 여유가 있다. 김래빈
없이 진행할 수 있는 촬영을 많이 끝내놓은 상태니까.

하지만 김래빈은 아니다.

'저놈은 지금부터 그걸 다 해야 한다.'

덕분에 김래빈은 합류하자마자 거의 툭 치면 일 얘기부터 쏟아질 수
준으로 바쁜 상황이었다.

그래도 그 와중에 인사를 잊지 않더라고. 며칠 뒤 밤, 드디어 시간이
나자마자 슬그머니 방에 찾아온 것이다.

"누나가 형과 차유진에게 전달해 달라 부탁했습니다! 제 성의도 최대한 보태보았습니다. 정말 감사했습니다."

김래빈이 내민 것은… 지역 맛집에서 구매한 약과와 호박식혜였다. 아마 택배로 보낸 것 같다.

그런데 양이 어마어마하다.

'아무래도 차유진 취향은 확실히 알고 있었나 보군….'

둘이 다른 걸 주긴 그러니, 최소한 취향을 알고 있는 쪽의 입맛에 맞추는 게 합리적이긴 하다. 난 특별히 음식에 호불호도 없으니까.

'이걸 언제 다 먹나 싶긴 하다만.'

그래도 할 말은 해야지.

나는 거대한 보자기에 싸인 상자를 받아들었다.

"고맙다. 잘 먹을게."

"감사합니다! 누나께도 꼭 전달하겠습니다."

김래빈이 싱글벙글 웃으며 고개를 꾸벅거렸다. 원래 인상이 살벌하고 며칠 잠을 제대로 못 잔 몰골이라 별 소용은 없었다만.

나는 약간 갈등하다가, 결국 질문했다.

"…할머님은 괜찮으시고?"

"예! 꾸준히 연락 중입니다만, 순조롭게 체력을 회복하시는 중이라고 하십니다."

다행이었다. 나는 말없이 고개를 끄덕였다.

"그리고 앞으로는 혹시 질병 등 신체적 불편함이 생기시면, 솔직하게 말해달라고, 부탁드렸습니다…."

"잘했어."

놈의 어깨를 한두 번 두드렸다. 이제 한번 이 과정을 거쳤으니, 언젠가 정말 김래빈이 걱정하던 순간이 오더라도 좀 더 의연하게 받아들일 수 있을 것이다.

'…피할 순 없어도, 대처할 순 있겠지.'

그걸로 됐다. 나는 쓸데없는 상념을 털어내고, 놈이 준 보따리나 도로 집어 들었다.

"그럼 이건… 냉장 보관이 맞겠지."

"그렇습니다. …앗, 형! 제가 들겠습니다!"

"됐다. 어차피 받았는데 뭘."

그렇게 내가 어차피 냉장 보관이 필요할 이 보따리 내용물을 냉장고로 가져가려던 찰나였다.

"아, 그러고 보니 질문드리고 싶던 것이 있습니다!"

"뭔데."

김래빈이 따라오며 손을 들었다.

"이번 앨범 원격 작업 관련 메시지방을 팬분들께 공개하신 이유가 궁금합니다!"

"…!"

"아직 이번 앨범과 관련된 공식 보도 자료도 나오지 않은 상태니, 제 짧은 생각으로는 혹시 유출의 위험이 있을까 걱정했습니다만…."

김래빈의 눈이 번쩍였다.

"그 리스크를 무릅쓸 만큼 어떤 효율을 예상하셨는지 여쭙고 싶습니다!"

"……."

그런 리스크를… 생각해 본 적이 없는데.

난 약간 떨떠름하게 놈을 보았다.

'누가 서버라도 해킹하지 않는 이상 곡이 유출될 일은 없지 않나.'

곡과 앨범에 지나치게 진심이라 이론상으로만 존재할 위험까지 걱정하고 있군. 그래도 공식 입장이 나오기 전에 그룹이 개인적으로 컴백 여지를 흘리는 게 좀 걸릴 수도 있겠다 싶긴 하다.

그렇다고 그 선 넘은 발언들을 이유로 직접 말해주는 건 안 될 일이 었지만.

'가장 자극 없을 부분만 꺼내서 엮어야 하나.'

나는 차분하게 입을 열었다.

"팬분 중에 네가 본가에 있는 걸 알아차린 분들이 계셔서. 그분들 안심하라고 말씀드린 거지."

이것도 실제 이유긴 했다. 김래빈의 멘탈과 상태를 걱정하며 불안해하는 사람이 제법 많았으니까.

물론 개소리하던 놈들이 입 닥치도록 만드는 게 1차 목적이었지만.

-ㅋㅋㅋㅋㅋ아 니들보다 레빈이가 커리어에 더 진심이라고~

-다 어디로 사라짐?

-니들이 패기도 전에 갓기가 알아서 잘해서 어쩌냐 패는 게 인생의 낙일 텐데ㅉㅉ

그 반응을 보니 마음이 편안했다.

'이게 정답이지.'

"그렇습니까."

하지만… 김래빈은 여전히 의아한 얼굴이었다.

"하지만 다음 주에 공식 컴백 보도 자료가 나가면 저절로 안심하시게 됐을 텐데요."

"…!"

"메시지방이 줄 수 있는 즐거움은 그때도 유효했을 테니, 그 후에 업로드하시는 게 더 안전하고 좋았을… 아, 아닙니다! 말대꾸해서 죄송합니다."

"……."

나는 망연히 생각했다. 저 말이 맞나?

맞다.

유출 리스크 같은 김래빈의 가설이 맞다는 게 아니라, 굳이 X 같은 물밑 여론을 의식해서 직접 대응할 필요가 없었다는 뜻이다. 어차피 컴백 티저 나오면 다 풀릴 일이니까.

급하게 단체 메시지방 캡처를 올리는 건 도리어 그 개소리를 의식하고 있다는 힌트가 될 긁어 부스럼이었다. 그나마 내가 아니라 류청우가 올려서 자연스럽게 넘어갔을 뿐이다.

내 초기 판단은… 틀렸다.

"네 말이 맞아."

나는 중얼거렸다. 떠오르는 목소리가 있었다.

―[하지만 너무 신경 쓰지 마요, 형. 어떻게 다른 누군가의 마음을 다 내 마음대로 바꿀 수 있겠어요?]

−그건 사실이 아니고, 다들 그렇게 믿는 것도 아니잖아…!

그동안 주변 놈들이 한소리 하는 걸 들으면서 내가 필요 이상으로 여론 통제에 몰두하는 걸 인정해 놓고는, 또 비슷한 짓을 반복한 셈이다. 심지어 이번엔 효용도 발생하지 않는 짓을 대가리 없는 새끼처럼 저질렀지 않은가.

왜 이랬는지 뻔했다.

그냥… 가족이 죽는 상황에 비난까지 당하는 꼴을 내가 참기 힘들었을 뿐이던 것이다. X발.

"내가 과민해서 실수했다."

"아, 아닙니다! 제가 괜히 필요 없는 질문을…."

"아니, 이게 맞아."

나는 계속 중얼거렸다.

"쓸데없이 예전 생각이 나서 그랬나."

"예, 예전 말입니까…?"

"그래."

척수가 동파라도 했는지 말이 줄줄 샜다.

"난 늦었거든."

"예…?"

"내가 갔을 때 이미 다른 사람 가족들은 다 신원확인까지 끝낸 상태였어. 우리 부모님만 그 야밤까지 남아서…."

미쳤냐? 나는 혀를 깨물었다.

"혀, 형."

"괜한 소리 해서 미안하다. 아무튼, 네 추리가 맞아. 내 실수였고 큰 뜻이나 효율 같은 건 없어."

"죄, 죄송합니다…!"

김래빈은… 금방이라도 눈물 콧물 다 쏟을 것 같은 꼴이 됐다. 망할. 나는 짐을 놓고 이마를 짚었다.

"네가 뭐가 미안하냐."

"힘든 경험이 떠오르게 잘못된 주제를 선택하여…."

"아니지."

나는 진실을 말했다.

"내가 그때 제대로 대처하지 못해서 힘든…."

"아닙니다!"

김래빈이 말을 잘랐다. 그리고 긴장한 게 역력한 태도로 양손을 주먹 쥐었다.

"제, 제 기억상으로는 형님은 그때 학원에서 공부 중, 연락을…….
그래서 약간 시간이 흐른 후에 받으셨습니다. 맞습니까?"

"…그래."

그런 이야기까지 했었군.

김래빈은 열심히 고개를 주억거렸다.

"하지만, 학생의 본분은… 공부가 맞지 않습니까!"

"…!!"

뭐라고?

나는 뒤통수라도 얻어맞는 것 같은 몰골로 놈을 쳐다보았다.

"형은 맡은 자리에서 최선을 다하고 계셨을 뿐입니다. 그러니까, 그건… 사고일 뿐입니다."

김래빈이 침을 꿀꺽 삼켰다.

"제가 MT에 간 게, 잘못이 아니었던 것처럼요."

"…!"

"그렇죠? 무, 물론 사례는 좀 다르지만…."

그래. 너는 내가 아니다.

하지만 별개로, 나도 당시에… 최선을 다한 건 맞다.

그냥 그 최선이 턱없이 부족하게 느껴졌을 뿐이다. 그리고 내가 무슨 대처를 했든, 힘들지 않을 방법은 없었다는 것을 인정할 수 없었던 것뿐이다.

—이런 일에 능숙한 사람은 없는 거야.

내가 김래빈에게 직접 말했듯이, 이런 일에 능숙한 사람은 없다는 것을.

"……."

나는 머리를 잡았다.

충격이 거셌으나, 답은 명료했다. 김래빈을 사료로 삼아 판단하니 이제야 보였다.

'중학생이 무슨 대단한 대처를 할 수 있다고.'

난 저놈도 부고를 겪긴 너무 어리다고 생각했으면서, 더 어렸던 내 상황은 봐주지 못하던 것이다.

그러니 이젠… 재평가를 해줄 때도 됐나.

'그래. 봐줄 만하다.'

그 정도면 중학생치곤 노력했다.

"……."

어쩐지, 마음이 홀가분했다. …오늘 수면의 질이 좋을 것 같다는 근거 없는 예감이 들었다.

"혀, 형과 제 최근 상황에서 유사한 감성적 판단을 내릴 근거는 있다고 생각합니다만……."

"그래."

그래도 이것부터 확답해 주자. 이 불쌍한 놈이 내 눈치를 보며 계속 설득을 시도하고 있었군.

김래빈의 안색이 확 펴졌다.

"…! 그렇죠! 그러니까 힘든 경험을 생각나게 만든 제 잘못입니다!"

"아니, 그건 아니고."

본인 잘못이라는 걸 지나치게 해맑게 말하고 있군. 설득이 성공했다는 기쁨 때문에 도치된 것 같다. 나는 약과와 식혜 박스를 다시 들어 올리며, 되도록 부드럽게 말을 이었다.

"…좋게 말해줘서 고맙다."

"험!"

김래빈이 또 꾸벅 고개를 숙였다.

"저야말로 형, 정말 감사합니다. 그동안… 형 덕분에 수많은 도움을 받으며 무사히 앨범에 참여하게 되었습니다."

그건 그룹 자체에도 이득이라니까 또 이러고 있다. 이러다 끝이 없을 지경이다.

'분위기 좀 환기해야겠군.'

나는 가볍게 물었다.

"차유진한테도 그래서 답례를 준 거고?"

김래빈이 정색했다.

"아뇨. 겸사겸사 준 겁니다."

"……."

둘이 허물없이 친한 건지 서로 바보 취급하는 건지는 모르겠다만, 부디 팬들에겐 전자로 보였으면 좋겠군. 나는 어깨를 으쓱한 뒤, 약과와 식혜를 냉장고에 정리했다.

"잘 먹으마."

"예!"

참고로, 이 선물은 컴백 준비하며 당 떨어진 놈들이 하나씩 주워 먹다가 막판 체중 관리를 죽도록 해야 했다는 것만 말해두겠다.

'자업자득이지.'

…신비로운 점은 차유진은 해당 사항이 없었다는 점이다.

어쨌든, 그런 웃기는 해프닝도 잠시였다. 앨범 발매 날은 시시각각 다가오는 중이었다.

첫 번째 신호는 티저 공개였다.

"뭐 함?"

"안 해. 꺼져."

김래빈의 개인 팬은 이를 으득으득 갈며 기웃거리는 남동생을 밀었다.

'자기가 찾아서 보면 될 걸 괜히 인정하기 싫으니까 저 지랄이야!'

박문대에게 관심이 생겼으면 당당히 찾아보면 될 것을, 마치 자신에게 시비를 거는 것처럼 슬쩍 같이 보려는 게 상당히 짜증 났다. 물론 그걸 고려해도 현재 그녀의 반응이 평소보다 격하긴 했다. 걱정거리가 있었기 때문이다.

'김래빈 괜찮은 거 맞냐고…!'

조부모님이 쓰러져서 준비에 뒤늦게 합류했다는 사생발 정보가 알음알음 돌았었다. 김래빈의 팬은 손톱을 뜯었다.

'일단 SNS에 올리는 거 보니까 가족 문제는 더 안 커진 것 같은데.'

그래도 상대적으로 준비 기간이 짧았으니, 앨범에 김래빈 분량이 적을 것 같은 불길한 예감이 들었다….

'아 시끄러워! 그럼 다음 앨범 분량 늘려달라고 항의하든가!'

뭐 하러 사서 걱정이란 말인가!

그녀는 고함을 한번 지른 뒤, 마우스나 고쳐잡았다. 분명 자정에 뜰 것 같….

'떴다!'

[테스타(TeSTAR) '부름'(Nightmare) Official MV Teaser]

그리고 그녀는 입을 틀어막았다.

"허어억."

썸네일이 김래빈이다!

김래빈의 개인 팬은 이미지를 확인하는 순간 얼어붙었다. 화려한 체인을 귀와 팔에 감은 김래빈이 올 나간 검은 니트를 입은 채 카메라와 요사스레 눈을 마주치고 있었다.

"으어헉!!"

엄청난 분위기와 얼굴이었으나, 그 이상의 감격이 있었다…. 김래빈의 팬들이 이 순간을 제법 오래 기다려왔기 때문이다.

김래빈이 센터인 활동을!

'그동안 자기들끼리 너무 해먹었지! 솔직히 김래빈보다 인기 없던 놈들도 후렴 센터 했잖아!'

매번 활동곡마다 멤버별 파트 분량표가 나오면 김래빈은 4~5위 사이에서 맴돌았다. 그리고 매번 그 통계를 보며 쌍욕을 퍼붓는 개인 팬들도 있었다.

'프로듀싱 멤버는 분량 독식한다고 까이는 게 국룰 아니냐고…'

왜 이런 것만 예외 사항이냐며 이를 바득바득 갈게 되는 것이다. 분명 김래빈이 정치질에 재능이 없는 것도 매력이라고 생각했으나, 속 터지는 것도 사실이었다.

하지만 결국 이 순간이 왔다!

'이렇게 생겼는데 진작 센터 시켜줬어야지, 가자.'

개인 팬은 더 생각할 겨를도 없이 바로 영상을 클릭했다. 거의 반사적인 행동이었다.

"……."

어두운 흑백 화면. 테스타의 신곡 티저는 느릿하게 피어오르는, 뿌연 스모그 같은 연기와 함께 시작되었다.

검은 글자가 떴다.

[CALL it.]

연기 너머, 검은 전선에 매달린 전등들이 뼈마디가 뚜렷한 흰 손에 의해 흔들리는 것이 보였다. 움직이는 불빛들은 흐릿한 잔상과 연기를 남겼다.

다만, 소리가 없었다.

"...??"

마치 흑백 무성영화 같은 화면비의 오묘한 장면들 사이사이, 대사처럼 오롯이 글자만 나열된 검은 컷들이 삽입된 것이다.

노래의 예고에 소리가 없다는 모순적인 상황.

[Sometimes,
It will CALL you back.]

그러다 갑자기, 영상에 색이 깃들었다.

청록빛과 자줏빛으로 창백하고 화려한 전구 불빛의 색들이 깜박이며 연기를 물들였다.

그리고 그 속에서 멤버들이 하나씩 모습을 드러냈다.

하나같이 신체 부위에 체인을 응용한, 묘한 분위기의 액세서리 파츠를 구속된 듯 걸치고 있었다. 느슨한 상의, 어두운 머리카락 사이로 샛

노랗거나 푸른 원색의 안광들이 번뜩였다.

각기 다른 자세의 무표정한 짧은 컷들이 교활한 느낌의 상징과 함께 강렬히 지나갔다.

그리고 마지막으로 나온 것이 바로 썸네일의 그 컷이었다.

화면을 쳐다보는 보라색 안광의 김래빈.

그런데 갑자기, 화면 밖에서 튀어나온 여섯 손이 김래빈의 몸을 터더덕 붙잡았다.

"헙."

그러나 김래빈은 태연했다. 반응 대신, 살짝 입을 열어서 뭐라 속삭였다.

[……]

하지만, 여전히 영상은 소리가 없었다. 무성영화 스타일이었으니까.

그 대신, 전처럼 다시 연달아 무성영화의 대사 컷이 떴다.

"…!"

그리고 소리는 도리어 여기서 들어왔다. 검은 화면에 들리는, 낮고 울림이 강한 목소리와 한 옥타브 높은 미성.

─Welcome, welcome
이건 너를 부르는 소리

마치 속삭이는 것 같은, 공기 섞인 멜로디라인에는 살짝 불길한 느낌이 스며 있었다.

그리고 그보다 확실히 어필하려는 요소가 느껴졌다.

'섹시다!!'

김래빈의 개인 팬은 마우스를 던졌다.

짧은 티저는 이미 끝나 있었으나, 그걸로도 충분했다. 이건 누가 봐도 퇴폐 섹시 컨셉이었다!! 앞에 노골적인 손 클로즈업부터 멤버들 의상까지 하나같이 전부 이번 컨셉이 나른한 퇴폐 섹시라고 외치고 있지 않나!

'이래서 김래빈이 센터였냐…!'

반박할 여지 없이 너무나 탁월한 선택에 김래빈의 팬은 책상에 머리를 박았다.

그리고 그 순간, 팬 커뮤니티를 중심으로 활화산처럼 미친 듯이 반응이 번지기 시작했다.

-미친 방금 티저

-티저 뭐야

-<경> 테스타 테뷔 3년 만에 드디어 섹시 <축>

-초여름이라고 공포도 약간 섞었구나 누나 쫄보지만 괜찮아 즐겨볼게

-아니 돌앗냐고 의상ㅠㅠㅠㅠㅠ

-래빈이 붙잡는 거 멤버들 손 맞지 6개잖아 아닐 리 없음 일단 난 그렇게 믿는다 얘들아

-이게... 섹시의 맛?

〈아주사〉 3차 팀전 준비 당시 박문대의 생각처럼, 제대로 하기만 한다면 그만큼 강렬하고 잘 먹히는 컨셉도 드물었기 때문이다. 게다가 너무 노골적이지 않도록 예술적 레퍼런스를 섞은 티저가 약간 젠체하고 싶은 사람 마음까지도 누그러뜨렸다.

덕분에 팬 커뮤니티를 넘어 각종 연예 관련 커뮤니티에서도 티저는 한순간에 뜨거운 감자가 되었다.

[공개되자마자 난리 난 테스타 신곡 티저]

[테스타 신곡 '부름(Nightmare)' 티저 반응 모음]

[이번에 작정하고 섹시 컨셉하는 듯한 테스타 티저]

[흑발에 바디체인으로 반응 터진 테스타 멤버]

심지어 '왜 이렇게 반응이 좋은지'를 분석한 위튜브 리뷰 영상까지 뜰 정도였다.

티저만으로 이렇게 반응이 화끈한 것은 〈행차〉 티저 이후 처음이었다. 심지어 그때는 각 잡고 만든 8분짜리 솔로곡 소개 뮤직비디오나 다름없었으니 비교하기도 민망할 수준이었다.

하지만 언제나 그랬듯이 팬 커뮤니티를 벗어나자 의견이 갈렸다.

-너무 노골적이라 팍 식네

-으윽 이번에야말로 컨셉에 잡아 먹힐 듯

-브이틱도 이런 건 5년 차에나 했는데ㅋㅋㅋ 음 5년 계약이라 마음이 급했나..

-숙연해질까봐 약간 걱정

-얘네 진짜 컨셉 못 잃네 그냥 검은 수트에 섹시 컨셉만 해도 절반은 갈텐데 너무 선 넘는 것 같아

거짓말이 절반이었다. 흥분한 해외 KPOP 팬들까지 미친 듯이 티저를 클릭하며 전에 없던 히트의 조짐이 보이니 어떻게든 초를 치려는 세력이 섞였기 때문이다.

물론 정말로 취향이 아닌 사람도 있었다. 3년 차가 소화하기에는 지나치게 무겁고, 원숙한 컨셉이라는 점이 대표적인 이유였다.

-저런 건 완전 양날의 검임 소화 못 하면 그대로 조롱 밈화행인데

팬들 사이에서도 말이 나올 법한 상황이었다. 하지만 팬 대부분은 믿는 구석이 있었다.

바로 지금까지 테스타가 해온 활동이었다.

'회사가 돈만 대면 우리 애들은 무조건 잘해!'

귀납적 추론에 가까운 그 믿음이 팬들 사이에 전반적으로 살짝 자부심처럼 깔려 있었다. 덕분에 테스타는 일정에 따라 각종 컴백 전 컨텐츠를 공개하며, 반발이나 눈에 띄는 걱정 여론 없이 기대를 흡수했다.

-컨포 떴다

-ㅠㅠㅠ 드라이 플라워랑 같이 찍은 화이트 컨포 진짜 최고다 박문대 이요

망한 놈 꽃인데 5월의 신랑도 생각 안남

　-와 어떡하지 나 너무 기대하는 듯 안 돼 진정해

　-검은 네일까지 어울리는 아이돌 지금 컴백합니다 최고의 입덕 기회

성공하면 대박이지만, 망하면 짐작 이상으로 타격을 입을 것 같은 분위기였다.

그리고 뮤직비디오 공개 당일.

'빨리 나와라.'

'당장 와.'

이미 잔뜩 기대치가 오른 팬들의 핏발 선 눈앞에, 짧고 굵은 5분짜리 뮤직비디오가 공개되었다.

드르르륵.

영상은 마치 CCTV 화면 같은 포맷 속, 하얀 침대를 화면 안으로 끌고 들어온 박문대로 시작되었다.

그가 작게 한숨을 쉬며 그 위에 눕는 순간이었다.

[후.]

침대가 푹 꺼졌다.

그리고 예고 없이 화면의 색이 검게 반전되더니 거꾸로 뒤집혔다.

툭.

그렇게 청동색 천장의 검은 침대에서 떨어진 검은 머리의 박문대는 사뿐히 금 간 바닥 위에 앉았다. 그가 고개를 갸웃하는 순간, 티저처럼 무성영화식 고전적인 대사 컷이 들어갔다.

[…Dream?]

박문대가 미소 지으며 뒤로 넘어졌다.

Diiing—
Diiing—
Dididididididididi—

경종이 울리는 듯, 묘한 리프 멜로디가 화면을 채우며 곡은 그렇게 시작되었다.

−잘 베어 물어,
살짝 단맛이 도는
마지막 네 생각

특별한 스토리라인은 없었다.

카메라는 마치 놀이공원의 어트렉션처럼 이 기괴한 공간을 서서히 돌아다니며, 불쑥 등장하는 멤버들을 하나하나 비추었을 뿐이다. 그리고 멤버들이 매혹적이거나 강렬한 모습으로 등장해 자신의 파트를 소화했다.

다만 초점이 바뀌는 방식이 오묘했다.

획.

카메라에 비치던 멤버가 어디선가 튀어나온 흰 손에 끌려가 사라졌다. 그리고 마치 연결 동작처럼, 스모그 속에서 그 흰 손의 주인인 듯한 새로운 멤버의 컷이 초점이 잘라 붙이듯 바뀌었다.

그 꿈처럼 혼란스러운 구성이 멤버들의 어둡고 낭창한 외양과 어우러지자, 다소 아찔하며 묘하게 자극적으로 다가왔다.

-Dreams can be horrible

그래도 지금은 아닐 테니

불러줘, 들리니

목- 소리

그리고 사이사이 들어가는 선을 많이 쓰는 안무와 과감한 소품의 의상, 보컬 디렉팅까지. 모두의 짐작대로 섹시함을 노린 컨셉이었다.

그러나 누군가들의 걱정처럼 너무 무겁진 않았다.

-Call- it

지금 불러봐 그 이름

꿀처럼 달라붙어 떨어지지 않을

Nananananana- name.

적재적소에 끼를 섞었기 때문이다.

창법 탓에 살짝 나른하게 들릴 수 있으나, 비트와 베이스가 도드라 졌기에 끈적한 느낌은 과하지 않았다. 그것을 바탕으로 컷에서 멤버들 의 캐릭터성이 때마다 툭툭 튀어나오니, 현실이 반전된 듯한 공간이 주 는 기괴함이 과하지 않았다.

그렇다고 티저에서 나온 섬뜩하고 나른한 무거움을 아예 무시한 것 도 아니었다. 그것들은 후반 브릿지에 짧고 짙게 밀어 넣었다.

그런 종류의 즐거움을 기대했을 사람들의 만족도를 채우기 위해서.

-Welcome, welcome
이건 너를 부르는 소리

묘한 속삭임 같은 후렴구는 똑같았다.

그리고 갑작스레 카메라 앞으로 훅 불어온 흑백 연기 속 쓰러져 질 식할 것 같은 강렬한 티저 영상풍의 브릿지.

턱.

짐승이나 유령처럼 거친 톤으로 얼굴을 잡는 큰 손. 그리고 그 손가 락 사이로 번뜩이는 눈까지.

약간 관능적이기까지 한 퇴폐였다.

게다가 클라이맥스에서는 브릿지를 잊어달라는 듯 사정없이 영상미 넘치는 화려한 안무 컷을 불어 넣었다. 시선을 붙잡아두려는 듯이.

덕분에 보는 사람이 그 아낌없이 힘을 준 요사한 광경에 완전히 집중해 마음을 뺏길 때쯤이었다.

안무가 멈추고, 곡이 뚝 끝났다.

그리고 마치 방해라도 받은 듯, 모두가 그림처럼 동시에 카메라를 응시했다.

획.

그 순간 여운도 없이 화면이 대뜸 검게 바뀌었다.

정적 속에서 들리는 숨소리.

[허억.]

흰 라운드 티 차림의 배세진은 하얀 침대에서 눈을 떴다. 그리고 악몽에 충격을 받은 듯이 숨을 몰아쉬었다.

하지만 이내, 클로즈업되던 그 표정은 스르르 사라지며 희미한 미소로 바뀐다.

뭐에 사로잡히기라도 한 것처럼.

그리고 살짝, 땀에 젖은 귀를 한 손가락으로 느릿하게 두드리는 것으로 영상은 끝났다.

[Call me]

상징적으로 해석할 수 있으나, 직관적으로 받아들이라면 굉장히 쉬운 해석이 가능한 이 말만 남긴 채.

원초적 자극의 세트 구성 같은 뮤직비디오였다.

-내가 뭘 본 거임

-미친놈들아

-테스타ㅏㅏㅏ!

-너무 좋아서 믿을 수가 없다 아니ㅋㅋㅋㅋㅋㅋㅋㅋㅋ

그리고 높은 기대치가 충족되어 버린 팬들이 벼락같이 글을 쏟아내기 시작했다.

"테스타, 이번 활동도 벌써부터 대단한 반향을 일으키고 있다는데요!"

"어휴, 감사합니다!"

이번 인터뷰어는 상당히 활기찬 사람이었다. 덕분에 잠 못 자서 죽어가던 놈들 목소리도 덩달아 톤이 높아졌다.

그리고 덕담이 실제기도 했고.

'…이렇게 반응이 좋을 줄이야.'

뮤직비디오 공개 이후 단 반나절, 일단 곡이고 나발이고 보정된 온갖 GIF 파일이 연달아 공유되고 인기 글에 올라가는 것을 보니 이 컨셉의 힘이 느껴졌다. 곡이 뒷전이 되는 게 아니냐는 떨떠름함이 없진 않다만 그거야 무대 하고 봐도 늦지 않겠지.

어쨌든 현 스케줄에서는 좋은 리액션에 신난 저 인터뷰어부터 잘 상대하자.

"…그래서, 뮤직비디오와 지금 하신 이 피어싱들에도 의미가 있을까요?"

"특별한 의미는 없습니다만, 많이 뚫는 쪽이 여러 컨셉을 소화할 시 선택할 수 있는 폭이 넓어지기 때문에 꾸준히 관리했습니다!"

"그렇구나~"

나는 인터뷰에 열정적으로 참여하는 김래빈을 힐끗 보다가, 군소리 없이 미소를 지으며 고개를 끄덕였다.

'영상 찍어간다고 했지.'

적당한 매체 인터뷰라 인터넷 기사를 주력으로 띄울 예정이라고 하지만, 비하인드도 관리해서 나쁠 건 없지 않나. 뭐, 그래 봤자 받고 있는 질문이 '이번 앨범에서 다들 피어싱 많이 하셨던데 진짜 뚫으신 건가요' 정도의 수위긴 하다만.

아, 마침 내 차례도 돌아왔다.

"자, 그럼 문대 씨는요?"

"저는 다 귀찌였습니다."

"그러시구나, 어떤 개인적인 신념이라도…?"

"아뇨, 그냥 아픈 게 무서워서요."

"네? 하하하!"

사실 관리하기 까다롭고 함부로 남의 몸에 구멍 내기 좀 난감해서 포기했지만, 이게 더 적절한 대답일 것이다.

"문대가 의외로 겁이 많아요~ 공포 영화도 못 보고!"

"진짜요? 아니, 이번 뮤직비디오가 제법 오싹하잖아요, 그건 모니터 링을 어떻게…?"

"예. 눈 가리고 봤습니다."

"하하하!"

다 포기한 채로 대충 인정해 주자 여기저기서 시원하게 웃어젖히고 있다. 그래, 인터뷰 보는 사람들도 이래 줬으면 좋겠군.

사실 이런 자잘한 스케줄은 워낙 익숙해져서 큰 품이 드는 것도 아니다. 의외로 사람들이 하는 질문들이 루틴처럼 정형화된 경우가 많아서 말이다.

가장 품이 드는 건 무대와 예능.

그리고… 이번 활동에만 특수로 할 일이 있다.

'이제 시행할 때도 됐지.'

나는 아침에 확인한 '테스타 전담팀 구성 공문'을 떠올리며 작게 웃었다.

어떻게든 끼어들어서 틀어줄 것이다.

테스타만을 위한 아티스트 전담팀 구성은 표면적으론 기획조정실에서 진행하는 것으로 되어 있으나, 실상은 본부장의 입김도 들어갈 것이라 예상했다.

'그놈 성향에 이런 일에 빠질 리가 없지.'

본사에서 내려온 말이라도 어떻게든 본인 입맛에 맞게 방향을 조정하고 싶었을 것이다. 그래서 내가 조정 명목으로 끼어들기 위해서 한번 더 매니지먼트실을 살살 부추기는 방법도 고려 중이었다.

거기서 깍두기 인원을 받는 한이 있더라도 빈틈을 만들어볼까 했는데…… 그럴 필요가 없었다.

'그냥 해주네.'

─아, 그럼요! 당연히 테스타분들의, 음, 의견이 반영되어야 하죠….

의사 표시하는 것만으로도 전담팀 기획에 테스타의 의사가 최대한 반영될 수 있도록 하겠다는 항복 선언이 나온 것이다.

'뭐냐.'

이게 대체 어떻게 가능한가 싶었는데, 알고 보니 단순했다.

이번 활동 시그널이 워낙 좋아서였다.

지금 딱 활동 한 주가 지났는데도 반응이 상상 이상이었다. 단순히 음반 판매량과 음원차트 같은 측량이 가능한 요소를 넘어서서, 체감의 측면에서 말이다.

[이렇게 하는 건가...? 테스타 부름 도전!]
[네일 따라 하기: 테스타(TeSTAR) 부름(Nightmare) | 개인 커스텀과 해석 넣었습니다!:)]

팬이 아니어도 보고 따라 하거나 언급하는 사람들이 우후죽순 생겨나고, 아이돌과 전혀 관련 없는 커뮤니티나 일상에서 이야기가 나온다. 시류 잘 타는 방송국 소속 위튜브 예능들에선 빠르게 뮤직비디오 요소를 따가서 써먹었다.

이걸 한마디로 정리하자면, 이거다.

'유행 초입이야.'

사실 무대에서만도 느꼈다. 어제 무슨 문화예술진흥 행사 무대가 공중파에서 중계되었는데, 거기 생방송 때였다.

─오오오~

다른 그룹 팬들이 유독 우리 무대를 신나서 본다는 느낌을 받았기 때문이다. 심지어 VTIC의 팬도 말이다.

그동안 다른 아이돌의 팬들은 관람하면서도 적당히 자제하며 호응한다는 느낌이 들었는데, 그런 거리낌이 없어졌다. 이미 유행에 대한 공감대가 형성되었다는 뜻이었다.

아무리 아이돌 팬이 인터넷과 친밀한 팬층이라지만, 단 일주일 만에.

'…물론 우리 팬들 호응도 보통 이상이긴 했다만.'

쉬지 않고 인이어 안까지 들려오던 찢어지는 신음과 고함이 저절로 떠오르는군.

─끄아아악!!

─으아아아아악!!

이건 뭐… 컨셉 특성 탓도 있겠지.

아무튼, 전반적으로 엄청난 성적과 화제성의 폭발이 심상치 않았다는 뜻이다. 오죽하면 이 행사 엔딩 무대에 서는 새끼가 이 말로 인사를 시작했다.

―축하해요. 대상 타겠네?
―…모릅니다, 어떻게 될지.
―하하. 뭘 몰라요.
―…….
―어떻게 흐를지 뻔히 보이는데.

청려는 그 말을 끝으로 무대로 올라갔다.
'X발.'
이젠 오함마로 내 대가릴 갈길 것 같진 않다만, 왜 저 새끼는 아직도 대가리에 하자가 있는가.
'걔는 멀쩡해 보이더만.'
어쨌든, 저놈 솔로 성적도 그룹만큼 천상계 티어로 떴으니 슬럼프 왔다고 테스타 탓을 할 일은 없겠지.
그리고 사실… 저 말이 맞긴 했다.
'대상 받을 수 있을 것 같은데.'
이대로 논란 없이 활동이 쭉 진행된다면, 지금까지 성적과 기세를 봤을 때 적어도 한두 곳에서는 대상 확정이었다. 보통 부문을 2~3가지로 나누니까 VTIC 자리를 빼도 각이 나왔다.
그리고 이 모든 걸 한 문장으로 정리하자면 이렇다.
몸값이 천정부지로 치솟고 있었다.
"문대문대, 우리 이번 광고 단가 봤어~?"

"그래."

〈행차〉 활동 당시 최고액의 2배였다.

소속사에서 최대한 고가에 이미지 괜찮은 것만 쏙쏙 잘 고르는 것 같긴 하다만, 그래도 말도 안 되게 고무적인 일이었다.

'〈행차〉 때도 1군 대우는 시작됐는데 말이지.'

이제 VTIC 대항마니 세대교체니 하는 이야기까지 슬슬 신빙성 있게 나오는 것 같다. 그러니 소속사에서도 그런 생각을 한 것이다.

'장기전이 될 것 같으니, 얘네 살살 달래서 좋은 관계 유지하자'는.

그동안 재계약 여부가 불투명하니 어떻게든 5년 안에 뽑을 수 있는 등골은 다 뽑아먹으려던 기색이 어느새 쓱 사라졌다. 5년만 해먹고 말기엔 너무 아까워졌으니까.

물론 이와 동시에 재계약 시즌까지 어떻게든 약점을 잡아보려는 개지랄이 시작될 것 같았으나, 그건 나중에 이야기하고. 일단은 테스타가 강경하게 나와도 비위를 맞춰주기 위해 소속사 직원들이 을처럼 굴어준다는 점에 주목하자.

'김래빈 재택근무 때 소속사에 진행 문제를 좀 강경하게 통보식으로 처리했던 것도 선례로 영향을 준 것 같고.'

혹시 이번엔 아예 안하무인으로 깽판 칠까 봐 전담팀 문제까지 오냐오냐해 준 것 같다. 그래서 전담팀 관련 그룹 내부 회의가 이 바쁜 활동기 스케줄을 쪼개서 진행될 수 있었다.

다만 별 소용은 없었다.

"일단… A&R팀 분 중에 〈마법소년〉 때부터 같이 작업한 분들은 오셨으면 좋겠는데.”

김래빈이 손을 번쩍 들었다.

“저도 그 말씀에 완전히 동의합니다! 그리고 그분들께서도 기꺼이 오고 싶다고 하셨습니다.”

“…??”

갑자기 즉석 대변인이 튀어나왔다.

“래빈아, 언제… 음, 여쭤봤니?”

김래빈이 뿌듯하게 말했다.

“사실 전담팀 소문이 돌자마자 말씀 나눠보니 오시겠다고 했습니다!”

“…….”

“래빈아, 보안 문제 있으니까 조심하는 게….”

“헉, 죄송합니다! A&R팀에서 먼저 화제를 꺼내시기에….”

이런 식이었기 때문이다.

이미 오고 싶어 하는 사람들은 알음알음 이야기 다 듣고 관련인들에게 어필을 끝냈다. 그리고 회사가 테스타에게 급격히 우호적 제스처를 취하려다 보니 웬만한 건 다 오케이 될 모양이고.

나는 턱을 만졌다.

‘이건 뭐, 암묵적으로 이미 합의 끝났군.’

그러니 기존 실무진 구성은 회사에서 안 내주고 신인 쪽으로 돌리려는 사람 달라고 떼쓰는 것 외엔 합의할 것도 없었다.

“그래, 그럼 꼭 이분들과 함께하고 싶다고 말씀드리자.”

“예엡.”

하지만 정적이 흐를 찰나, 배세진이 눈치를 보며 입을 열었다.

"…그럼 이제 새로 취직하는 분들만 보면 되는 거 아니야? 뭐… 그, 면접 본다든가."

오, 제법 사리에 맞는 의견이다. 전담팀 삼분지 일 정도는 새 인력도 넣기로 한 건 사실이니까. 특히 매니지먼트 쪽 인력 말이다.

류청우가 고개를 끄덕였다.

"음, 새로 오시는 분들과도 좀 알아갈 시간이 있으면 좋겠지."

다만 현실적인 문제가 있다. 내가 말 꺼내기 전에 큰세진이 먼저 입을 열었다.

"근데 우리가 그럴 시간이 있으려나 모르겠는데~ 그렇죠?"

그래, 맞다.

지금 이 회의 시간도 간신히 낸 판에 남의 면접 보고 있을 시간이 어디 있나. 나는 팔짱을 꼈다.

'하다못해 일 처리 스타일이 맞는지 사전 질문을 만드는 것도 시간이 필요하고….'

아. 한번 써볼 만한 방법이 떠올랐다.

나는 속으로 읊조렸다.

'상태창.'

슬롯머신을 한 번 더 돌려볼 때가 됐나 싶다.

'음, '잠은 죽어서 자는 것이다'를 한 번 더 뽑고 싶은데.'

아니면 하루를 30시간으로 늘려주는 능력이나… 뭐, 작업 속도 증가도 좋다.

일단 상태 한번 확인하고.

[이름 : 박문대 (류건우)]

Level : 19

칭호 : 없음

가창 : S

춤 : B+

외모 : A-

끼 : A+

특성 : 잠재력 무한, 탐닉의 시간(S), 바쿠스500(B), 잡아채는 귀(A)

!상태이상 : 관객이 아니면 죽음을

남은 포인트 : 1

'자연 증가가 있군.'

목을 혹사한 보람이 있는지 S-가 S가 되었다. 어쩐지 요 근래 평이 더 좋더라니, 제법 성취감이 있다는 점은 부정할 수가 없겠다.

'좋아. 그럼 다음.'

다른 변동 사항은⋯ 레벨업은 한 번, 팝업으로 쌓은 특성 뽑기는 두 번이다.

'지난 확인 이후로 텀이 그렇게 안 기니까.'

사실 몇 달 만에 이만큼 쌓은 것만 해도 대단했다. 그만큼 스프링아웃과 이번 활동이 인상적이라는 뜻도 되겠지. 그래서⋯ 일단 포인트는 놔두고, 필요한 특성 뽑기나 탕진해 볼 생각이다.

'2번 가지고 탕진이라고 부르기도 웃기긴 한데.'

지난번에는 5번 돌려서 겨우 마지막에 S 하나 먹지 않았나. 그래도 이젠 확실히 알았다.

'당장 필요한 특성 주는 거 뻔히 아니까, 잘 좀 뽑어라.'

나는 빤히 팝업창에서 반짝이는 'Click' 문구를 보다가, 팔을 드는 척하면서 눌렀다. 2번이야 이놈들 떠드는 사이에 금방 돌리겠지.

그림 속 레버가 돌아가며 칸이 색색으로 번쩍였다. 한 번씩 본 후보 지들을 지나… 이윽고 멈춰 선 것은 금빛 칸이었다.

B등급.

마치 평타로 보이나, 칸 속 글자를 읽어보면 생각이 달라질 것이다.

파파팡!

['바쿠스500(B)' 획득!]

"……!!"

[특성 : 바쿠스500(B)]
−맑은 정신과 건강한 육체!
: 모든 피로 누적 속도 −50%

더없이 유용하게 써먹어 온 피로 회복 토템이 다시 떴다.

그리고 설마 했던 팝업도 떴다.

[동일 특성 확인!]
'바쿠스500(B)'을 합성하시겠습니까?

'역시!'

드디어 이 필수 특성을 강화할 타이밍이 온 것이다…!

나는 나도 모르게 주먹을 꽉 쥐었다.

"무, 문대야…?"

"너 괜찮아?"

너무 괜찮아서 끝내줬다.

"어, 전담팀 구성한다니까 기대도 되고 기분이 너무 좋은데."

"그, 그렇구나!"

"이야 진짜 그런가 봐, 문대 이렇게 길게 대답하는 거 얼마 만이야."

변명은 그만해도 되겠고, 가자.

나는 바로 '예'를 눌렀다. 마치 로딩 중인 것처럼 상태창에 동그란 표시가 뜨는 것 같더니, 곧 화려한 팡파르가 터졌다.

[합성 성공!]

[특성 : '바쿠스1000(A)' 획득!]

-또렷한 정신과 튼튼한 육체!

: 모든 피로 누적 속도 -50%

모든 피로 회복 속도 +100%

돌았다.

'회복 옵션이 더 붙네.'

이 정도면 이틀에 한 번만 자도 충분하지 않나? 확실한 건 활동에 지장 없으며 면접용 문답 만들 시간은 짜낼 수 있다는 것이다.

'장기적으로 대단한 이득이다.'

휴가 때 반동은… 뭐, 매번 그랬는데 좀 더 심하더라도 상관없다. 후유증이 있는 것도 아닌데 한 사흘 누워 있지 뭐. 아니, 회복 증가도 붙었으니 오히려 휴가 때 맛이 안 갈 수도 있겠다.

'그러고 보니 이번 휴가 때는 안 골골대고 넘어갔군.'

아마 김래빈을 케어한 것이 업무의 일종으로 처리되어 상태창이 휴가로 판단하지 않은 게 아닐까 싶다. 어쨌든, 이 수상쩍은 게임 시스템이 이번엔 이렇게 쓸 만한 걸 뱉을 줄은 몰랐다.

'좋아.'

앞으로도 이렇게 협조적이었으면 좋겠다. 이러다 뒈질지도 모르는데 이 정도는 해줘야지. 나는 만족스럽게 상태창의 업데이트된 특성창을 보다가, 고개를 끄덕였다.

"문대 이젠 고개 끄덕이는데?"

"저, 전담팀 분들을 상상하는 게 아닐까…?"

비슷하다고 쳐주마.

벌써 전담팀 출범이 기대되었다. 정확히는, 출범이 불러올 효과가.

테스타의 첫 번째 매니저는 인상을 찌푸리며 출근 중이었다.

'X발.'

애새끼들이 뜨더니 건방져진 탓에 근무가 점점 힘들다. 스타병 걸리면 스탭부터 홀대한다더니, 딱 그 꼴 아닌가. 심지어 낙하산이 들어와서 자신이 일군 자리를 뺏어가고, 승진의 기회도 밀렸다.

그의 판단으로는 그런 듯한 X소 엔터테인먼트가 따로 없었다. 매니저는 이 불공정한 상황에 울분이 치밀어 올랐으나, 대응책이 없어 답답했다.

'그래도 조금만 버티면 돼.'

며칠 뒤면 테스타도 2주년이다. 그럼 그의 경력도 곧 2년을 채운다는 뜻이다. 자릿수가 달라지니, 이걸 들고 어디 경력직으로 가볼 생각이었다.

'내가 그때 X발 다 뒤통수 친다.'

비밀엄수 조항을 알면서도 괜히 한번 큰소리쳐 본 매니저는 건성으로 회사로 향했다. 밤샘 작업을 한 탓에 테스타는 다 회사 회의실에 있었다.

하지만 로비에 들어서는 순간, 그는 뜬금없이 인사팀에 불려갔다. 그리고 날벼락 같은 소식을 들었다.

"예?"

"그러니까… 농담이 아니라니까. 내일부터 안 나와도 된다고."

해고 소식이었다.

매니저는 어안이 벙벙하게 팀장을 보다 몇 마디를 주고받았으나, 곧 협상의 여지가 없다는 것을 깨달았다.

"짐이나 빼, 응?"

그러자 바로 해고의 두려움에 눌렸던 감정이 치밀어 올랐다.

분노였다.

"아니, 팀장님. 지금 무슨… 이거 부당하고 아닙니까?"

팀장은 어처구니가 없어 더 말 섞기도 싫다는 표정이라 매니저의 분노를 더 부추겼으나, 곧 팀장이 재생하는 녹음에 뻣뻣이 굳게 되었다.

- 형, 지금 래빈이 할머님 쓰러지셔서 저희 이동 중….

- 뭐? 이 새벽에?

- …예, '이 새벽에' 오셔야죠. 저희 지금 이동 중이니까 최대한 빨리 근처 대기 부탁드립니다.

- …어, 알았어.

그리고 끊기면서 들리는 작은 욕설.

"……."

만일 테스타가 별로 뜨지 않은 상태거나 본사에 별 커넥션이 없다면, 혹은 매니저가 연줄이 있다면 넘어갈 수도 있는 상황이었다. 친해서 무례했다고 어떻게 비벼볼 수 있었을지도 모르니까.

하지만 매니저에겐 안타깝게도, 셋 다 아니었다.

"어제 아티스트 폰 클라우드 해킹돼서 퍼질 뻔했어. 알아?"

"……어어, 어."

"야, 그냥… 곱게 나가라. 어? 이거 언론 터지면 너 대한민국 떠야 돼, 지금 분위기 봐라."

회생 불가 선고였다.

매니저는 그렇게 제 발로 회사를 떠나게 되었다. 그리고 가십에 신난 A&R팀에 의해 위층에서 소식을 전해 들은 박문대는 피식 웃었다.

'멍청한 새끼.'

그는 고등학교 때부터 단 한 번도 통화 녹음 설정을 해제해 본 적이 없었다.

'하나 보냈고.'

속이 시원했다. 그는 특성에 의해 쌩쌩 돌아가는 몸으로 다음 준비를 계속했다.

'…2주년.'

테스타의 데뷔일인 6월 18일이 코앞이었다.

테스타의 데뷔 2주년은 팬미팅으로 챙길 예정이었다.

고전적이지만 그만큼 재미가 보증된 방법이다. 그리고 팬미팅답게 친근한 맛이 있도록 공연장 규모가 콘서트보단 작으니, 온라인으로 유료 실시간 스트리밍도 제공한다.

'위튜브에 불법 중계가 쫙 깔릴 건 안 봐도 뻔하다만.'

하루 이틀 일도 아니니 새삼스럽지도 않다. 유료 플랫폼에서 열심히 신고할 것이다. 온라인 송출 안 하고 암표상 배 불려 주는 것보다야 나았다.

그리고 팬미팅을 보러 유료 결제하는 숫자를 파악하는 것으로, 이번 활동의 대중성이 얼마나 팬덤으로 연결되었는지도 볼 수 있을 것이다. 양심의 소리를 잠깐만 무시하면 무료로 볼 수 있음에도 불구하고 기꺼이 돈을 내는 사람 수치니까.

그러니까, VOD와 비교해서 시간 대비 가격을 따져보면….

'…역시 콘서트값은 해야겠군.'

쓸데없는 위튜브 생각 말고 내 일이나 잘하자.

그리고 다행스럽게도 당일 팬미팅은 순조롭게 시작되었다.

─일기예보와 상관없어

널 만나고 싶은 날이야

와아아아악!!!

색색의 풍선들이 수없이 많이 하늘로 떠오르는 파란 오프닝 무대.

가볍고 밝게 〈Picnic〉으로 시작한 이번 팬미팅의 부제는 〈Daydream〉

이었다. 이번 곡의 영어 부제인 '악몽'을 한 번 뒤집어놓았다고 볼 수 있다.

'이런 연결점이 있으면 무대에 주제가 생기지.'

그걸 보는 게 또 재밌지 않겠는가.

그리고 그만큼 야들야들하고 따뜻한 분위기로 진행될 예정이다. 지

난 일 년간도 사건 사고가 잦았던 만큼, 팬미팅 정도는 이래도 괜찮을

것 같아서 말이다.

전체적으로 컨셉을 동화 같은 분위기로 잡아봤다. 그래서 중간에 들

어가는 토크랑 예능도 나름… 귀엽게 빼보려고 했는데, 모르겠다.

중간부터 노선이 바뀌어서 말이다.

일단 시작은 무난했다.

"여러분 안녕하세요!"

"오늘, 바로 테스타와 러뷰어의 기념일이죠. 〈Tesversary〉! 와주셔서 정말 감사합니다."

"우리 재밌게 해요!"

근황 토크와 포스트잇 질문은 거의 첫 팬미팅 국룰이고, 예상 답안이 잘 엮어서 나왔다. 물론 자신 있는 놈은 애드립부터 박기도 했지만. 그래, 큰세진 말이다.

"어? '누가 제일 애교가 많나요?' 이건 봐야 알죠! 자자, 일단 다들 애교 한 발씩 준비하시고~"

합의되지 않은 사항을 마음껏 남발하고 있군. 팬미팅이 생방인 걸 감사히 여겨라.

나는 카메라가 들어오자, 적당히 맞춰서 최근 유행하는 애교를 뻔뻔하게 수행했다. 여기저기서 경악과 비명이 들렸다. …비명까지?

"아니 문대 씨 그런 건 언제 연습을??"

"제가 아이돌이라 잠을 안 자서요. 남는 시간에."

"아, 아아~"

관객석에서 폭소가 터진다.

그래도 3년 차쯤 되니 슬슬 낯부끄러운 짓들도 감흥이 없어진다. 순조롭게 관종이 되고 있군. 그러나 말도 안 되는 개소리 콩트에 맞장구를 치던 큰세진이 히죽 웃더니 내 등을 쳤다.

그리고 현실을 끌어왔다.

"아니 그래도 잠은 자야죠, 문대 씨! 아, 여러분! 문대 요새 진짜 잠을 아예 안 잔다니까요??"

"…!"

"새벽에 문대 형 막 일해요! 너무 일해요!"

"제가 보기에도 이틀에 한 번만 주무시는 것 같습니다."

눈치는 더럽게 없는 놈이 이런 건 또 어떻게 칼같이 맞추는 건지 모르겠군.

'확실히 요새 딱 그 정도로 자기는 했다만.'

바쿠스1000 덕이었다. 덕분에 면접 질문지도 빠르게 완성해서 전담 팀 구성도 입맛대로 잘 개입했고, 새 매니지먼트 인력도 수급했으니 아주 만족스럽다.

'그래도 역시 상태창 못 보는 놈들이 보기엔 유별났나.'

확실한 건 심각하게 받을 필요는 없단 거다. 괜히 '박문대는 안 자는데 왜 넌 처자냐' 같은 말에 소재로 쓰이면 골 아프지.

우스갯소리로 넘기자. 나는 어깨를 으쓱했다.

"뭐… 아이돌은 원래 잠 안 잔다니까요."

"우우~ 아이돌도 사람이다~"

"우린 아이돌 아닌가요?? 어어?"

장난스러운 야유 속에서 배세진이 음침한 얼굴로 중얼거렸다.

"그냥 노동법 위반 같은데…."

"……"

나는 웃음 반 걱정 반으로 괴상한 함성을 지르는 관객석을 의식해 카메라의 눈을 피했다.

'바쿠스1000을 보여줄 수도 없고.'

이 와중에 큰세진이 킬킬 웃으며 선아현에게 굳이 자기 마이크를 댔다.

"자, 문대문대의 룸메이트인 아현 씨, 한 말씀?"

"…맞아요! 문대, 너무 안 자요…!"

"…!!"

선아현은 꿋꿋한 얼굴로 열심히 말했다.

"건강을 위해서, 많이 자라고 말해주시면…"

이놈들이….

자!! 문대야 자!!

잘 자야 해 진짜!!

'…밀렸다.'

관객석의 멘트에 나는 잠시 침묵하다가, 태세를 전환했다.

"……그럼요. 농담입니다. 잘 자야죠."

"맹세해! 맹세해!"

"건강에 무리가 가지 않도록 잘 자겠습니다."

"와아아아!"

거짓말은 아니다, 거짓말은.

"그럼 여러분! 우리 잠 이야기 나온 김에~ 혹시 저희 무슨 잠옷 입는지 안 궁금하세요??"

궁금해요!!

완전 궁금해!!

"이번 무대로 만나보시죠!"
부드럽게 화제가 돌아가며, 준비해 놓은 행차의 동물 잠옷 버전 퍼포먼스가 성황리에 이어졌다.

─행촤!

사람들은 즐거워했고, 이후로도 부상이나 실수 없이 무대와 이벤트가 쭉쭉 나왔다. …구상한 대로, 좋은 무대를 보여주는 쾌감은 여전했다. 다른 생각을 할 겨를이 없었다.
그리고 앵콜 전 마지막 무대.
이번 타이틀 〈부름〉을 클래식 편곡한 버전을 선보인 후에야 약간 생각할 여유가 생겼다.

앵콜! 앵콜!

이제는 친근해진 함성이 저 위에서 울린다.
"3분 뒤 VCR 들어갑니다!"
나는 숨을 몰아쉬며 다 갈아입은 의상을 살피다가, 그제야 지난 토크를 떠올리며 침음성을 참았다.
'앞으로 밤에 덥앱 켤 때마다 문대 코 자라는 댓글로 도배가 되겠군….'
한동안 바쿠스1000을 풀로 못 당겨쓸 수도 있겠….

그 순간 깨달았다.

"……!"

잠깐. 이거 결과적으로… 팬들이 날 감시하게 만든 것 아닌가. 그리고 말 꺼낸 놈이 누군지 생각해 보면, 뻔하다.

'노렸군.'

나는 의상을 다 갈아입은 뒤, 메이크업 수정을 받는 큰세진을 쳐다보았다. 큰세진이 눈을 찡긋했다.

"형이 오늘 진짜 잘생겼지~ 다 알아."

"……."

팬미팅 끝나고 보자.

신나는 밴드 사운드로 편곡한 팬송 〈마법은 너〉 무대를 끝으로 팬미팅은 마무리되었다.

"차 탑승해 계셔요. 저 피드백 좀 받고 얼른 오겠습니다!"

"넵."

푹 절은 얼굴을 닦고, 새 매니저의 인도에 따라 차에 탔다. 그리고 짧게 온라인 반응을 살폈다.

-오랜만에 보는 보너스 북 무대 착장이… 코디분 압도적 감사 (캡처)

-문댕댕아이돌 드립 뭐냐뭘 그렇게 천연덕스럽게 말해 이 말랑사과떡강아지촉촉코야ㅠㅠㅠ 10시간 자라굿!

-2주년 케이크 커팅식ㅋㅋㅋㅋ차고영 훔쳐먹다 걸림 (GIF 파일)

-테스타 팬미팅_토크 타아이돌 곡 메들리 (1)

'이상 없음.'

사건 사고 한 건 없이 깔끔하다. 물밑 반응은⋯ 자제하기로 생각했으니 생략. 나는 즉시 스마트폰 화면을 끄고 입을 열었다.

"이세진."

"응?"

"너 잠 얘기 일부러 그랬지."

앞자리에서 차유진과 신나게 떠들던 큰세진이 즉시 돌아보며 씩 웃었다.

"뭘 당연한 걸 물어?"

"⋯!"

"아니~ 문대가 무슨 터미네이터도 아니고~ 잠도 안 자고 일만 해. 그러다 30대에 돌연사하는 거야!"

'안 해, 새끼야.'

오히려 처자다가 상태이상 덕에 내년에 돌연사할 수도 있다. 그러나 큰세진은 도리어 차 안을 휙휙 둘러보더니, 손을 들고 말했다.

"여기 문대가 충분히 잔다고 생각하시는 분~?"

"⋯⋯."

"그럼 더 자야 한다고 생각하는 분?"

척척 손이 올라온다. 제법 긴장한 놈부터 당연하다는 표정까지 다양하다만, 내가 과했다는 생각은 똑같나 보군.

"그렇대~ 단체 생활이잖아. 지켜줘 문대야!"

나는 한숨을 참았다. 그래 뭐… 걱정해 주는 건 알겠다.

"알았어."

"굿!"

어차피 전담팀 구성도 끝났으니 한동안은 봉인해도 되겠지.

'며칠 알차게 썼다.'

나는 어깨를 으쓱하며, 등받이에 머리를 기댔다. 류청우가 부드럽게 상황을 잡았다.

"그래, 문대도 그렇고… 다들 2주년까지 고생 많았어. 우리 그래도 참 잘해온 것 같아."

"저, 저도 그렇게 생각해요…!"

"옳은 말씀입니다~"

그래, 2주년. 어느새 그렇게 시간이 흘렀나.

"저 이 팀 좋아요. 우리 Teamwork 최고예요!"

"…지금까지 고마웠어. 앞으로도 그, 열심히 하자고."

"지당한 말씀이십니다. 저도 방심하지 않고 남은 3년도 최선을 다하겠습니다!"

제각기 감상을 떠들어대는 놈들의 목소리가 들렸다. 기분이 나쁘지 않았다.

'…그래, 계약이 3년 남았지.'

지금까지 온 것보다 길다. 그래도, 그 정도는 계속할 수 있다면 좋겠는데 말이다….

"……."

내가 나름대로 이 모든 게 가장 잘 풀릴 경우의 루트를 짜보려던 순간이었다.

"문대문대."

"왜."

"뭐, 하고 싶은 말 없어?"

"…? 딱히."

"으음, 그렇구나~"

큰세진이 지나가듯이 말했다.

"그래, 혹시 생각나면 말하고."

"……."

저건… 내가 할 말이 있을 거라고 확신할 때나 해볼 만한 말 아닌가.

'이 새끼가 아무 이유 없이 이런 말을 할 놈이 아닌데.'

나는 등받이에서 몸을 일으켰다.

"너 무슨…."

그때였다.

덜컹!

차 앞문이 열렸다.

그리고 운전석에 모자 쓴 스탭이 올라탔다. 순식간에 올라탄 탓에 제대로 확인하지 못했으나, 다 제외하면 한 명만 남는다.

'매니저겠지.'

아니, 잠깐.

아까 매니저는… 검은 스탭복이 아니지 않았나.

내 옆의 류청우가 불렀다.

"저기요?"

하지만 스탭은 대답하지 않았고, 직후 차에 시동이 걸렸다.

"…?"

저 새끼 뭐야. 나는 다시 앞을 확인했다.

'…조수석에 멤버가 안 탔지.'

조수석에 짐을 몰아둬서 다들 뒤에 탔단 말이다. 그런데 얼굴도 안 보이고 답도 안 한 채로 다짜고짜 시동을….

"……!!"

이거 X발 설마.

나는 당장 옆자리와 앞자리에 속삭였다.

"다 내려."

"뭐?"

"당장 문 열라고…!"

그 순간이었다.

"형님? 김준 매니저 형님 아니세요?"

"…!"

앞자리의 큰세진이 침착하게 말을 걸어 정보를 전달했다. 그리고 그 뜻은… 저 앞에 있는 놈이, 전 매니저라는 뜻이다.

며칠 전에 통화 녹음본 덕에 회사에서 잘린.

'X발.'

아무리 생각해도 좋은 의도는 절대 아니었다.

우우우우웅!!

게다가 문제는 이 X새끼가 차를 출발시켰다는 점이다. 그것도 어마어마한 속도로.

"흡,"

"형님, 형님? 잠시만… 진정하시고."

"뭘 진정해 X발!!"

전 매니저가 갑자기 핸들을 놓고 뒤를 휙 돌아보았다.

끼이이익!

주차장을 나서서 달리다 말고 차가 멈춰 섰다.

이 야밤, 도로 한복판에.

'이 미친 새끼가.'

빠아앙!

심야. 바로 뒤에서 달려오던 차 한 대가 어마어마한 경적을 남기고 스쳐 지나갔다.

"……."

식은땀이 흘렀다.

지금도 차엔 시동이 걸려 있다. 지금 문 열고 내리려다가 저 새끼가 출발하면 자칫하면 입원할 부상이다.

나는 당장 뒷자리에서 앞으로 던질 만한 것이 없는지 확인했다. 당장 저 새끼 끌어내야 한다.

"너, 너희들. 어? 녹음 가지고 사람 협박하니까 좋냐? 어?"

전 매니저가 침을 튀겼다.

"나 지금 딱 답 들으러 왔으니까 말해. 이거 내 잘못이야? 어? 말 한

마디 잘못했다고 사람 자르는 게 어디….”

“제가 잘못했습니다.”

“…!”

일단 저 X발 새끼를 진정시켜야 한다. 나는 바로 끼어들어서 고분고분하게 대답했다.

“클라우드 계정에 해킹 시도가 있어서 회사에 넘겼는데, 회사에서 확인하시면서 녹음본 재생하시다가 본 것 같습니다….”

“……”

“저희가 원했던 건 절대 아니고요, 아마 전담팀 만드시면서… 회사에서 마음대로 형한테 말씀하신 거예요.”

“……”

동요한다. 멍청한 새끼라 다행이다.

큰세진이 바로 옆에서 치고 들어왔다.

“형님, 저희가 강하게 주장 못 해드려서 죄송해요. 저흰 지금까지 형님이 스카우트되어서 나가신 줄 알았어요. 지금 저희 돌아가는 대로 바로 말씀드려 볼게요. 네?”

옆자리의 류청우는 일부러 입을 다물고 있었다. 마지막에 저 매니저를 자극한 것이 본인이라는 것을 알아서인 것 같았으나… 손에 책을 쥐고 있다. 여차하면 던질 생각인 것 같았다.

‘이번에 안 통하면 진짜 던져야 한다.’

나는 운전석의 미친 새끼의 반응을 유심히 보았다. 놈은 숨을 씩씩 몰아쉬다가, 결국 미끼를 물었다.

“…그러니까, 복직해 달라, 이 말이지?”

"그럼요!"

"저희가 진짜 무조건 회사에 강력히 주장하겠습니다."

"네, 네."

분위기가 슬쩍 풀릴 기미가 보이는지 멤버들이 열심히 말을 얹는다. 그리고 앞자리 구석에서는, 배세진이 뒤로 손을 돌린 채 112에 무음으로 문자를 넣고 있었다.

"……."

전 매니저 놈이, 슬쩍 다시 운전대에 손을 얹을 순간이었다.

'됐다.'

이대로 갓길에 세워서, 회사와 통화 좀 하게 해달라고만 하면….

그 순간이었다.

"…어?"

콰아아아아아앙!

…뒤에서부터, 엄청난 소음이 들렸다. 진동과 함께.

아니, 이걸 진동이라고 불러도 되는 건가?

이건… 충격이었다. 진동과 함께 시작된 어마어마한 충격이 몸을 앞으로 튀어 나가게 했다.

'X발!'

추돌 사고였다.

그리고 그 찰나의 시간, 보았다. 부서지는 차체와 시트. 올라오는 에어백 사이로, 누군가의 머리에 부러진 부품 같은 것이 떨어져 꽂히기 직전인 것을.

　날카롭고, 거대한.

　'…!!'

　나는 생각도 없이 몸을 날려서 부품을 쳐내려 했다. 할 수 있을 것
같아서.

　물론 미친 짓이었다.

　푹.

　부품을 잡아채는 대신, 그것은 안전벨트를 맨 내 몸 가슴팍에 꽂혔다.

　충격이 가슴을 관통했다.

　"허억."

　그리고 모든 게 어두워졌다.

　다시 의식이 생겼을 때.

　검은 시야, 굉음이 울리는 머릿속에서 작은 빛이 번뜩였다.

　팅–.

　금빛으로 빛나는 동그란 무언가가 검은 허공을 가르고 튀어 올랐다.
그리고 서서히 떨어지며… 윤곽을 보였다.

　금색 동전.

　'…코인.'

[Insert Coin]

나타난 상태창은… 투입구처럼, 코인을 삼켰다.

그리고.

"허어억!!"

나는… 나는.

곰팡이 슨 모텔 천장을 보며 눈을 떴다. 2년 반 전 언젠가처럼.

"……."

아는… 잊기 힘든 천장이었,

'아냐.'

이럴 리가 없었다.

나는 고개를 들어서 주변을 살폈다. 퀴퀴한 냄새를 풍기는 담요가 발밑으로 떨어졌다. 한 번 본 그 풍경이 맞았… 아니다.

'환각인가.'

다른 해석이… 뭔가, 다른 방향으로 이해해 볼 여지가….

"그래."

나는 비틀거리며 침대에서 일어났다. 그리고 거의 기다시피 움직여서 화장대 앞으로 갔다.

그리고… 보았다.

"…!!"

거울 속에 비친 것은… 박문대가 아니었다.

나였다. 류건우. …2년 반 만에 보는 몰골.

헛웃음이 나왔다.

"아냐."

돌아와도 박문대지. 왜 박문대가 있었던 모텔 방에서 내가 눈을 뜬단 말인가. 말이 안 된다. 자연스럽지 않고, 앞뒤가 안 맞는….

'상태창이 뜨고 남의 몸에 들어오는 건 퍽이나 앞뒤가 맞는 말이다, 그렇지?'

"닥쳐."

나는 화장대에 머리를 박았다. 그리고 중얼거렸다.

"상태창."

하지만 아무 일도 일어나지 않았다.

다시 외쳤다.

"상태… 창. 상태창, 상태창…."

뭐라도 좀….

띠링.

"…!"

눈앞에… 창이 떴다.

그러나 내가 알던 상태창은 아니었다.

[이름 : 류건우 (박문대)]

−Enjoy your daydream :)−

끝이었다.

"……."

나는 침대에 등을 기대고 앉았다. 그리고 최대한 냉정하게, 최대한 합리화가 아닐 방향으로… 몇 번 더 상황을 검토했다.

그 뒤에 결론을 내렸다.

'이건… 꿈이다.'

내가 코마상태에 빠진 것 같다고.

〈2부 완결〉